冯骥才经典作品

冯骥才 著

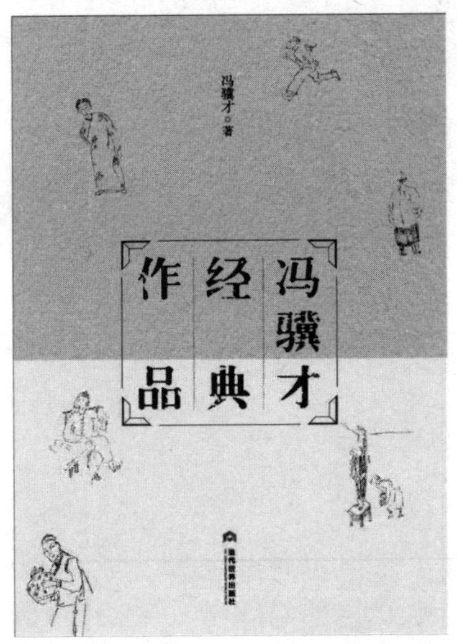

当代世界出版社
THE CONTEMPORARY WORLD PRESS

图书在版编目（CIP）数据

冯骥才经典作品/冯骥才著．—北京：当代世界出版社，2020.6

ISBN 978-7-5090-1513-1

Ⅰ.①冯… Ⅱ.①冯… Ⅲ.①小说集—中国—当代 ②散文集—中国—当代 Ⅳ.①I217.2

中国版本图书馆 CIP 数据核字（2019）第 160865 号

书　　名：冯骥才经典作品
出版发行：当代世界出版社
地　　址：北京市复兴路 4 号（100860）
网　　址：http：//www. worldpress. org. cn
编务电话：（010）83907332
发行电话：（010）83908410（传真）
13601274970
18611107149
13521909533
经　　销：全国新华书店
印　　刷：北京欣睿虹彩印刷有限公司
开　　本：710 毫米×1000 毫米　1/16
印　　张：21.5
字　　数：320 千字
版　　次：2020 年 7 月第 1 版
印　　次：2020 年 7 月第 1 次
书　　号：ISBN 978-7-5090-1513-1
定　　价：44.80 元

目　录

小　说

散　文

小
说

苏七块

苏大夫本名苏金散，民国初年在小白楼一带，开所行医，正骨拿环，天津卫挂头牌，连洋人赛马，折胳膊断腿，也来求他。

他人高袍长，手瘦有劲，五十开外，红唇皓齿，眸子赛灯，下巴儿一绺山羊须，浸了油赛的乌黑锃亮。张口说话，声音打胸腔出来，带着丹田气，远近一样响，要是当年入班学戏，保准是金少山的冤家对头。他手下动作更是“干净麻利快”，逢到有人伤筋断骨找他来，他呢？手指一触，隔皮戳肉，里头怎么回事，立时心明眼亮。忽然双手赛一对白鸟，上下翻飞，疾如闪电，只听咔嚓咔嚓，不等病人觉疼，断骨头就接上了。贴块膏药，上了夹板，病人回去自好。倘若再来，一准是鞠大躬谢大恩送大匾来了。

人有了能耐，脾气准各色。苏大夫有个各色的规矩，凡来瞧病，无论贫富亲疏，必得先拿七块银元码在台子上，他才肯瞧病，否则决不搭理。这叫嘛规矩？他就这规矩！人家骂他认钱不认人，能耐就值七块，因故得个挨贬的绰号叫做：苏七块。当面称他苏大夫，背后叫他苏七块，谁也不知他的大名苏金散了。

苏大夫好打牌，一日闲着，两位牌友来玩，三缺一，便把街北不远的牙医华大夫请来，凑上一桌。玩得正来神儿，忽然三轮车夫张四闯进来，往门上一靠，右手托着左胳膊肘，脑袋瓜淌汗，脖子周围的小褂湿了一圈，显然摔坏胳膊，疼得够劲。可三轮车夫都是赚一天吃一天，哪拿得出七块银元？他说先欠着苏大夫，过后准还，说话时还哎哟哎哟叫疼。谁料苏大夫听赛没听，照样摸牌看牌算牌打牌，或喜或忧或惊或装作不惊，脑子全在牌桌上。一位牌友看不过去，使手指指门外，苏大夫眼睛仍不离牌。“苏七块”这绰号就表现得斩钉截铁了。

牙医华大夫出名的心善，他推说去撒尿，离开牌桌走到后院，钻出后门，绕到前街，远远把靠在门边的张四悄悄招呼过来，打怀里摸出七块银元给了他。不等张四感激，转身打原道返回，进屋坐回牌桌，若无其事地接着打牌。

过一会儿，张四歪歪扭扭走进屋，把七块银元哗地往台子上一码。这下比按铃还快，苏大夫已然站在张四面前，挽起袖子，把张四的胳膊放在台子上，捏几下骨头，跟手左拉右推，下顶上压，张四抽肩缩颈闭眼龇牙，预备重重挨几下，苏大夫却说："接上了。"当下便涂上药膏，夹上夹板，还给张四几包活血止疼口服的药面子。张四说他再没钱付药款，苏大夫只说了句："这药我送了。"便回到牌桌旁。

今儿的牌各有输赢，更是没完没了，直到点灯时分，肚子空得直叫，大家才散。临出门时，苏大夫伸出瘦手，拦住华大夫，留他有事。待那二位牌友走后，他打自己座位前那堆银元里取出七块，往华大夫手心一放，在华大夫惊愕中说道：

"有句话，还得跟您说。您别以为我这人心地不善，只是我立的这规矩不能改！"

华大夫把这话带回去，琢磨了三天三夜，到底也没琢磨透苏大夫这话里的深意。但他打心眼儿里钦佩苏大夫这事这理这人。

刷子李

码头上的人，全是硬碰硬。手艺人靠的是手，手上就必得有绝活。有绝活的，吃荤，亮堂，站在大街中央；没能耐的，吃素，发蔫，靠边待着。这一套可不是谁家定的，它地地道道是码头上的一种活法。自来唱大戏的，都讲究闯天津码头。天津人迷戏也懂戏，眼刁耳尖，褒贬分明。戏唱得好，下边叫好捧场，像见到皇上，不少名角便打天津唱红唱紫、大红大紫；可要是稀松平常，要哪没哪，戏唱砸了，下边一准起哄喝倒彩，弄不好茶碗扔上去，茶叶末子沾满戏袍和胡须上。天下看戏，哪儿也没天津倒好叫得厉害。您别说不好，这一来也就练出不少能人来。各行各业，全有几个本领齐天的活神仙。刻砖刘、泥人张、风筝魏、机器王、刷子李等等。天津人好把这种人的姓，和他们拿手擅长的行当连在一起称呼。叫长了，名字反没人知道。只有这一个绰号，在码头上响当当和当当响。

刷子李是河北大街一家营造厂的师傅。专干粉刷一行，别的不干。他要是给您刷好一间屋子，屋里任嘛甭放，单坐着，就赛升天一般美。最让人叫绝的是，他刷浆时必穿一身黑，干完活，身上绝没有一个白点。别不信！他还给自己立下一个规矩，只要身上有白点，白刷不要钱。倘若没这本事，他不早饿成干儿了？

但这是传说。人信也不会全信。行外的没见过的不信，行内的生气愣说不信。

一年的一天，刷子李收个徒弟叫曹小三。当徒弟的开头都是端茶、点烟、跟在屁股后边提东西。曹小三当然早就听说过师傅那手绝活，一直半信半疑，这回非要亲眼瞧瞧。

那天，头一次跟师傅出去干活，到英租界镇南道给李善人新造的洋房刷浆。到了那儿，刷子李跟管事的人一谈，才知道师傅派头十足。照他的规矩一天只刷一间屋子。这洋楼大小九间屋，得刷九天。干活前，他把随身带的一个四四方方的小包袱打开，果然一身黑衣黑裤，一双黑布鞋。穿上这身黑，就赛跟地上一桶白浆较上了劲。

一间屋子，一个屋顶四面墙，先刷屋顶后刷墙。顶子尤其难刷，蘸了稀溜溜粉浆的板刷往上一举，谁能一滴不掉？一掉准掉在身上。可刷子李一举刷子，就赛没有蘸浆。但刷子划过屋顶，立时匀匀实实一道白，白得透亮，白得清爽。有人说这蘸浆的手法有高招，有人说这调浆的配料有秘方。曹小三哪里看得出来？只见师傅的手臂悠然摆来，悠然摆去，好赛伴着鼓点，和着琴音，每一摆刷，那长长的带浆的毛刷便在墙面啪地清脆一响，极是好听。啪啪声里，一道道浆，衔接得天衣无缝，刷过去的墙面，真好比平平整整打开一面雪白的屏障。可是曹小三最关心的还是刷子李身上到底有没有白点。

刷子李干活还有个规矩。每刷完一面墙，必得在凳子上坐一大会儿，抽一袋烟，喝一碗茶，再刷下一面墙。此刻，曹小三借着给师傅倒水点烟的机会，拿目光仔细搜索刷子李的全身。每一面墙刷完，他搜索一遍。居然连一个芝麻大小的粉点也没发现。他真觉得这身黑色的衣服有种神圣不可侵犯的威严。

可是，当刷子李刷完最后一面墙，坐下来，曹小三给他点烟时，竟然瞧见刷子李裤子上出现一个白点，黄豆大小。黑中白，比白中黑更扎眼。完了！师傅露馅了，他不是神仙，往日传说中那如山般的形象轰然倒去。但他怕师父难堪，不敢说，也不敢看，可忍不住还要扫一眼。

这时候，刷子李忽然朝他说话：

“小三，你瞧见我裤子上的白点了吧，你以为师傅的能耐有假，名气有诈，是吧？傻小子，你再细瞧瞧吧——”

说着，刷子李手指捏着裤子轻轻往上一提，那白点即刻没了，再一松手，白点又出现，奇了！他凑上脸用神再瞧，那白点原是一个小洞！刚才抽烟时不小心烧的。里边的白衬裤打小洞透出来，看上去就跟粉浆落上去的白点一模一样！

刷子李看着曹小三发怔发傻的模样，笑道：

“你以为人家的名气全是虚的？那你是在骗自己。好好学本事吧！”

曹小三学徒头一天，见到听到学到的，恐怕别人一辈子也未准明白呢！

冯五爷

冯五爷是浙江宁波人。冯家出两种人，一经商，一念书。冯家人聪明，脑袋瓜赛粤人翁伍章雕刻的象牙球，一层套一层，每层一花样。所以冯家人经商的成巨富，念书的当文豪做大官。冯五爷这一辈五男二女，他排行末尾，几位兄长远在上海天津开厂经商，早早地成家立业，站住脚跟。唯独冯五爷在家啃书本。他人长得赛条江鲫，骨细如鱼刺，肉嫩如鱼肚，不是赚钱发财的长相，倒是舞文弄墨的材料。凡他念过的书，你读上句，他背下句，这能耐据说只有宋朝的王安石才有。至于他出口成章，落笔生花，无人不服。都说这一辈冯家的出息都在这五爷身上了。

冯五爷二十五，父母入土，他卖房卖地，携家带口来到天津卫，为的是投兄靠友，谋一条通天路。

他心气高，可天津卫是商埠，毛笔是用来记账的，没人看书，自然也没人瞧得起念书的。比方说，地上有黄金也有书本，您拣哪样？别人发财，冯五爷眼热，脑筋一歪，决意下海做买卖。但此道他一窍不通，干哪行呢？

中国人想赚钱，第一个念头便是开饭馆。民以食为天，民为食花钱；一天三顿饭，不吃腿就软，钱都给了饭馆老板。天津的钱又都在商人手里，商界的往来大半在饭桌上。再说，天津产盐，吃菜口重，宁波菜咸，正合口味。于是冯五爷拿定主意，开个宁波风味的馆子，便在马家口的闹市里，选址盖房，取名“状元楼”。择个吉日，升匾挂彩，燃鞭放炮，饭馆开张了。冯五爷身穿藏蓝暗花大褂，胸前晃着一条纯金表链，中印分头，满头抹油，地道的老板打扮，站在大厅迎宾迎客，应付八方。念书的人，讲究礼节，谈吐又好，很得人缘。再说，状元楼是天津卫独一家宁波馆，海鱼河虾都是天津人解馋的食品，在宁波厨子手里一做，比活鱼活虾还鲜。故此开张以来，天天坐满堂，晚上一顿还得“翻台”，上两拨客人。眼瞅着金河银河，往钱匣子里流，冯五爷心花怒放。可日子一长，赚钱并不多。冯五爷纳闷，天天一把把银钱，赛一群群鸟飞进来，都落到哪儿去了？往后再一瞧账，哟，反倒出了赤字！

一日，一个打宁波来帮工的小伙计，抖着胆子告诉他，厨房里的鸡鸭鱼肉，进到客人嘴里的有限，大多给厨子伙计们截墙扔出去了，外边有人接应。状元楼有多少钱经得住天天往外扔？

冯五爷盛怒之后，心想自己嘛脑袋，《二十四史》背得滚瓜烂熟，能拿这帮端盘子炒菜的没辙？这就开刀了。除去那个打宁波老家带来的胖厨子没动，其余伙计全轰走，斩草除根换一拨人，还有后院墙头安装电网，以为从此相安无事，可账上仍是赤字，怎么回事？

又一日，住在状元楼邻近一位婆子，咬耳朵对他说，每天后晌，垃圾车一到，一摇铃铛，打状元楼里抬出的七八个土箱子，只有上边薄薄一层是垃圾，下边全是铁皮罐头、整袋咸鱼、好酒好烟。原来内外勾结，用这法儿把东西弄走。这不等于拿土箱子每天往外抬钱吗？冯五爷赶在一个后晌倒垃圾的时候，上前一查，果然如此。大怒之下，再换一拨人。人是换了，但账本上的赤字还是没有换掉。

冯五爷不信自己无能。天天到馆子瞪大眼珠，内内外外巡视一番，却看不出半点毛病。文人靠想象过日子，真落到生活的万花筒里，便是“自作聪明真傻瓜”。状元楼就赛破皮球，撒气漏风，眼瞅着败落下来。买卖赛人，靠一股气儿活着，气泄了，谁也没辙。愈少客人，客人愈少；油水没油，伙计散伙。饭厅有时只开半边灯了。

冯五爷心里只剩下一点不服。

再一日，身边使唤的小僮对他说，外头风传，状元楼里最大的偷儿不是别人，就是那个打老家带来的胖厨子。据说他偷瘾极大，无日不偷，无时不偷，无物不偷，每晚回家必偷一样东西走，而且偷术极高，绝对查看不出。冯五爷不肯相信，这胖厨子当年给自己父亲做饭，胖厨子的父亲给自己爷爷做饭，他家的根早扎在冯家了。倘若他是贼，谁还会不是贼？

但是，冯五爷究竟干了两年的买卖，看到的假笑比真笑多，听到的假话比真话多，心里也多了一个心眼儿了。当日晚上，状元楼该关灯闭门时候，冯五爷带着小僮到饭馆前厅，搬一把藤椅，撂在通风处，仰面一躺，说是歇凉，实是捉贼。

等了不久，胖厨子封上炉火，打后头厨房出来，正要回家。他光着脑袋一身肉，下边只穿一条大白裤衩，趿拉一双破布鞋，肩上搭一条汗巾，手提一盏纸灯笼。他瞅见老板，并不急着脱身离去，而是站着说话。那模样赛是说：您就放开眼瞧吧！

冯五爷嘴里搭讪，一双文人的锐目利眼却上上下下打量他，心中一边揣度——这光头光身，往哪儿藏掖？破鞋里也塞不了一盒烟呵！灯笼通明雪亮，里头放点嘛也全能照出来。裤衩虽大，但给大厅里来回来去的风一吹，大腿屁股的轮廓都看得清清楚楚，还能有嘛？是不是搭在肩上那条擦汗的手巾里裹着点什么？心刚生疑，不等他说，胖厨子已把汗巾从肩上拿下，甩手扔给小僮，说道："外边都凉了，我带这条大毛巾做什么，烦你给搭在后院的晾衣绳上吧！"说完辞过冯五爷，手提灯笼，大摇大摆走了。

冯五爷叫小僮打开毛巾，里头嘛也没有，差点冤枉好人。

可是转天，这小僮打听到，胖厨子昨晚使的花活在那灯笼上。原来插洋蜡的灯座不是木头的，而是拿一块冻肉旋的，这块肉足有二斤沉！可人家居然就在冯五爷眼皮子底下，使灯照着，大模大样提走了，真叫绝了！

冯五爷听罢，三天没说话，第四天就把状元楼关了。有人劝他重返文苑，接着念书，他摇头叹息，念书得信书，他连念书的人能耐还是不念书的人能耐都弄不清，哪还会有念书的心思？

蔡二少爷

蔡家二少爷的能耐特别——卖家产。

蔡家的家产有多大？多厚？没人能说清。反正人家是天津出名的富豪，折腾盐发的家，有钱做官，几代人还全好古玩。庚子事变时，老爷子和太太逃难死在外边。大少爷一直在上海做生意，有家有业。家里的东西就全落在二少爷身上。二少爷没能耐，就卖着吃。打小白脸吃到满脸胡茬，居然还没有“坐吃山空”。人说，蔡家的家产够吃三辈子。

敬古斋的黄老板每听这话，心里暗笑。他多少年专卖蔡家的东西。名人家的东西较比一般人的东西好卖。而黄老板凭他的眼力，看得出二少爷上边几代人都是地道的玩主。不单没假，而且一码是硬邦邦的好东西，到手就能出手。蔡家卖的东西一多半经他的手，所以他知道蔡家的水有多深。十五年前打蔡家出来的东西是珠宝玉器，字画珍玩；十年前成了瓷缸石佛，硬木家具；五年前全是一包一包的旧衣服了。东西虽然不错，却渐渐显出河干见底的样子。这黄老板对蔡二少爷的态度也就一点点地变化。十五年前，他买二少爷的东西，全都是亲自去蔡家府上；十年前，二少爷有东西卖，派人叫他，他一忙就把事扔在脖子后边；五年前，已经变成二少爷胳肢窝里夹着一包旧衣服，自个儿跑到敬古斋来。

这时候，黄老板耷拉着眼皮说：“二少爷，麻烦您把包儿打开吧！”连伙计们也不上来帮把手。黄老板拿个尺子，把包里的衣服一件件挑出来，往旁边一甩，同时嘴里叫个价钱，好赛估衣街上卖布头的。最后结账时，全是伙计的事，黄老板人到后边喝茶抽烟去了。黄老板自以为摸透了蔡家的命脉。可近两年这脉象有点古怪了。

蔡家二少爷忽然不卖旧衣，反过来又隔三岔五派人叫他到蔡家去。海阔天空地先胡扯半天，扭身从后边柜里取出一件东西给他看，件件都是十分成色的古玩精品。不是康熙五彩的大碟子，就是一把沈石田细笔的扇子。二少爷把东西往桌上一撂，那神气，好赛又回到十多年前。黄老板说："真是瘦死的骆驼比马大，二少爷的箱底简直没有边啦！东西卖了快二十年，还是拿出一件是一件！"蔡二少爷笑笑，只淡淡说一句："我总不能把祖宗留下来的全卖了，那不成败家子了吗？"可一谈价就难了，每件东西的要价比黄老板心里估计的卖价还高，这在古玩行里叫做：脖梗价，就是逼着别人上吊。

像蔡家这种人家卖东西，有两种卖法：一是卖穷，一是卖富。所谓卖穷，就是人家急等着用钱，着急出手，碰上这种人，就赛撞上大运；所谓卖富，就是人家不缺钱花，能卖大价钱才卖。遇到这种人，死活没办法。蔡二少爷一直是卖穷，嘛时候改卖富了？

一天，北京琉璃厂大雅轩的毛老板来到敬古斋。这一京一津两家古玩店，平日常有往来，彼此换货，互找买主，熟得很。

毛老板进门就瞧见古玩架上有件东西很眼熟，走近一看，一个精致的紫檀架上，放着一叠八片羊脂玉板刻的《金刚经》，馆阁体的蝇头小字，讲究至极，还描了真金。他扭脸对黄老板说："这东西您打哪来的？"脸上的表情满是疑惑。

黄老板说："半个月前新进的，怎么？"

毛老板追问一句："谁卖您的？"

黄老板眼珠一转，心想你们京城人真不懂规矩。古玩行里，对人家的买主或卖主都不能乱打听。他笑了笑，没搭茬。

毛老板觉出自己问话不当，改口说："是不是你们天津的蔡二少爷匀给您的？这东西是打我手里买的。"

黄老板怔住，禁不住说："他是卖主呀！怎么还买东西？"

毛老板接过话："我一直以为他是买主，怎么还卖，要不我刚才问您。"

两人大眼对小眼，都发傻。

毛老板忽指着柜上的一个大明成化的青花瓶子说："那瓶子也是我卖给他的！他多少钱给您的？我可是跟白扔一样让给他的。"

毛老板还蒙在鼓里，黄老板心里头已经真相大白。他不能叫毛老板全弄明白。待毛老板走后，他马上对伙计们说：

"记住，蔡二少爷不能再打交道了。这王八蛋卖东西卖出能耐来了，已经成精了！"

好嘴杨巴

津门胜地，能人如林，此间出了两位卖茶汤的高手，把这种稀松平常的街头小吃，干得远近闻名。这二位，一位胖黑敦厚，名叫杨七；一位细白精朗，人称杨八。杨七杨八，好赛哥俩，其实却无亲无故，不过他俩的爹都姓杨罢了。杨八本名杨巴，由于“巴”与“八”音同，杨巴的年岁长相又比杨七小，人们便错把他当成杨七的兄弟。不过要说他俩的配合，好比左右手，又非亲兄弟可比。杨七手艺高，只管闷头制作；杨巴口才好，专管外场照应，虽然里里外外只这两人，既是老板又是伙计，闹得却比大买卖还红火。

杨七的手艺好，关键靠两手绝活。

一般茶汤是把秫米面沏好后，捏一撮芝麻撒在浮头，这样做香味只在表面，愈喝愈没味儿。杨七自有高招，他先盛半碗秫米面，便撒上一次芝麻，再盛半碗秫米面，沏好后又撒一次芝麻。这样一直喝到见了碗底都有香味。

他另一手绝活是，芝麻不用整粒的，而是先使铁锅炒过，再拿擀面杖压碎。压碎了，里面的香味才能出来。芝麻必得炒得焦黄不煳，不黄不香，太煳便苦；压碎的芝麻粒还得粗细正好，太粗费嚼，太细也就没嚼头了。这手活儿别人明知道也学不来。手艺人的能耐全在手上，此中道理跟写字画画差不多。

可是，手艺再高，东西再好，拿到生意场上必得靠人吹。三分活，七分说，死人说活了，破货变好货，买卖人的功夫大半在嘴上。到了需要逢场作戏、八面玲珑、看风使舵、左右逢源的时候，就更指着杨巴那张好嘴了。

那次，李鸿章来天津，地方的府县道台费尽心思，究竟拿嘛样的吃喝才能把中堂大人哄得高兴？京城豪门，山珍海味不新鲜，新鲜的反倒是地方风味小吃，可天津卫的小吃太粗太土：熬小鱼刺多，容易卡嗓子；炸麻花梆硬，弄不好硌牙。琢磨三天，难下决断，幸亏知府大人原是地面上走街串巷的人物，嘛都吃过，便举荐出“杨家茶汤”；茶汤黏软香甜，好吃无险，众官员一齐称好，这便是杨巴发迹的缘由了。

这日下晌，李中堂听过本地小曲莲花落子，饶有兴味，满心欢喜，撒泡热尿，身爽腹空，要吃点心。知府大人忙叫“杨七杨八”献上茶汤。今儿，两人自打到这世上来，头次里外全新，青裤青褂，白巾白袜，一双手拿碱面洗得赛脱层皮那样干净。他俩双双将茶汤捧到李中堂面前的桌上，然后一并退后五步，垂手而立，说是听候吩咐，实是请好请赏。

李中堂正要尝尝这津门名品，手指尖将碰碗边，目光一落碗中，眉头忽地一皱，面上顿起阴云，猛然甩手，啪地将一碗茶汤打落在地，碎瓷乱飞，茶汤泼了一地，还冒着热气儿。在场众官员吓蒙了，杨七和杨巴慌忙跪下，谁也不知中堂大人为嘛犯怒。

当官的一个比一个糊涂，这就透出杨巴的明白。他眨眨眼，立时猜到中堂大人以前没喝过茶汤，不知道撒在浮头的碎芝麻是嘛东西，一准当成不小心掉上去的脏土，要不哪会有这大的火气？可这样，难题就来了——

倘若说这是芝麻，不是脏东西，不等于骂中堂大人孤陋寡闻，没有见识吗？倘若不加解释，不又等于承认给中堂大人吃脏东西？说不说，都是要挨一顿臭揍，然后砸饭碗子。而眼下顶要紧的，是不能叫李中堂开口说那是脏东西。大人说话，不能改口。必须赶紧想辙，抢在前头说。

杨巴的脑筋飞快地一转两转三转，主意来了！只见他脑袋撞地，咚咚咚叩得山响，一边叫道：“中堂大人息怒！小人不知道中堂大人不爱吃压碎的芝麻粒，惹恼了大人。大人不计小人过，饶了小人这次，今后一定痛改前非！”说完又是一阵响头。

李中堂这才明白，刚才茶汤上那些黄渣子不是脏东西，是碎芝麻。明白过后便想，天津卫九河下梢，人性练达，生意场上，心灵嘴巧。这卖茶汤的小子更是机敏过人，居然一眼看出自己错把芝麻当作脏土，而三两句话，既叫自己明白，又给自己面子。这聪明在眼前的府县道台中间是绝没有的，于是对杨巴心生喜欢，便说：

“不知道当无罪！虽然我不喜欢吃碎芝麻（他也顺坡下了），但你的茶汤名满津门，也该嘉奖！来人呀，赏银一百两！”

这一来，叫在场所有人摸不着头脑。茶汤不爱吃，反倒奖巨银，为嘛？傻啦？杨巴趴在地上，一个劲儿地叩头谢恩，心里头却一清二楚全明白。

自此，杨巴在天津城威名大震。那“杨家茶汤”也被人们改称“杨巴茶汤”了。杨七反倒渐渐埋没，无人知晓。杨巴对此毫不内疚，因为自己成名靠的是自己一张好嘴，李中堂并没有喝茶汤呀！

泥人张

手艺道上的人，捏泥人的“泥人张”排第一。而且，有第一，没第二，第三差着十万八千里。

泥人张大名叫张明山。咸丰年间常去的地方有两处，一是东北城角的戏院大观楼，一是北关口的饭馆天庆馆。坐在那儿，为了瞧各样的人，也为捏各样的人。去大观楼要看戏台上的各种角色，去天庆馆要看人世间的各种角色。这后一种的样儿更多。

那天下雨，他一个人坐在天庆馆里饮酒，一边留神四下里吃客们的模样。这当儿，打外边进来三个人。中间一位穿得阔绰，大脑袋，中溜个子，挺着肚子，架势挺牛，横冲直撞往里走。站在迎门桌子上的“瞭高的”一瞅，赶紧吆喝着：“益照临的张五爷可是稀客，贵客，张五爷这儿总共三位——里边请！”

一听这喊话，吃饭的人都停住嘴巴，甚至放下筷子瞧瞧这位大名鼎鼎的张五爷。当下，城里城外气最冲的要算这位靠着贩盐赚下金山的张锦文。他当年由于为盛京将军海仁卖过命，被海大人收为义子，排行老五，所以又有“海张五”一称。但人家当面叫他张五爷，背后叫他海张五。天津卫是做买卖的地界儿，谁有钱谁横，官儿也怵三分。可是手艺人除外。手艺人靠手吃饭，求谁？怵谁？故此，泥人张只管饮酒，吃菜，西瞧东看，全然没把海张五当个人物。

但是不一会儿，就听海张五那边议论起他来。有个细嗓门的说：“人家台下一边看戏，一边手在袖子里捏泥人。捏完拿出来一瞧，台上的嘛样，他捏的嘛样。”跟着就是海张五的大粗嗓门说：“在哪儿捏？在袖子里捏？在裤裆里捏吧！”随后一阵笑，拿泥人张找乐子。

这些话天庆馆里的人全都听见了。人们等着瞧艺高胆大的泥人张怎么“回报”海张五。一个泥团儿砍过去？

只见人家泥人张听赛没听，左手伸到桌子下边，打鞋底下抠下一块泥巴，右手依然端杯饮酒，眼睛也只瞅着桌上的酒菜。这左手便摆弄起这团泥巴来，几个手指飞快捏弄，比变戏法的刘秃子的手还灵巧。海张五那边还在不停地找乐子，泥人张这边肯定把那些话在他手里这团泥上全找回来了。随后手一停，他把这泥团往桌上叭地一戳，起身去柜台结账。

吃饭的人伸脖一瞧，这泥人真捏绝了！就赛把海张五的脑袋割下来放在桌上一般。瓢似的脑袋，小鼓眼，一脸狂气，比海张五还像海张五。只是只有核桃大小。

海张五在那边，隔着两丈远就看出捏的是他。他朝着正走出门的泥人张的背影叫道："这破手艺也想赚钱，贱卖都没人要。"

泥人张头都没回，撑开伞走了。但天津卫的事没有这样完的——

第二天，北门外估衣街的几个小杂货摊上，摆出来一排排海张五这个泥像，还加了个身子，大模大样坐在那里。而且是翻模子扣的，成批生产，足有一二百个。摊上还都贴着个白纸条，上边使墨笔写着：

贱卖海张五

估衣街上来来往往的人，谁看谁乐。乐完找熟人来看，再一块乐。

三天后，海张五派人花了大价钱，才把这些泥人全买走，据说连泥模子也买走了。泥人是没了，可"贱卖海张五"这事却传了一百多年，直到今儿个。

炮打双灯

一

都说静海县西南那边，地里不是土，全是火药面子。把那干结在地皮上白花花的火硝刮下来，掺上硫磺木炭，就是炸药。再加上盐碱，土里的火性太大、太强、太壮，庄稼不生，野草长不到三寸就枯死；逢到大旱时节，烈日暴晒，大开洼地无缘无故自个儿会冒起黑烟来……可有一种灌木状丛生的碱蓬，俗称红柳，却成片成片硬活下来，有时候不知为什么，一下子全死了，死时变得通红通红，像一团团热辣辣的火苗。在夕照里望去，静静的，亮亮的，好像地里的火药全都狂烧起来。老百姓靠山吃山，靠水吃水，靠火药吃火药，自来不少村子，家家户户都是制造鞭炮烟花的小作坊，屋里院里总放着一点就炸的火药盆子，一不留神就屋顶上天、血肉横飞。土匪、游勇、杂牌军常窜到这里来，不抢粮食，专抢火药，弄不对劲儿就药炸人亡。那么此地人的性子又是怎样？是急是缓是韧是烈？拿人们常用的话说便是：点着一根药信子瞧瞧。

牛宝，人称“卖缸鱼的牛宝”，今年二十三，陈官屯人。他祖宗神道，名字起得像算命一般准，牛宝二字就是他的一切。先说牛，他浑身牛一般壮实的肉，一双总睁得圆圆、似乎眨也不眨的牛眼，还有股牛劲，牛脾气，头上没角却好顶牛，舌头比牛舌还硬，不会巧说话；再说宝，他天生一双宝手，虽长得短粗厚硬，手掌像肉饼子，却从杨柳青外婆家学来一手好画，专画大年贴在水缸上求福求贵的缸鱼：一条肥鲤扬头摆尾，配上莲蓬荷花，连年有余呀！那红鱼绿水，金莲粉荷，一看照眼，图样出得富态，版线刻得活泛，颜色上得亮堂，画缸鱼的人多的是，可这喜庆兴旺的劲儿谁也学不来。年年腊月大集上，不少人专等着“卖缸鱼”的牛宝来。一露面，全出手，腊月里攒的钱，够一年四季零花，真像是手里捏个宝，想什么变什么。

腊月十四这天，静海县城的大集已经很有些年味了。牛宝肩扛三百张缸鱼到集上，找一块人流往返的地界儿，站不多时候，卖个干净，别无他事，便轻轻爽爽去往顶西边的炮市看热闹。

这里的炮市，天下少有。原本是条河，年年秋后河水干涸，三九天河泥冻硬，这河床便成了卖鞭炮的集市。牛宝最爱看这阵势，远近各村赶来一车车鞭炮，都停在两岸河堤上，车上鞭炮用大红棉被蒙盖严实，怕引上火。牲口的眼睛一律使红布遮住，耳朵使红布堵上，怕给炮声吓惊。为什么使红色的布？造鞭炮的都是铤而走险，灾祸四伏，据说红色避邪。人们拿着自家制造的鞭炮，走下堤坡，到河床上去放，相互争强斗胜，哪家的鞭炮出众，自然招引很多人来买。这一截子差不多二里长的河床里，浓烟裹眼，烟硝呛鼻，连天炮响震得耳朵生疼。这股子火爆凶猛的劲儿，叫牛宝看得快活，不觉下了堤坡，但还没到鞭炮阵的中央，满脑袋就全是鞭炮屑儿了。

把事情挑出头来的是这女人。这女人一下子跳进牛宝的眼睛里。怎么能说是这女人跳进他眼里？她还离着远呢！可世上好看的女子，都不是你瞧见的，而是她自己招灾惹事活灵灵跳到你眼里来的。她顶大二十出头，头上扎块大红布头巾，两鬓各耷拉下一片黑发，像是乌鸦的翅膀，把她那张又红又白鲜活透亮的小鼓脸儿夹在当中。她人在那么远，牛宝怎么能看得这般清楚？魂儿给勾了去呗！渐会儿，才看明白，北边堤坡一棵歪脖老柳树下，停着一辆驴车，她坐在蒙着大红棉被满满一车鞭炮上。倚车站着两个小子，一个大，一个小，各执一根放鞭用的长竹竿子，这两个小子什么模样，牛宝满没瞧见。

他像驾了云，双脚也由不得自己，幻幻糊糊一步步朝那女人走去。看这女人像看花，愈近愈好看，那眉眼五官，画也画不出这般美，而且清清楚楚，白处雪白，黑处乌黑，红处鲜红，像羊肠子汤那样又鲜又冲……忽然，一杆竹竿横在他身前，牛宝怔住才看清，原来就是站在那女人车前的小子，年龄较大的一个，估摸十八九岁，圆头圆脑，四方厚嘴，肥嘟嘟的嘴巴子冻得像唱戏打脸涂了胭脂，倒是虎虎实实样子，只可惜长了一双单眼皮。这圆头小子问道："你是买炮的，还是卖炮的？"口气很不客气。

牛宝正要回话的当口，从这小子肩头刚好与那女人眼对眼，只觉得两个深幽幽、晃着天光的井眼对着自己，弄不好就要一头栽进去。

心里一恍惚，说出的话便岔出道儿去。

“卖炮的，干啥？”

他哪卖过炮，为什么偏偏这样说？这话一错，可就把自己送上绝路了。

圆头小子说：“这边是俺们蔡家卖鞭炮的地界儿。你要来买炮，俺不拦你；你要卖炮，对不住！你先放一挂叫俺们瞧瞧，要是比俺们强，这地界儿就归你了。”说罢，嘴唇朝天噘，不信天下还有老大，也不信还有老二。

牛宝涌上来一股劲，说不清是叫这小子的傲气激的，还是叫那女人的美色挤的，反正他顶上牛。听完圆头小子的话，拨头就走，到那边炮市中央，在呛鼻震耳的浓烟烈炮中转了两圈，寻到一家卖鞭的，个大，贼响，掏钱买了四挂，都是千头大查鞭，还高价把人家放鞭使的大竹竿也买下来，返回到这圆头小子面前，闲话不会讲，剥开大红包纸，挑起一挂就放，一阵火闪烟腾，声如炸雷，劈劈啪啪连珠般响起来，真是好鞭！惹得不少人围上来并纷纷喝彩叫好。可这挂鞭放完，圆头小子站在原地并没动，嘴仍噘着，一脸不屑的神气。牛宝一瞅他绕在竿子上的一挂鞭，差点没笑出声来，这挂硬纸卷的小钢鞭，分外细小，像是豆芽菜，而自己的大查鞭却同小指头粗，摆在一起，只怕那小钢鞭像一堆耗子屎啦。想必是这圆头小子心虚不敢比试，故作高傲，再不端端架子还不倒下来？明摆着对方叫自己比趴下了！抬眼瞧那女人，愈发兴奋起来，把余下三挂大查鞭扎成一束，使竿子高高挑起，拿火一点，三挂齐响，声音翻番，成百上千小爆竹喷火刺烟，纷纷炸落下来，好似一阵恣肆的弹雨。牛宝不懂放鞭炮的门道，竿子举得过直，许多爆竹就落到他头上肩上手上，还有几个从领口掉进衣服，在前胸后背炸了，这一炸，尤其透过火光硝烟看见那女人正在笑他，立时撒起欢来，粗声吆喊，尖声欢叫，似唱非唱，腿又蹦，肩又摆，手中的竹竿子像是醉汉的腰，东摇西晃，甩得爆竹四下散落，逼得围观的人叫着笑着往后退。有人认出卖缸鱼的牛宝，不知他遇上喜还是撞上邪，跑到这里来瞎闹，耍活宝。

就这时候，空中一声“啪！”清脆之极，像是清晨车把式将那带露水的鞭子，在凛冽的空气里麻利地一抖。

牛宝没弄明白这声音打哪儿来，跟着就听这鞭子在半空中啪啪抽打起来，愈打愈紧愈密，声音毫不粘连，每一响都异常清晰、干脆、刚烈，上下左右，响在何处都一清二楚。牛宝这才瞅见，原来是圆头小子把他那挂小钢鞭点响了。奇了！他这鞭怎么声声都像是钻到耳朵里炸，直要把耳膜炸裂？这炸声还把三挂大查鞭的响声从耳朵里赶了出来，赶到外边，变得像拍打棉袄或吹破猪尿泡的那种闷响，完全成了圆头小子那小钢鞭的陪衬了。真奇了！他豆芽菜似的小鞭，哪来如此大的炸劲儿？当两人竿子上的鞭炮全放净，对面站着，牛宝瞪大眼发傻，圆头小子指指地面，牛宝一瞅更是惊讶。圆头小子身周一片炸得粉粉碎的鞭炮屑儿，像是箩过，细如粉末，足见炸药的劲力；自己四周却有许多爆竹根本没炸开，到处是烧净了火药黑乎乎的纸筒子，围观的人给他起哄，喝倒彩，这算栽到家了。他抬头硬叫自己向歪脖柳树下边望去，那女人也在嘿嘿笑话他，这笑比任何人嘲弄挖苦都叫他难堪。他要是土行孙，当即就扎进地里。羞恼之下，把竹竿子一扔，朝圆头小子说：

“十八号大集，咱再到这儿见！”

“干啥等到十八，”圆头小子神气活现地说，“你要不服，带着好货去独流镇找俺们，那儿后天就是集！”

周围一片叫好，此地人就喜欢这种带劲的话。

二

转过两天，牛宝在独流镇的炮市上拉开阵势。

独流镇的炮市与静海县城不同。十来亩平平坦坦一块场子，四外围着泥坯垒的一道墙，多处坍塌，任人跨出跨进；地上光秃秃，只是戳着高高矮矮许多拴牲口用的木桩，平时这是买卖牲口的地界儿。可一入腊月，卖花炮的渐渐挤进来，鞭炮一响，牲口吓走了，自然而然改做临时的炮市。

今儿牛宝好精神。一身崭新的棉袄棉裤，乌鞋净袜，脑袋一早洗过，此刻太阳一照，墨黑油亮。卖炮的人从没有这般打扮，烟熏火燎，鞭炸炮崩，衣衫多是旧破与糊洞。牛宝平时最不爱新衣，这样一身全新，架架楞楞，生生板板，像是相亲来的。他身边站着一个苍白消瘦的小子，带着病相，一双小眼倒是亮亮闪闪，十二分的精神。这人是他堂弟，名唤窦哥，专门折腾花炮的小贩。昨天牛宝请他买来一批上好鞭炮。窦哥既钻钱眼，也讲义气，买卖道上很有情面，这批鞭炮是他打沿儿庄“万家雷”家里买出来的。这“万家雷”不单名满静海，还在天津卫宫前大街和北平的厂甸设炮摊，挂字号，有几分名气。人说“万家雷”能开山打洞，装进大炮膛里当炮弹使。

牛宝连夜把鞭炮上凡有“万家雷”的戳记都扯下来，换上红纸，临时使块杜梨木刻条大鲤鱼盖上去。自打静海造炮千八百年来，还没见过这字号。转天满满装一小车，运到集上，车上车下摆得漂漂亮亮；大挂的万头雷子鞭，一包三尺多高，立在车上，像半扇猪，极是气派。牛宝和窦哥各拿一根大竹竿，足足两丈长，左右一站，好比守阵门的两员武将。

对面是圆头小子，手握长竿，挑一挂红纸大鞭，横刀立马站在前头。后边是装满鞭炮的驴车，那女人面雕泥塑般坐在车上。车前，除去那年龄小的小子，还多出一个黑瘦瘦的男子。他们腰上全扎一条避邪用的红布腰带。炮市上的人看这阵势，知道要比炮，都围了上来。

窦哥一瞅对方，眼珠惊得差点没掉在地上，扭脸对牛宝低声说：“牛宝哥，你咋跟他们斗上气儿了？人家是文安县蔡家呵！在天津卫‘蔡家鞭’和‘万家雷’齐名，前二年蔡家老大给火药炸死，蔡家人不大往咱静海这边来了，‘蔡家鞭’也见不着了。哎，你瞧，坐在车上那俊俏人就是蔡家大媳妇，名叫春枝，方圆百里，打灯笼也难找着这么俊的人儿！可惜守了寡！这圆脑袋小子是蔡三，倚车站着的是蔡家老二和老四，都是放炮的好手。咱的炮再好，也放不过人家，更别说人家‘蔡家鞭’了！”

牛宝听了，脑袋里只多了春枝，根本没有“蔡家鞭”，还要多问，可不容他说话，圆头圆脑的蔡三已经将竹竿子使劲划起圈儿来，直把拴在竿尖上的那挂鞭甩成一条直线，在空中呜呜响。卖鞭的人都这么做，显示自己编炮使的麻绳结实不断。跟着，蔡三又变了手法，耍起花活，叫手中的竿子转起来，半圈紧，半圈松，一紧一松，有张有弛，那鞭就忽弯忽直，忽刚忽柔，蛇舞龙飞，十分好看，还没点炮，就引得人们叫好。随后，竹竿往地上噔地一戳，鞭炮垂下来，点着就炸，声音比上次那小钢鞭响几倍，震得周围一些拉车的牲口慌慌挪动身子和腿，受不住，要跑。

牛宝挑起一挂雷子鞭也点响，“万家雷”名不虚传，个个爆竹都像炸雷，带着一股烈性与豪气，只比蔡家的大鞭强，绝不比蔡家弱，也招来一阵喝好。

两边就紧紧较上劲儿。

只见蔡三往右边一闪，小小蔡四从车子那儿走来，手提一挂巨型大鞭，每只都有黄瓜一般粗，总共十二只，像是提着一串长茄子，引得人们喊怪叫奇。蔡四身小，虽然斜向上举，最下边的一只大鞭依然嚓嚓蹭地。牛宝头次瞧见这般大的鞭。窦哥告诉他：“这叫‘一步一响’，走一步，炸一个，这是蔡家鞭的看家货，已经多年见不到，你一听就知道了。”他掏钱给了身边一个熟人，嘀咕些话，然后对牛宝说：“我叫人去买他几挂，有几挂这鞭当幌子，今年多赚一倍钱。”

蔡四走到场子中央，蔡三帮他点着药信子，大鞭炸开，响声像打炮，震得看热闹的人不单堵耳朵，还闭眼。小小蔡四却毫不为之所动，炮炸身边，浓烟蔽体，他却像提着笼子遛鸟，从容又清闲，叫人佩服蔡家人鞭炮这行真有功底。

蔡四稳稳当当走了十二步，一停，手里的大鞭刚好放完。一时不少人涌上来，争买大鞭。窦哥扬手大叫：“别急，还有更好的家伙哪！”他从车上抱下来一个天下少见的大雷子炮，立在地上，一尺多高，快要齐到膝盖，小胳膊粗，药信子像根麻绳，大红纸筒，上边盖的戳记是条墨线大鱼。

“娘哟！这不是炸城池子用的吧！”有人惊叫道。

“你瞧炮上那条鱼，挺像是牛宝的缸鱼，哎，那壮小子是牛宝吧，他咋改行卖起炮来了？”人们议论着。

春枝在车上，仍旧像娘娘庙里的泥像，端坐不动，只是眼睫毛偶尔惊颤一下，那是听人们议论时的反应，这反应却不为任何人发现。

牛宝拿香点着大雷子炮，轰地炸开，烟腾火起，声如天塌地陷，近前的人溅了一身黄土，没人叫，都呆了，像是出了大事。连牛宝都发蒙，一时竟不知发生什么意外。面皮生疼，是大炮炸开气浪拍打的。

惟有蔡家人眼皮眨也没眨，但这一炸，却使春枝对眼前的事全然明了。

随后两边各逞其能，蔡家人放炮似有用不尽的花样，可牛宝一招不会，新棉袄叫炮打煳了两大片，一只耳朵打红了，差点丢人现眼，多亏窦哥常年贩炮，见多识广，会些小伎俩，支应着局面，但要不是“万家雷”货真价实，东西地道，也早叫蔡家打趴下了。看来，真东西没亏吃，此亦万事之理。

蔡家老二放“二踢脚”的本事，叫人赞叹不已。他打开两把“二踢脚”，一个个插在红布腰带上，站到场子中央，先照寻常手法放上天空。蔡家鞭好，炮一样是头等。这“二踢脚”飞得高，炸得脆，高空一炸，碎屑飞散，像是打中一只鸟，羽毛迸开，飘飘飞去。他这样一连放三个，便换了手法，把“二踢脚”倒拿手里，点着药信子，先叫下边一响在手上炸了，再用力抛上天空，炸上边一响。想叫它在哪儿炸就在哪儿炸。圆头圆脑的蔡三在两丈开外举起一挂鞭，蔡二看准，点着“二踢脚”，炸掉一响后，把余下一响抛过去，正好在那挂鞭下端炸开，当即引着那鞭，噼噼啪啪响起来，更引得周围一个满堂彩。这蔡老二得好却不罢手，更演出一手绝活。他像刚才那样倒拿“二踢脚”，炸掉下边一响后，却不抛出手，而是交给另一只手，抓住炸开的下半截，叫上边一响在另一只手上炸。两响不离手，一手一响，这招极是危险，换手慢了，就把手炸伤。但他黑瘦瘦、紧绷绷的脸上老练而自信，动作从容又娴熟，好像玩一条鱼。

牛宝见对方压住自己，心里着急。

窦哥说：“在天津卫大街上摆炮摊，不叫你乱放‘二踢脚’，怕引着房子，崩着人，‘二踢脚’就这样拿在手里，放给人看。蔡老大，就是那女人死了的爷们儿，还有手活儿更绝，他把大雷子夹在手指头缝里，一个指缝夹一个，两手总共夹八个，平举着，八个药信子先后点着，哪个快炸，松开哪个。叫雷子掉下来炸，可又不能碰地，碰地会弹起来崩着人。这火候拿不准，手指头就炸飞了。如今蔡老大一死，没人敢要这手活了。哎，牛宝哥，你咋直眼了。”

牛宝听着这话，眼盯春枝，脑袋里轰地涌出个念头，他对窦哥说：

“你给俺把大雷子夹在手指头缝里，俺试试。”

“你疯啦，这手活是拿空炮筒子练出来的，咋能使真的试？炸坏手，你使啥画缸鱼，俺不干！”窦哥说。

牛宝不理他，从车上取些大雷子，一个个夹在手指缝里，平举双臂，瞪大眼，用一种命令口气对窦哥说：“点上！”

窦哥见事不好，想扔下香头跑掉。

谁知牛宝这么一来，蔡家哥仨如同中了枪弹，怔住。春枝脸色十分难看，像是闹心口疼。蔡三红着脸喊道：“这小子当俺们蔡家没人，欺侮俺们嫂子，拼啦！”哥仨疯了似的冲过来。还有蔡家同乡和要好的也一齐拥上。

牛宝还没弄懂这缘故，就给蔡家人摁在地上，窦哥也被揪扯住。对方喊着要把雷子插进他们屁眼儿点上，窦哥吓得叫救命求饶，想解释，却不知牛宝与蔡家究竟什么仇。牛宝给十来只大手死死摁着，摁得愈死，他犟劲愈大，用力一挣，脑袋刚抬起来，嘴巴反被压下来，在冻硬的地皮上蹭破，火辣辣地疼痛。蔡老三问他要干啥，他火在身体里撞，嘴更笨，索性大叫：

“俺想做你哥，俺想做蔡老大！”

这话叫在场的人全傻了！傻子也没有这么说话的。蔡家哥仨气得发狂，把他拉起来，用几十挂大鞭把他浑身上下缠起来，要炸他。牛宝使劲使得脖子脑门全是青筋，叫着：

“点火，点火呀！死活我是你哥啦！”

蔡三攥着一把香火，指着牛宝说：“你欺人太甚，俺豁出去吃官司，坐大牢，今儿也要把你点了。大伙闪开，我个人做事个人当——”说着就要冲上去点。

“慢着。”忽然响起一个清亮的声音。

牛宝瞧见春枝竟站在他身前，一手拦着蔡三，面朝自己。这张脸就是在杨柳青年画《美人图》上也找不着，可此刻满面愁容，两眼亮晃晃，厚厚包着泪水，像是委屈极了。在牛宝惊讶中，春枝说：“你不好好卖你的‘缸鱼’，弄来这些‘万家雷’来闹啥？你要再来搅扰俺，俺就亲手点这鞭！”然后对蔡家哥仨说，“回家！”一扭身，一大片眼泪全甩在牛宝当胸上。牛宝觉得，像是一排枪子打在自己身上。

春枝和蔡家人去了，浑身缠着大鞭的牛宝，像那拴牲口的木桩，直呆呆戳在那儿。

三

如果牛宝不去沿儿庄，他和春枝这段纠缠也就此罢了。自己一时迷糊、冒傻、犯浑、把人家好好一个女人逼成那份可怜相。究竟春枝因何这般痛苦不堪，他琢磨不透。眼盯着溅在他棉衣上春枝的泪痕，后悔到头，不住地骂自己，最后把剩下的半车鞭炮堆在大开洼里点了，炸成火海雷天，惹得邻村人敲锣报警，以为谁家造炮，中了邪火，炸了窝。

转过两天，窦哥提着两瓶老白干，一包天津卫大德祥的鸡蛋糕来找他，要一同去沿儿庄谢谢人家姓万的，不管牛宝自己的事如何，人家"万家雷"真给使劲儿，那巨型的大雷子炮是万老爷子特意做的，真叫激动人心！这事关着窦哥生意道儿上的情面义气，牛宝便随窦哥来到沿儿庄。

沿儿庄人上至七老八十，下至童男童女，倘若不会造炮，非残即傻。尤其在这腊月里，家家院子的树杈上、衣竿上、屋檐下，都晾满整挂整挂沉甸甸的大鞭，好比秋后拿线串成串儿、晒在屋外的大辣椒；墙头摆满成盘的雷子两响，像是码起来的大南瓜，极是好看。那些进村出村的大车装满花炮，蒙上大红棉被，在冰天雪地里更是惹眼。这腊月的鞭炮之乡虽然十二分的热闹，却听不到一声炮响。静得绝对，静得离奇，静得叫人揪心。

牛宝万万想不到，这位跟火药打一辈子交道的万老爷子，竟然胆小如鼠，甚至胆小不如鼠。三九寒冬，屋里和屋外一般冰，炕不生火，灶不烧柴，茶碗里的水全结成冰，惟有说话时从嘴里冒出点热气。牛宝和窦哥一进门，万老爷子就嘀咕他们身上有没有铁器、抽烟打火的家伙，鞋底钉没钉"橘子瓣儿"？还非叫他俩抬脚亮鞋底，看清楚才放心。窦哥假装不高兴地说：

"万老爷子每次都这么折腾我，下次我得光屁股来了。"

"别怪我疑神疑鬼。火是我们这行的'災'。我不认字，我爹说'災'字就是下边一个'火'字，上边三个火苗。所以俺们非到做饭时才生火，烟也不抽，家里除去做饭的锅，不准使一点铁器。那九十堡的‘炮打灯’杨四，就是秤火药时，秤砣掉在地上，迸出火星子，把一桶火药引炸，炸得杨四没有尸首，秤砣飞出半里多地。火这东西不知打哪来的，有时两家隔一道墙，这家点烟，火竟能穿墙过去，把那家屋里的鞭炮引着，火可邪啦……”万老爷子说到这儿，两眼发直，像是见到鬼，“哎，窦哥，你可小心点桌上那盆火药！”

待窦哥把“万家雷”前天在独流镇显威风的情景，一说一吹一捧，万老爷子才松开面皮，满脸直垂的皱纹也打弯了，呲开一嘴黄牙笑了。这儿井水盐碱也大，人牙焦黄。他神情得意地问道：

“俺那大活咋样？”

“还用说。生把土地炸个大坑，人说再炸就炸出个井来了。是不是这么说的，牛宝哥？”窦哥朝牛宝挤挤眼，叫他帮腔，哄万老爷子高兴。

牛宝嘴拙，找不着话说，只傻笑，点头。

万老爷子愈发得意，笑眯眯再问：

“你们跟谁家比炮？”

“俺们咋能拿您的‘万家雷’去跟无名小辈比试，那不成请关老爷和小兵小卒比高低了？对手是文安县‘蔡家鞭’蔡家，行吧？”

“噢？”万老爷子惊讶得很。他说，“蔡老大一死，都说蔡家关门不造炮，挂在天津卫的牌匾都摘了，怎么又出头露面，是不是假冒？”

“咋能假冒呢？蔡家四个大活人都在场呀！”

“咋四个？”

“蔡家老二、老三、老四，哥仨……”

“对呀，才仨，咋四个呢？”

“还有人家蔡老大的那俊媳妇春枝呢。春枝她——”窦哥说到春枝，看牛宝直了眼，便赶紧停住口。

“窦哥，你嘴动，胳膊别乱动，小心俺那火药盆子！”万老爷子叫道。然后叹口气说，“春枝那孩子命够苦，三个跟她贴近的男人全给炸死了——她爹，她公公，她爷们儿！俺说她是火命！是火！是灾！”

牛宝听得惊异不已，他死也想听明白；窦哥完全清楚牛宝的心思，何况他自己也想知道这闻所未闻的事，便死乞白赖，东绕西套，终于从万老爷子肚里掏出下边的话：

“哎，窦哥，俺当你万事通呢，你咋不知春枝姓杨，她爹就是九十堡‘炮打灯’杨四呵。还是大清时候，天津卫炮市上就有句话，是‘蔡家鞭，万家雷，杨家的炮打灯’，这都是上两辈人创的牌子，到今儿全是百年老炮了。那时，因为杨家是本县人，跟俺们万家熟识，蔡家远在文安，相互只知其名罢了。到了俺们这辈，杨家跟蔡家认识了，很要好，两家给春枝和蔡老大定了娃娃亲。可春枝十岁就死了妈，跟她爹相依为命过日子。后来孩子们长大，该成亲了，蔡家老头子就去找杨四商量嫁娶的日子，杨四怕春枝走了，一个人受不住孤单，非要蔡老大倒插门。其实蔡家有四个儿子，少一个在身边怕啥？蔡家老头子偏不肯，谈崩了，都上了火气，蔡家老头子回家喝闷酒，一头醉倒，睡成烂泥巴，忘了热炕上还烤着几十挂受了潮的大鞭呢！一下烤过了劲儿，炮炸火起，怪的是四个大小伙子愣没打火里弄出他们爹，活活烧死。蔡家人恨死杨四，没人提那婚事。过两年，哎，就是俺刚头说过的——杨四同村人来找他借点火药，提着杆秤来称分量。造炮的人弄火药绝不准使铁器，勺用木勺，铲用木铲，他怎么忘了秤砣是个铁疙瘩呢！秤杆一斜，秤砣砸在石头上，火星子迸进火药里，生把人炸得净光光，连根骨头也没找到，你们说奇不奇？好好一个人，像是变成一股烟，影都没留下，这是遭了啥罪？啥灾？杨家只剩下春枝孤孤单单一个闺女。那蔡老大来向她求婚，她不肯，不知因为她爹欠着蔡家一条命，还是怕一走，‘炮打灯’杨家的根儿就此绝了？蔡老大打小跟春枝要好，知道这闺女的性子比火药还强，他竟造了一百个‘炮打双灯’去到杨家门口放。意思是你杨家的祖业给我蔡老大接过来了，绝断不了根脉。蔡老大是造炮好手，更是放炮好手，他把‘炮打双灯’一个个立在手掌上托着放。凡是打上天的炮，头一响都得用‘竖药’，只往高处蹿，不往横处炸。顶多觉出点坐力来，绝不会伤手。这又表示，他蔡老大已经把杨家的‘炮打灯’学到家了。一百个放完，春枝流着泪出屋，二话没说，跟他去了文安……哎，窦哥，这些事你咋会不知道呢？”

“只只片片听见过，可各村各庄造花炮的年年出事，年年死人，哪会连成您这么长的故事！”窦哥说，“俺倒听人说过蔡老大的死，他是惹了大仙吧？”

“说是也是。春枝嫁到蔡家第二年，也是年根底下，她做了一盘‘炮打灯’，打算在三十夜里自己放，祭祖呗！她剩下一捧炸药没处放，就使高丽纸包个包儿，塞到鸡窝后边夹缝里。这地方平时绝没人去碰，最保险，谁知夜里闹黄鼠狼偷鸡，蔡老大起身摸根木头棍子去打黄鼠狼，眼瞅着黄鼠狼钻进鸡窝后边夹缝里，这也奇了，它上房翻墙，跑哪儿去不成，偏扎到火药包上，蔡老大拿棍子一捅，嘿，正好，轰地生把蔡老大炸得人飞起来，撞在屋檐上，再摔下来，成了血人……唉，怎么这样巧，又都巧到春枝一个人身上？也是命呗！出殡那天，春枝把自己编了十天十夜的两挂大鞭，足有几十万头，挂在大门两边老树上，放起来足足响了整整一夜，直叫整个村的人听着听着，都听哭了……”

牛宝听到这里，忽地翻身趴在地上，给万老爷子叩头。万老爷子懵了，忙弯腰搀扶，说道：

“俺哪句话伤着你了，快起来，快起来，告诉俺，俺赔不是！”

牛宝却不起身，脑门撞地，咚咚山响，然后抬起泪花花的脸说：“您得教俺造‘炮打灯’，您得教俺造‘炮打灯’，您得教俺造‘炮打灯’……”反反复复只这一句话。

万老爷子更糊涂了，窦哥心里却明白，他害怕牛宝再去惹事，但牛宝犟上劲儿的事，愈拦愈坏，因此他非但没有劝阻，反也趴在地上给万老爷子叩头说：

“您成全俺哥哥吧！”

这句话像是在万老爷子脑袋里点了盏灯。万老爷子先是惊讶，随后摇着头低着声说：

“要说春枝是个好闺女，懂事明理，知情讲义，可惜她天生是火命，是灾祸！你去问问文安县的光棍，还有人敢娶她做老婆吗？听俺一句吧，老弟！你只要一沾她，灾祸就扑上身，快快绝了这念头！”

牛宝额头顶着地，一动不动，说话的声音便又闷又重：“俺……俺死活要当蔡老大。”他不会再多说一句。

乡里人之间并不靠说，哼哼两声，谁都能知道谁的意思。万老爷子叹口长气，无奈地说道：“都是命里有呵！好，都起来吧，俺教！”他屁股没离凳子，一转，旁边就是一头吊在房梁上的赶版。他使这赶版一下一个，赶出四五十个炮筒子交给牛宝。然后把桌上的火药盆子和几个料碗端过来说："一硝、二磺、三木炭，火药就这三样东西。你要想往天上打，少放磺，多放炭，这叫竖药；你要想往横处炸，多放磺，少放炭，这叫横药。'炮打灯'是把灯往天上送，下边一响必得用竖药。听明白了？硫磺好买，县城里铺子就卖，木炭你自己会烧？"

"俺画样子就拿木炭起稿。把柳树枝用泥封在洋铁罐里烧，行不？"牛宝说。

"这可不行！造炮的木炭不能使柳枝，只能用青麻秆。"

"麻秆倒有，可硝到哪儿去弄？"

"碱河边有的是，白花花一片片。人说文安、任丘那边地上的硝更好，是火硝。"窦哥插嘴说。

"使那硝造炮，还不如放屁响。俺告你们个绝密。你们要是说给外人，俺就使炮炸了你们——"万老爷子凑过织满皱纹的老脸，表情神秘，压低嗓音说，"你们就到俺家对面那茅厕后的墙上去刮。"

"那是尿硝呵！"窦哥说。

"谁说不是。这村里人身上全是硝，尿出来的尿烫手，结成的尿硝才有劲儿哪！我家的不行，人老了，没火力。对面崔家五个小子，个个像小牛，那硝面子才是好东西。"万老爷子说，"这硝弄回去，可不能直接使，先用锅熬，熬成水，泼在木炭上，晾干压成粉再掺硫磺。记着，一份硝炭，一份半硫磺。'炮打灯'使竖药，还得多放硝炭！"

"那打到天上的灯，咋做法？"牛宝问。

万老爷子说："这东西叫明子，你不会配，俺送你些吧。"他从身后拿出两个瓦坛子，里边装着黄豆大小、药丸似的东西，各拿出几十粒，分别使红绿纸包上。"这红纸包的，打到天上就是红灯，绿纸包的打到天上是绿灯。'炮打灯'有很多样儿，有一响一灯，有两响七灯，俗称'炮打七灯'，可灯色都是黄色的。惟有这'炮打双灯'，一红一绿，打到天上才好看哪！听俺爷爷说，大清时候，男的向女的求婚，就在人家房前放这炮。当年蔡老大在杨家房前放'炮打双灯'，多半就是这意思。"

牛宝呼喇一声又趴地上，给万老爷子连叩响头，像是遇到救命的大恩人。他动作太猛，差点把桌上火药盆子撞下来，幸亏窦哥眼疾手快抱住了。

待牛宝与窦哥千恩万谢告辞回去，万老爷子一人叹息、摇头，还狠狠砸了自己几拳，好像自己伤天害理、送人上西天了。

牛宝和窦哥出来就绕到对面茅厕后边。一看，沿墙根白白的，果然都是尿硝，又厚又硬，使瓦片刮下来，晶莹闪亮。两人正刮得带劲，有个孩子喊："有人偷硝了。"吓得他俩赶紧使帽头兜上硝面子，慌张逃出村，再逃回家。

牛宝照万老爷子的法儿，买料、配料、装活，他平日里干活儿认真，可此时脑袋着魔了，总一闪一闪老年间求婚使的那一双双红灯绿灯，糊里糊涂弄不清硝炭同硫磺，该是哪多哪少，装了一半，便不敢再装了。傍晚时候，窦哥来了，两人一说，窦哥笑道：

"你脑袋里净是那春枝啦，咋弄得清呢？'炮打灯'使竖药往天上打呗，多掺些木炭不就行了！"牛宝往药里又加些木炭。两人在房后空地上试了两个，真鼓捣成啦！一响过后，打炮筒里飞出两条亮线，一红一绿，直上天空，老高老高，跟着变成一红一绿两盏灯，极亮极艳，照得天都暗了。窦哥看去，这双灯不在天上，而是在牛宝眼里。那大眼眶子中间，绚烂五彩，烁烁逼人。可窦哥哪知，刚刚牛宝往火药里加木炭之前，已经装成的一些炮，配料正好弄反，竖药成了横药！

四

静海县城逢四逢八是大集。今儿是腊月二十八，大年根儿，赶集是最后一遭儿，买卖东西的人便都翻几番，穿戴也鲜活多了；炮市上更是气势压人，河床上烟火连天，炸声如雷，像是开了战；两岸堤坡装鞭炮的车排得密不透风，好似千军万马列成长蛇阵。牛宝和窦哥手拿一包"炮打双灯"，蹲在一辆牛车后头，等候天晚人少。牛宝目光穿过大车轮子，一直死盯着春枝。她依旧在那歪脖柳树下，坐那驴车上，依旧黑衣服、白脸儿、红头巾，但她不像前两次木雕泥塑般纹丝不动，而是把俊俏小脸扭来扭去，东张西望，像是找什么。蔡家哥仨放鞭卖炮，忙前忙后，她却像没瞧见。

下晌后，炮市明显歇下劲来，停在堤上的大车走了许多，零零落落，不成阵势；河床中央的硝烟也见稀薄，看出一个个人来。日头西沉，景物、天空乃至空气全变暗，火光反显得分外明亮。渐渐剩下的人多是鞭炮贩子，吆喝喊叫加劲闹，无非想把压在手里的货甩出来。鞭炮这东西，压过腊月二十八，就得压上一年。地上炸碎的鞭炮屑儿，已经铺了厚厚一层，歪脖树下的蔡家人开始收拾摊子，也要返回去了，就这时牛宝带着窦哥突然出现在蔡家人面前。

春枝眼睛一亮，像是这才定住魂儿。

蔡家哥仨马上抄起家伙走上来。他们见牛宝立眉张目，嘴角紧张得直抖，有股子决然神气，以为并非比炮，只是要报复前仇，拼命来的。可牛宝不动手也不动嘴，他把厚厚大手平着向前一伸，掌心朝上，中央摆着一个“炮打双灯”，大红炮筒，绿纸糊顶，还使黄纸盖个鲤鱼戳记粘贴中间，鲜艳漂亮，不是画画的牛宝，谁能把花炮打扮成这个样儿？蔡家哥仨一看，立即明白牛宝要干什么，气急眼红，竹竿子给抖动的膀臂震得哗哗响。他们回头看春枝，等待嫂子下令，他们就把这欺侮人到家的小子活活打死。只见春枝脸刷白，没一点血色，紧咬着嘴唇，两眼却像一对小火苗，闪闪冒光，叫蔡家哥仨不明白。

牛宝拿香头把立在手心的炮点着，一声响过，一对浓艳照眼的红绿双灯，腾空而起，他人也觉得随同升起，绚烂地呈现在幽蓝的晚空上。一个放过，窦哥就递上一个，一双双火弹连续不断打上天，美丽、响亮，又咄咄逼人。春枝抬头看灯，这双灯是她的过去——她最好的日子和最美的希望；而双灯一亮一灭，便是她坎坷多难的岁月经历，她入迷了。

突然，一声巨响，一个炮在牛宝手心爆炸，没往天上蹿，却往横处崩，手心登时裂开，血淌下来。窦哥急得忙把塞在牲口耳朵里的红布拉出来，要给牛宝缠手，一边叫着：“牛宝哥，别再放了。人家春枝不会跟你的……”

牛宝抢过红布一扬，朝窦哥喊道：“拿来，拿炮给俺！你不给俺就宰了你！”他瞪圆一对牛眼，像门神，很吓人。脑门上的青筋鼓起来嘣嘣直跳。

一个炮递过去，又炸了手心，眼瞅着皮开肉绽，手掌像托着一盘炒鱿鱼卷儿。窦哥忽想到万老爷子的话，一股子不祥之感透入骨头，不觉心寒胆战，掉着眼泪哀求道：

“咱中了万老爷子的话了，再放下去没命了，求你快回家吧！”

牛宝不吭声，像是没听见，一个个炮立在血肉模糊的手掌上，点着药信子，有的飞上去，有的往横处乱炸，完全没有准，血点子滴了一片。蔡家哥仨和周围的人都看呆了。决死的人跟神仙差不多，叫人敬畏。那打上去的双灯，像是带着血，变成血灯。牛宝后牙咬得咯咯咯响，努力不叫托炮的胳膊打颤，两眼死死盯着春枝。春枝坐在车上一动不动，但双手紧紧抓住盖在车上的红棉被，好像一松手，人就要掉下车来。

牛宝又点着一个“炮打双灯”。他万没想到这炮筒子里硫磺这么多，几乎是炸弹，猛烈一声巨响，火光闪着血光，牛宝倒在地上，春枝倒在车上。

一年后，还是腊月里，牛宝赶车往县城赶集，左手扬鞭，残断的右手缩在袄袖里。他拿不成笔，不能再画缸鱼了，改卖“杨家的炮打灯”，而且只卖“炮打双灯”。满满一车花炮盖着大红棉被，上头坐着一个鲜艳如花的女人，便是春枝。

但人们说到他俩，都暗暗摇头。窦哥无意间，把万老爷子应验了的预言泄露出来，大家更信春枝这女人是火、是灾、是祸，瞧！她还没进牛家门，就叫牛宝先废了一只手，而且是干活画画的手，这跟搭进去半条命差不多。牛宝听到这些闲话，憨笑不语，人间的苦乐惟有自知。

鹰　拳

一

那时，天津卫的民园球场好比穷光蛋的家。一块黄土地，两个破球门，外边一道围墙，四角留四个口儿，没有门，也算门，踢球看球，出入随便。如果把围墙拆了，球门拔去，简直就是块荒地。别瞧它这份穷相，在四十年代天津卫的球场中，还排老大。

这儿是英租界，又叫“英国地”。外国人好踢球，各国侨民、驻军、水兵，常常一伙一伙到这里来，美国兵的营盘离这儿也近，闲时也来。外国人自恃人高马大，身强体壮，不把看上去弱小的中国人当回事。但往往他们会出乎意料地败在此地中国人的球队“十一友”的脚下。

这“十一友”，都是群干力气活儿的棒小伙子，家在球场附近，每每工余，就聚在这里过一过脚瘾。人并不止十一个，由于赛球时规定上场必需十一人，所以叫作“十一友”，表示知己朋友，一个心气儿。他们打小在这里一起玩耍长大，相互要好，配合极熟，个个练就漂亮的脚下功夫。这中间有哥儿俩姓孟，瞧他俩踢球不比看李万春的猴戏差。不单踢得巧，又骁勇无比。大概球迷们把他俩的姓儿听差了音，都叫“大猛”和“二猛”。当他哥儿俩凭着花哨又扎实的脚底功夫，戏耍那些大个子外国人时，四周观战助阵的中国人便扯着嗓子起劲叫好，仿佛把平日在租界里受洋人那些窝囊气，在这喊叫声中，也痛快地发泄出来了。

球场四边没有看台可坐。逢到这种球赛，边线外边都密密麻麻站满了人。卖风糕、药糖、爆肚儿、杨村糕干和炸豆腐的，都把车儿、挑儿、架儿弄进去，一时热闹非凡。但是，哪怕球场里闹翻天，围墙一角，却有一位老者，好像聋子，充耳不闻，面壁而立，聚精会神地打拳。别看他不向球场抛一眼，人们却常常把目光丢向他那边。到这球场来练拳习武的人并不少，为嘛偏偏他这么惹眼？

二

单看他的相貌就卓尔不群。

六十大几的岁数，背不驼，颈挺腰直，板子一样硬朗。一件爽利的灰布长衫套在他瘦小的身上，翻过来的袖口露出雪白里子，乌靴净袜，黑白分明，干净利索。瘦巴脸儿，圆框眼镜，镜片后面一双眼睛像年轻人那样亮堂有神。下巴蓄着一缕胡须，捋得顺顺溜溜。有时，打过拳，身子热了，脱下外边的长衫搭在胳膊上，身上只穿一件对襟的"什锦白"褂子，白衣映衬红润润的脸，好比白云托着红日。谁见过这么爽健透亮的小老头儿？

更惹人注目的是他的拳法隔路。打起拳来，身子好比一只鸟儿，两条胳膊像老鹰翅膀，缓缓扇动，一起一落，柔里带刚，好像拍着翅膀，翱翔太空一般；忽儿又耸肩缩颈，仿佛要袭击奔突在地上的走兽，真是又美又带劲！这叫哪路拳法？有位眼界开阔的人说，这叫"鹰拳"，又叫"鹰爪掌"。别瞧他动作柔美，碰上就不得了。不信，看他的手——五指勾曲，真像一双鹰爪子，手背上筋络外突，似有奇力。若非内功深厚的人，甭想练这套拳。鹰拳，又是渊源何处？人说少林拳中有龙虎豹蛇鹤五种拳式，这鹰拳是否从鸟拳里演化出来的，还是像四十年前的义和拳，属于旁门左道的独家拳术？

对谁好奇就琢磨谁。有些人在老者练拳时，站在一旁搭讪，想探问其中究竟，老者却逢人不理。他两个月前才到这儿打拳的，天天准到。若非清晨，就是下晌。来到这儿打一趟拳便走，从来不拿眼睛瞧人。好怪僻！可是高人都有点怪脾气。这位老者是打哪儿来的呢？谁也不认识他，问谁去？

有个叫锡五的小子，常在球场闲逛。他家里有钱，不用做事，闲得慌，家门口守着球场，没事就来玩玩。好喜拳脚，却没长性，杂七杂八的朋友一大群。朋友多，耳朵灵，天底下的事，无论好坏他都知道。不知他从哪儿打听到这老者的来历：

据说这老者是河东陈家沟人。以前天天在海河边打拳，功夫出奇，人说他一口气儿能把杨树尖上的老鸹窝吹飞了。别以为这话玄了，还有人说“亲眼见过”呢！

如果再听听，他从海河边挪到这儿打拳的缘故，那真成了传奇小说了！

陈家沟有个船夫，名叫滕黑子，在南运河使船，性子愚鲁，有些蛮力。前年行船到静海，为点儿屁事和一群汉子打起来，虽然力大，以一对十，渐渐不支，眼看就要吃亏。幸巧旁边一条船的艄公来帮他，只拿一根篙竿，就像用草棍拨弄蚂蚁似的，轻描淡写便把那群汉子赶跑。滕黑子认准这艄公是位异人，要向艄公拜师求艺，艄公不允，他就面对艄公的船，在泛着碱花的河滩上跪了三天三夜，直把膝盖跪进泥里。艄公受了感动，把他带走。一年后，滕黑子回到陈家沟，继续使船，兼给怡和洋行运货。五百斤的大麻包放在一丈长的条凳上，运足力气，蹦地一拳，把麻包打出七八尺远。懂眼的人说，滕黑子练的是形意门中的蹦拳。俗话讲“太极四年不伤身，形意一年打死人”。他得了真传！从此，大伙一捧，滕黑子气儿也粗了，居然当众说出狂语来：

“在海河边打拳那老头来了，也管叫他走着来，爬着回去。”

这话立即像一阵风吹到鹰拳老者耳朵眼儿里。有人就挑唆老者去杀杀滕黑子的威风。这位挑唆者不过想看看两雄相斗，谁更厉害。但老者只是笑，不肯去。滕黑子知道了，以为老者惧怕他，无形中好似自己的本事又长出三分。河东陈家沟就成了他的天下，走路时两条膀子像黑熊那样支棱开，步子都往横里迈。厉害的人，愈不讲理气儿愈顺，日子一久，便不免生出几分霸气来。天津城有名的青帮头子袁文会知道了，竟然要亲自登门邀请滕黑子入会，壮壮帮会声威。陈家沟人听了个个害怕，倘若滕黑子加入帮会，一面为虎作伥，一面如虎添翼，就成当地的一害了！可是，滕黑子要和袁文会勾手，谁能拦住？

这当口，一天傍黑，那鹰拳老者穿得干干净净，只身到他家串门，进去不多时候，滕黑子把老者客客气气送出门来。转天一早，滕黑子家居然空了，据说天亮前滕黑子把家搬到船上划走了，划向哪里，没人知道。

滕黑子离家出走的事，肯定与鹰拳老者有关。但是，老者用嘛法子叫这个不可一世的滕黑子乖乖离去的？显然露出了真玩意儿，把滕黑子镇住降伏。但谁也没瞧见，只是揣摸。武林高手的真功夫是不轻易叫凡人瞧见的。所谓真人不露相，露相非真人。这事一传开，老者声名大振，登门求教者不绝。老者闭门谢客，深居简出，也不去海河边打拳。日子一久，又怕搁软身子，就躲到“英国地”来练。

——锡五的话向来有虚有实，人们不信也信。

说法能改变看法。于是这老者在人们眼里顿时变得神奇莫测。人们不时瞧他一眼，是巴望看到他露出一手什么飞檐走壁、捏铁成泥、刀枪不入的绝招来。谁知，时过不久，这种奇想居然真的得到满足啦！

三

六月初，天热起来。民园球场忽然来了二十多个外国大兵。蓝眼、红脸、黑胡子，嘛样都有，全像水牛一般强壮。其中一个又高又黑，下巴满是打卷儿的胡子，远看像口大黑水缸。他们骑车，双手不扶车把，怀里抱着啤酒、罐头、拳套、足球，连喊带叫进了球场的西南门。一进门，双脚一扬，屁股一抬，从车上跳下来，车子自个儿照旧往前走，然后乱七八糟砸在一起。他们把东西往地上一放，跑进球场一通乱踢，直踢得大汗淋漓，便找块荫凉地，横躺竖卧，打开酒和罐头，胡吃海塞。野性撒尽，便把车子提起来，往大胯下边一塞，一窝蜂走了。人们从来没见过这伙外国兵，既不像当地的英国兵，也不像是营盘那边来的“大老美”。有人说这是德租界那边来的德国兵，也有人说是从海外来的、临时上岸歇假的荷兰水兵。

这伙外国兵天天来。一天，“十一友”也来练球，两边语言不通，用手一比划就明白，马上开赛。外国兵人高马大，能冲能撞，脚头也猛，但脚下的功夫却不如“十一友”。今天孟家哥儿俩都来了。大猛打中锋，二猛打左边，哥儿俩三传两递，球儿神出鬼没，上半场一连往外国兵大门里踢进三个。那时候，踢球更讲究个人的能耐。大猛在禁区里，就像赵子龙在长坂坡前曹军中厮杀，如入无人之境。几个外国大兵都守不住他，眼看球儿在眼前滚来滚去，脚头沾也沾不上。那个大胡子外国兵动了火气，朝大猛那小腿的迎面骨狠踢一脚。咔嚓一响，大猛立时栽倒地上，翻了两个滚儿，便昏了过去。

二猛和“十一友”的哥儿们冲上去就要和这大胡子干仗。当时租界里有条规矩，中国人只要对外国人一动手，不管有没有理，伤不伤人，抓起来就拘禁三十天。那天，锡五在场外看球，见到这情景，赶忙跑进场把二猛他们拦住，说：

“这里不是和洋人打架的地界。别吃了亏再吃官司，你们的大猛还昏着呢，还不赶快抬走看大夫去！”

“十一友”中有人说：

“锡五这话是向着咱哥儿们的。咱们先把人抬走，明天再来算账！”

大家面对着这伙踢伤人而依旧气势汹汹的外国人，强咽下一口恶气，把大猛抬回家。二猛借辆三轮车，飞一般蹬到南营门，把正骨的圣手苏小千请来。

苏小千舒筋正骨的本事，津门第一。混混儿们打架折了胳膊，武生翻跟斗不小心把脑袋戳进胸膛里，练把式的人失误拧了大筋，都来找他。如果摔断了骨头，叫哪位“蒙古大夫”接错了位，他能砸开重来。但苏小千一捏大猛的腿，眉头皱起一个核桃似的肉疙瘩。他说：

“这条腿断了！咱可有话在先，接上也得短一节。以后好了，干点别的还行，甭想再踢球了！”

“那不瘸了吗？”二猛急得大叫一声。

苏小千没言语。

“十一友”的几个球员以为苏小千用这话挤着他们多出钱。这群棒小伙子掉着泪对苏小千说：

“苏大夫，只要您给大猛接好这条腿，我们哥儿几个倾家荡产都干！”

没想到，苏小千一听，骤然变色，口气又冷又硬：

“干吗？你们以为我姓苏的，拿着人家的断腿讹钱吗？我还没那份德性！告明白你们，这腿不单断了，中间的骨头全都碎成渣子。算我姓苏的没能耐接好这条腿，你们另请高明吧！快把我送回去！”

小伙子们这才知道错怪了苏小千，忙向苏小千赔不是，说好话，又沏茶，又去买烟，很快就买来一盒“红锡包”。

苏小千烟茶不动，把大猛的腿接好，分文不要，任那些小伙子强塞软求也不肯收，只叫人把他用车拉回去。

大概苏小千天天和骨头打交道，身上也有几分骨气。大猛的腿废了！苏小千没办法，老天爷也没办法了！

二猛一夜没睡，眼瞧着哥哥那条叫人踢折的腿，上下牙磨得咯咯响，叫人听了心寒，吓得屋里的老鼠一夜也没敢出窝儿。

第二天，二猛和“十一友”抱着球去民园球场，正巧那伙外国兵又在那里踢球。他们脸上没挂样子，就要与外国兵赛球。

这伙外国兵见他们当中没有大猛，显得挺高兴。球赛开始，“十一友”的球员们，无论谁得到球，都传给二猛，二猛带着球直奔仇人——那个大胡子的外国兵而去。大胡子一时没弄明白，这小伙子为嘛这样做。在足球场上，球员得到球都要尽量闪开对方，哪有带球去找对方的道理？他哪里知道，这小伙子与昨天被踢坏的小伙子是哥儿俩！

大胡子见二猛上来，就迎上去封堵和争抢，二猛只在他眼前遛来遛去，不时来个“过裆”，把球从他两腿中间穿过，就是不叫他得到球，也不把球带走。二猛拿出真本事，赢来场外一些喝彩声，人们却不知二猛的用意。不会儿，大胡子给遛得蒙头转向，他又使出昨天的故伎，朝二猛小腿踢来，二猛早有防备，闪过去了。大胡子依旧得不到球，急得大叫起来。这当儿，他见球滚到了面前，赶紧使劲往前一伸脚，球却没了，人失去重心，哧溜一声滑倒在地，就在这一刹那，二猛把球勾到脚下，照准大胡子的脸，使足劲儿啪地一脚，登时踢个满脸花！大胡子捂着脸，爬了几下才爬起来。手一放开，破鼻子破脸，吐口唾沫，还带出两颗牙来！

球场立时乱了。外国兵把二猛围起来就要动手。“十一友”的弟兄们都争着挡在二猛面前。这时那大胡子大吼一嗓子，上了野性。他脱下背心，露出一身结实梆硬、又黑又红的肌肉，当胸一片乱草似的浓密而打卷的毛，胳膊上刺着一个“锚”的图案。还真是水兵！水兵力大，人也蛮。他用背心把脸颊嘴角的血污抹了两下，叫人拿来两副皮拳手套。自己戴上一副，发红的眼睛一直怒冲冲盯着二猛。拳套戴好，他把另一副递给二猛，示意要比拳决斗。

二猛拿过拳套往地上一扔，脸上的神气毫不示弱，并且带着一股依然没有完全发泄出来的怒气。看来两人有场恶斗。四外，“十一友”的球员、外国兵和一些看球的观众，已经围了一大圈。锡五也夹在中间。中国人都恨不得二猛给这蛮横的大胡子点儿厉害瞧！但这大胡子比二猛高一头，二猛是对手吗？

大胡子右拳护胸，左拳向二猛点了两下，是种试探和挑衅。二猛看准大胡子半边脸，一拳猛捣过去。没料到，外国人的拳术自有高明之处。大胡子用左拳把二猛的来拳一压，跟着护胸的右拳干脆有力地打在二猛的脸颊上。二猛脑袋嗡地一响，眼前冒金星，整个身子竟给打得扭向一边。要不是他身子壮，这一拳早趴在地上。他脑子还清楚，努力使自己稳住，扭身一看，占了便宜的大胡子正得意地向自己挥拳挑战。他感到脸上火辣辣，不知是挨了一拳的恼羞之感，还是心里的火气蹿上来。

他不顾一切冲上去，硬朝大胡子一口气打了七八拳。别看这大胡子人高马大，身子笨重，躲闪极快。他把二猛这些只有力气、没有路数的拳头，有的隔开，有的闪过，没挨一下。二猛只顾没头没脑地蛮打，没有防备对方，忽然，只觉得胸膛一热，腿一软，几乎向后栽倒，不知谁的手在后边撑住他的腰。他感觉胃里翻江倒海，恶心要吐，胸口憋闷，喘不上气来。原来他胸口挨了大胡子闪电般一下左直拳。他再想扑上去，却感觉身上没力气了！大胡子神气起来，挤眉使眼向他挑逗，他又气急恼火，又力不从心，略略有些迟疑。他不会外国人的拳术，不是对手！那群外国兵见此状哄然大笑，哄笑声刺激着二猛，他两条胳膊发抖，脸发烧。不行！他还要打！四围的中国人可就为这不怕死的小伙子捏把汗了！

这时，锡五上来拍拍二猛的肩头说：

“算了吧，二猛，你不懂洋拳，净挨揍！忍气饶人祸自消。”

谁想这话没给二猛泻火，反倒添火。二猛将锡五往旁边一推，刷地把外边的粗布小褂，带着一排疙瘩袢儿从中扯开，脱下来一扔，赤着臂膀，嘴里骂出一声：

“今儿跟这王八蛋拼了！”

锡五无可奈何退到外边。在他眼里，二猛纯粹是送死了！

二猛刚要上前，忽见眼前站着一个人，干瘦矮小，一件灰布长衫，却背朝他，面朝着那大胡子。他竟然不知道，这人是嘛时候站在自己身前的？难道是从天上掉下来的不成？他是谁？

他上前扭脸看看这人面孔，清癯容貌，一缕白须，鼻梁上架着圆框眼镜，这不是天天在围墙根儿练拳那老头吗？他来干吗？只见这平素面无表情的老者，此刻却笑吟吟指一指那大胡子，又指一指自己。怎么，难道他要替二猛挨几拳，那怎么成？

二猛想拉开老者，没料到这老者好像一棵在地下扎了根的大树，扯两下纹丝不动。二猛正纳闷，那大胡子带着几分睥睨神气，摇摇晃晃、漫不经心走到老者面前，说了两句谁也不懂的外国语，意思大概是："你这身老骨头不想要了？"

跟着用左拳头戏弄般地点了点老者的右肩，他并不想打，不过想把这不知轻重的老头吓走罢了。就这时，神不知，鬼不觉，这拳头已经被老者的右手抓住。这老者嘛时候抬起手来，谁也没瞧见。站在人群中谙通武艺的人，一见这老者出招神速，便知今天有场千载难逢的好戏看。

更稀奇的是，那大胡子的拳头怎么也收不回去了。老者又细又黄的手指，像鹰爪抓着兔子，紧紧罩在大胡子的拳套上。皮面的拳套又滑又软又大，怎么捏得住？大胡子用力往回扯了两下，老者的掌心仿佛有股强大吸力，把他的拳头牢牢吸住，动弹不得。大胡子怒了，挥起右拳打老者，老者却从容地用手里捏着的拳头去挡，大胡子的右拳反都打在自己的左胳膊上。

这景象叫四周的人看呆了，也叫二猛看呆了。

大胡子硬来不行，便面带窘意对老者说了两句话，可能是句软话，因为口气十分轻柔。老者不搭理他，捏着他的拳头也不撒开，只笑吟吟瞧着他。这笑，就像充足的酣睡后醒来的笑。

一个机灵的外国兵上来，给大胡子解拳套，好使大胡子的手从拳套里抽出来。就在这时，老者突然手一甩，好像用手轰赶苍蝇那么轻松又飞快地甩一下，把大胡子的拳头甩开，并使大胡子的身子不能自禁地转了多半圈儿。老者乘机转身拉着二猛往人圈外边走，一边说：

"老几位，劳驾闪开点儿，让我们出去！"

围观的人闪开一个口儿，老者带着二猛走出去，人圈里只剩下大胡子一人，两眼发直站着，一动不动，半天说不出话来。几个外国兵上来对他说话，他也不理，好像傻了一样。过一会儿，他忽然一声大叫，抱着左拳头一头栽在地上，满地打滚，呀呀叫个不停，直滚了一身黄土。外国兵们弄不住他，便一齐上去，像杀猪那样把他按住，摘下他的左拳套，众人一看，不禁大吃一惊。这只手竟像煮烂了的鸡爪子一样变了形。手骨头全给捏碎！外国兵这才想起那老者，但老者早不见了，二猛不见了，“十一友”也都不见了。这些外国兵瞧着大胡子不成样的手，一时惊骇得说不出话来。拳套好端端，却隔着拳套捏碎手骨，这在海外，恐怕连听也没听说过吧！

四

自打民园球场出了这桩事，一阵子场内冷落。踢球的少，练武的也少了。租界的巡捕局到处寻找那位鹰拳老者。他们费了牛劲，只找到几个“十一友”的球员，无人知道老者姓甚名谁，家在何方，连二猛也不知道。从此谁都没见过这位奇罕的老者。想起这人，就像随风而来，乘风而去一般。

过一年光景，锡五去逛城北的北大关，肚子饿了，忽然想到这里的耳朵眼炸糕松脆好吃，便钻进耳朵眼胡同去买炸糕。只见迎面走来一位矮小老人，红颜白须，带副镜子，硬朗朗挺着腰板，手托一油烘烘的纸，上边放两个刚刚炸出锅、鲜黄冒油的炸糕。锡五就在和这老者一进一出、相错而过的当口，觉得这老者好面熟。锡五为人散漫，脑子不笨，他马上想起这老者是谁，转身追上去，叫住老者，客气几句过后，非要拜这老者为师不可。这老者灼灼目光从眼镜片后边射出，直问他：“你怎么认得我？”

“我在‘英国地’的民园球场见您把一个洋兵的拳头捏碎了。我略通些武艺，知道您身上的功夫，是独家本领。为了向您拜师求艺，我到处找您。跑了一年冤枉腿，今儿总算把您找着了！您无论如何也要收我做徒弟，弟子心诚，情愿给您家先挑三年水。”

老者看他片刻，忽然板着脸说：

“你认错人了，我活这么大年纪，还没去过租界呢！”

“老人家——”锡五说，“您是正经人，怎好骗我？我亲眼见过您。您在‘英国地’的民园球场练了两个月，我天天站在远处看您练拳，哪能认错人？您是不是信不过我？”

老者听罢，又瞅瞅他，脸上微微挂点窘意，改了口认真地说：“我实话对你说，武术有真有假。假的强身健体，练练无妨；真的伤人害命，心不正，反成了邪术。故此我这点玩意儿，向来不传人。我一辈子没使它伤过人，原想把它带进棺材，谁知到老了反伤了人。这是给事情挤到那儿，不能不露一手。不过想叫毛子们知道：咱中国人也有绝活罢了！小伙子，我这点玩意儿没教你，心里的话可全都告诉你了。你记着照样有用……”

“老人家……”锡五还想软磨硬泡。

“我该说的都说了，再说就是废话了！”

老者说完，扭过身，手托着炸糕，顷刻走进北大关乱哄哄的人群里。

奇人管万斤

一

船舷离着岸边还有六七尺远，柳眉儿把气一提，脚掌离开船板，张开双臂在空中款款扇两下，轻轻落到湿乎乎的泥岸上。几十斤重的半大小子，跳在这软泥上，脚尖居然没有陷进去，姿态美妙，活像一只雏鹰降落，引得在岸边歇脚的脚夫们一阵喝好。这小子身上有能耐！

柳眉儿回头望去，师父站在船首笑吟吟带着几分赞赏地瞧着自己。他忙朝师父点头打招呼，意思叫师父也飞身上岸，露出更漂亮的身段，让岸上那群傻老爷们儿见识见识。但师父弯腰拿起一柄刀和一杆枪说：

“连家伙也不要，都当了船钱，留在船上了？”

岸上的脚夫们呵呵笑了。柳眉儿以为这群傻老爷们儿笑话自己，有意再亮出身手震一震他们，一拧身子就往船上蹿，谁料这软泥地吃不上劲儿，足尖一用力劲儿泄去一半，可是身子已经腾起，离着船板还有两尺远就落下来，眼瞧着要落到水里去。他心里一慌，刚要呼喊师父，那船板居然刷地过来跑到他脚下，使他正落在上边。抬头一瞧，正瞧着师父下巴的乱胡茬子，师父就在身前，扭头再瞧，船头正飞快往岸上扎。原来，师父见他跳不上船来，顺手用铁枪当篙杆一撑，船板迎上来，刚好接住了他。这时，岸上的脚夫们大声叫起好来，他们虽没见师父的能耐，但师父这股子随机应变的机灵劲儿就够服人的！

师徒俩人下船上岸，来到天津卫。天津卫可是个大地方。那时行旅不便，河北一带闭塞的乡民，心里就有两个大地方，一是北京城，一是天津卫。靠着一些见过世面的人传说，印象中，京城里住着皇上太后，一二三品头顶花翎的大官，宫墙高得鸟儿都飞不过去；天津卫住的净是黄毛蓝眼的洋人，还有黄金多得比黄土还多的大买卖人，吃穿讲究，满街都是大铺子。今儿，柳眉儿随师父打城北估衣街上一走，这天津卫可比他听的和想的还要大得多、花哨得多、阔气得多。说那临街铺子里千奇百怪的东西见也没见过，单是门脸那些各色各样、五花八门的幌子，就叫他一双大眼不够用的。从大街两旁的饭铺里还冒出各种香味，争着抢着往他鼻眼儿钻，可惜他只有两个鼻眼儿，来不及分出每一种勾馋虫、引口水的香味儿。

虽说柳眉儿是乡下孩子，头次进城，又是来到天津卫这个花花世界，但他没一点怵劲，心气儿反倒挺高。自打师父说要带他下一趟天津卫，卖武赚钱，他就憋足劲儿要到这大地方显显威风。此时，他瞧着大街上走来走去的人，全是不中用的废物。有的太胖，一身累赘肉，大概都是整天卧在酒海肉山里，不活动，蹲膘儿，身子重得离不开地面，只要他晃几下，保管他们蒙头转向；还有的太瘦，甭说他发一掌，苍蝇也能把他们撞倒；总之这地方大，玩艺多，专糟害人。再有那些不胖不瘦的，一看就知身架子没功夫。他心想，别看我和师父旧衣破裤，身上没一样像样的东西，只要把功夫往外一使，嘿嘿，嘿嘿……

师徒二人来到东北城角。这地界，真豁亮。城角正对着河口，几条河远远流来，汇成一条又宽又急的大河。河上的桅杆像高粱地的高粱秆子那么密。这边的空场子上，挤着许多小摊，卖吃的、用的、穿的，还有修理雨伞、锅盆、眼镜、烟袋、帽翅，以及缝衣和补鞋的。靠城根的河沟子边，还有些撂地摆摊的，算卦、卖药、鬻字、剃头、拔牙、变戏法，再有便是打把式卖艺的了。柳眉儿到几处卖武艺的一看，嘴一撇，更想马上就喊两声："看呀，真本事的在这儿哪！"要一套拳脚和刀枪，显示显示，尤其他想亲眼看看自己最钦佩的师父在这里一鸣惊人。

柳眉儿见左边古柳下有块场地，空空的，只有一个人蹲在那儿，一条胳膊从头顶弯向后背，将手从领口伸进去，像在抓痒捉跳蚤。柳眉儿奇怪，左右都摆满小摊，为啥这里没人，难道专为他们师徒预备的。他对师父说："咱就在这打个场子吧！"说着过去对那个人说："哎，劳驾闪开点儿，我们在这儿练练。"

这人一抬头，吓了柳眉儿一跳。倒不是模样长得多么狰狞，而是一张瘦得只剩下皮包骨的青巴脸上，一双小眼睛里射出的凶光，就像碎玻璃碴闪出的，尖利刺人。要是叫一般十二三岁的孩子看见，保管吓尿了裤子。但柳眉儿哪是一般孩子，凭着自小练武，身上有功夫，更有武功盖世的师父在身边，没他怕的。

瘦子拿眼瞅着柳眉儿，伸向后背的手抽出来，又撩开前襟抓肚皮，分明没把柳眉儿当回事。柳眉儿走上一步才要说话，师父在一旁早全瞧在眼里，拦住柳眉儿，对这瘦子抱着拳拱拱手说："这位大哥借点光给我们爷儿俩。我们好歹练练，赚几个子儿，还得填肚子呢。您听，这肚子直叫呢！"说完朝瘦子又呵呵笑。谁料这瘦子听了，并不动，反对师父说："我肚子也叫，也指着在这地界赚两个钱。"然后扭头看别处，根本不搭理师父了。

柳眉儿恼起来，师父却对这瘦子说："这么办吧，你把这地界先借我们用用，只要我们赚了钱，分你一份，我们吃饱，也不叫你饿着成吧！"

那瘦子尖利的目光把师父从上到下打量两遍，冷冷地说："这还是句话。"站起来，趿拉着鞋，走到柳树底下蹲着去。

柳眉儿说："师父，您干吗对他这么客气？不给他点样子瞧瞧。"

师父忽然板着脸对柳眉儿说："临出来时，我怎么嘱咐的你？天津这地界不比咱乡下，成帮结伙，藏龙卧虎，咱是到这弄口饭吃，不是招事惹麻烦来的。你别小看这瘦子，从他眼睛看，身上功夫还不错。"

柳眉儿见师父不高兴，不敢多嘴，心里却很不服气，心想师父怎么进了天津就见傻？在乡下，方圆百里，练功夫的人不少，谁对师父都恭恭敬敬。连前年从德州来的戏班子，那个扮蒋平和刘利华的武丑刘九奎，跟斗翻得让人叫绝，出手像闪电那么快，同师父交一交手，没过几招，就说："可着德州那一片，没见过这种身手。"今儿师父居然说这瘦子有本事，怪！瞧他那无赖相，和前村那个小无赖孙三多像！

这时，师父拿着铁枪走了一大圈，就用枪尖在黄土地上划了一个大圆圈儿，然后把枪往地上一剁，脱下外边的褂子往枪上一挂，不用吆喝，立时有些看热闹的人就围上了。柳眉儿见这么多人围上来，高兴起来。师父叫他练一套，他应了"好"，立即跳到场子中央，干净利索打了一套形意拳。他师父所传的拳法，尤为注重形体姿态，举手投足，如同写字的钩撇点捺，翩然有致，比戏台上武生打得还好看。柳眉儿初次在外乡当众演拳，要好的心很盛，打得颇卖力气，每一拳都送到头，不肯半点疏懒。打完这套拳，收式站稳，立刻招来四周一片喝彩声。轮到他师父，耍了一趟单刀，那一招一式，真比画得还好看。

刀光人影，上下翻飞，里外包裹，一会儿刀光裹人影，一会儿人影裹刀光，周围看热闹的人不住地叫喊、喝彩。叫喊声招来更多的人，人多喊声愈发大。柳眉儿忽见刚才那瘦子仍旧蹲在那里，根本不抬头看，似乎只等着分钱呢！不觉一股气涌上心头，心想我们师徒卖力气，你想白拿，哪有这好事，等着瞧吧！

天津卫到底是大地方，会看玩艺儿。人们见师父要过刀，不等他张口，就往场子里扔钱，柳眉儿忙摘下瓜皮小帽。师父不住向四周看客道谢。待柳眉儿把地上的铜子拾净，居然煌煌盖住帽里。这时，忽然一只手重重撂在柳眉儿的肩上，说："小子，咱们可说好赚了钱大伙儿分。你们别像放屁，放完就算完了！"原来那瘦子站在面前，神气分外凶横。

柳眉儿早跟瘦子怄气，见他反来找上自己，就要反唇争辩，师父忙抢上来说："这位兄弟，我们乡下人讲实的，说话不能不算。你看着拿，剩下的归我爷儿俩，只要给我爷儿俩留下买几个烧饼的钱就行。"

瘦子哈哈一笑，手一撩，啪地把瓜皮帽打上半空，帽子里的铜子也闪闪发光飞上去，又哗哗落在地上。"这几个臭子儿还不够你七爷塞牙缝的呢！再说，你七爷还有一帮兄弟，打昨儿晌午就没吃饭，你看怎么办？"说着，从圈外走进几个青衣皂褂的汉子，高矮胖瘦都有，有的把小辫子盘在顶上，有的垂在脖子后边，个个模样都不善。

柳眉儿没见过这阵势，师父可是听说过，这些都是天津卫出名的土棍儿，绝对不能招惹的，便强压着胸中的火气，脸上掬着笑说："这位大爷，您先别生气，我们是静海那边人，头次下卫，这里的规矩全不懂得，哪点冒犯您，您自管说，怎么说我怎么做。"师父已经改口称"你"为"您"了。

瘦子听了，结冰似的一张脸，没有半点开冻的意思，冷言道："我一看就知道你俩是一对土鳖！但你们为嘛不先打听这块地皮是谁的？是你黄七把——黄七爷的！你不但不问明白了，来了就先撵我，还拿着枪尖在我的地皮上乱划圈，这就是往我脸上划，成心戳我脸是吧！好！你不是说怎么办吗？你们俩先趴下，伸出舌头给我把这土地上划的线舔去！"

这几句横竖不说理的话，就把师父的火全勾了出来，忍不住说：

“您这不是想糟蹋我们爷儿俩?”也分明显出不服气的样子。

这话刚说出来，瘦子便叫道：“好啊，就凭你这架子花，也想在天津卫的码头上站住脚，今儿给你开开眼!”说着两手抓住左右襟向两边刷地一扯，先把外边的青布褂子扯下来，露出一件白洋绸小褂。他把两手往后一背，两脚已经摆个丁字，拿出打架的架势。要看现在这股神气，可跟刚才蹲在那里抓跳蚤的无赖相全然不一样了。师父要教训他一下了，脸一沉，拱拱手，说：“请吧!”侧过身子，两臂自相用力一撞，加倍显出精神来。瘦子并不先动手，而是倒背双手，拿话激师父：“你有种，就先来!”师父气了，猛然一箭步跨上去，瘦子还不动劲，师父的手刚刚够到瘦子的前胸。这一招柳眉儿看得真切，叫作“黑虎掏心”。动作雄美而凌厉，快如迅风。眼瞧着瘦子要吃亏，这一手只要掏上，至少连皮带肉要抓下来一块。可是瘦子一晃身子，两个人影立即混在一起，嘭！不知谁撞了谁，一个人重重摔在地上。柳眉儿一看，呀，摔在地上的竟是师父！瘦子居然还倒背着双手，大模大样站着，好像什么事也没有，在闲逛大街。瘦子那一伙人可大喊大叫，为瘦子喝彩助威。

只见师父在地上双膝往上屈，膝盖几乎顶着下巴，只翻一个身，脸朝上，腿就松下来，再一蹬，不再动劲儿。待柳眉儿扑上去，师父的鼻孔和嘴角都溢出鲜血，紧闭着眼，竟然断了气！柳眉儿不明白以师父这高超的武艺，何以刚过一招就丧了命。瘦子始终倒背着手，他怎么将师父打死的？肯定暗下了毒手！柳眉儿跳起来大叫：“瘦鬼！你使唤暗器害死我师父，我和你决一雌雄!”

瘦子干笑两声说：“你师父那点样子活，还用得着使唤家伙，你没瞧我捆着两只手，他就完了?”

柳眉儿听他辱没师父的武艺，比害死师父更令他愤怒。他叫声：“接招，瘦鬼!”漂漂亮亮给瘦子当胸一拳，瘦子把胸一挺，拳结结实实打在瘦子胸口上，跟着第二拳、第三拳……连珠炮一般打去，他把胸中的怒火泄在瘦子身上。

他只顾打，也没见瘦子倒下。捶了一阵，耳边只听瘦子声音：“我让了你七七四十九拳，该叫你尝我这‘阎王腿’了!”

忽然，柳眉儿觉得一阵风，也觉得一团影子从左边扑来，但这决不是瘦子打来的，瘦子在对面，这劲来自左面。是不是瘦子那帮人从旁下手？没等看清，他的腰被一股力量托起，整个身子也托起来，又好像落在什么高高的、又软又硬的东西上。跟着就一下子离开原处，身子像鸟儿一样快速飞去。他并不感到哪儿挨了一下，也不疼，定神瞧，只见自己早和瘦子及那群人飞快分开。瘦子朝他叫着："追，别叫他们跑了！"这时，他才明白有人救他，在瘦子朝他下手的一瞬，把他抄起来扛在肩上救出来。是谁？谁有这样奇异超绝的本领。他觉得这人轻功极好，力量奇大。他耳边只有风响，眼前一片虚影掠过，如同腾云驾雾、悬空飞行一般。他怀疑自己在做梦。

"你要把我弄到哪儿去？我要为师父报仇！我不想活，我要拼命！"柳眉儿在这人的肩上叫着。

任他怎么叫，怎么闹，怎么恳求，这人也不理他。他就用力挣脱，待他闹得厉害，这人在他腋下戳一下，只觉浑身酸麻，没力量喊叫了，只好任这人扛着走。走了许久，不知这人往何处一跃，他眼前立刻变得一片漆黑，只闻得一股浓重的腥味。原来，是一只小渔船的船舱。他被放下来，船里黑暗，一时看不清救他的人的模样，黑乎乎只当是一个大汉子。他又叫起来："你放我回去，我不能撇下师父。"那人怔了一下，忽然扑上来把他按倒，将一团布塞进他口中，又用根粗麻绳把他的双手双脚全部绑上。虽然他有功夫，但在这人手里没半点用途。刚一动招，给那人随手化解，跟个没功夫的普通人一样。

这人捆好他，撩开舱帘就走了。他真不知这人是救他还是害他了。如果救他，把他弄到这里反要捆他干什么？莫非是个人贩子，还是在乡里就听说过，天津卫专门有挖孩子的眼珠和心肝给洋人去做洋药的。他不能等死，要死不如和师父一块死。他想到师父刚才惨死的情景，和多年来养他成人、传授武功的种种亲切往事，就决不能在这儿像要活宰的牲口一样被人捆着。他叫都叫不出来，挥拳也丝毫挥舞不动。急得他胸中有团火乱撞，一下子撞上脑袋，登时脑袋一热，眼一黑，就没有知觉了。

二

这屋子好静。柳眉儿醒来时，真像死而复生那样。他睁开眼，先看见黄黄的松木的房檩和草笆，闪着稻草皮亮光的平光光的土墙，糊着白毛边纸的窗子。窗子给一根树枝子支着，一缕暖烘烘的阳光射进来，正晒着他的脸颊，他的脸又热又舒服。看这房子，他真以为回到老家，回到师父那房子。师父那房子却没有这么整洁干净。这是哪儿？一下子他想到昏倒之前所有的事。这事却像相隔半个月那么远，又像在眼前一样死死压在他心上。他翻身坐起来，只见一个庄稼人打扮的、四十来岁的汉子坐在他对面，抽着烟袋瞅着他，见他醒来就深深吐一口气，不再瞅他，啪啪磕了烟灰，又往里装烟丝。

"你是谁？"柳眉儿问他。

这人轻淡地说："救命恩人，你不认得？"

柳眉儿见这人眉目清浅，面色发黄，双手纤细，身子也不健壮，不像救他的大汉，他哪有那么大力气把他扛起来如飞一般地行走？他在船舱见过的大汉也不像这样。可是他在黑乎乎的船舱里并没有看清楚呀……这人瞥他一眼，这一眼仿佛把他的疑惑看穿，便说："你不信我这相貌平常的人，有能耐把你救出来？这我可就知道你的眼力一般了。怪不得我那师兄……不，你那师父死在黄七把的手里呢！"

"你这是什么话？"柳眉儿顿时说，"别看你救了我，我并不谢你。你把我扛来，叫我把师父撇下。在这儿，你还对我师父不敬，别怪我用话伤你！"

"小子，我挺喜欢你的脾气。咱爷儿俩把话挑明，如果我和你师父没交情，也不会把你弄到这来。"

"怎么，你认识我师父？我不信，这是什么地方？你叫什么？"

"你问我叫什么？先不能告诉你。你问这是什么地方，离你家可不算近。你家在天津卫南边静海县的双堂，我这儿在天津卫西边霸县的煎茶铺。我怎不认得你师父？你师父姓于，名叫宝鼎，属虎，腊月祭灶那天生日，对不对？他太极、武当、少林各派功夫无所不知，十八般武器——弓、弩、刀、剑、矛、盾、斧、钺、戟、鞭、锏、挝、殳、叉、把头、绵绳、链子枪，无所不通。外带弧形剑、流行锤、判官笔，都各有三十六招。招招都有根有据，有本有源，静海人称他是'万宝箱'，对不对?"

"不错!"柳眉儿听人用称赞的口气，把他师父的本事说得如此齐全，煞是高兴。

这人见柳眉儿得意的表情，不可捉摸地淡淡一笑，接着说:"这些事许多人都知道，不算什么。我说你和你师父的私事。你师父中年丧妻，膝下无子。七年前，你六岁，静海县发大水，夜里你家的房子被洪水冲倒，你全家人——你爹你娘和两个妹妹都给淹死了。当时，你娘把你放在一个瓦缸里。但水流太急，瓦缸被冲翻，你师父站在自家房顶上见了，冒死泅水救了你。他怜惜你无家可归，孤单可怜，就收你为徒，实为养父。你师徒就和亲父子一样无异……"

柳眉儿听了泪如雨下，哽咽着说:"我怎么能撇下师父……你到底是谁?你要真是师父的朋友，就该带我去找师父，把他的尸首埋了，再为他报仇。"

这人忽然站起来说:"你随我来。"就带着柳眉儿走出屋子，穿过一片田地，走上草深石多的山坡，绕过一座破败不堪、断了香火的土地庙，走进一片静静的松树林子。一路上这人没和柳眉儿说一个字儿。一棵参天的大松树下，他指着一堆青草和松枝说:"你和他见一面吧，咱就在这儿把他埋了。"

柳眉儿忙扒开青草和松树枝，下面正是师父的尸体。柳眉儿大哭起来，紧紧抱住不能复生的师父不放。那人连劝带拉，总算把他拉开，然后将旁边一些松枝搬开，那里早掘好一个土坑。他把师父埋了。

柳眉儿跪在坟前说:"待我把那瘦鬼宰了，再给师父祭坟来!"

那人在一旁鞠三个躬说:"师兄，你就放心吧，我一定叫侄儿亲自给你报了这仇。"

柳眉儿听了一怔，忽问他:"我两次听你称师父为师兄，我怎么不知道师父有你这个师兄弟。"

这人道:"不知道的事，未必没有。"

"你说，你什么时候与我师父做师兄弟的。"

这人道:"你想知道，我未必想告诉你。"

柳眉儿看这人的神情，不可捉摸，又似乎不可怀疑。他想了想又问："你既然和我师父是师兄弟，那天见我师父失手，为啥不出手相救?"

这人说："我迟了一步。我看见时，你师父正遭毒手。谁知他才过了一招就失手了!"

"那你为啥不为师父报仇?"

这人瞅了他两眼，说："你哪里懂得……这我将来会告诉你的。你说吧，你想不想为你师父报仇?"

柳眉儿说："当下就去?"

这人摇了摇头："谈何容易，你师父都不是他的对手，何况你?"

"那是瘦鬼使了暗器!"柳眉儿说。

"谁说的? 你看见的吗?"

"那么，凭我师父的本事，他哪里是对手?"

这人又瞅了瞅柳眉儿带着孩子气的小脸，叹了口气说："孩子，你是你师父的义子，也就是我的义子。我不能看你去送死，那黄七把的武功你还未必能看懂。天下不是歹人就没本事，也不是自己敬重的人就能耐顶强。你要是真心为你师父报仇，就跟我练三年。三年后我保你打败黄七把，不然你只能是给你师父的冤魂作伴罢了。你想想，我听你的……"

这人把利害都一清二楚摆在柳眉儿面前。柳眉儿冷静一想，自知不是那瘦子的对手，便说："你先告我，你的称呼，你怎么和我师父成为师兄弟的，我不能对你没称呼。"

这人说："等你为师父报了仇，我再告诉你我和你师父的关系。我名叫管万斤，你称不称师叔都行。"

柳眉儿说："你保我打死仇人?"

管万斤点头不语。

柳眉儿双腿一屈，扑通跪下，叫道："师叔!"

管万斤没有点头，也没有摇头，沉吟片刻，忽然用十分强硬的口气说："别看我和你师父是师兄弟，传法可不一样，你必须按我的法子练，错一点也不行!"

柳眉儿练武向来不怕苦，却没想到师叔用这种奇怪的教法。

三

管万斤的办法很简单，每天就练三样。早上在墙上挂一叠四寸厚的毛头纸，叫柳眉儿一拳拳往上打，直打到中午；晌后就在地上挖一个半尺深小坑，叫柳眉儿站在坑里往地面上跳；晚上让柳眉儿端一个瓦盆，绕着圈儿在院里走，胳膊必须伸直，不准打弯儿。

开始柳眉儿觉得新鲜，三个月后就有点腻烦了。那叠毛头纸表层打破后，就打里边一张，毛头纸愈少就愈接近墙皮，打起来也就稍稍硬一些，不如开始时像打棉褥子那样舒服。晌后跳坑，每天师叔拿块碎碗片儿把坑底刮下一层土，刮得很薄，虽然不显，三个月过去，土坑已有二尺深了。夜晚端盆，每隔一个月换一个大一号的，现在已是养金鱼的大瓦盆了。

但柳眉儿一边练，一边心想自己师父就不这么教武艺，上手就是一招一式，练得蛮有兴趣，也能学到像样的武艺，这么练，哪叫练武？

一年过去，柳眉儿把墙上的毛头纸打得不剩一张，天天打墙，打肿了手，师叔就用药汤给他泡洗。这时，他脚下的土坑已有四尺多深，由于一天天加深，蹦上来并不觉难。至于端盆，早换成缸了。他虽然觉得自己力气增大，却不认为师叔教了什么真本事，也怕这样下去把师父原先教的功夫都荒废了，夜间便偷偷拿着刀到松林里师父坟前，练习当年师父教的套路和招数。若是忘了这些，将来与瘦鬼交手靠什么？

一天，他问管万斤："师叔啥时教我点真功夫？"

管万斤没答话。其实，柳眉儿天天夜里跑到松林里练武，他都看见了，也明白这小子心里怎么想的。

柳眉儿见师叔不答，暗想多半这师叔只有些力气，没什么真本事吧，要不师父怎么一直没提过他呢？再说那天他见师父被害，为啥不肯与黄七把较量一番。往好处想，大概这师叔怕死不敢去，也怕自己送死，就用学武功的办法把自己困住三年，消磨自己复仇的欲望。想到这儿，他真想逃掉，到天津去找瘦鬼，哪怕死在仇人手下，也不苟且偷生。于是，练功也就松懈下来。有时假装肚子和胳膊疼就不练了，夜里却照样去松树林子偷练过去学到的那些刀招拳法。

管万斤当然都知道。

这一天傍晚，柳眉儿无心练功，端着缸转两圈，放下来，坐在缸沿上。忽然有人敲门，原来是个精瘦老头，庄稼人打扮，却斜背着一个小包袱，说是来拜访管万斤的。师叔拿眼瞅一下这老头，便笑了，请老头坐在当院的木头墩子上，中间的石板桌上放了烟茶。两人扯了扯客气话，老头叫柳眉儿拿两块干净平整的砖来。柳眉儿不知要砖干啥，拿来递给老头，就借着他们说话，溜出去又到松林里练武。天黑时回来，只见师叔与那老头仍面对面坐着，却一句话不说，也不动劲。他挺奇怪，走过去一瞧，原来各伸出右手，互相对着手掌，手掌中间夹着那两块砖，臂肘支在石板桌面上。柳眉儿不明白这是干什么。比武？他从没见过这么比武的！两人都在暗用劲，时间很长了，师叔微闭双眼，表情虽然平静，月光下，太阳穴上青筋鼓胀，已经渗出汗来，闪闪发亮；这老头微蹙眉尖，一缕山羊胡须微微有些抖颤。柳眉儿感到他们身上都有股山崩海涌般的力量凝聚在各自的右手上，稍有疏忽，就会肝破胆裂，筋折骨断。他屏声敛息，不敢动一动。忽听一阵沙沙响，原来老头儿这边的砖块已经开裂，一些碎渣粉末纷纷撒下，在石板桌上落了一层。柳眉儿惊异得很。师叔说："请收掌力！"

两人同时撤掌，师叔这边砖块完好，老头一边已经粉碎。老头拱拱手说："管师父的内力，中原一带无敌手。老汉服了，一生的修炼到此为止了。"

管万斤忙说："老师父更有万钧之力，已经传到晚辈身上，晚辈深愧不如。"

老头儿直摇头，仿佛很悲伤，径自告别走了。

柳眉儿平生头一次看到这惊心动魄的本领。这一比，自己那些拳脚不是好比女人绣花那样，都是一些花样？他觉得师叔身上有股神奇的力量，把自己完完全全笼罩起来。从此他一声不吭，按照师叔的嘱咐练功，但师叔仍旧没教他什么拳脚招数。三年过去，他却能够像打棉门帘一样打墙了，能够从一丈多深的土坑轻轻一纵就飞上来，还能端着一口刚刚能抱住的大水缸，装满水，一端就离开地面，不费劲地在院里绕着走三圈。这时，师叔脸上才露出一点明亮的笑意。

四

在埋下师父整整三年那天，师叔领着柳眉儿到松林里给师父行了礼，就带他去天津给师父报仇去了。爷儿俩划船下卫，就像当年和师父一同进津差不多。所不同的是，不仅仅这次是含恨报仇来的，另外上一次他对自己的功夫很自信，一心要惊动天津卫；这次反而暗暗嘀咕，他不知跟着师叔这样练了三年，倒是有些本事，但打起来到底顶不顶用？

他俩到了东北城根，拿眼一瞅，那瘦鬼还在那里，正和一个提鸟笼子的大肚子站着聊天。柳眉儿一见他，仇恨顿起，就要上去打。师叔抓住他胳膊说："别急，他已经在你手里了！"然后俯身在柳眉儿耳边说了些话，随后又叮嘱两句："你小心他那膝盖砸你小肚子底下，那是男人的要害处。你师父就叫他这么磕死的。这便是他说的'阎王腿'！你跟他动上手，别忘了听我的召唤！"

柳眉儿恍然大悟，师父还真是死在功夫上。他把师叔的话又思量一遍，便扯着嗓子叫道："练把式的在这呢！今儿就练一套，不看这辈子可看不着了！"

这一喊，立时就有闲人围上来。

柳眉儿把三年前在这里耍过的一套形意拳重演一遍，有人喝彩，有人朝他扔钱。忽然一个瘦子从人圈钻进来，这真比下食钓鱼还灵，果然是那瘦鬼黄七把。瘦人不易变样，还和三年前一模一样，但柳眉儿大变样子。当年只是十三岁的孩子，现在十六岁，样子像十八九强壮的后生。黄七把一点也没认出来。

周围看热闹的、胆小的都溜了，谁不怕黄七把！

黄七把指着柳眉儿说："小子，你知道这块地是谁家的吗？"

"黄家的坟地。"柳眉儿说。

黄七把小眼一翻，说："好小子，朝我来的？好，算你有点胆子，可你的功夫不行。你这套拳谁教的？要是上台演戏还差不离儿！"

柳眉儿说："凭你这副骨头架子，也敢糟蹋我的拳法。你敢试试？"

黄七把又像当年那样把胸一挺，想硬碰硬接柳眉儿一拳。柳眉儿只听师叔的声音："打墙!"就一拳打去，真像师叔家打墙皮那样，嘭！但这一下比打墙容易多了。自己没料到这瘦子这样不经打，像箩筐一样轻飘飘飞出去，摔到六七尺远的地方。柳眉儿自己也给这一拳惊呆了，没想到师叔这一手如此厉害！

周围的人噢的一声，但没人敢喝好。

瘦子给这一拳打急了，当众栽了面子，胸口像塞了一团火，辣辣地疼。他翻身起来，刷地把外边的褂子扯下来，露出那件白洋绸小褂，一双脚还是丁字样摆着，双手还是倒背着，一切都是当年那架势。然后朝柳眉儿说："来，进招吧!"

柳眉儿心里记着师叔的叮嘱，看了看瘦子那双要了师父命的"阎王腿"，没有先进招，而是围着瘦子转了两转，不知如何下手。瘦子得意极了，叫着："傻小子，你的手没了?"

柳眉儿转到瘦子背后，只听师叔叫："端缸!"

柳眉儿习惯地一伸双手，正搭在瘦子的双肩上，稍一用劲，就把瘦子端起来。瘦子背着身子，"阎王腿"使不上，两只脚往回勾。柳眉儿的大拇指用上力，把他撅起来，肚皮朝天，叫他胳膊腿都用不上，也回不了头。瘦子便叫起来："你是谁？报个名有话好说!"分明有哀求的意思。

柳眉儿不吭声，端着他绕着圈儿走。

黄七把说："你到底要干吗?"

柳眉儿一看周围这些人，这几棵古柳，登时想起师父被这人打死的惨状，不由自主地当众说起自己的身世：家里怎样发大水，师父怎样救他，收养他，怎样到天津卖武遇上这黄七把，受他屈辱，又怎样给他用"阎王腿"害死。边说边流泪，真情感动了众人。有人带头一叫："摔死他!"立时就有不少人应声叫起来："摔！摔！摔!"

柳眉儿说到愤慨之情不可遏制的时候，手上的劲儿便不知不觉地用在这瘦子身上了。

忽然一阵喝呼，周围的人一哄而散。黄七把这帮人来了，对柳眉儿叫道："把七爷放下来!"

柳眉儿只把瘦子往地上一撂，并没用多少劲，他就气绝了。实际上，端在半空中就已经完了。那帮人呼啦一下把柳眉儿围起来，要捉他见官。柳眉儿刚要动，只听师叔叫道："走！眉儿!"

柳眉儿给人团团围住，不觉说："怎么走?"

师叔的声音："跳坑!"

柳眉儿不由自主腾身跃起，这可比在师叔家跳坑轻松多了。那坑有一丈多深，一人才多高？一纵身就从包围圈中飞出，跳到外边，脚一沾地，后背就让师叔用手掌一托，又像当年那样飞也似的去了。

他俩站在船板上，船行水上。柳眉儿问师叔："我始终不明白，您本领这么大，为啥当初您不上手结果了黄七把?"

师叔笑道："为了成全你。"

柳眉儿这才明白师叔的一番苦心，不由得屈下腿来给恩师跪下，一边说："您现在该告诉我，您和我师父何时成的师兄弟……"

他等着管万斤答话，却不得回答，不由得抬头一瞧，管万斤不见了，船板上、舱内空空无有。四外寂寥得很，流水无声，两岸朦朦胧胧罩着一片发亮的白雾，只有长嘴"水呱呱"在雾里飞来飞去，时隐时现……

神　鞭

——《怪世奇谈》之一

楔　子

古古古古古古古，今今今今今今今，
古非今兮今非古，今亦古兮古亦今；
多向精气神里找，少从口眼鼻上认，
书里书外常碰巧，看罢一笑莫细品。

那年头，天津卫顶大的举动就数皇会了。大凡乱子也就最容易出在皇会上。早先只有一桩，那是嘉庆年间，抬阁会扮演西王母的六岁孩子活活被晒死在杆子上。这算偶然，哄一阵就过去了。可是自打光绪爷登基，大事庆贺，新添个“报事灵通会”，出会时，贾宝玉紫金冠上一颗奇大珍珠，硬叫人偷去。据说这珠子值几万，县捕四处搜寻，闹得满城不安。珠子没找着，乱子却接二连三地生出来。今年踩死孩子，明年各会间逞强斗胜，把脑袋开了瓢。往后一年，香火引着海神娘娘驻跸的如意庵大殿，百年古庙烧成了一堆木炭。不知哪个贼大胆儿，趁火打劫，居然把墨稼斋马家用香泥塑画的娘娘像扛走了。因为人人都说这神像肚子里藏着金银财宝，急得善男信女们到处找娘娘。您别笑，您也得替信徒们想想：神仙没了，朝谁叩头？

天津人，好咋唬。有人直眉瞪眼说，他看见娘娘给人藏在鼓楼东海福南味店的后院里。一伙人不管掌柜伙计阻拦，跳墙进去，把堆在院角两垛黄酱坛子胡乱折腾一遍，也不见影儿，肝火没处泄，就砸酱坛子，还有的往上边撒尿。偏巧这家掌柜和知府大人沾点亲，便把闹事的抓起几个来。索赔却赔不起，因为，这几个都是整天惹祸招灾、无事生非的土棍儿，家里顶多一床褥子，两床被，几十个臭虫，连吃饭的家伙都没有。这下子，主张禁会的老爷们算逮住理儿了，到处嚷嚷说，天津卫这地方五方杂处，民风霸悍，重义尚气，易滋事端，不宜举办这种倾城出动的皇会。可谁能把会禁掉？

您再想想，天津卫是靠渔盐漕运发的家。行船出海，遇上黑风白浪，就得指望海神娘娘护佑了。即使头品顶戴，大聚宝盆，也拿灾病没辙，更别说命同猫狗的小百姓们。所以人们就借着海神娘娘诞辰吉日，百戏云集，万人空巷，烧香祝寿，讨娘娘高兴。还要把娘娘的塑像从东门外的天后宫里请出来，黄轿抬，华辇推，各会随驾表演逞技，城里城外浩浩荡荡绕几天，拿娘娘的威严压一压邪魔妖怪。

人都说，人管不了的事，全归神仙管。天津卫这里的“三界、四生、六道、十方”都攥在娘娘的手心里。可是娘娘也有偷懒耍滑的时刻，又把一些扎手的事推回到人间来。原来神仙也会推活船儿。人不尽天职，天不从人愿，于是就生出今年皇会上这桩稀奇古怪的事来。

第一回　邪气撞邪气

三月二十二，照例是娘娘“出巡散福”之日。

这天皇会最热闹。津门各会挖空心思琢磨出的绝活，也都在这天拿出来露一手。据说今年各会出得最齐全，憋了好几年没露面的太狮、鹤龄、鲜花、宝鼎、黄绳、大乐、捷兽、八仙等等，不知犯哪股劲儿，全都冒出来了。百姓们提早顺着出会路线占好地界，挤不上前的就爬墙上房。有头有脸的人家，沿途搭架罩棚，就像坐在包厢里，等候各会来到，一道道细心观赏。

干盐务的展老爷今年算是春风得意了。他顺顺当当发了一笔财，又娶了一房如花似玉的小婆，心高气盛，半月前就雇了棚铺，在估衣街口最得看的开阔地，搭了一个气派十足的大看台。上头用指头粗的宜兴埠苇子扎成遮阳棚顶，下头用冒着松香气味的宽宽的白松板子铺平台面，两边围着新席，四匹红绸包在外边，又打胜芳买来几盏花灯挂起来。另外还雇了几个打小空的，换上一色青布裤褂，日夜轮班站在台前护棚。

俗话说，这叫拿钱壮的，也是拿气壮的。怕事的小百姓们不觉站远些，不知哪股邪气要是和这股气撞上，非出大事不可。谁知这预感居然应验了。请往下看——

自打出会那天，展老爷新娶的小婆就闹着要登台看会。谁不知，这小婆是打侯家后小班里赎来的姑娘子，本名紫凤，善唱档调，艺名唤作飞来凤。这飞来凤本是弱中强，如今绝不像一般从良女子，隐姓埋名，稳稳当当过起清闲富足的日子。她偏偏要到这紧挨着侯家后的估衣街上露个脸儿，成心叫人认出她，看她，咬着耳朵议论她，却不敢对她这个摇身变成官眷的老娘指指点点。她还有另一层意思：以她这种贫贱身份，只要在人前一出头，展家大奶奶死也不肯同时露面，这就能压过大奶奶一头。但她没料到，大奶奶不来，展老爷也不敢来，死缠硬逼全没用，她便赌气自己来，而且打好主意闹出点名堂，叫姓展的一家子知道她不是软茬儿。

她坐在一张铺着绣花垫子的靠椅上，戴着翠戒指的雪白小手有姿有态地往扶手上一摆；在她的身后，站着一个老妈子，头上梳着苏州鬏儿，横竖插满串珠、绒花、纯银的九连环簪子，足蹬小脚细羊皮靴，青洋绸肥腿裤，月白色大襟褂子绷着四寸宽的花袖箍儿，襟口掖着一条纺绸帕子。她姓胡，人叫她胡妈，是展家最会侍候人的老佣人。当下她站在飞来凤椅子后边，还在飞来凤身旁放一张茶几，摆好各类零食，像大官丁家的糖堆儿、鼓楼张二的咸花生、赵家皮糖、查家蒸食等等，名家名品，应有尽有，罩上玻璃罩子，防备暴腾上尘土。但飞来凤很少掀开罩子捏点什么吃，却偏偏让胡妈把台下挎小篮卖杨村糕干的村姑叫上来，张口就说“包圆儿”了。其实她根本不吃这种街头小食，她一是摆份儿，二是成心糟践展老爷的钱。这还不算，每逢一道会来到棚前，她必叫仆人拿着展老爷的名帖去截会。依照皇会的规矩，有头有脸的人家，如果专意看哪一道会，便叫仆人拿着名帖到会头前，道一声辛苦，换过帖，请求表演，就算把会截住了。会头把旗子一摇，小锣当当一敲，全会止住，表演一番，像狮子、重阁、法鼓、杠箱等，都有一段精彩的功夫。演过一段，会头的小锣当当再响两声，就走过去，后一道会便跟上来。截会的人必须送上事先预备好的点心包，作为犒劳答谢。

飞来凤早就使钱请来“打扫会”，把台前街面喷水扫净。这几天，她不管有没有看头，逢会必截。展老爷财大势大，捧出他的名帖，谁敢拨棱脑袋。何况她犒赏极厚，看台上一边堆了数百包点心，一码十斤大包，正经八百都是祥德斋的大八件。即便天津八大家，也没这么大手大脚过。这一来，她看会，人们都看她，看看这个走了红运的小娘儿们怎么折腾法。

虽说她赌气这么干，可是拿钱大把大把往台下撒，也是神气之极。此刻，鹤龄会的鹤童们，舞着“飞”“鸣”“宿”“食”四只藤胎布羽的仙鹤，转来转去，款款欲飞，还朝着她唱吉祥歌。胡妈在她耳边说：

“二奶奶，您瞧，那小童子脖子套着的银圈圈，就是乾隆爷看会时赐给的。听说，乾隆爷当年是坐在船上看会，还不如您这儿得看呢，嘻！”

飞来凤忽然想到，去年皇会，她还在侯家后，同宝银、自来丑、月中仙几个姑娘子，嘴里嚼着冰糖梅苏丸，在人群里挤得一身臭汗。说不定那姐儿几个现在正在人群里，眼巴巴望着自己呢！想到这里，鹤龄会已然演完，她心中高兴，叫仆人拿点心，赏给敲单皮鼓的、吹唢呐的、舞龙旗的，连同扛软硬对联的，每人一大包；六个鹤童和会头每人两大包。

鹤龄会收获甚丰，兴冲冲就要起行，忽见一人拿着朱漆大凳子，“啪！”地迎头一撂，一撅屁股坐下来，大模大样架起二郎腿，翘着下巴朝会头冷口叫道：

“等等，照刚才那样儿，给你三爷演上十八遍。点心包——二奶奶那儿有的是，她替你三爷给啦！”

这儿千人开了锅似的热闹场面，好像折一大盆凉水，登时静下来。再瞧这人的打扮，可算隔路——

古铜色湖绸套裤，裤腿紧缠着宝蓝飘带，净袜乌鞋，上身一条半长的深枣红拷纱袍子，挺像本地小阔佬，可袍子外边紧巴巴套着件没袖没领的小短衣，像马褂又不是马褂，倒像张七把摔跤时那件坎肩。这件小短衣做工挺讲究，上边耷拉着怀表链，胸口上还挂着七八个稀奇古怪、不金不银的牌牌儿。有些在鸟市看过洋片匣子的人，认出这是洋人身上的东西。可是他帽翅上插着那小梳子干嘛用？广东娘儿们好在头发上插一把小梳子，随时拢拢头发，但从没见过老爷儿们玩这套。别看这小子一身四不像的侉打扮，还挺得意，好像人人看他这身穿戴都眼馋。

有人才要拿话逗弄他，一瞅他帽子下边瘦瘦的青巴脸，梆子头底下一双横眼，尤其左边那只花花眼珠，一缩脖子赶紧把话咽进肚里。这原来是大混星子玻璃花！

在这城北估衣街上，甭说招他，谁敢多瞧他一眼？连老娘儿们哄孩子都轻轻唱这么两句："别哭啦，快睡吧，玻璃花，要来啦！"这也算是一种传统教育方式——在怀抱里就加入浓烈的社会内容。

可是，玻璃花今儿要做嘛？

凡是在这一带市面上混日子的人，心里都有数，玻璃花今儿并不是胡闹来的。要问这根由，那就得提到他那只花眼珠子的来历。

够份儿的混星子都得有一段凶烈、带血的故事。

十年前玻璃花还是一个无名的土棍，小名三梆子。有一次，他闯进香桃店，闹着"拿一份"。香桃店是侯家后俗称"大地方"的大妓馆，店大人多，领家招呼七八个伙计操着斧把儿围起他来。那时打架兴用斧把，因为斧把一端是方的，有棱有角，抡上就皮开肉绽。依照混星子们的规矩，必须往地上一躺，双手抱头护脑袋，双腿弯曲护下体，任凭人家打得死去活来。只要耐过这顿死揍，掌柜的就得把他抬进店，给他养伤，伤好了便在店里拿一份钱，混星子们叫"拿一份"。这天，三梆子就这样抱头屈腿卧在那儿，叫人打上一袋烟工夫。他仗着年轻气盛，居然没吭一声。一个在这店里拿份的混星子死崔，将斧把头砸在他左眼上，血糊糊的，只当瞎了。伤好后，眼珠子还在，却黑不黑白不白成了花花蛋子，那个打坏他眼珠儿的死崔，在江叉胡同的福聚成饭庄花钱摆一桌请他，当面赔罪。这死崔心毒手黑，暗中在靴筒掖一柄小刀，只要他闹着赔眼珠，就拔刀下手。谁知道，三梆子非但不闹，却花钱买下这桌酒饭，反过来谢谢他。这因为混星子们不带伤不算横，弄上这点彩儿，正是求之不得。真怪！这世上真是嘛人都有：有的对别人下狠手表示厉害，也有人对自己下狠手显威风；有的把伤藏起来，以为耻辱，有的就挂在脸上，成了光荣的标记。从此，三梆子得号"玻璃花"也就名噪津门了。侯家后的妓馆，无论大店小店，随他抽份拿钱。遇到客人找碴儿闹事，花丛荆棘，叫他知道，必来报复。那些身不由己的姑娘子，争着要他当后戳，求他坐劲，哪个不是他的相好？飞来凤在侯家后也是个人物，没在他怀里打滚撒娇才怪呢！精明人拿这些瓜葛一连，就明白玻璃花今儿成心是恶心攀上高枝的飞来凤来了。天津人管这叫“添堵”。

其实，飞来凤一瞧突然扎进来这人的装束，就认出是玻璃花。虽说这混星子是地道的土造，偏偏喜好洋货，飞来凤脖子上挂鸡心盒的洋金链，还是这小子送的呢！她从良之后，她就一直揪心玻璃花会跟她捣乱，没想到今儿当着成百上千人给她难看。她不知道玻璃花要把事闹得多大。眼下，这小子正犯劲，软硬法子都使不上。如果叫仆人轰他，非惹得他翻天覆地，搅成满城丑闻不可。她急得心里有点发躁。

会头是个识路子的明白人，二话没说，旗子一摇，指挥鹤童们面向玻璃花，一连演两遍，然后走到玻璃花面前掬着笑说：

“三爷，你老给个面儿，改天再去拜会您。”

玻璃花面不改色，声不改调：

“去你妈的！向例出会都兴截会，怎么就不准你三爷？”

“这不是单给您连着演过两遍了吗？”会头小心翼翼，生怕玻璃花借个词儿，闹得再大。

“你耳朵长倒了？没听三爷说，叫你演十八遍！”玻璃花说。

会头给难住了，他明白，绝对不能动肝火，就稳稳当当地说：

“三爷，我们这会停了不少时候了，后边还压着三四十道会呢！压长了人家不干。您是天津卫最开面的老爷，三爷您要看得起我们鹤龄会，改日给您演上整整一天，怎么样？”

“去去去，别他妈择好听的说给我！”玻璃花非但不动心，反而把话凿死，“你三爷是嘛人，你拿耳朵摸摸去，说过的话嘛时候改过？”

两下这算僵住了。后边挤上来几个穿戏装、勾花脸的汉子，这是五虎扛箱会的人，压在后边，等不及了。那扮演濮天鹏的汉子人高马大，再给硬衬的一托，显得魁梧粗壮。他上来对玻璃花一抱拳，说话却挺客气：“您先受我一拜。”声音嗡嗡贯耳。

玻璃花斜瞅他一眼，没当回事，踮着二郎腿，仰脸朝天，故意变尖了嗓音说：

“今儿不刮西北风，怎么吹得夜壶直响。”

人群里发出呵呵笑声。

这一句话把扛箱会的汉子噎回去。天津人说话，讲究话茬。人输了，事没成，话茬却不能软。所谓“卫嘴子”，并不是能说。“京油子”讲话，“卫嘴子”讲斗，斗嘴也是斗气。偏偏这汉子空长一副男人架子，骨头赛面条，舌头赛凉粉，张嘴没一句较上劲儿的话：

“三爷，眼瞅着快下晌了，弟兄们耍了一天，还饿肚子呢！不看僧面看佛面，不看佛面，也看娘娘的面子，就叫我们快点过去吧！”

“嘛？看娘娘的面子？娘娘的面子也不如二奶奶的面子。那台上堆着的都是祥德斋的点心，饿了就找她要去！”玻璃花说着，用他那只灰不溜秋的花眼珠向飞来凤瞟一眼。

看来他今儿非要向飞来凤脸上抹一把屎不可了。

飞来凤坐在台上一动没动。站在身边的胡妈看得出，二奶奶涂了红油的嘴唇都发白了。

这一来，几方面的人全说不出话来。玻璃花占了上风，神气十足，打怀里掏出一个磨花的洋料小水晶瓶，打开盖，往掌心倒出点鼻烟，在上嘴唇两边抹个大蝴蝶，吸两下，打几个喷嚏，益发来了精神，索性把脚拿到凳子上，看样子今儿要在这过夜。

四周的百姓看不成会了，却都瞪大眼珠子，瞧这局面怎么收场。天津卫逢到这种硬碰硬，向例是不碰碎一个不算结。

第二回　跳出一个大傻巴

反正老天爷不会一边倒，这世道就像一杆秤，不会总摆不平，无论身内身外的事，都好比撂在这秤上，一头压下去，另一头就该翘起来。月光照完东窗，渐渐去照西窗；运气和霉气一样，在众人头上蹦来蹦去。日头太毒，便逼来浓云疾雨；雨下得过狂，又招来一阵大风，直把云彩吹得一丝不见。就说眼下玻璃花把会硬截在估衣街口，人们干瞪眼、愣没辙的当口，忽然，一个三十来岁的汉子走进人圈，朝玻璃花作个长揖，说道：

“这位大爷，你老开心顺气，抬抬胳膊放他们几位过去就算了。”

敢出头管事，胆子就算好家伙，但他的话茬并不硬，不像个打算使横的人。玻璃花打量这汉子：中等个子，方面大耳，秤锤鼻子，眯缝着小眼，脸颊上粗粗拉拉净是疙瘩，还带点傻气。再瞧他身上那件崭新的蓝布大褂，甭猜，一准是个缺心眼的穷汉子，换上新衣专意来看会，碰到这场面，不知轻重地想当个和事佬。因此玻璃花更上了劲，撇嘴一笑，站起身，晃晃悠悠走到这人跟前：

"嘿，傻巴，哪位没提裤子，把你露出来了？你也不找块不渗水的地，撒泡尿照照自己，这是嘛地界，你敢扎一头！"

这话不错，眼前这种事躲还躲不开，竟还有人往里边掺和，可见此人多半是个大傻巴。他瞅玻璃花这架势，非但没有赶紧缩回去，偏偏觍着脸笑嘻嘻地说：

"今儿，大伙都图个吉利，多一事不如少一事，你老也少生气。"

"看来，你小子倒挺孝顺。告诉你，三爷向来肚子里没气，专会气人！"说着又瞟了飞来凤一眼，然后拿这傻巴找乐子，"头次咱爷儿俩见面，你拿嘛孝敬我？脱下你这大褂，三爷正少个门帘。哎，要说你这辫子真不赖，就揪下它来送你三爷吧！"

傻巴头上盘着一条少见的粗黑油亮的大辫子，好像码头绞盘上的大缆绳。若非精足血壮，绝没有这样好的头发。不等他说话，玻璃花上手抓住，打着哈哈说：

"给你三爷还舍不得？"

说话一扯，竟没扯动。这傻巴就像一根铁柱子，辫子就像拴在铁柱上的粗绳子一般。玻璃花本想吓唬他一下，叫他疼得嚷两声，开开心，只用了四成力，可这一下没扯动，立即把他的肝火逗起来。得势人的脾气是沾火就着的。他大叫一嗓子："我揪下你这狗尾巴！"这回使足了十成力，猛一扯。只听啪一响，四周的人不禁抬手捂脸，不忍看这把辫子生扯下来的惨状。谁知道，这一下根本没扯动，由于用劲过大，反倒把玻璃花带过来了，踉踉跄跄几乎和这傻巴撞个满怀，傻巴忙用双手搀住他说："你老站好了！"那样子，就像晚辈给老辈叩头行礼那样。

人们止不住哄的一声笑了。玻璃花大怒，待他把傻巴的辫子挽上一道，要加劲狠扯时，忽觉得攥在手心的辫子哧溜一下没了，跟着眼前黑影一闪，哧——啪！好像一条皮鞭抽在自己脸上，由左眼角到右嘴角，斜着一道，火辣辣地疼，他瞪眼一瞧，那傻巴倒背着双手站在他对面，大黑辫子已经松松绕肩一圈，辫梢搭在胸前。玻璃花蒙了，不知这一下怎么挨的，但傻巴的小眼睛却露出吃惊的目光，仿佛他自己也不知道这是怎么档子事。

玻璃花不觉向飞来凤瞅一眼，那小娘儿们脸上竟显出几分神气。

“好你妈的，今天三爷算碰上对手啦！来，三爷非把你卸了不可！”玻璃花一边脱去袍褂，一边吼，“三爷叫你爹从今天就绝后！”面对傻巴拉开动武的架势。

傻巴双手直摇，不愿意动打。

看热闹的人见要出事，胆小的赶紧溜走，胆大的也往后退。只有一些土棍儿们站着不动，拍着手，念着歌，起哄架秧子：

打一套，闹一套，
陈家沟子娘娘庙，
小船给五百，
大船给一吊。

虽说混星子只讲使横逞凶，耍光棍儿，不讲功夫，玻璃花却跟一位本领高强的师傅练过一年半载，但他凡事不经心，心浮气躁，半拉咯叽会几下子，仅仅能对付一气。他见傻巴站在那里不肯出招，先下手为强，上去劈胸就是一拳。这拳将要碰到傻巴，忽然一条黑蛇似的东西已到眼前。他脑子一闪，又是那条辫子！他赶忙收拳闪躲，辫梢闪电般在他眼珠上一扫，眼睛顿时睁不开了；紧接着哧——啪，前身重重挨了一下，好像钢条抽的，劲力奇猛，他胸口发闷，眼前一黑，脚底朝天摔在地上。四下登时一片喊叫，有的惊叫，有的呼好。

玻璃花的脑袋像拨浪鼓那样摇两下，稍稍清醒就赶紧一个滚儿跳起来，却见傻巴照旧那样背手站着，长辫子仍然搭在胸前，好像根本没动劲，但一双小眼烁烁放出光彩。这一下真可谓神差鬼使。玻璃花虽然给打得蒙头转向，还没忘了瞅一眼飞来凤。飞来凤那里正笑吟吟嗑瓜子儿，好像看猴戏一般。

玻璃花狂叫一声：“三爷活腻啦！”回身操起朱漆凳子朝傻巴砸去。他用劲过猛，凳子斜出去，把鹤龄会的灯牌哗啦一声砸得粉碎，破玻璃满天飞。众人见事情闹大了，吓得呼啦散开，由于不知东西南北，反而挤在一起。有的土棍儿们便往人群里扔砖头了。不知谁叫一嗓子："台上的点心管饱呀！"一群土棍儿就像猴子纷纷爬上台，抢点心包。玻璃花挤在人群里，左一脚，右一脚，踢打挤来挤去的人，他心疼刚才脱下身的袍褂怀表给人乱踩，又想揪住那傻巴拼命，但傻巴早已不见，台上的飞来凤也不知飞到哪儿去了。

一个头扣平顶小帽的矬混混儿挤上来，扯着脖子叫着：

"三爷！嘛事？哥儿们来了！"

"去你奶奶的，死崔，早干嘛去啦！快给我揪住那傻巴！"

"傻巴？哪个傻巴？"

"他——辫子，揪住他的辫子！"

这话奇了！在那年头哪个爷儿们脑袋后面没辫子，揪得过来吗？

第三回　请神容易送神难

玻璃花鼻青脸肿，一头扎进估衣街上的大药铺瑞芝堂里，找冯掌柜要了后院一间房躲起身。一来因为他把皇会搅乱，保不准官府跟他找点麻烦，好汉不吃眼前亏，躲过势头再说。二来因为像他这种大混星子，当众栽了，脸皮再老也挂不住，那几下挨得又不轻，挂着彩去逛大街，岂不更难看！三来因为冯掌柜是个脓包，在这药铺养伤再好不过，吃药用药随便拿，冯掌柜还精通医道，尤擅推拿按摩，可以给他医治。

冯掌柜巴不得有机会叫玻璃花使唤，拉好关系，以后少跟自己搅和。他细心给玻璃花疗理，还好酒好菜侍候。玻璃花的伤愈来愈见好，心里也就愈烦躁。他不知该怎么出去露面，要想重振雄风，非得把傻巴那条辫子扯下来不可，偏偏找不到傻巴踪影。如果那傻巴是外地人，碰巧撞上闹一下就滚了，他还真没处捞回面子。但听傻巴口音还是地道的天津味儿，这小子究竟在哪儿？自打那天，玻璃花一直躲在药铺里，外边一切消息都靠死崔打听。死崔整天在外边转，非但没找着傻巴，捎回来的全是气杀人的传闻。据说傻巴扬言还要拿辫子把他两眼抽成一对"玻璃花"，往后叫他连饭锅茅坑都分不出来。还说只要他脱下裤子在估衣街口，屁股上插一串糖堆儿，撅一个时辰，今后傻巴绝不在天津出现。还有些更难听的话，气得玻璃花连喊带骂，非要找到傻巴，分个雌雄。但他冷静下来一琢磨：自己不是个儿。于是只能在屋里摔桌子打板凳，把冯掌柜摆在条案上的一对乾隆官窑的青花帽筒都摔了。弄得冯掌柜直挠头，不敢言声儿。请神容易送神难，只好挨着。

一天，展家的老妈子胡妈来了，说要见玻璃花。玻璃花藏身在此是绝密的，因此冯掌柜只好摇着脑袋说没见过玻璃花。胡妈笑了笑，把一包东西交给冯掌柜说："这是我家二奶奶送给他的。"转身就走。

冯掌柜把包儿拿到后院，玻璃花打开一瞧，竟是一件碧青崭新的洋马褂，兜里鼓鼓囊囊，掏出来看，竟然是张帕子包着一块真正洋造的珐琅表，上边画着洋美人打秋千。这是飞来凤送给他的。她准是猜到，闹事那天，自己丢了怀表马褂，便照样弄来两样更好的叫自己高兴。这小娘儿们真念旧！他对冯掌柜说：

"瞧这洋货多爱人！哎，你他妈为嘛不卖洋药，我听说有种洋药，比指甲盖还小，无论哪儿疼，吞下去眨眼就好。你是不是有药不给我用？看着我疼得冒汗，你好解气！"

冯掌柜赔着笑说：

"三爷说到哪儿去了！有好的，还能不尽着您？我这是国药店，没洋药，你老要吃，我叫伙计到紫竹林去买，那药叫嘛名号？"

"叫……叫白、白……你是卖药的，干吗问我？"他忽然瞪起眼。

"洋人的东西我哪懂？您这件坎肩我就没见过。"

"这哪儿叫'坎肩'，这叫'洋马褂'，洋人穿在小褂外边的，你他妈真老赶儿！"他嘴里骂骂咧咧，心里却挺美，手指头捏着表链玩。

"你老帽子上的小梳子呢？"冯掌柜见玻璃花高兴，自己也轻松了。有意卖个傻，好显得玻璃花有见识。

"这也是洋打扮！你真是不开眼，土鳖！"

冯掌柜虽然挨了骂，却挺舒服，他搓着手，笑道：

"赶明儿，我也学你老，头上挂个梳子。"

"屁！土豆脑袋也想挂洋梳子！"玻璃花说着，不知想到哪儿，神气忽然一变，问道，"哎，展家送东西来的那个老妈子怎么知道我住在这儿？"

冯掌柜摇头说不知道，其实眼下满城已经无人不知，丢人现眼的玻璃花躲进瑞芝堂药铺。自打他藏到这儿的第三天，就常常有人假装买药，打听他的下落。药铺里的人都瞒着他，不是怕他，而是怕死崔。

但愿死崔这号人只在这书里，世上一个别有。

这小子原先家住在河北粮店街，人刁心毒，原名崔大珠。有一次，他灌了几挂肉肠子，晾在当院，被人隔墙用竿子挑了去。一般人碰到这种事儿，爱闹的就四处查找，无能的自认倒霉，往后再晾肠子换个地方挂也就算了。崔大珠偏不，他买包砒霜掺在肉里，灌了一挂肠子，仍旧挂在老地方，转天又被人偷去。再过一天，就听说前街上开水铺的皮五一家四口都死了，据说是给砒霜毒死的。县里下来人查来查去，把崔大珠抓了去。崔大珠毫不含糊，上堂就点头承认是他在肉肠子里下了毒，但他说这是药耗子用的，谁叫皮五偷嘴吃？这话不能说没理。官府把这案子翻来倒去，也没法给崔大珠治罪，只好放了。可是从此粮店街上，没人再敢搭理这个心比砒霜还毒的人了。那年头，没有“道德法庭”一说，他在人心中被判了死刑，得了“死崔”这个外号。他自知在河北那边待得没味儿了，就挪窝到估衣街上来。估衣街上有两个人人恨又人人怕的家伙，一个是面狠的玻璃花，一是心毒的死崔。当下，两条狼都扎在冯掌柜的羊圈里。

玻璃花转转眼珠，问冯掌柜：“你说，为嘛飞来凤那娘儿们送我这洋表洋马褂？”脸上明显冒出一股气来。

冯掌柜不知这是哪股气，又不能不答，便说：

“讨您喜欢呗。”

“滚你妈的！那天我给她添堵，她知道我丢了洋表洋马褂，今儿成心拿这玩意儿给我添堵！”玻璃花甩手把衣服怀表狠狠摔在地上，大叫，“明儿，我弄瓶镪水泼在她脸上，叫她成活鬼！”此时已然满脸杀气。

冯掌柜吓得腿发软，想跪下来。他不知怎么对付这个说火就火、软硬不吃的混星子了。他弯腰把马褂怀表拾起来，说话的声音直打哆嗦：

“幸亏这洋表结实，没坏，一点儿没坏，还是你老这洋货好！”

“拿榔头来，我把它砸瘪了！”玻璃花吼着。

这时，门儿呀地一响，进来一个细高爽利的年轻汉子。这是冯掌柜新收进铺子的小伙计，名叫蔡六，精明能干，刚进铺子一年，一个人已经能当两人使唤。蔡六知道掌柜的被玻璃花缠住了，在窗根下偷听一会儿，心里盘算好了才推门进来。他进门就说：

“三爷，小的有句话，明知您不爱听，也得说给您听。”

玻璃花拿眼一瞄他，分明一种找茬儿的神气：

“有屁就放！”

蔡六并无怕意，反而坐在玻璃花对面的椅子上，笑道：

“你老纯粹给自己蒙住了！”

冯掌柜见自己的伙计敢这么讲话，吓得头发根冒凉气。玻璃花伸出的手指尖几乎碰到蔡六的脸：

“嘛意思？”

蔡六纹丝儿没动，还是笑呵呵：

“小的估摸，您到今儿还不知道那玩辫子的是谁？”

“谁？你知道，为嘛瞒着你三爷！？”

“三爷是嘛人，您不叫小的张嘴，小的哪敢在您面前逞大尾巴鹰？”

“三爷叫你说！”玻璃花没想到这小子知道傻巴，急啾啾地问。

玻璃花的火气明显落下一截，蔡六含着笑点点头说：

“好，我告您，那玩辫子的在西头担挑儿，卖炸豆腐，人叫‘傻二’，这是贱名。”

天津卫的孩子从小都有个贱名，叫什么傻蛋、狗剩儿、狗蛋、屁眼子、大臭、二臭、三臭、秃子、狗不理等等。据说，那是为了叫阎王爷听见，瞧不上，就写不到生死簿上去，永远也点不走，能长命。不管人们信不信，大家都这么做，图个吉利。

“这傻王八蛋的大名呢？”

“臭炸豆腐的，谁叫他大名？”

“他的窝在哪儿？”

蔡六见玻璃花被自己的话抓住了，便有意说得平心静气，慢条斯理，好压住玻璃花的火气：

“多半在西头吕祖堂一带，哪条街哪个门可说不准。我小时候，家就在吕祖堂后边。记得六七岁时，我娘领我去庙里烧香，认师傅，打小辫儿。不是说那么一来，就算入佛门了，有佛爷保着，不会再惹病招灾。那天正赶上傻二去剃小辫儿。按照庙里的规矩，凡是认师傅的，到了十二岁再给老道点钱，老道在大殿前横一条板凳，跳过去，就出家成人，熬过了'孩灾'，俗例这叫作'跳墙'。照规矩，跳过板凳，就不许回头，跑出庙门，直到剃头铺，把娃娃头剃成大人样。这例儿三爷您听说过吧？"

"往下说——"

"傻二的辫子长得特足，十二岁跟大人一般粗细，辫梢长过屁股。他跑出庙门，没去剃头铺，直奔回家，听说他舍不得头上的辫子，所以他现在才长得这么粗，像条大鞭子。"

"你总提他穿开裆裤时候的事儿干吗？三爷问他那狗尾巴上有嘛功夫？"

"您别急，小的全告诉您，半句也不留。听人说他爹有两下子，可从来没跟人使过，天天都在西头那边走街串巷，卖炸豆腐，听说他家是安次县人，那边人多练查拳。但傻二能要辫子，从来没人知道。再说天下谁听说过辫子上还能有功夫？外边人都议论着，拿辫子当刀枪使唤，真是蝎子屎——毒（独）一份儿了。"

"那傻巴的功夫是他爹传的？"

"多半是吧，还能有谁？对了，从小听说，他爹罚他，就把他小辫拴在树上吊着。人都说他爹做买卖挺和气，对孩子却够狠的。他家就爷儿俩。还有人说，傻二是他爹领来的，亲骨肉谁舍得把儿子的小辫拴在树上吊着？现下再回回味儿，想必那就是练功吧！"

"说完了？"

"啊——"

"就这点屁，顶嘛用，滚吧！"

蔡六没动劲儿，稳稳当当说：

"您别急。事说完，话没完。小的想告诉您，那傻二虽然有功夫，三爷您能耐却比他强！"

玻璃花用他那浑球般的花眼珠盯蔡六一眼：

"你小子拿我找乐子，还是捧我？"

"哪的话，小的再有胆，也不敢跟您开涮！小的虽然不会武艺，却看得出来，傻二全靠着那条辫子占便宜。您琢磨，动手时谁还防着对方的辫子？可他的辫子一甩出来，就等于两条胳膊再加上一条。三条胳膊对您两条胳膊，您还不吃亏？”

玻璃花听得入神，不觉点两下头。冯掌柜忙说：

“那辫子一转，何止三条胳膊，简直是千手观音。”

玻璃花没搭理冯掌柜，直盯着蔡六一张白净的脸儿问道：

“你说三爷拿嘛法儿降他？”

蔡六这才给玻璃花指出一条明道：

“您有那么多有能耐的朋友，谁有绝招就叫谁来，他们还不全听您三爷的招呼！”

“去你妈的！三爷打架向来一对一。”玻璃花说着照蔡六当胸就一拳。蔡六却看出玻璃花尖巴脸上有了活气，显然是听得中意，也中了自己“移花接木”之计。

这时，矬壮的死崔闯进来。蔡六忙给冯掌柜使了眼色走出来。到了前屋，蔡六笑着对冯掌柜说：

“这下子，玻璃花该滚蛋了。”

冯掌柜迷迷糊糊，没弄明白。蔡六说：

“我知道他怕傻二那条辫子，便出个道儿，叫他去找人帮忙。他一去，咱就算把这位爷请出去了。”

“他肯去吗？”

“他恨不能吃了傻二，怎能不去？”

“要是打不过傻二，不又回来了？”

蔡六笑道：

“您放心，无论胜败都不会回来了！如果胜，就用不着住在咱铺子里；如果败，甭说咱铺子，连估衣街上也待不住了。”

冯掌柜依然忧虑未解地说：

“崔四爷未必肯叫他去吧？”

蔡六说：“您还没看透，死崔不是不叫他出头露面。他这一招够绝——他先把玻璃花关在咱药铺里，然后在外边散风说玻璃花藏着不敢见人。为了叫人们嚷嚷玻璃花尿了，把玻璃花名声弄臭。下边，他巴不得撺掇玻璃花去找傻二拼命，好借傻二的辫子除掉他！”他的口气很肯定，好像把下面三步棋全看在心里。

“这不能，他们是一伙的！不是哥儿们爷儿们吗?”

“别信那套！嘛叫哥儿们爷儿们？不过为了给自己助威。轮到两人分一块肉时，刀尖又专往哥儿们身上要命的地方捅。”

冯掌柜听到这儿，白胖胖的脸现出笑容，他没料到这新来的小伙计有脑子又有办法，他像危难中碰到保护人，好像大雨中找到一块房檐。他不由自主提起茶壶的铜提梁，给蔡六斟茶，一边问蔡六：

“你刚才说傻二那些事都是真的?”

“管它真假，唬住他就成!”蔡六接过茶碗，不客气地喝了。

他故意这样不客气，好像应该应分一样。因为这么一来，他在这个脓包掌柜的面前的身份就不同以往了。

第四回　不信也是真的

不等天大亮，玻璃花就叫死崔陪着，打药铺出来，到南门外去请打弹弓的戴奎一。两人横穿出估衣街，到了北城门口，并没走“进北门出南门”那股近道，而是沿着城根儿往西，绕城半圈才到南门外。这因为玻璃花怕人瞧见他，一路还穿街走巷，专择僻静人稀的路走。混星子们在街上向来爱走街心，车辆驴马都得躲着他们；他们还拿眼东瞅西瞅，谁要是多瞧他们一眼，茬子就来了。今儿玻璃花却使劲低脑袋，恨不得把脑袋揣在怀里。死崔在一旁心想：我叫你小子打今儿甭想再露脸儿啦！

那时，南门外一片大开洼，净是些蚊子乱飞的死水坑，柳树秧子，横七竖八的土台子，没人添土的野坟，再有便是密不透气的芦苇荡。住在这儿的多是雁户，拿排枪打野雁、绿头鸭、草鹭和秧鸡，到墙子那边去卖。这是个常年热热闹闹的野市，俗叫“南市”，凡吃、穿、用的，随便买卖，应有尽有。鲜鱼新米、四时蔬果之外，还有些打八叉的小商小贩，倒腾各种日用的新旧杂货。江湖上的“金、瓶、彩、挂”，什么拆字的，算马前课的，拉骆驼或“黄雀叼帖”的，打把式卖艺的，变戏法的，耍滦州影儿的，唱包头落子、哈哈腔、西河大鼓的等等，都聚在这儿混吃糊口。天津这地方，有块地儿就有主儿。河有河霸，渔有渔霸，码头上有把头，地面上有脚行，商会有会长，行行有师祖，官场里上上下下，大大小小，一个衙门里有一个说一不二的老爷。在这集市上，欺行霸市要数“三大块儿”——戴奎一，何老白，包万斤，都是“安座子”已久的老江湖（“大块儿”是指身上的钢筋铁骨腱子肉）。这三位“大块儿”能耐最大的便是戴奎一，他手里的一把弹弓可称天下奇绝。顶拿手的一招，是把一个薄瓷的小酒壶横放在桌上，瓶口放一颗泥弹儿，这泥弹儿与瓶口大小不离，他站在三十步远的地方一弹射去，把那泥弹儿打碎在壶中，绝不损伤瓶子。他用这手绝顶功夫招人观看，实是卖“化食丹”。只要演过几招弹弓，他就捧着一块血淋淋的鲜牛肉，生嚼生吃，再吞下几粒羊屎蛋似的丸药，口称这丸药到肚里，生冷俱消。他拿这种叫人目瞪口呆的法儿卖药，人们花钱买药，并非相信这药真能化食，而是害怕他这股恶劲。据说，光绪二十年，河南来个马班儿表演“小刀山”。河南的马班子大都会几手少林功，恃仗本领在身，没有先去拜会他，把他惹恼了。当一个年轻的女把式爬上三四丈长的大杉篙拿大顶时，戴奎一站在远处大叫一声：“戴爷给你换个左眼！”开弓一打，“啪！”地把一个泥珠射进那女把式的左眼窝。马班子的男男女女都要跟戴奎一动武，眼望着这把上了子儿的弹弓，谁敢靠前？从此谁也不敢招惹他了，就是玻璃花那左眼放着没用，也不愿意换个泥球。

“戴爷，咱哥儿们麻烦您来了！”玻璃花拱拱手说。他此时气不壮，说话时精神也不足。

“您这是嘛话，三爷！哥儿们我在城南，您在城北，城隔着人，不隔着义气。前儿，崔四爷来，把您的话捎给我。我跟四爷说了，只要您三爷一句话，咱哥儿们掉脑袋也认！不过……我刚才用脑瓜又琢磨琢磨，那个卖炸豆腐的傻小子，值我戴奎一的一个泥球吗？啊？哈哈哈哈……”

戴奎一咧大嘴叉子，仰面狂笑。他光着膀子，这一笑满身疙瘩肉像活耗子那样上下直动。他长得人高面阔，猿背蜂腰，鹰鼻豹眼，宽宽一条橘黄色亮缎腰带上别着一根柳木叉架、牛皮筋条的大弹弓子。当下，他正站在自家店门口，店内迎面墙上挂着两幅死人的骨头架子。这背景和打扮一衬一托，就愈发显得凶厉。本来戴奎一答应好今天为玻璃花去拔撞。虽说他向来天不怕地不怕，但是个人就有脑子。这两天耳边经常听到有关傻二的辫子的传言，传得神乎其神。在将信将疑之间，他开始掂量起来，为这个从来没对自己出过力、眼下正走背字的混星子，去碰碰那个不知根底的傻二，值不值得……

死崔好像看见了戴奎一心里怎么拨棋子儿，他想，如果戴奎一不帮忙，就会挤着玻璃花对傻二暗中下手。反正玻璃花绝不敢再跟傻二明着较量，而且已经几次计划着，派几个小混星子暗中对傻二下手。暗着干向来比明着干能成事。只要把傻二弄残，玻璃花就会在估衣街上重新抖起来。故此，必须设法使戴奎一和傻二打一场。如果戴奎一赢了，就在外边散风说，玻璃花没能耐，借刀杀人，玻璃花的脸也不光彩；如果傻二赢了，戴奎一必然恨玻璃花毁了他的名声，还会有玻璃花的好？想到这儿，他就拿话激戴奎一：

“戴爷，听那傻巴说您根本算不上咸水沽人。”

“怎么讲?”戴奎一没听明白这话是嘛意思。

“那傻巴是咸水沽人。他说，咸水沽水硬，人也硬，不出螃蟹。”死崔说。

“我听不懂你的话。”戴奎一说。

死崔含笑道：

“就是骂您呗！螃蟹的骨头长在外边，肉长在里边，外硬里软，不过看上去挺硬罢了。您先别生气，那傻巴还有话——他说，要论胳膊大腿之外的功夫，谁也顶不住他的辫子，您的弹弓子不过是小菜儿!”

对付人的本事，全看能不能摸准对方的要害。看准要害，一捅就玩完。死崔深知，戴奎一虽然人高块大，心眼并不比针眼大。他更懂得，嫉妒这东西挺哏：男人嫉妒男人，女人嫉妒女人，同辈嫉妒同辈，同行嫉妒同行，出家在外，同乡还嫉妒同乡——没听说过，山海关一个名厨子，会嫉恨起广东一个卖字画的，哪怕这舞笔弄墨的家伙比他名气再大。

果然，戴奎一的胸膛里盛不下这几句话，气得骂开了。

死崔火上再浇油：

“人家都管傻巴那辫子叫‘神鞭’!”

这“神鞭”是他为了气戴奎一，顺口编出来的。

“嘛叫‘神鞭’?”戴奎一吼着。他心里的火顺着血流遍全身，手背、胳膊、脖子、太阳穴上的面条粗细的青筋根根都鼓胀起来。

“他说，只要是凡人，想抽谁就抽!”死崔说着拿一双乌黑的小眼瞅着戴奎一发怒的脸。他要眼看着这妒火直把戴奎一的胸膛烧透了才成。

戴奎一大叫道：“他是神仙，我也把他射下来!”说着，把腰间的弹弓取在手，扭身来一招“回头望月”，把两个泥弹儿连珠射上去。只听天上啪一响，第二个泥弹儿飞去得更急，直把第一个打得粉碎。

玻璃花拍手叫道：

“好功夫！管叫那傻巴的脑袋成漏勺!”

戴奎一听了，脸上立见笑容。他叫徒弟进屋取出一个缎面绣花弹囊，再从一排排晾在青石板上的泥弹儿中间，择出一些最圆最硬、颜色发黑的胶泥弹儿装满袋囊。戴奎一转了转眼珠儿，进屋拿了两个铁弹丸掖在腰间，便走出屋来，带着两个徒弟，与玻璃花、死崔去找傻二打架。

从西关街走到头儿，有个土坯打墙围着的院子。墙挺高，上边只露出三两个青瓦顶子，几棵老枣树黑紫黑紫，没发芽儿，带刺的树杈，密密实实罩在上边。院里没动静，树上没鸟叫，烟囱眼里没有烟往外冒，倒像什么奇人怪客住在里头。

有人给玻璃花壮胆，他顿时精神多了。上去“啪！啪!”拍门，扯着脖子叫喊：

“耍狗尾巴的，三爷找上门儿来了!”

砸了一会儿，毫无响动。他找了半块砖刚要朝门板砸去，忽听一个哑嗓音：

“我在这儿!”

他们不觉回头瞧，只见不远处的几棵大柳树下，站着傻二，还是那件蓝布大褂，粗长的辫子盘在头上。玻璃花跑上去，恨不得把傻二撕了：

“你别以为三爷栽了，今儿找你结账来啦!”

傻二态度谦恭，话说得诚心诚意：

“三爷说到哪儿去了？我哪有能耐跟您闹。那天我也是稀里糊涂，赶巧碰您三爷两下，您不当回事就算了！”

“好小子，你还想寒碜我？你他妈‘稀里糊涂’就把我打了？好大口气！傻巴，明白告你，今儿还不用三爷教训你。这位，瞧见了吗，戴奎一，南市打弹弓的戴爷——你三爷的兄弟，来给你换眼珠子来了。有能耐你就使！”

戴奎一站着没动，拱拱手说：“我这个属螃蟹的，来会会神鞭！”这几个字，酸不溜秋，拿着劲儿，好像从牙缝里挤出来的。

傻二听蒙了。嘛是属螃蟹的？神鞭？神鞭是嘛玩意儿？他说：

“我别听差了音儿。闹不明白您说的是嘛话，劳驾再说一遍。”

戴奎一嘿嘿一笑：“你是听美了，还想再听一遍。我可从来不用嘴皮子侍候人。既然咱俩都是咸水沽人，拿咸水养大——有你没我，有我没你，来吧！”他脱去外衣，取弓上弹。

玻璃花凑上前说：“戴爷真行，往后城北有事就找我。哎，您可小心他的辫子！”

傻二又听什么喝咸水的话，更加莫名其妙了，不等他问明白，戴奎一狠巴巴逼着他：

“怎么玩法？”

傻二说：

“算了，您的功夫我见过，咱们何必做仇呢？”

死崔在旁边叫道：

“您听明白了吗？戴爷，他只说见过您的功夫，可就不说好坏。见过算嘛？吹糖人、捏面人的也见过！”

这是往火头上再吹一口气。戴奎一气呼呼盯着傻二的脸说：“你不动，我动！”他已然把弹弓抻开，拉紧的牛筋直抖。

傻二想了想，走到三丈远的地方站好，对戴奎一说：

“您打我三个泥弹儿，咱就了事，行不？”

戴奎一说：

“三个？不用，一个就穿瓢！看着——”

说着，右腿往后跨一大步，上半身往后仰，来个“铁板桥”。这招也叫“霸王倒拔弓”。随即手指一松，弓声响处，一个泥弹儿朝傻二飞去，快得看不见，只听得哧地穿空之声，跟着，啪！泥弹儿反落在场地中心，跳了三下，滚两圈儿，停住了！再瞧，傻二的辫子已经从头顶落在肩上。这泥弹儿分明是给辫子抽落在地的。这一下真可谓“匪夷所思”，使戴奎一和众人亲眼看到傻二辫子上不可思议的神功了。

戴奎一输了一招，顾不得刚才自己说过的话，出手极快，取出那藏在腰间的两个生铁弹丸，同时射去。这叫“双珠争冠”，一丸直取傻二的脑袋，一丸去取下处，使傻二躲过上边躲不过下边。这招又是戴奎一极少使用的看家本事。

铁弹丸又大又沉，飞出去呜呜响，就听傻二叫声：“好活”，身子一拧，黑黑的大辫子闪电般一转，划出一个大黑圈圈。“啪！啪！”把这两个弹丸又都抽落在地，重重的铁弹丸一半陷进地皮。傻二却悠然自得地站在那儿，好像挥手抽落两个苍蝇，并不当回事儿。众人全看呆了。

这一下，如果不是亲眼瞧见，谁都会不信。但事有事在，不信也是真的。

戴奎一大脸涨成红布。他不能再打了，原来说好打一个弹儿，已经打出三个；再说，自己也没有更厉害的招法，只有认输。他把弹弓子往腰带上一插，拱手说：

“该你的了，撒开手来吧！”

傻二摇着双手说：

“戴爷，您要再打，我也决不还手。今儿咱们算交个朋友，不算比功夫。您不过打几个弹儿玩玩罢了。”

这几句话丝毫没有带着钩儿刺儿，明摆着这傻二不想多事。戴奎一心里盘算，要是就此打住，还能带着脸儿回去；要是闹下去，非把脸儿丢在这里不可。自己绝对顶不住傻二这条神出鬼没、施过法术似的辫子，还是识路子，借傻二的话赶紧下台阶为好。这时，傻二又说：

“戴爷，我是炸豆腐的，不是武林中人，也没打算往这里边扎。故此，不愿跟任何人做仇。您刚才说的那些话，我琢磨不透——你干吗说我是咸水沽人？我往上数八辈都是安次县人，我也生在乡下老家。还有，您说那‘神鞭’指的又是谁？是不是您弄拧了，还是有人拿瞎话赚您？反正我说的都是实在话，没一个字儿虚的。”

这几句话，登时把戴奎一心里的火全撤了。他没答话，双手抱拳朝傻二拱一拱说："你是亮堂人，我——走了！"转身没答理玻璃花和死崔，径自去了。

傻二见事情了结，也回家了。

玻璃花赶上戴奎一说：

"戴爷，不能就这么算了。甭听傻巴得便宜卖乖的话。您一走，可就算栽给他了。您不是还有一手'换眼珠'吗……"

戴奎一好似胸膛鼓满气，不吭声，大步噌噌往前走，走着走着，忽然停住，张嘴大骂玻璃花："滚你妈的，我差点叫你砸了牌子！你他妈打不过人家，拉我来垫背。我姓戴的从来没像今天这么窝囊过，你还把我往死里推。我先给你换个眼珠子！"说着，扯起弹弓就要打，皮筋一下拉得像线儿那么细。看来，他要把心里怒气全拿这泥弹子发泄出来。

玻璃花一害怕，竟然扑腾跪在地上，惊恐地大叫：

"戴爷，戴爷，您是我爷爷！您千万不能废我，我家里还有八十岁老母和怀抱的儿子呢！"

其实他光棍一条，这是江湖人求人饶命的套话。

混星子们哪能怕死？玻璃花向来拿死当儿戏，今儿为嘛脓了，难道叫傻二的辫子把脊梁骨抽折了？这一来，众人可就瞧不起玻璃花了。

"死崔，你还不打个圆场！"玻璃花想叫死崔了事。

死崔嘿嘿阴笑，一句话不说，他要的正是这个结果。

玻璃花只好跪在地上向戴奎一求饶。

戴奎一使劲扯弹弓，泥弹子没往外打，倒把双股的牛筋条啪啪全扯断了，弓架撇在道边沟里。他板着铁青大脸二话没说，带着徒弟走了。

玻璃花跪了一阵子，忽然想到死崔，扭头一看，空无一人，死崔早不见了。

他站起身，想了想，觉得事情有些不妙，便直奔北大关的"锅伙"。这"锅伙"是混星子们聚会议事的地方。死崔正在里边，他进屋就和死崔闹翻了。死崔不像往常，不单不怕他，反而比他还横；平时跟在他屁股后边的小混星们，也都跟他上劲儿。以往，他给一股恶气顶着，在估衣街上说一不二，今儿仿佛气散了，怎么也硬不起来，竟叫混混们像轰狗一样轰出来。他没处去，又跑到瑞芝堂药铺，还惦着住到后院那间屋去。此时，照看铺面的已是蔡六。这小子皮笑肉不笑，话里话外使点损腔，没叫他进去，反把他请出来，气得玻璃花在街上大骂：

“好啊！破鼓乱人捶呀！等三爷把傻巴儿的辫子揪下来，就砸你的铺子！”

蔡六拿鸡毛掸子轻轻抹着柜台上的尘土，好像没听见。路上的人都站住脚，看玻璃花大吵大闹，就像看笼子里边的恶虎，样子虽然可怕，却又没什么可怕的了。

第五回　谁知是吉是凶是福是祸

一连好些天，傻二没有担挑上街卖炸豆腐了。甭说出门，只要门儿开条缝，就有小孩子在外边叫：“神鞭出来喽！”还有些闲人，蹲在家对面的大树下边，等着瞧他，好像等着瞧出门子的新媳妇。平时，他整天进进出出也没人瞧，站在街头扯着嗓子叫喊：“油炸——豆腐！”声音从这条街传到那条街，也叫不来几个。看来世上的事，不是叫喊就成的。

他真后悔！那天万万不该使唤辫子，他还觉得对不起死去的爹。他爹咽气前，拿出一辈子最后一点劲儿，把平时叮嘱过成百上千遍的话，吭吭巴巴再重复一遍：

“这辫子功……是咱祖宗一代代传下来的。我一辈子也没使过……记着……不到万不得已，万万别使……露出它来，就要招灾惹……祸，再有……传子传孙，不传外人……记好了吗？……”

临终的话，就是遗言。老子的话平日少听两句没嘛，遗言不能违背。可是，那天见到玻璃花截会，自己哪来那么大的火气？整个头皮都发烧，连辫子好像也有了感觉！头发根发抖，辫子往上撅，好似着了魔，控制不住要痛快地发泄一番。他抽玻璃花头一下，几乎想也没想，辫子自己就飞出去了，哪里知道辫子上竟有千斤力呢！

他自小跟爹学辫子功，不曾与人交手，不知如此神速和厉害！而且使起来，随心所欲，意到辫子到，甚至意未到辫子已到，这辫子上仿佛有先知先觉。他疑惑，是不是祖宗的精灵附在上边？

正如父亲再三嘱告的话，辫子一使出来，就给他招惹一串麻烦，先是玻璃花，玻璃花引来戴奎一，戴奎一引来在西市上的砸砖头的王砍天，王砍天又引来鸟市上拉硬弓的柳梆子……全都叫他抽跑了。几天前，四门千总马老爷打发人拿来帖子请他去，想派给他一个小缺，在护城营当什长，只教授武功，别的不干。饷银不高，倒是清闲得很。但他家世代不沾官场，他相信：进了官场，没好下场。当即对千总爷说，自己只会耍辫子，属于歪门邪道，拳脚棍棒，一概不通，推掉了这个差事。千总爷也不勉强他，只叫他耍耍辫子，当玩意儿看看，他不好再推辞，花里胡哨耍一通，耍上性，还当场打落飞来飞去的几只蜻蜓。千总爷看得眼珠子都瞪圆了，当即把府、县、镇、署、前后左右中各营的几位老爷用轿子抬来，叫他重新再耍一遍。他只得照样再耍耍，不用真本事，几位老爷已经开了眼，赏了他许多财物。老爷们一点头，傻二的大名就不是歪名。于是，从早到晚，都有人来拜师。人们不知道他的姓氏名号，又不好问，人家都出了名，还好问人家姓嘛叫嘛，只得尊称他"傻二爷"。他三十来岁，一直被人称呼贱名"傻二"，忽然贱名后边加个"爷"字，反而有点别扭。他还想叫傻二，还想卖豆腐，但已经不行了，眼下，只有一条祖传的规矩得牢牢把住，便是不收徒弟。他不管那些求师心切的人怎么死磨硬泡，索性拴上门，砸门也不开。饿了就炸豆腐吃。但是，不能天天吃炸豆腐活下去吧。

他捏着自己这条大辫子，耳听外边把那个不知从何而来的"神鞭"的绰号，愈叫愈响，真不知是祸是福，是吉是凶。一方面，他想到这辫子居然把地面上那些各霸一方的有头有脸的人物，统统打得晕头转向，暗暗自得；另一方面他又犯嘀咕，天津卫这地方，藏龙卧虎，潜龙伏蛟，强中自有强中手，能人后边有能人，以后不知还要引出嘛样的凶神恶煞呢，他总有点不祥的预感！

第六回　祖师爷亮相

不出所料，三天后，有人又嚷又叫，使劲砸门了。听声音，就知不是好来的。开门看，又是玻璃花。但这小子一见傻二就后退三步，好像是怕叫辫子抽上，看来他是给辫子抽怕了。

然而，今儿玻璃花精神挺足，大拇指往后一挑，撅着下巴说：

“傻巴，你看看，今儿谁来会你了?”

大门外停着一顶双人抬的精致的轿子，前后跟着八个汉子，一水青布衫，月白缎套裤，粉绿腰带，带子上的金线穗儿压着脚面；脚上穿薄底快靴，头上各一顶短梁小帽，显得鲜亮爽利。单从这跟随的衣着上看，轿子里坐的绝非一般人。此地人多官多，官儿从七品数到一品，城里城外到处都竖着旗杆刁斗，老爷便是各式各样的了。谁知这是谁?但这阵势已经把傻二唬住了。

“怔着干吗?”玻璃花朝傻二厉声叫道，“还不有请索老爷。”

傻二说：“有请索老爷!”心里却糊里糊涂，不知这索老爷是哪位。

轿夫扬起轿杆，两个跟随上去左右一齐撩起轿帘，打里边走出一个老者：清瘦脸儿，灰白胡子，眉毛像谷穗长长地从两边耷拉下来；身穿一件扎眼的金黄团花袍子，宝蓝色贡缎马褂，帽翅上顶着一块碧绿的翡翠帽正，镶在带牙的金托子上。他耷拉眼皮，像闭着眼，似乎根本没瞧傻二，大气之极。看上去，不是微服私访的大官，就是家财万贯的大老爷，多半是来请自己去做武师或是护院的。他正盘算，万一这位大老爷开口请他，自己怎么谢绝。但玻璃花一说出这老头姓名，叫他心里像敲锣似的一响：

“索天响，索老爷。津门武林的祖师爷，不认得，还是装不认得?”

天津谁人不知索天响的威名!他在武林中稳坐头把交椅。都说单指拿大顶，脚踢苍蝇，躺在蜘蛛网上睡觉，是他的“三绝”。他住西门里镇署对过的板桥胡同，但幽居深院，找他不见，也从不在公众前露面，他的名帖却没有走不通的地方。大人物都是金脸银脸儿，本都是难得瞧见的，今儿居然找到他门上。傻二不明其故，又有些受宠若惊。他恭恭敬敬给索天响作了长揖，说道：

“你老要是不嫌脏，就请屋里坐，我给您泡茶。”

索天响好像没听见他说话，眼睛仍旧半闭半睁，不说话，也不动地方。

玻璃花便朝傻二叫道：

“索老爷是嘛身份，能进你狗窝?索老爷听说你小子眼里没人，叫你见识见识，也教教你今后怎么做人。”

傻二慌忙摇手，惊慌地说：

“不成，不成，我哪是索老师傅的对手！身份，辈分，能耐，都差着十万八千里，绝不成！索老师傅，傻二在您面前，屁也不是。”

索天响的神气好像睡着一样。待傻二说完，他却开口冷冷地说：“你不是要拿什么‘神鞭’，把我当‘冰猴’抽吗？”嗓音又哑又硬，像是训人。

“我可不敢这么狂！索老师傅，我……”傻二不知是惊是怕，说不出话来。

“好，我问你，你的功夫跟谁学的？”索天响依旧半闭着眼。

“傻二这点能耐是家传的。”

“哪门哪派？”

“门派？提不上门派。我爹也没跟我说过。”

索天响轻蔑地一笑，仍旧闭着眼说：“没有门派，叫嘛功夫？那不成了戴奎一的江湖之技了？好，我先考考你的见识，你——”他虽然听见傻二惶恐的推辞声，还是硬逼着问道：“天津卫谁的功夫最高？”

“自然是您索老师傅，您底下才是霍元甲、鼻子李、铁手黄。”傻二说完脸上掬出笑容，以为索天响听了准高兴。

谁知索天响听到霍、李、黄三个，两边嘴角同时向下一撇，似乎说那三个在他名字后边也不行，应当只提他一个才是。索天响干咳两声，又问：

“武林人常说，南拳北脚，你会几种南拳？”

“我……一种也没见过。”傻二挺窘。

“哼，你这也自称练武之人。那你说，你听说过几种南拳？”索天响的口气很像主考官。

“……听人说，梅花拳厉害得很。我还听……”

“胡说！”索天响截住他的话说，“南北都有梅花拳，你说是哪个？北方查拳分十路。一路母子，二路行手，三路飞脚，四路升平，五路关东，六路埋伏，七路才是梅花。南拳分大小梅花拳，并非十分厉害。厉害的要数——刘拳，蔡李佛拳，洪佛拳，白眉拳，虎鹤双形拳，龙形拳，南杖拳，螳螂拳，插拳，黑虎拳，太虎拳，龙门拳，铁线拳，天罡拳……”

索天响一口气顺溜地说出一百多种，傻二听得瞪圆小眼，心想今儿碰上高人，该栽跟斗了。

玻璃花得意之极，叫着：

“傻巴，听傻了吧！你有师娘吗?”

索天响的跟随们也都面露讥笑。

索天响接着问道：“你上辈说没说，你这点功夫，是从哪路拳里化来的?”这口气愈加咄咄逼人。

“形意吧——好像是。”

“好，你说，形意为谁所创?”

“说不好！是不是达摩老祖创的?”

“哈哈，达摩老祖！那都是乡野之人，不学无术，以讹传讹。你连形意拳的开山鼻祖都说不出来，也敢把自己和形意扯到一块。这形意本是国朝初年山西蒲州人姬龙丰所创。张芸的《形意拳述真》说，‘明清之交有姬公际可，字隆风者，蒲东诸冯人，精大枪术，遍游海内，访求名师，至终南山，得岳武穆五拳谱，意既纯粹，理亦明畅，后受之于曹继武’，于是传衍下来，这在雍正十三年的《心意六合拳谱》、马学礼的《形意拳谱》上都有记载。形意分三派。河南一派传马学礼，山西一派传戴龙邦，河北一派由戴龙邦传给李洛能。你既是安次县人，家学形意，可知道李洛能?”

傻二听得汗都下来了，他摇摇头，但不甘心在玻璃花和周围一些人眼里一无所知，草包一个，想了想便说：

“我爹曾对我说，我祖上创这辫子功，是从豹子甩尾悟出来的，这便是得到‘形意’的要领。”

“更是胡说！你要说‘少林五拳’，还扯得上。‘少林五拳’为龙、虎、豹、蛇、鹤五形拳，内应心、肝、脾、肺、肾五脏，外应金、木、水、火、土五行，并与精、力、气、骨、神交互修炼，其中确有一门‘豹形拳’。形意的‘十二形’为熊、鹞、龙、虎、鼍、燕、蛇、猴、马、鸡、鹰、鸵，哪来的‘豹’?形意要六合，心与意合，意与气合，气与力合，肩与胯合，肘与腰合，手与足合。还有三层道理，三层功夫，你可懂?”

“嘛叫‘三层’?”傻二搭不上腔，真像个不掺假的傻巴了。

“嘿，今儿可算费了牛劲。听着，三层道理是——练精化气，练气化神，练神还虚。三层功夫是——一层明劲，二层暗劲，三层化劲。你连这个也没听说过？我的徒孙也能背出来呢!”

“我真正嘛也不懂。你老跟我盘道，我嘛也说不出来。”

“好笑！凭你这点道行，也想往津门武林中插进一脚来？还要称王？可笑！你年轻，不懂事，才这样轻狂。我可以明白告你，打你没生下来，这世上的每一寸地面上都有名有姓。你想立足，谈何容易。你别是缺心眼儿吧!”

玻璃花和众人一齐哄笑。

“索老师傅，我绝不想往武林里扎。我只会要几下辫子，身上的功夫就像破鞋跟儿——提不上。”傻二认真地说。

“噢?”索天响一直半闭的眼睛忽然睁开，一双灰眼珠淡而无光。他问，“你身上没功夫?”

“我能骗您？您不信就试试我。”

“好，我试试你。你动辫子吗?”索天响说。

“不动辫子，就试腿脚，您一摸就知我身上没功夫。”

索天响说：“咱有话在先，说好就试腿脚啊!”然后双手一分，就要用武。

一个跟随上来问索天响，是否脱去袍褂，索天响摇摇头，只把袍子的前襟提起来别在腰带上，对傻二说一句：“我这叫‘三十六招连环脚’，瞧!”说着就来到傻二跟前，两条腿使出踢、蹬、踹、点、扫、铲、勾、弹，专取傻二下盘。一招一式，有姿有态，出手绝非寻常，颇有大家气派。傻二忽想起春和营造厂的粉刷师傅毛吹灯，每次粉刷房子，都穿一身黑，一举一动，像天福戏园老生马全禄的做派那么讲究。刷完浆，身上居然一个白点不沾。凡是这种高手，举动就不一般，自己绝不可半点大意。他想到父亲教过他的八字身法——吞、吐、沉、浮、闪、展、腾、落，一边回忆，一边用心使用，虽然生疏，倒能躲左避右，应付一气。他因有言在先，不动辫子，逢到机会也决不甩出辫子来。打了一阵子，觉得有点奇怪，这索老师傅的拳脚固然有招有式，举手投足讲究又好看，怎么没有叫人触目惊心、突兀险奇的招数?

看来，这老头不愿意欺侮晚辈，有意对自己摆摆样子，并不打算伤害自己。这也是人家祖师爷该有的气度。

这是五月天气，今儿芒种，天阴发闷。索天响两边太阳穴已经沁出汗来，脑袋晃动，太阳穴就像蝉翼一般，闪闪发亮。按说索天响这种轻功极佳的人不该这样，也许年岁大了，毕竟不如年少，再过数招，居然呼呼有些微喘。傻二说："你老是不是歇一歇？"索天响乘他说话，不大留意，冷不防扬起一脚，直踹傻二的小肚子，这一脚可是往要害的地方去的。傻二不由得来个"嫦娥摆腰"，刚好把这脚让过去。索天响踢空，用劲又过猛，险些把身子带出去。他赶忙收腿，一时立不稳，慌乱中两只手摆了摆，才算立住身子，就势手一指傻二，说道：

"你既然累了，我让你喘喘。"

在场的人都看出索天响有些气力不济。傻二心想，这老头儿远道来，闷在轿子里，中了暑热吧，便收住式子，说："我去给您老端茶。"刚转身，只觉得身后寒光一闪，一阵冷森森的风直奔自己的后脖子。他心想不好，头上的发辫反应比他的念头更快。啪一响，再扭身，只见地上插着一柄半尺多长扎眼的快刀。索天响像木头柱子戳着发呆，右手的手背上有一条红红的印子，显然是给自己的辫子抽的。而自己的发辫已然搭在肩上，就像玩蛇的，绕在肩上的大青蛇，随时都会再蹿出来。这突然的变化，叫众人看傻了。有人想到，怪不得索天响刚才不脱袍褂，原来怀里藏刀，那傻二又是怎么比眨眼还快，把这刀抽落在地上的？

索天响偷袭不成，一不做二不休，抢上一步要去拔插在地上的刀子，傻二的辫子比他的手快得多，辫梢一卷刀把，往上一拔，就劲唰地扔出去，"嚓！"直剁在左边一棵大柳树上，深入寸许，震颤有声。

四下响起叫好声！

索天响浑身上下，数脸皮没色了。他对傻二说话的口气依然挺大："你小子言而无信，称不上武林中人，说好不动辫子，乘我不防动了。你等着，改天叫你尝尝少林正宗'山'字辈儿的佛门拳。所谓内、初、山、寺、团、同、胜、国、少、年、用、者、思、多、猷、民，都是大架佛门，'山'字是前三辈，使出这功夫，保叫你断筋折骨，皮开肉裂！”说完这套话，一头钻进轿子，不等跟随上来落轿帘，自己就把轿帘拉下来，跟着就走。那玻璃花已然跑到轿子前边去，走得更快。

傻二站着没动，眼瞅着飞快而去的轿子，心里纳闷，这等声名吓人的人物，怎么一动真格的就完了。见面先盘道，拿辈分当锤子，迎头先一下，论功夫，一身花拳绣腿，全是样子活。一分能耐，两分嘴，三分架子。能耐不行就动嘴，嘴顶不住还有架子撑着。他原先以为天底下的人都比自己强，从来不知自己这条辫子，把这些头头脸脸的人全划拉了。原来大人物，一半靠名，那名是哪来的，只有他妈鬼知道了。他开始相信自己的本领了。他高高兴兴走进院子，关上门，站在当院，拿桩提气，认认真真要了一套祖传的一百单八式的辫子功。他愈发感到这辫子真是随心所欲，挥洒自如，刚猛又轻柔，灵巧又恢宏，似有一股扫荡天下、所向无敌之势。他脑袋一晃，唰，辫子顺溜溜盘绕在头顶，这时他心里拱起一股暖乎乎的美劲儿，但冷静下来之后，又觉得这美劲儿里头，还是混着一些模模糊糊、说不清楚的不安。是啊，世上的事不知道的总比知道的多，想象的总比实在的容易得多。走着瞧吧！

第七回　广来洋货店的掌柜杨殿起

人像蜜蜂，哪儿开花往哪儿飞。

您点儿高时，乱哄哄一大团围住您，没法分清；可是等到您点儿低的时候，真假远近，可就立时看得一清二楚。天津卫有句俗话，叫做：倒霉认朋友。

这几个月，落了魄的玻璃花算尝到了倒霉的滋味。没人理他，也没人怕他。一个人，就是一股子精气神。像他这类人，没人怕，一切全完。他没胆子在估衣街上露面了，那里的威风、便宜、势头、气候，连侯家后大小店铺以及姑娘班子里的油水，一概都叫死崔霸去。他后悔，当年他势头最硬时，没借着死崔打坏自己一只眼，把他废了。现在干瞪眼、生气，也没辙。谁叫自己栽给傻二？怨谁，怨天怨地，不如怨自己，往往坏事的根由还是自己。

他不敢再去找人帮忙。戴奎一、王砍天、柳梆子，全弄得身败名裂。他指望索天响打败傻二，谁想到这祖师爷竟是唬牌的。索天响挨了一辫子，露了馅，回去后，家里边差点儿叫徒弟们端了。傻二“神鞭”的威名便加倍叫响。人们一谈起“神鞭”，自然扯到玻璃花。就是他在皇会上一闹，才惹出这条“神鞭”，要不傻二今天还在卖炸豆腐，埋没着呢！因此无论谁说神鞭，还都得从他那天“四脚朝天”的大跟斗说起。愈是把神鞭说神了，就愈得把他说得惨些。他还能牛气起来？只有甘心当小狗子。

有一天，他没钱花了，就来到东北城角三义庙左近的展家，敲后门，找飞来凤借钱。胡妈出来拿一包碎银子，说是二奶奶给他的。他觉得这样有点像打发要饭的，又一想自己当下还不如要饭的呢，便接过银包，对胡妈说：“告诉你家二奶奶，钱花完了，还来找她。”他用这些银子混了二十天，花完了，真的又来敲后门，胡妈出来告诉他：大奶奶把二奶奶锁起来了。他不信，以为飞来凤不理他，便隔着那堵磨砖对缝的高墙，往里边扔砖头，把院子里的金鱼缸砸碎了，引出展家几个男仆要抓他，吓得他一口气跑到海河边，在盐坨里藏了一天一夜，饿了就抓点盐末子往嘴上抹抹。第二天清早才爬出来，刚走到宫北，忽听有人叫“三爷”。他心里一惊，因为这几个月没听人叫他“三爷”了。扭头瞧，原来是广来洋货店的掌柜杨殿起。

杨殿起专门倒腾洋货，卖美国斜纹布、英国麻布、日本的T字布和绉纱。各国的瓷器、金属器、纸张、烟卷、针线等等小商品也够齐全。这几年，喜好洋货的人渐渐多起来，有人见洋货得使，有人买个新鲜，有人拿洋货为荣，这就使他的买卖愈做愈赚钱。他还带手收罗土产的红枣、黄麻、驼毛、花生、蚕茧、草帽辫、牛皮羊毛以及骨角等等，卖给洋人运出海去，得利也不少。那年头，没有进口出口一说，实际上进出口全都叫他包了，做的是来回都赚钱的买卖。这人细高挑儿，小白脸儿，目光锐利，精明外露，脑子快得很。他在紫竹林里结识不少洋人，能说几种洋话，家里用的、摆的、拿的、吃的，净是稀奇好玩的洋玩意儿，叫洋货迷们看了眼馋。有时他还陪着蓝眼睛、红胡子、金头发、白手套的洋人们在城里城外逛一逛，比洋人更不把中国人放在眼里。那时，攀上洋人算一种荣耀。站在洋人堆里，自己也觉得比中国人高一截儿。别看玻璃花喜欢洋货，在杨殿起看来不过是个土鳖。不过，杨殿起来船运货，必须同玻璃花这类人打交道。玻璃花也常弄点古董玩器，来和杨殿起换些新鲜洋货，这样一来二去，两下就算很熟了。

杨殿起把玻璃花请到后屋，茶水点心照应，一口一个“三爷”，却绝口不谈玻璃花当下的处境。

玻璃花心想：自己的事，有耳朵不聋就能知道，多半这小子刚打外边做生意回来，还没听到自己的事，不然不会这么待承他。买卖人无论看货看人，都瞧行情。但如果姓杨的真不知道，就该唬着他。

“三爷新近又弄到嘛好玩意儿?”杨殿起问。

“好玩意儿倒是常有，估衣街上那些老板掌柜的，哪个弄到新鲜东西不孝敬我?”玻璃花说。

杨殿起粉白的脸上浮现一丝嘲笑，才出现又消失了。他接着问：“有嘛，拿一件瞧瞧。”

玻璃花忽然想起飞来凤送给他那块怀表在身上，便掏出来往桌上一撂，说：“瞧吧!”这神气，好像还有十块八块。

杨殿起根本没伸手去摸，只用一种不以为然的眼神扫一下，起身从柜子里取出一个鸡心样的洋缎面的小匣子，也放在桌上：

“你瞧瞧我这块，打开——”

玻璃花也想装得吃过见过，不去动，但心里痒痒，止不住动手打开匣子，里边平放着一块辉煌锃亮、式样新奇的大怀表，个儿大，又讲究。自己那块表摆在旁边，就像不入品的小乡甲站在人家一品中堂身边一样。杨殿起从匣里拿起表来，用手指轻轻一推表壳上小小的金把儿，里边居然发出比胡琴还好听的悦耳之声。玻璃花看得那只花眼珠都冒出光来。杨殿起对他说：

“这比你那块画珐琅的怎样?三爷，你听了别生气，你那块是平平常常的洋货，我这块在洋货里才是上等的，这叫‘推把带问’。瞧!镂金乌银壳，打点打刻不打分，一个钟点打四次，每刻一次。你要是想问几点，不用看，一推这把儿，响几下，就是几点。”

杨殿起说着又推一下小金把儿，叮叮当当打了八下，墙上的挂钟的时针正指在“Ⅷ”字上。

“里边好像有个人儿。”玻璃花情不自禁叫起来。

“比人报得还准！人还有遗忘的时候呢。”杨殿起笑道。

“嘛价儿?”玻璃花问。

杨殿起说：“这是压箱底的宝贝，哪得卖呢?”说着把表收在匣里，匣子却摆在玻璃花面前。

玻璃花忍不住总去瞅，一瞅心里就像有个小挠子，挠他的心。他瞟了杨殿起一眼，忽然说道：

“你他妈别来这套，不想出手你给我看？你箱子里绝不止这块表，还不是装满了洋货!”

杨殿起笑而不答，好似默认了，跟着把话扯到另一件事上去：

“您那两个小铜炉还在手里吗?”

于是两人斗起法来。杨殿起一边贬他的铜炉是宣德炉，年份太浅，一边还追着要。这铜炉原是北大关落子馆唱莲花落的一斗金孝敬他的。他曾经拿这炉子，打算和杨殿起换一副玳瑁架的洋茶镜，没有成交，这次又嚼了半天舌头，还是没谈妥。杨殿起掏出一个洋指甲剪子，嘎嘎剪指甲，玻璃花头次见到这稀奇玩意儿，看得入了迷，再也沉不住气了，说拿自己两个铜炉加上飞来凤给他的珐琅表，换一块“推把带问”的怀表，外加这把指甲剪子。杨殿起觉得很合适了，但仍不吐口，非要玻璃花把铜炉拿来细看一看再说。

“我那两个炉子存在一个小混混家，今晚我去取，明早给你送来。”

“那好，明早我正要你跟我走一趟。”杨殿起说。

“哪儿?”

“紫竹林。”

“干吗去?”玻璃花一怔。紫竹林是洋人的租界，那时候，一般人都怕去租界地。

杨殿起笑了。

“瞧你，喜欢洋货，却怕洋人。我不告诉你，但准有你的好处。”

玻璃花脖梗一歪说：

“三爷怕过谁？好处不好处，咱爷儿们不在乎，你得说明白，嘛事?”

“有位洋大人要会会神鞭。你不是跟他交过手吗？洋大人请你去说说，神鞭那小子有嘛绝活，这还不容易。你就近还可以逛逛洋场。”

玻璃花一听这话才明白，原来杨殿起早就知道自己的景况。他没给自己白眼，是因为有用于自己。准是洋人给他什么好处，他才为洋人找自己的。好小子！想白使唤人，没那样便宜事！他就故意说自己明天有事去不成，想挤杨殿起现在就拿出表来。杨殿起立刻明白玻璃花这点蠢念头，他换了一种教训人的口气说：

“你挺明白的人，怎么犯傻了？这洋大人是东洋武士，要找神鞭打一架。你琢磨，咱国货抵不上洋货，国术哪能抵得过洋术？这东洋武士要把神鞭撂倒，你三爷不是又精神起来了，这事情一半也是帮你的忙哪！难道你打算后半辈子就这样窝窝囊囊下去了？东西算嘛？都是身外之物，再说，我还能少你的？”

玻璃花一晃脑袋，登时明白过来，马上答应明天去紫竹林。他把桌上的点心全划拉到肚子里，起身走出洋货店，趁着肚里有食，胡混一天，天擦黑就去金钟桥边那小混混家去要铜炉。他踢开门，掏出一把刀子在自己胳膊划一道，鲜血直淌。小混混以为玻璃花报复来的，扑通趴在地上直叩头，没想到玻璃花开口却是要铜炉。他当即拿出铜炉来，用纸包好，交给玻璃花。玻璃花见床上放着一顶崭新的珊瑚顶子的小帽翅，不知这小混混打哪抢来的，他顺手操起，扣在头上就走了。

第八回　出洋相

转天大早，玻璃花换上出会那天不中不洋的打扮，袍子外边特意套上飞来凤送给他的那件洋马褂，来到广来洋货店。杨殿起见了就笑道：

“袍子外边怎么还套上西服坎肩？哈哈哈哈，到洋人那儿去，哪能这种打扮，甭说你这套行头不伦不类，就是穿上地道的洋装，在洋人眼里也是中国人，洋人反而看不上。”

杨殿起的穿装是顶顶考究又华美的国服。横罗大褂，拷纱马褂，两道脸儿的银缎鞋，一码崭新，用料上等，做工更是精致讲究。腰带上坠着九大件：扳指儿啦，怀表啦，笔筒啦，眼镜啦，胡梳啦，鼻烟壶啦……一概装在镶金嵌银的绣花套子里，下边垂着八宝流苏，一走三摆，手里还拿着一把香妃竹的绢面扇，上边有字有画。

“好啊，铃铛寿星全挂齐啦!”玻璃花叫道，“八大家的老爷们也不过这一身吧!”

杨殿起笑一笑，没吭声。

玻璃花觉得自己跟人家一比，就露穷相了。这要在过去，他准得开口向杨殿起借身行装，现在不知为嘛，舌尖嘴皮都不硬气。他一面脱去洋马褂，一面把纸包的铜炉交给杨殿起。杨殿起打开一看，就说：“呀，那天我在灯下没看清楚，一直以为是宣德炉，谁知竟是假宣德，你瞧这锈，都是浮锈，纯粹是做出来的；再看底上的字儿，多赖！算了算了，带去当做见面礼送给洋大人吧!”说着交给同去的小伙计。

“你他妈别拿它借花献佛，我没钱时，还指着它当点钱花呢!”玻璃花说。

“你堂堂三爷，干嘛说话露这种穷气。我嘛时候叫你流过血？和你交朋友，就得认赔！你凭良心说，是不?”

杨殿起说着笑着，两人一同穿过二道街，来到河边，那里早停着一辆大胶皮轮子的东洋马车。两人钻进四面透亮玻璃车篷，伙计登上车尾的踏板，车夫“当——叮”一踩罐子样的大铜车铃，车子直上新修官道，唰唰地奔往东边的紫竹林租界。

玻璃花几年没进紫竹林，隔着玻璃窗子认出道边的江苏会馆、风神庙、高丽馆，以及邢家木场堆成大山小山似的蒿杆木板，溜米厂晾晒的东一片西一片的白花花的小站米，都是老样子。可是一进马家口，满认不得了。洋房、洋行、洋人，比先前多许多。各式各样的洋楼都是新盖的，铺子也是新开张的；那些尖的、圆的、斜的楼顶上插着的洋旗子，多出来好几种花样。还有一些树直花斜的园子，极是雅静；路面给带喷嘴的洒水车淋湿，像刚下过小雨，又压尘，又潮湿，男女老少的洋人，装束怪异，悠闲地溜达，活像洋片匣子里看的西洋景。玻璃花恍惚觉得自己留洋出海，到了洋人的世界中来。

杨殿起叫车夫停了车子。两人下车，伙计付了车费。没等玻璃花闹明白这里原先是哪条道，忽然一个东西飞来，又硬又重，啪的一下砸在他的腮帮上。他晕晕乎乎，还以为是谁扔来的砖头；前几天，在东门里就不明不白挨了一下，多亏歪了，砸在肩上。他捂着生疼的脸大骂：

“操你姥姥，都拿三爷不当人！”

“别乱骂，这是洋人的球。”杨殿起说着，拾起一个毛茸茸的球儿给玻璃花看，“瞧，这叫网球。”

只见左边一片绿草地上，一男一女两个洋人，中间隔着一道渔网似的东西。每个人手里都攥着一个短把儿的拍子，朝他咯咯笑，那男的愈笑愈厉害，索性躺在地上，笑得直打滚儿，一会儿肚子朝上，一会儿屁股朝上。那女的边笑边朝这边喊着洋话，杨殿起也朝他们喊洋话。

“你说的嘛？”玻璃花问。

“他们向你道歉，我说别客气。”

“客气？他打了三爷，就该赔罪！”

“您真不明事理，洋人能朝你笑，还道歉，就算很客气了。我看这两个洋人年轻，要是年岁大的，对你客气？不叫狗来轰你，就算你走运。”

“我他妈要是不客气呢？”

“叫白帽衙门的人碰见，起码关你三个月，还得挨揍，挨饿，外带罚银子。行了，三爷，别瞧您在天津城算一号，在这儿，随便一个洋人，就比咱知府大三品。这儿不是咱的地盘。咱平平安安，把东洋武士请去给您消消那口气，比嘛不强！”

玻璃花捏捏这又硬又软、挺稀罕的球儿，说道：

“行，三爷不跟他生气，但也不能白挨这一下，这洋球归我啦！”

他扭身刚要走，那女洋人穿着白纱长裙，像个大蝴蝶，跑上来两步，喊几句洋话。杨殿起叫玻璃花把球扔给她，少惹麻烦，玻璃花心里窝囊，也没辙，发泄似的把球狠狠扔过去，口中骂道：

“拿彩球往你三爷头上砸，三爷也不要你这臭娘儿们！”

那边两个洋人都不懂中国话，反而笑嘻嘻一齐朝他喊了一句洋话。玻璃花问杨殿起：

“他们说嘛？三块肉？是不是骂我瘦？”

杨殿起笑着说：

“这是英国话，就是‘谢谢’的意思。这两个洋人对你可是大大例外了。我来租界不下一百次，也没见过这么客气的!”

嘻嘻，玻璃花心里的怒气全没了。

没走多远，杨殿起引他走进一座洋人宅院。头缠青布的黑脸印度仆人进去报过信，他们便登上摆满鲜花的高台阶，见到一个名叫“北蛤蟆”（实际叫“贝哈姆”，是玻璃花听了谐音）的洋人，秃脑袋，黄胡子，挺着松松软软的大肚子。人挺和气，总笑，还是哈哈大笑，好像觉得一切都很好玩。此外，还有两个上了岁数、身上散香气的洋女人，眼珠蓝得像猫，腰细得像葫芦，仿佛一碰就折。玻璃花头次在洋人家做客，真有点蒙头转向。特别是处处洋货：洋房、洋窗、洋桌、洋椅、洋灯、洋书、洋画、洋蜡、洋酒、洋烟和种种古怪有趣的洋零碎，叫他眼睛花得嘛也看不清楚，而且一半连名字也叫不上来。连养的一只长毛的花花大洋狗也隔路，趴在地上看不出哪儿是脑袋。以前，弄点洋货，好比大海捞针，这次算是掉进“洋”海里了。

杨殿起和北蛤蟆去到另一间屋，不知干嘛，甩下玻璃花一人。他正好得机会把这些洋玩意儿细心瞅一瞅，否则就白来了。他一眼先瞧见桌上有个黄铜小炮，心想多半是个小摆设，好奇地一按炮上的小钮，咔一下，从炮口射出一个东西，掉在地上，吓他一跳，再看原来是根洋烟卷。他把洋烟卷拾起来，却怎么也塞不回去了。他以为自己把这东西弄坏了，便将烟卷揉碎，偷偷掖在坐垫下边。他老实地坐了一会儿，不见人来，斜眼又见手边有个倒扣着的小银碗，上边有柄，柄上刻着两个光屁股的女人。他轻轻一拿，只听叮叮叮响，原来是铃铛。应声就有一个大胡子的印度人跑进来，瞪圆眼睛对他说话，他不懂，以为人家骂他，可这大胡子立即端来一杯又黑又浓又甜又苦的热水。

他不通洋话，吃亏不小。杨殿起和北蛤蟆有说有笑，说来道去。那北蛤蟆对杨殿起腰上拴的几大件感兴趣，从进门到出门，不断地摸摸这个，捏捏那个，不住地怪声呼叫，还拉来那两个女人看，好像见到什么宝贝。他坐在一旁，不知做什么，又不懂得洋人礼节，只好随着杨殿起去做去笑，人家点头他点头，人家摇头他摇头。一举一动都学人家，可活活累死人。后来北蛤蟆似乎对他发生了兴趣，总对他笑。到底是喜欢他，还是他脸上蹭了黑？弄不明白。一直到他与杨殿起告别时，北蛤蟆连说几声“白白”，又看着他，拍着自己的秃脑壳狂笑不止。

杨殿起进紫竹林，就像回老家，东串西串，熟得很，也神气得很。他叫玻璃花在一个尖顶教堂门前稍稍等等，自己进去一阵子才出来，然后带他往左边拐两个弯儿，再往右拐三个弯儿，走进一家日本洋行。这儿从院子到走廊都堆着成包成捆的中国药材、皮货、猪鬃、棉花之类。打这些冒着各种气味的货物中间穿过，在一间又低矮又宽敞的屋子里，与洋行老板喝茶。杨殿起换了一口日本话与老板谈了一会儿，老板起身拉开日本式的隔扇门，只见当院一张竹榻上，盘腿坐着一个穿长衫的日本人，垂头合目，似睡非睡，倒挺像庙里的老和尚打坐。

洋老板会说中国话，他告诉玻璃花，这就是东洋武士佐藤秀郎先生。跟着，洋老板朝佐藤咕咕嘎嘎喊了几句日本话。

佐藤把他谢了顶的脑袋一抬，露出一张短脸，眼儿一睁，一双藏在眉棱子下边的鹰眼，灼灼冒光。他双臂一振，像只大鸟，款款跳下竹塌，立在地上，原来是个矮子，矬身短腿，胳膊奇长，评书上说刘备“两手过膝”，原来世上真有这样的人。这家伙阴森森，真有点吓人。

洋老板叫玻璃花讲讲神鞭的能耐，玻璃花虽与神鞭交过手，又亲眼见过神鞭大败戴奎一、索天响等人的情景，但至今他也没弄明白那辫子怎么来怎么去，一闭眼只觉得晃来晃去，有如一条蛇影。此时，他为了在洋人面前表示自己是有用之人，便把那神鞭真真假假、云山雾罩地白话一通，直说得比孙猴子的金箍棒还厉害。

没料到，东洋武士听得上了火。他叫人拿来一杆赶大车的马鞭，交给了玻璃花，叫玻璃花抽他。玻璃花哪敢。

洋老板说：

“佐藤先生叫你抽，你自管用劲抽。”

杨殿起也说：

“东洋武士瞧不起没能耐的，你不抽我抽。”

玻璃花心想，三爷不抽你是客气，打便宜人谁不会。他挽起袖口，抡起鞭子死命朝佐藤抽去。啪一响，并没抽上佐藤，鞭梢好像挂在什么地方了，抬头看看，头上无树，也没有别的东西缠绕，再一瞧，原来是给佐藤抓在手里。玻璃花吃惊地叫出声来：

“这——”

佐藤已撒开鞭梢，叫他再抽。他一鞭鞭，上下左右地，一鞭比一鞭狠。但每一下都给佐藤抓住，出手之快，看也看不清。玻璃花把鞭子扔在地上，抱拳说：

“佩服，佩服，佐爷！我没见过这种本事。”

杨殿起笑道：

“你就知道洋货好，洋人不强，洋货能强？”

老板把这些话翻译给佐藤，佐藤脸上毫无得意之色，大声喊来四条身材矮粗的日本汉子，看上去个个结实蛮勇，一人手里一杆长鞭。四人站四角，挥鞭抽打佐藤，佐藤左腾右跃，鞭子渐渐加快，佐藤的身子化成一条鬼影也似，分不出头脚，却没有一鞭沾上他。只听得鞭子在空气里挟带劲风的飒飒声。玻璃花看得发晕，一只眼显然更不够使的了。

忽然，鞭影中发出佐藤一声怪叫，佐藤就像大鸟从中闪电般地蹿出来一样转眼间落在竹榻上。四条日本汉子傻站在那里，鞭子挥不动，原来四条鞭子的鞭梢竟给佐藤挽个扣儿，扎结在一起了。

杨殿起大声叫好称绝，玻璃花连“好”都喊不出来，为了表示自己不是外行，他琢磨一下，对佐藤说：

“佐爷，原来您练的是专门抓小辫！”

佐藤秀郎不答话，神气却傲然，好似天下所有人的辫子都能叫他抓在手里。玻璃花真算不白来，大开眼界，由此便知，天底下，练嘛功夫的人都有，指嘛吃饭的也有。当下，佐藤拜托玻璃花，送一张战表给神鞭傻二，约定三日后在东门外娘娘宫前的阔地上比武，到时候不到的人就算认输。玻璃花见有这样的后戳，胆气壮起来，答应把战表交到那傻巴手心里，把话捎到那傻巴的耳朵眼里。随后，杨殿起又用日本话同老板佐藤说了一小会儿，玻璃花插不上嘴，有些气，心想杨殿起这小子不是有话背着自己，便是有意向自己炫耀通洋语。分手时，玻璃花为了表示自己不是土鳖，就把刚才从“北蛤蟆”那里听来的两个字儿的洋话说出来：

“白——白！”

这一来，反弄得日本人大笑。

在返回城去的马车里，玻璃花问杨殿起，洋人为嘛总笑自己。杨殿起说：

“三爷不知，洋人和咱中国人习俗大不相同，有些地方正好相背。比如，中国人好剃头，洋人好刮脸；中国人写字从右向左，洋人从左向右；中国书是竖行，洋书是横排；中国人罗盘叫‘定南针’，洋人叫‘指北针’；中国人好留长指甲，洋人好剪短指甲；中国人走路先男后女，洋人走路先女后男；中国人见亲友以戴帽为礼，洋人就以脱帽为礼；中国人吃饭先菜后汤，洋人吃饭先汤后菜；中国人的鞋头高跟浅，洋人的鞋头浅跟高；中国人茶碗的盖儿在上边，洋人茶碗盖儿在下边。你刚才在贝哈姆先生家把碟子当碗盖儿，盖在茶碗上，当然人家笑话你了。”

杨殿起说这些话时，有一股精神从小白脸儿上直往外冒。

“你敢情真有点见识！”玻璃花感到自愧不如。可是他盯了杨殿起的脸看了两眼，忽然说道：“我明白了——你小子原来两边唬——拿中国东西唬洋人，再拿洋货唬中国人。今儿你腰上拴这些铃铛寿星，就是为了唬北蛤蟆的，对不对？哎，我那两个铜炉子呢？”

杨殿起没说话，从怀里摸出两样东西给他，一样是指甲剪子，一样是块亮闪闪的金表，正是昨天见到的那种“推把带问”的。但不是昨天镂金乌银壳那块，而是亮光光、没有做工的镀金壳，显然是杨殿起刚从洋人手里弄来的。

“你小子，拿我那两个铜炉换了几块表？”玻璃花问。

杨殿起看他一眼说：“你不要就别攥在手里，拿来！我把那两个假宣德还你。你知道我往里搭进多少东西？一大挂五铢钱，还有一盒子血浸铜浸的玉件！”

“好小子！反正真假都由着你说。你和北蛤蟆跑那屋捣嘛鬼，我也不知道，认倒霉吧！”玻璃花推了一下表把，放在耳边，美滋滋地听一听，随即把表揣在怀里，链卡子别在胸前。

“你可还得给我再搜罗些铜佛、掸瓶、字画什么的。我——还有些好玩意儿，你见也没见过呢！”杨殿起说。

玻璃花身子随着车厢的摆动，眼瞅着在胸口上晃来晃去的金表链，听着杨殿起的话，忽然精神抖擞起来：

“等东洋武士打赢，三爷我翻过把来，咱他妈就大折腾折腾！”

第九回　佐爷的本事是抓辫子

四名长衣短裤的日本汉子在娘娘宫前的阔地上，用刀尖画个大圈，场子就打出来。不管人多挤，谁的脚尖也不敢过线。

这儿，除去山门对面的戏台不准上人，四边的楼顶、墙沿、烟囱，能站人的地方都站满了人，还有些人爬到过街楼“张仙阁”，推开窗子往下瞧。只见东洋武士佐藤秀郎和神鞭傻二面对面站着。东洋武士浑身全黑，短身长臂，鼠面鹰目，那样子非妖即怪。傻二还是宽宽松松一件蓝布大褂，辫子好像特意用蓖麻油梳过，上松下紧，辫梢夹进红丝线头绳，漂漂亮亮盘在顶上。人们都盯着他这神乎其神的辫子，巴望亲眼看见他显露神功。

东洋武士一抬手，玻璃花捧上一根碗口粗、四尺长、上平下尖的木桩子。东洋武士接过木桩，尖儿朝地，拿拳当锤，哐、哐、哐、哐，硬往下砸，眼见木桩一寸一寸往地下扎。这一出手就把人们看呆了，玻璃花高兴地又喊又叫。

玻璃花纯粹傻蛋一个。前三天说好，今天比武，日本洋行的老板不来，这边全靠杨殿起和玻璃花照应，杨殿起还得当翻译。偏巧昨晚杨殿起说铺子里有急事，坐船去了宁河的东丰台。玻璃花哪知道杨殿起由于天津人自打咸丰九年望海楼那桩教案，仇洋的情绪好比涨满的河水，使点劲就会溢出来，他怕招惹众怒，耍个滑儿躲开了。玻璃花竟然挺美，他以为杨殿起不在，日本人又不懂中国话，他想怎么说就怎么说了：

“傻二，瞧！今儿东洋的哥儿们，替三爷我拔撞来了。怎么样？三爷的路子野不野？今儿叫你小子明白明白，是洋大人神，还是你那狗尾巴神。看谁还敢骑着三爷的脖梗子拉屎！谁他妈恶心过三爷的，今儿东洋哥儿们就替三爷出气！哎，傻巴，你怔着干吗？”

傻二确是有点发怔。

大前天，有人把战表包块砖头扔进他家院子，他就怵头。为嘛？

说也说不明白。反正那时候中国人怵洋人，谁也不知道为了嘛。有原因就有办法，没原因就没办法。直到昨天后晌，他还犹犹豫豫，依然没有回表应战。这当儿有人敲门，他坐在屋里没开门，转眼却见一个人站在跟前，就是一阵风刮进来，也没这么快。这人身材瘦小，鼻子奇大，单看目光透彻的双眼，就知有修行深厚的功夫在身。没等他开口，这人纵身往后一跃，竟然毫无声息地贴在墙上，两脚离地三四尺，原来他左手的无名指勾在墙壁的钉子上，凭借这一指之力自由自在地悬起整个身体，就像蜻蜓落在上边一样，这功夫可是天下少见的。这人笑嘻嘻对他说：

"我看你的神气不对，哥儿们，难道你怵洋人？那你还算不上一条好样的汉子，洋人不过眼珠、头发、皮肤的颜色和咱不同，说话两样，至于其他么——喜怒哀乐，行止坐卧，吃喝拉撒睡，还不都和咱一样？他们吃饱不打嗝儿，受凉不打喷嚏，睡觉不打呼噜吗？要说能耐，各有各的长处，要说比武打架，非压他们一头不可。哥儿们，论功夫，你在我之上。可是我都不把洋人当回事，你呢？咱初次见面，总不能叫我把你看尿了吧！尿给谁，也不该尿给洋人！洋人的武功再各色，总离不开手眼身法步，你只要留神他用嘛法子，破法拆招，保你打赢。何况你还多一条辫子呢……哎，兄弟，你给我把扇子，这天跟下火差不多。"

傻二转身拿扇子，边问：

"师傅尊姓大名？"

"鼻子——李。"

只听这三个字，回身已然不见墙上那人。头两字"鼻子——"声音还是在那面墙上，最后一个"李"字，已经是从门外边传进来的。

原来此人竟是赫赫有名的鼻子李，轻功盖世，名不虚传。人家既然如此看重自己，胆气也就足了。至于人家说功夫在自己之下，也并非一般客套话。像这种有真本事的人，总爱把自己藏在别人的后边；没真本事的人才总往前蹿，生怕丢掉自己。怕人忘掉是最悲惨的事——这是题外的话了。

且说这时，东洋武士已经把木桩子砸进地里一尺半，地面上露二尺半，他双臂一展，落在木桩上，像只老鹰落在旗杆顶上。他并不进攻，而是朝傻二比划两下，叫傻二进招。傻二想到鼻子李嘱咐他的话，用心琢磨对方的招法，悟到东洋武士身材矮小，够不上自己的发辫，故此先立个木桩，站在桩上，居高临下，逮机会好捉自己的辫子。傻二看破对方招数，也就马上有了对策，他纵身贴前，拳掌并用，就是不动辫子。东洋武士手法极快，把他的来拳来掌一一抵住，而那双鹰眼始终死盯着他头上的发辫。傻二主意拿定，不到紧要关口，绝不使唤神鞭。东洋武士也看透了他的用意，故意卖个破绽，待傻二贴前，猛出双掌，快若迅雷疾电，傻二赶忙招架，两双胳膊顿时绞在一起，傻二的左腕被拨在中间，只要对方发力，就可能被拨断。使辫子！他刚一动念，辫子已经抽在东洋武士的脸上，这一下，打得东洋武士立即松开双臂，身子一晃，险些掉下木桩，但傻二这一辫子打出去，似乎感觉辫梢碰到什么，这是东洋武士的手！他立即明白东洋武士今天憋足劲是来捉自己的辫子的，挨了打也没忘了抓他的辫子。他变个招数，不用横抽，而是如蛇出洞，寻到空隙直戳出去。软软一条辫子，使得像铁杆扎枪，刚猛异常。玻璃花在一旁叫道："佐爷！小心辫梢扫眼睛！"东洋武士不通中国话，怔了一下，就给傻二辫梢飞快地戳上眼睛，不等他睁开眼睛，傻二抡起辫子就抽，啪声如霹雷，打得东洋武士在木桩上转了两圈，若不是脚下有根，早跟土地爷热乎去了。

这两下把东洋武士打糊涂了，他闹不清辫子的来龙去脉，甚至不知这辫子究竟在哪儿。可是他忽然见傻二的辫子一甩，像棍子一样横在自己眼前，东洋武士见这机会绝好，出手抓辫，指尖将将沾上辫子，这辫子又变成链条在他手腕唰地缠了两道。跟着傻二来个"狮子摆头"，硬把东洋武士从木桩上甩起来，同时一掌打在东洋武士胸口上。这一掌为了不叫东洋武士借机抓他辫子，因而运足气力，锐不可当，直把东洋武士晕头转向地扔在对面的戏台上去。就这一瞬，傻二已然站在那木桩上，神鞭乌光光又松松地绕在肩上，双手倒背，神气顶足，好像站在那儿看戏。

在众人叫好和哄笑中，东洋武士就像名丑刘赶三，傻乎乎立在戏台上。不知谁大喊一声："打他妈洋毛子呀！"跟着一大群人跳进场子和四条日本汉子打成一团。看热闹的人见闹事了，有的往南跑，有的往北跑，反而挤成大瞎团。一时拳飞棒舞，不知谁揍谁。死崔忽然带着一帮小混混，冲进人群，围住玻璃花，一把将他胸前的金表夺去，跟着混混们手舞斧把、竹竿、门闩，把玻璃花打得杀猪一般嚎叫，一直把嗓子喊劈了，出不来声音。

第十回　它本是祖宗的精血

傻二鞭打东洋武士，不单威震津门，也落得美名四扬。本地乡绅送来厚礼和钱帖，才子们送来条幅对联，还有梅振瀛写的两对大漆描金的横匾。一块是“张我国威”，一块就是这“神鞭”二字，尤其这“神鞭”写得尤见气势。“鞭”字最后一捺甩出来，真像傻二的辫子一甩那股劲——又洒脱又豪猛。可惜他房小屋低，没处悬挂。本地的山西、闽粤两家会馆就召集买卖人募捐银钱，张罗泥工瓦匠，给他翻盖房屋。因为他这一鞭，压住了洋人的威风，也压住了洋货如潮、猛不可当的势头。一连多少天，卖国货的铺子盈利眼看着往上增。故此，无论傻二怎样推却，也推不掉众人这份盛情。紧接着，就有更多好武少年求他开山收徒，传授神功。他祖辈的规矩非子不能传，但不知谁在外边嚷嚷，说他大开门庭，广收弟子。每天叩门拜师的人很多，杂七杂八，嘛样都有。有的脑袋后边的辫子不比老鼠尾巴长多少，毫不自量，也要学辫子功。有一天，来一个黑脸的胖大汉子，辫子比棒槌粗，长得几乎挨地，竟然比傻二的神鞭还长。傻二愈看愈不对，上去一抓，掉下来一多半，原来掺了假发！傻二没工夫和这些人胡缠，便关上门，门板上贴张黄纸，写明不收徒弟。可外边照样有人自称是他的嫡传弟子。大仪门口的益美丰当铺迎面墙上，挂出一条大辫子，说是当年“傻二爷”送的，下边贴张红纸，写着“神鞭在此，百无禁忌”八个大字，引得不少人去观看，说真说假，议论不已。后来各买卖铺一窝蜂都挂出辫子来，也就没人再论真假了。

市面上闹得这样厉害，傻二是凡人，凡人不能免俗，难免得意洋洋，迷迷糊糊像驾了云。他想自己出人头地，穿着打扮都得合乎身份，便在人家送来的礼品中，择了一套像样的袍褂，刚要试穿，忽听门外传来拨动橡头的声音，知道这是担挑儿剃头刮脸的王老六。自己也正该把辫子精心梳洗整理一番，便开门把王老六招呼进来。

王老六是宝坻县人，本领出众。据说他当年在老家学艺时，师傅叫他抱着挂霜的老冬瓜剃，只准剃去瓜皮上的一层白霜，不准刮破瓜皮。老冬瓜都长得坑坑洼洼，练过这一手才算真本事。王老六在西头一带，走街串巷二十多年，没听人说他划破过谁的头皮，可他今儿有点反常，不一会儿已经在傻二的头上划破五条口子，每划破一道口，就赶紧用胰子沫堵住，不叫血出来，杀得头皮好疼。傻二抬眼见王老六握剃刀的手直抖，便问：

"你怎么啦?"

这话问得直，王老六以为傻二看出自己心里的鬼来，扑腾跪在地上，浑身都抖起来，声音都发抖：

"您饶了我吧，傻二爷!"

傻二摸不着头脑，但觉得事情里边有事，往深处一追，王老六招出。原来玻璃花和杨殿起把他找去，说洋人要花一百两银子买傻二头上的辫子。他们先给王老六十两，待王老六割下辫子，再把赏银补齐。王老六一时贪财应了这事，临到动手心里又怕起来。王老六说到这儿，把头磕得山响，掉着泪说：

"不管您打我骂我，还是饶了我，从今儿我都再不在天津卫担挑剃头了。我白活了六十岁，什么发财的机会没碰上过，如今百十两银子就把我买了。别看我岁数大，到老不做人事，也不算人!"

这事叫傻二听了吃惊不小。

他好言把这财迷转向的老东西安慰一番，打发走后，西城的金子仙来访。这位金先生在各大南纸局挂举单，卖字画，自然一手好字好画，以画"八破"称名于世。这八破，即破碎的古瓶，虫咬的古书，霉烂的古帖，锈损的古佛，熏黑的古画，断残的古钱，磨穿的古砚和撕裂的古扇。他原先最爱吃傻二的炸豆腐，现在就自称是傻二的"老哥儿们"，常来串门。每来必送一幅字，都是用最考究的红珊瑚笺帛写的。

傻二把刚刚发生的事告诉金子仙，并说：

"我纳闷，他们割去我的辫子有嘛用？至多半年不又长出一条?"

金子仙慌忙说："不，不，你快敲木头，这话不能说。这神鞭既是你父母的精血，又是国宝，焉能叫洋人弄去。"他沉一下，放缓口气又说："老哥儿们，虽说您神功盖世，要论您这人……我下边要说的话就有点愣了……"

"你有话干嘛留在肚里！"

"您——哩！您这人可算冥顽不灵。对外，看不明白世道；对己，看不明白……您这神鞭。"

傻二想一想，连连点头说：

"对、对、对！是这么回事。你怎么看，说说。"

金子仙的话题非同一般，神色也变得庄重起来，皱成干枣儿似的眉头上，还颇有些忧国忧民之意：

"如今这世道是国气大衰，民气不振，洋人的气焰却一天天往上冒。他们图谋着先取我民脂民膏，再夺我江山社稷。偏偏咱们无知愚民，不辨洋人的奸诈，反倒崇尚洋人。就说市面上那些怪怪奇奇的洋货，都是海外洋人的弃物，愚民竟当做珍宝，怪哉！还有洋人的图画，徒有形貌，毫无神韵，更是无笔无墨，上无刘李马夏，下无四王吴恽，全然以媚俗取悦于人，愚民也好奇争买。有人瞧见，紫竹林一家商店摆着一件塑像，名号叫'为哪死'（维纳斯），竟是赤身裸体的妇人！这岂不是要毁我民风，败我民气！洋人不过都是猫儿狗儿变的，能有多少好东西？民不知祖，就有丧国之危！老哥儿们，您再想想自己头上这辫子，哪来这样出神入化？您自己也说过，想到哪儿，辫子就到哪儿，想多大劲儿，辫子就多大劲儿。凡人岂有这样的能力？这本是祖先显灵，叫你振奋国威民志，所谓'天降大任于斯人'！洋人想偷神鞭，意在夺我国民之精神！身上毛发，乃是祖先的精血凝成，一根不得损伤。您该视它为国宝，加倍爱惜才是。老哥儿们，我看您为人过于憨厚，凡事不计利害，怕您吃亏，才不管您爱听不爱听，把话全扔出来！"

这一席话，已然使傻二听得浑身起鸡皮疙瘩。人们常说，神呀，仙呀，灵呀，魂儿呀，现在竟都在自己身上。他瞥一眼自己的辫子，仿佛弄不明白是嘛玩意儿了。好像脑袋后边拖着的不是辫子，而是整个大清江山，那么庄严，那么博大，那么沉重。但再寻思寻思，这事情确乎有点神。谁有这辫子，谁又听说过这样的辫子？一时，他有种当皇上那样的气吞山河之感，还有种感觉——那时没有"使命感"这个词儿——他就是这种自我感觉。他心想，既然自己的功夫不能外传，就该赶紧娶妻生子，否则便会打他这儿中断了祖辈传衍的神功，对不起祖宗。他见金子仙是个古板人，循规蹈矩，能信得过，便拜托金子仙帮他找个媳妇。金子仙家正好有个老闺女，就送过门来。这女人名叫金菊花，模样平常，人却勤恳诚实，对他的辫子真当作宝贝一样爱惜，三日一洗，一日一梳，为了安全，剃头的事都由她自己来做。梳洗好拿块蛋黄色绣金花的软绸巾包上；还专门缝个细绢套，睡觉时套上，怕压在身子下边挫伤了。逢到场面上的事该出头露面，她在这辫子每一节都插上一朵茉莉花，香气四溢，黑中缀白，煞是好看。这女人就一步不离地守在他身边，防备歹人意外偷袭，这样子极像四月初八城隍庙赛会上，各所看守古董玩器的童子。

第十一回　神鞭加神拳

光绪二十六年，有个歌儿唱彻天津城：

一片苦海望天津，
小神忙乱走风尘，
八千十万神兵起，
扫除洋人世界新。

这歌儿来得突然，事情来得更突然。天下闹起义和拳！但如果您要在那时候活过，身子叫在教的二毛子们当驴骑，眼见过知府大人在洋人面前不如三孙子，您就不会觉得义和拳来得离奇突然。俗话这叫：事出有因嘛！

清明一过，直隶省遍地义和拳纷纷树旗立坛。一入五月，文安、霸州、静海、丰润、青县、沧州、安次、固安等地团民，呼啦啦潮水般涌进天津卫，凭借着两丈高的城垣，与紫竹林的毛子们交上火。炮弹来回来去，像蝗虫一样飞。人都说义和拳能避洋枪洋炮，天津卫的哥儿们应声闹起来，把各个庙宇、祠堂、公馆、公所、学院，甚至大家宅院，全都占做坛口。镇守天津的总督裕制军弹压不住，换个笑脸，穿着朝衣补褂，方头靴子，向各路拳首三拜九叩行大礼。这一来，满街走的都是义和拳了。文官遇上下轿，武官碰上下马，叫这些平时仰头走路的大老爷儿们垂头丧气，小百姓们自然高兴。这时，像广来洋货店那样的字号，在“洋”字上边贴个“南”字，像玻璃花去紫竹林坐的那类东洋车，也改称作太平车。一切沾“洋”字都犯忌。信教的二毛子、三毛子、直眼们大都给团民们捉去，腿快的逃往租界。杨殿起虽然不在教，平时发了洋财，无人不知，他机灵得很，不等义和拳闹起来，便提早躲进紫竹林，后来“天下第一团”的首领张德成，用八十一条火牛往租界里一冲，他怕租界守不住，就随同贝哈姆的家眷坐轮船出海渡洋，从此不当中国人了。

这些日子，外边人都嚷嚷傻二去紫竹林拿神鞭打毛子，其实他一直待在家。他心里痒痒，想摆个坛口，但又犯嘀咕，不大相信义和拳真能闭住洋枪洋炮。金子仙更是不叫他和乱民掺和一起。他整天闷在屋里，并不死心。

五月十七日，傻二在家，听大街上有人叫喊，传告各家用红纸蒙严烟囱，不许动火吃荤，三更时向东南方供馒头五个，凉水一碗，铜钱五枚。义和拳大师兄要到紫竹林去拆洋人大炮上的螺丝钉，如果马到成功，洋毛子的炮弹就落不到城里来了。不一会儿，又有人喊叫，各家都用竿子挑起红灯一盏，红灯照仙姑今晚要降神火烧教堂。傻二将信将疑，叫金菊花照样做了，一天一夜，竟然真的没有洋人炮弹落下来；当晚城那边果然起了大火，冒起三柱粗粗的黑烟，夹着一闪一闪的大火星子，直把东半边天都烧红了，比正月十五放烟火盒子还要辉煌壮观。一打听，原来是西门内、镇署前、仓门口的三座洋教堂给红灯照借来神火烧着了。

转天，傻二在家中无事，忽听有人敲门找他。开门进来一个穿团服的矮小老头儿，倒梨样的圆脸儿，腰间别着一根九孔小管，自称是傻二老乡——安次县廊坊西边香芦村人。他忙请老头儿屋里说话，他不认得这老头儿，老头儿却知道他，因为老头儿和傻二的爹同辈儿。

“你听说一个外号叫‘青头愣’的吗？”老头儿问他。

傻二想起，爹爹生前提到过此人，吹一口好笛，在村里的“吹歌会”领头。这会是纯粹的音乐会，红白喜事不吹，只在逢年过节演奏一番，讲求音调和味道。“青头愣”本姓刘，排行老四，由于头皮青得发蓝，乡人给他起了这个蚂蚱的绰号。傻二说：

“原来您是刘四叔啊！”

老头儿高兴地咧开嘴唇，直露出牙花，连连点头。这刘四说，早在乡间就听说天津卫出了一个“神鞭”，他猜到这是傻二爹，谁知这次到天津一打听，没料到傻二爹没了，但功夫已经传到他身上。傻二问刘四，怎么会猜到是他家。刘四说，天下还有谁会这独门奇功？跟着，他告诉傻二所不知道的事儿——

传说傻二的老祖宗，原先练一种问心拳，也是独家本领，原本传自佛门，都是脑袋上的功夫。但必须仿效和尚剃光头，为了交手时不叫对方抓住头发。可是清军入关后，男人必须留辫子，不留辫子就砍头，这一变革等于绝了傻二家的武艺。事情把人挤到那儿，有能耐就变，没能耐就完蛋。这就逼得傻二的老祖宗把功夫改用在辫子上，创出这独异奇绝的辫子功……

刘四啧啧赞赏地说：

“你祖辈有能耐，这一变，又是绝活！”

傻二好似一下子找到自己的根儿，心里十分快活，呼叫金菊花备些酒菜招待。刘四说，团有团规，不准吃荤、喝酒、逛窑子、诈钱财，违者挨一百杖，还要给赶出坛口。然后就问傻二身怀绝技，为什么待在家，不去树一杆旗，上阵灭敌，光宗耀祖。他正色说：

“东洋武士都败在你手下，难道你还怕洋人？你匾上写着‘张我国威’，挂在这儿给谁看的？你要是把这辫子当作古玩，它可就成死的了。如今，大男儿不去为民除害，以身报国，等啥？我老汉乡下还扔着一大家子人呢！”

“您……今年高寿？”

“整整七十啦！”刘四说。但乡下人操心少，活动多，吃新米鲜菜，都显得年轻硬朗。

“这样高龄也上阵吗？”

“不上阵，我一百多里下卫来干啥？虽然舞不动铁枪钢刀，穷哥儿们杀毛子时，我也吹吹笛，鼓鼓劲儿呗！”

傻二心里一动，眉毛也一动，问道：

“刘四叔，我入你的团如何？”

金菊花一旁想要阻拦，却给傻二的目光逼得没敢张嘴。

刘四笑道：

“不瞒你说，今儿是义和拳的总头领曹福田老师叫我请你来的，当下就在近边的吕祖堂。说啥入不入团，请你去做老师！神鞭一到，团民立刻要精神十倍呢！”

傻二把搁在心里的话说出来：

“人都说义和拳能避枪炮，这话当真？”

刘四看他一眼，说：

“不假。你要看，就随我来！”

傻二把“神鞭”往头上一盘，对刘四说声：“走！”就拉着刘四走出大门。

他们来到吕祖堂，这清静的庙宇如今大变模样。殿顶墙头插满牙边绣面的黄红团旗，就像戏台上武生后背插着的靠旗，好不威风！大殿前月台上，团民正操演排刀，殿前摆一条大香案，供着大大小小许多神牌。一尊水缸大的生铁炉子插着数百棵线香，团团浓烟往上冒，直与那些旗子卷在一起。团民们齐刷刷站了一圈，四周还有不少百姓，观看团民拜神上法，表演过刀。这场面可是既奇特又神秘，傻二以前在乡间看过白莲教、红枪会铺坛，连气氛都很相像。

义和拳按八卦中的乾、坎、艮、震、巽、离、坤、兑，分八门，又分红黄白黑四色。曹团是乾字团，主黄，故团民一色黄包头，黄褡膊，黄裹腿。有的青蓝布衫外边罩一个金黄兜肚，镶滚紫边，当胸拿红布缝个“☰”字，高矮胖瘦，老少豪秀，嘛样都有，却一概威风凛凛，神情庄重，若有神在。

一个年轻团民跳到月台中央，这小子圆胖小脸，肥嘟嘟小噘嘴，左眼下有块疤，嗓门又哑又尖，一口地道的天津话。他脚上穿一双白布孝鞋，十分刺眼，自称能求来孙猴子附体。他走到香案前对着神牌先叩三个头。这些木头做的神牌上，用墨笔写着神仙的姓名，却都是戏里的人物，有关羽、姜太公、诸葛亮、张天师、周仓、孙行者、黄天霸、黄三泰、窦尔墩、杨六郎、武松、秦叔宝等等。他叩过头，站在香案旁一位络腮胡须、个子高大的师兄，拿起一道符，口中念道：

快马一鞭。
几山老君。
一指天门开。
二指地门开，
要学武技请师傅来。

这穿孝鞋的圆脸团民也口念一咒语：

北六洞中铁布衫，
止住风火不能来，
天有天道，地有地道，
齐天大圣护我身，五雷刚。

念过后，闭上眼，浑身猛地一抖，好像有神附入体内，跟着就陡然旋身疾转，手舞足蹈，每一动作都极像猴子，傻二看出这是“猴拳”的招式。大个子师兄问团民：“何人下山?”这团民尖声答道：“我乃悟空，刀枪不入也。不信就拿刀来试一试!”这声调与戏台上孙猴子的道白差不多。师兄操起一柄开了刃的九环大刀，朝这团民哗哗响举起来。这团民并不怕，拉开衣裤，一运气，肚子鼓得像扣上去的一个小盆儿。师兄一刀砍在肚子上，但听咔一响，居然皮肉不伤，刀刃砍过之处，只有一道白印，渐渐变红。这一来，团民越发神气，对师兄叫道：“你拿洋枪来，我也不怕!”师兄就从香案下取出一支洋枪。这洋枪里没上子弹，而是塞满掺了砂子的火药，抬起来，枪口对着团民。这场面可够惊心动魄，谁料这小子胆大包天，非但不避，反而把肚子凑近枪口，带着股刚烈气息，尖声叫得刺耳：“来呀，毛子们来呀!”只听轰一响，硝烟飞过，这小子毫无损伤！他像掸尘土那样，把打在肚皮上的砂子用手都拂下来。众人看得说不出话来。傻二心想，这团民用的是不是硬气功！即便如此，这也是顶上乘的功夫。他从未见过，也没听说过。因此对这附神上法也就信多疑少。哪知道，那时义和拳就是用这样的高手，稀世的绝招，鼓动士气，使人相信上阵能避枪炮、灭洋人，以此招徕团众。经过这叫人信服的操演，那些要去打洋人、却畏惧枪炮的哥儿们就都嚷嚷着要入坛了。

这时，忽从五仙堂走出几个团首，簇拥着一个背披斗篷、腰悬大刀、气度非凡的黑瘦汉子。这汉子正是津门义和拳总头领曹福田。刘四忙引傻二登上月台去见曹老师。

曹老师是行伍出身，浑身带着干练精悍的劲头，见傻二就单手打个问心说：

“神鞭一到，不愁赶不尽洋毛子！”

众人见到神鞭傻二来入坛，一齐欢呼起来，气氛很是热烈。

傻二说：

“曹老师为咱中国人雪耻，要率弟兄们去紫竹林与洋毛子一决雌雄，胆量气节，都叫我五体投地。”

曹老师说：

“哪的话！你的神鞭给我添了十倍的力量。就请您当众略施神功，壮我士气！”

傻二马上慨然答应，叫八名团民挥刀砍他，眨眼之间，啪啪数响，不及看清，那八柄腰刀早给横七竖八抽落在地。惊得众人一时无声，然后哄地同声喊起好来。

傻二这几辫抽出精神来，他对曹老师说：

“几时去紫竹林接仗，我愿同往！”

“今日后晌就去。我给您两队团民，由您带领，殷师兄——”曹老师扭头对刚才演排刀、穿孝鞋那个圆脸团民说，“你跟着去！”

“好！”殷师兄过来对傻二说，“只要您叫我上，迎着枪子儿也上，如有半点含糊，就是狗娘养的！”

傻二对他含笑点头，他已经深为这团民的豪气所感动。

“眼看晌午，我就不回家送信了，快快上阵。”傻二说到这儿，心想还是上法在身更牢靠些，便抱拳对曹老师拱拱手说，“愿借神威！”

曹老师当即拿出黄表朱墨，写了咒符一张给他，傻二接过来看，上边写着：

家住东海南，
日没昆仑山。
砂子赛冰凌，
闭炮不冒烟。

这四句咒语后边还画个“五雷正法”的符图。

他看了半天，似懂非懂，等他把这符咒折成三折，塞进辫根里，感到满脑袋的头发都发烫，似乎真有法力注入他的辫子里。他想：神鞭加神拳，毛子全玩完。心里有种纵入紫竹林，一扫洋人的渴望。

这时，曹老师已经派遣三名精壮团民到紫竹林去下战表。那战表上这样写着：

统带津、静、盐、庆义和神团曹，谨以大役布告六国使臣麾下：刻下神兵齐集，本当扫平疆界，玉石俱焚，无论贤愚，付之一炬，奈津郡人烟稠密，百姓何苦，受此涂炭。尔等自恃兵强，如不畏刃避剑，东有旷野，堪作战场，定准战期，雌雄立见，何必缩头隐颈，为苟全之计乎？殊不知破巢之下，可无完卵，神兵到处，一概不留，尔等六国十载雄风，一时丧尽。如愿开战，晌后相候。

晌午，傻二随同团民饱餐一顿百姓送来的得胜饼和绿豆汤，然后列齐队伍，刀上贴了符纸，开拔上阵。兵分作二路，曹老师一路出东门直捣马家口，傻二一路出南门径取海光寺。临行时，曹老师赠给傻二一块缝着“乾”字图样的头巾。他掖在怀里没戴，而是故意把那四尺多长的神鞭乌光光顶在头上。

一时，城中人都说，这一下，傻二爷要把毛子们都赶到海里去，就势还要拿神鞭将紫竹林里的洋楼和电线杆全都抽倒。说到电线杆，因为那时百姓们都认为电线杆里藏着洋人的妖法。

第十二回　一个小小的洋枪子儿

地有准，天没准，说阴就阴。虽然没有倾盆瓢泼往下浇，空中飘起又细又密的雨毛毛，不一会儿，树皮草叶就湿乎乎冒光，地皮也发滑了。

刚刚，傻二带领团民与毛子们打了一场硬碰硬的交手战。毛子果然有隔路的招数，挺着枪刺只捅不扎，与咱中国人使唤扎枪的法子大不相同，傻二也使出拿手好戏，辫梢专抽毛子们的眼睛，只要毛子睁不开眼，团民上去挥刀就砍。毛子吃了大亏，忽然脱开肉搏，退到土岗子后边放一排枪。傻二头一次与毛子们交战，这洋枪子儿比戴奎一的泥球神得多，连声音都听不见，辫子自然也毫无举动，身后的团民却一个个倒下去。待他们冲上土岗子，毛子们连影儿也没了。傻二见倒在身边一个团民，胸口给洋枪子儿穿三个洞，鲜血直冒，心里犯起嘀咕，还有几个年少的团民看着发怔，似乎也对"刀枪不入"起了疑惑。那个穿孝鞋的殷师兄走过来说：

"这几个哥儿们功夫没练到家，请不到神仙附体，就顶不住洋枪子儿！"

话刚说这两句，忽然跑马场那边毛子们打起炮来。西瓜大的乌黑的弹丸，眼瞧着远远地飞过来，落在开洼地里，炸得泥水、土块、小树乱飞。殷师兄一点也不怕，对众团民叫道：

"站好啦，甭怕，怕鬼才被鬼吓着！等大炮咋呼完了，毛子们就该出窝啦！"

团民们都迎着又凉又湿的风站着，没一个躲藏。

这阵炮没伤着人。随后，在前边墨绿色的树丛后边竖起一杆小洋旗来，摇了两摇，小鼓咚咚响，毛子们出来了，前后三排，端着枪，踩着鼓点直挺挺走过来。团民们正待迎上去肉搏，毛子们忽然变化阵势，头排趴下，二排单腿跪下，三排原地站着。轰！轰！轰！三排枪，立即就有许多团民向前或向后栽倒。其余团民不明其故，仍旧站着不动，殷师兄尖声喊道："趴下！趴下！"于是团民们和傻二都趴在地上。

毛子们换上子弹，轰！轰！轰！又是三排枪。

子弹贴着傻二他们的头和后脊梁骨飞去，压得他们抬不起头来。殷师兄就趴在傻二身边，他的头巾被打煳了一块，压得他必须把脸贴在泥地上，他嘴巴上蹭了一大块泥印子，气得他脸憋得通红，眼珠子直掉泪，奶奶娘地大骂，愈骂火愈旺，忽然跳起来，用那撕扯人心的尖嗓子大叫一声："操他祖宗，我娘叫他们糟蹋，我把他们全操死！"就像疯了一样舞着宽面大刀冲上去，他那穿着白孝鞋的脚，几步就闯入敌阵中间。

应声的团民们立即全都蹿起来，迎着飞蝗一般洋枪子儿上，不管谁中弹倒下，还是不要命往前冲。傻二自然也不管身上有没有法了，夹在团众里，一直冲入毛子们阵中，挥刀舞辫，碰上就打。耳边听着哧哧枪子儿响，跟着还有一阵阵助阵的鼓乐声从身后传来。这乐曲好熟悉！是《鹅浪子》吧！它这悲壮的、尖啸的、凄厉的、一声高过一声的声音，好像带着尖，有形又无形，钻进耳朵，再使劲钻进心里，激起周身热血，催人冒死上前，叫人想哭、要怒，止不住去拼死！呀！这就是刘四叔那小管儿吹出来的吧！他来不及分辨，连生死都不分辨了。一路不知辫子已经抽倒了多少毛子。忽然轰一响，眼一黑，自己的身子仿佛是别人的，猛地扔出去，跟着连知觉也从身上飞开了。待他醒来，天色已暗，周围除去几声呱呱蛙叫，静得出奇，他糊里糊涂以为自己到了阴曹地府。再一看，原来躺在一个水坑里，多亏这坑里水浅，屁股下边又垫着很厚的水草，鼻尖才没有沉到水面下边，不然早已憋死。他从水里站起来，身上腿上都没伤，肩膀给洋枪子削去一块肉，血染红了左半边褂子。

他爬上坑边一看，满地都是死人，有毛子，也有团民，衣服给小雨淋得颜色深了，伤口的血却被雨水冲淡，一片片浅红濡染尸体与草地。他忽然发现殷师兄和一个毛子死死抱在一起，一动不动卧在地上。他用手一掰，原来殷师兄的大刀扎在毛子的胸口里，毛子的枪刺捅进殷师兄的肚子，早都死了。在湿地上，那孝鞋白得分外刺眼。他四下把团民的尸体翻翻看，没发现一个有气儿的。不知为嘛，他急于走开这地方。

他辨明方向，往城池那边走。走不多远，忽见一个黄土台上，横躺竖卧一堆死人。细看竟是他老家来的吹歌会，已然全部捐了性命。牛皮大鼓被炸裂，木头鼓梆还冒着烟儿，地上扔着唢呐、笙、小钹、鼓槌。在这中间，斜躺着一个老头儿，头上的包布脱落，脑壳露在外边，给雨淋得像瓜似的，冒着幽蓝幽蓝的光。他手里紧紧攥着一根九孔小管，呀，正是刘四叔！他差点叫出声来。当他俯下腰给刘四合上眼皮时，心里一阵难受，并涌起一股火辣辣的劲儿来，头发根儿都发炸，他猛仰头，一甩辫子，要只身闯入紫竹林决死一拼，但他忽然感到脑袋上的劲儿不对，再一甩，还不对，辫子好像不在脑袋上，扭头看，还在后背上垂着，真怪！他把辫子拉到胸前一看，使他大惊失色，原来这神鞭竟叫洋枪子儿打断了，断茬烧焦起来，只连着不多几根。掖在辫子里边的黄表符纸也烧得剩下一小半。嘛？神鞭完啦？

啊！他蒙了，傻了，不知道是怎么回事。一时好似提不住气，一泡尿下来，裤裆全湿了。

天黑时，他才回去，也不敢回家，又怕路上撞到熟人，叫人看见。他用曹老师给他的那块头布包上脑袋，进城后赶快溜进丈人金子仙家。金子仙听了，惊得差点昏过去，待他神智稍稍清醒，就忙把傻二严严实实藏起来，千万不能叫外人听到半点风声！

第十三回　只好对不起祖宗了

天津城陷后，很长时候，没人提起傻二。有人说，他去紫竹林接仗那天，踩响毛子埋的地雷，丧了性命；也有人说，他叫毛子们施了法术，关进笼子，还用电线捆起神鞭——那时人们不知电线怎么回事，以为其中有魔——装上船，运到海外展览。庚子变乱之后，一连几年，人心不定，社会不宁。毛子们拆去天津城墙，又把租界扩大一倍，天津地面上的毛子更多起来。中外一仗，有人打明白了，不再怕毛子；有人打糊涂了，更怕毛子。他们想，天上诸神下界，都拿毛子没辙，一条神鞭，即便真是祖宗显灵，也顶不住。

金子仙人够精细。他把傻二这么一个五六尺、咳嗽喘气的大活人，藏在家里半年多，居然没人知道。傻二养好肩上的伤，断辫子却一直没长好。那辫子是给洋枪子儿斜穿肩膀打断的，上边只剩下半尺多，养了半年，长过了二尺却愈长愈细，颜色发黄，好比黄羊屁股上的毛，而且尖头出了叉儿。头发一生叉就不再长，辫子少了一尺，甩起来不够长，也没劲，打在人身上就像马尾巴扫上一样。

这些天，金子仙父女和傻二的心情极糟，真像打碎一件价值连城、祖辈传下来的古董。金子仙跑遍城内外的药铺，去找生发的秘方。直把腿肚子跑细了一寸，总算打听到估衣街上瑞芝堂的冯掌柜有这样的秘方。金子仙马不停蹄来到估衣街，谁知药铺的掌柜早换了蔡六。蔡六说冯掌柜在半年前，洋人洗城时，叫一堵炸塌的山墙压死了。金子仙不死心，又幸亏他鼻子下边长了一张不嫌费事的嘴，终于在北大关“一条龙”包子铺后边找到冯掌柜。冯掌柜如今在一间豆腐块大的门脸房摆小糖摊。一提药铺，冯掌柜就哭了。

原来，庚子变乱之时，聂军门武卫军的马弁们在估衣街上乘乱烧抢当铺，大火把瑞芝堂药铺引着。蔡六抢在水会来到之前，把账匣子扔到火里。药铺的钱账，早就由冯掌柜交给蔡六掌管，花账、假账肯定不少，这一烧就没处查对。火灭之后，蔡六买通一伙人，自称是债主，向冯掌柜讨债，冯掌柜拿不出账来，蔡六又里应外合，点头承认铺子欠着这些人债款，只有人家说多少给多少，直把冯掌柜逼得倾家荡产。最后把药铺盘出去，才把债还清，谁知收底盘下这铺子的正是蔡六。冯掌柜抹着泪说：

“这应了一句老话，真能治死你的，就是身边的人。”

金子仙感慨不已。人活五十，都经过九曲八折，都有追悔莫及的事，联想傻二的辫子，他后悔变乱时，不该叫傻二和菊花住在城外，若在身边，他绝不叫傻二去和洋枪洋炮玩命。他见冯掌柜胆小怕事，老实软弱，不会在外边多说多道惹麻烦，就悄悄把傻二辫子的事告诉冯掌柜。他明白，如果他胡诌一个什么亲戚得了鬼剃头，冯掌柜不会拿出秘方来。他话到嘴边，犹豫一下，不自主用点心眼儿，只说傻二喝醉酒，辫子叫油灯从中烧断的。冯掌柜听了，叫道：

“呀！神鞭断了，这还得了！你老别急，我这儿有个祖传秘方，还是太后老佛爷用的。这方子我没给过任何人。前年头里，阮知县得秃疮，掉头发，我也没给他使过这方子，只给他抄一个偏方。偏方和秘方是两码事。我祖上传这方子时，有四句诀：‘青龙丹凤，沾上就灵；

黑狗白鸡，用也白用。’傻二爷不是凡人，那辫子是祖传法宝，只要用上这方子，保他眨眼就生出黑油油的头发！”

金子仙叫道：

“太好了！我就信祖传的！人家告我紫竹林一家德国药店，卖什么‘拜耳生发膏’，灵透了，我就不信。不信洋人比咱祖宗高明。”

冯掌柜听得眉开眼笑。他先收了摊子，关上门，然后打开屋角的花梨木箱子，从箱底取出一个紫檀小匣，开了铜锁，捧出一个用宋锦裹得方方正正的小包，上边系着一条皇绫带子，解带剥包，再把一层又一层缎的、绸的、绢的、毛纸的包皮打开，最后才是一块玉片压着的几张药方。药方的纸儿变黄，那些拿馆阁体的蝇头小楷写的字依旧笔笔清晰。他恭恭敬敬把药方放在桌上，用镇纸压牢，取了纸笔，一边郑重其事誊抄，一边把各药的用法细心讲解出来：

“这是《千金方》。荨叶、麻叶……各三两……米泔水煮汤，要等它不凉不热时拿它给傻二爷洗发，它有促生毛发健旺之效。这是《圣惠方》，本是太后老佛爷最喜爱的梳头药，总共三味药：榧子，三个，去壳；核桃，两个，带皮；侧柏叶，一两，生用，放在一起捣烂了。切切记住，药引子必须是雪水，千万不能用一般河水井水。要用雪水泡透药末，再用梳子蘸这药水梳发。这核桃的功效在于‘润肌黑发’，如果新发赤黄，就在里边多加一个核桃……你能记得住么?”

金子仙拍着手说：“行了，行了，这下神鞭保住了！”他又问道：“多少钱，我付！”

冯掌柜虽然软弱，却好激动。他见金子仙这样高兴，又激动起来，摆着手说：“分文不取！保住神鞭，也是保住咱祖宗留下的元气。我情愿赠送！”他又另给金子仙抄了两个秘方，一是《老佛爷护发膏》，一是《老佛爷香发散》，这样，洗梳撒涂的药，全都齐了。冯掌柜嘱咐他，把这药分在几个药店去买，别叫人暗中抄去了方子。医药之道，剽窃抄袭更是厉害。

金子仙心想，自己真是碰上大好人。千恩万谢之后，便揣起方子快快活活去抓药。回去按方一用，果见成效。这药仿佛藏着神道，不多天，傻二的头发渐渐变黑变亮，仿佛用油烟墨一遍遍染上的。随后就眼看着粗起来，有如春天的草枝。半月后，忽见每根头发都拱出乌黑崭亮的尖子来，好像蹿芽拔节，叫金家父女惊喜得直叫。而且，用药以来，老天爷帮忙，常常下雪，还有两三次下得一尺多厚，金菊花用新鲜的雪水泡药，拿它天天给傻二梳洗头发，眼看日长三分，过年转春，那一条光滑乌亮、又粗又长的神鞭完全复原了。

傻二耍几下，和先前那条并无两样。

这时候，外边到处传说，傻二没死，也没给洋人运到海外，他的辫子叫油灯给烧断了，像秃尾巴鸡一样躲在老丈人金子仙家里。于是就有好事的人，假装到金家串门，包打听。金子仙反而从这些“包打听”口中套出，这些传言竟是打冯掌柜嘴里说出来的。他想，没错！这些话正是自己告诉冯掌柜的。幸亏那天留个心眼儿，真话没全说，否则人们都会知道神鞭是给洋枪子儿打断的，岂不坏了大事！这真叫他后怕得很。他愈想愈气，直拍桌子，还要去找冯掌柜算账，但沉下心一想，对冯掌柜这种软弱的人，骂他一顿又有嘛用？别看这种人脓包，更坏事。他心中暗道：

“这也应上一句老话：可怜人必可恨！”

傻二宽慰老丈人：

“何必气呢，明儿我上街一逛，露露面，保管嘛闲话全没了！”

第二天，金家父女陪着傻二城里城外转一大圈。人人都看见傻二，也看见傻二头上耀眼的神鞭，传言立时无影无踪了。看来，谣言不管多厉害，经不住拿真的一碰，就像肚子里的秽气，只能隔着裤子偷偷往外窜。

尽管在外人眼里，神鞭威风如旧，但傻二的心里不是滋味。那天，在南门外洼地上，看不见的洋枪子儿穿肩断辫的感觉，始终沉甸甸压在他心上，高兴不起来。虽然他在众人面前强撑着“神鞭”的功架，“张我国威”的大匾依旧气势昂扬地挂在家中。他五脏六腑总觉得空荡荡，没有根，底气不足。这辫子在头顶上就像做了一个灿烂又悠长的梦，现在懵懵懂懂地醒来，就像有股气从辫子里散了。

近一年来，金子仙的日子不好过。花钱买他的“八破”自来多是遗老遗少，而遗老遗少总是愈来愈少。他每天唉声叹气，不知要念上多少遍“古调虽自爱，今人多不弹”。但不卖画就没饭吃，肚皮常常会瓦解人的硬气劲。他便改用费晓楼的笔法，给活人画小照，给死人画小影。偏偏这时，洋人的照相业传进来，花不多钱，就能把人的相貌神气，一点不差留在小纸片上。洋人的照相术虽然奇妙，却也有缺陷，相片不能大，画像要多大有多大。但没等他发挥画像的长处，排挤照相，跟着打海外又传来一种擦炭画法，把相片上的人放大，并且画得和相片一样逼真。这纯粹不叫金子仙吃饭了，气得他大骂洋人，逢“洋”必骂，发誓不买洋货，还把家里一台对时的洋座钟砸了。可是庚子之后，城拆了，没城门，不用按时辰开门关门，鼓楼上又驻扎洋人的消防队，那“一百零八杵”大钟早就停止不打，他便无法知道时辰，只有看太阳影和猫眼睛里那条线了，遇事常常误点。他犯上犟劲，就是不买洋钟洋表，于是就这样一误再误地误下去。

这时傻二与金菊花早搬回西头的家去住，日子却要靠金子仙接济。他见老丈人手头一天天紧起来，再下去该勒裤带了，就对金子仙说：

“我和菊花一直没孩子，辫子功必须传给子孙这条规矩，看来是行不通了。我寻思，一来，总不能把这门祖宗留下的功夫绝了，二来，一日三餐，柴米油盐，没钱不成。反正肚子空了，到时候准叫。我打算开个武馆，教几个徒弟，不知这样做，是不是犯了祖宗？”

金子仙没言语，想了三天，回答他：

“我看也只有这样了，反正功夫没传给洋人，就算对得起祖宗。但收弟子时千万要挑选正派人，宁肯少而精，切忌多而滥，万万不可辱没家风。”

傻二以为老丈人古板得很，这种违反祖宗的事，必定反对。听了这话，自己反倒犹豫起来，害怕祖宗的魂儿来找他。

金子仙之所以同意，还有一个说不出口的原因，就是金菊花不能生育，傻二无后，但如功夫不传外姓，便会生出再娶一房小婆的打算，因此金家父女极力撺掇他开武馆，收徒弟，金菊花还总拿着空面袋、空盐罐、空油瓶给他看。傻二被逼无奈，一咬牙，开山收徒。一时求师的人真不少，他从严挑选了两个收做徒弟，并给这俩取了艺名。姓汤就叫汤小辫儿，姓赵就叫赵小辫儿，待到功夫练成，再称呼大名。傻二还和金子仙商量出武馆的八则戒条，为“四要”和“四不准”，由金子仙用朱砂纸写好，贴在墙壁上：

一、要知尊师敬祖；

二、要知忠孝节义；

三、要知礼义廉耻；

四、要知积德累功；

五、不准另拜别师；

六、不准代师收徒；

七、不准泄露功诀；

八、不准损伤发辫。

收徒那天，傻二向祖宗烧香叩头，骂自己大逆不道，改了祖宗二百年不变的规条；但又盟誓，要把辫子功发扬光大，代代传衍，这才是真正不负古人，不违先辈创造这神功的初衷。

其实，他是给事情赶到这一步，不改不成，改就成了。祖宗早烂在地下，还能找他来算账？总背着祖宗，怎么往前走？

第十四回　到了剪辫子的时候

傻二开了武馆，一直教授这两个徒弟。徒弟都是富裕人家的子弟，学艺钱和额外的孝敬，足够傻二夫妇糊口了。他一心传艺，两个徒弟碰上这样难得的高师，自然认认真真学本事。几年过去，一百单八式的辫子功，实打实地学会了三十六式。可是这时候，大清朝亡了，外边忽然闹起剪辫子。这势头来得极猛，就像当年清军入关，非得留辫子一样。不等傻二摸清其中虚实，一天，胖胖的赵小辫儿抱着脑袋跑进来。进门松开手，后脑袋的头发竟像鸡毛掸子那样乍开来。原来他在城门口叫一帮大兵按在地上，把他辫子剪去了。

傻二大怒：

“你没打他们？你的功夫呢！”

赵小辫儿哭丧着脸说：

“我饿了，正在小摊上吃锅巴菜，忽然一个大兵拦腰抱住我，不等我明白嘛事，又上来几个大兵，把我按在地上，更不等我知道为嘛，稀里糊涂就给剪去了。”

“等？等嘛！你不拿辫子抽他们！”

“辫子没啦，拿嘛抽……”

“混蛋！你不懂大清的规矩，剪去辫子，就得砍头！”

金菊花在一旁插嘴：

“你真气糊涂了，大清不是完了吗？”

傻二一怔，跟着明白现在已是民国三年。但他怒气依然挺盛，吼着：

“他们是谁？是不是新军？我去找他们！”

“眼下这么乱，看不出是哪路兵，他们说要来找您，有一个瘦子还说，叫我捎话给您，他要找上门来报仇。”

“报仇？报嘛仇？他叫嘛？”

“他没自报姓名，模样也没看清。是个哑嗓子，细高挑儿，瘦得和咱汤小辫儿差不多，有一只眼珠子好像……”

正说着，有人在外边喊叫：“傻巴，滚出来吧，三爷找你结账来啦！”随着喊声，还有一群男人起哄的声音。

傻二开门出去，只见一个瘦鬼儿，穿着巡防营中洋枪队的服装，站在一丈开外的地方，后边一群大兵穿着同样的新式军衣，连说带笑又起哄，傻二不知是谁。

“你再拿眼瞧瞧——连你三爷都不认得了？还是怕你三爷？”瘦子口气很狂。

傻二一见他左边那只不灰不蓝的花眼珠子，立时想到这是当年的玻璃花，心里不由得一动，听玻璃花叫着：“认出来了吧，俗话说‘君子报仇，十年不晚’。庚子年，那个曾经祸害你三爷的死崔，给洋人报信，叫义和拳五马分尸干了，也算给你三爷出口气。不过，毁你三爷的祸根还是你的辫子。今儿，三爷学会点能耐，会会你。比画之前，先给你露一手——”说着把前襟一撩，掏出一个乌黑乌黑的家伙，原来是把“单打一”的小洋枪。

傻二一见这玩意儿，立时一身劲儿全没了，提不住气，仿佛要尿裤。当年在南门外辫子被打断时的感觉，又出现了。这时，只听玻璃花说声：“往上瞧！”抬手拿枪往天上一只老鹰打去，但没有打中，把老鹰吓得往斜刺里飞逃而去。

几个大兵起哄道：

“三爷这两下子，还不到家，准是不学功夫，只陪师娘睡觉了！”

玻璃花说：“别看打鸟差着点，打个大活人一枪一个。傻巴！咱说好，你先叫我打一枪，你有能耐，就拿你那狗尾巴，像抽戴奎一的泥弹子那样，把我这洋枪子儿抽下来，三爷我今晌午就请你到紫竹林法租界的‘起士林’去吃洋饭。你也知道，三爷我一向好玩个新鲜玩意儿，玩得没到家，不见得打上你。要是打不上，算你小子走运，今后保准再不给你上邪活；要是打上了，你马上就得把脑袋上那条狗尾巴剪下来，就像你三爷这样——”说着，摘下帽子，露出一个小平头。

大兵们大笑，在一旁瞎逗弄：

“你叫人家把辫子剪了，指嘛吃饭？人家就指这尾巴唬人钱呢！”

“三爷，你先叫人挨一枪，可有点不够，给他上一段德国操算了！”

“三爷可得把枪对准，别又打歪啦，栽面儿，哈哈！”

玻璃花见傻二站在对面发怔，不知为嘛？一点神气也没有。这样玻璃花更上了劲：“傻巴，别不吭气，你要认脓，就给我滚回家去，三爷绝不朝你后背开枪！”一边说，一边把一颗亮晶晶的铜壳的洋枪子儿塞进枪膛。

傻二瞅着这洋枪子，忽然扭身走进院子，把门关上。汤小辫儿和赵小辫儿见师傅皱紧眉头，脸色刷白，不知出嘛事了。墙外边响起一阵喊叫：“傻巴傻啦，神鞭脓啦！神鞭神鞭，剪小辫啦！”一直叫到天黑。大兵走了，还有一群孩子学着叫。

神鞭傻二一招没使，就认栽给玻璃花，真叫人摸不着头脑。外边人都知道，玻璃花在关外混了多年，新近才回到天津，腰里掖着些银钱，本打算开个小洋货铺子，谁知在侯家后香桃店里又碰上飞来凤。原来大清一亡，展老爷气死，大奶奶硬把飞来凤卖回到香桃店，这么一折腾，人没了鲜亮劲儿，满脸褶子，全靠涂脂抹粉。玻璃花上了义气劲儿，把钱全使出来，赎出飞来凤当老婆，自己到巡防营当大兵，拿饷银养活飞来凤。他这人脑袋浑，手底下又糙，嘛玩意都学不到手。这洋枪是从管营盘的排长手里借来的，没拿倒了就算不错。今儿纯粹是想跟傻二逗闷子，怄一怄，叫他奇怪的是，傻二这么厉害，为嘛连句硬话没说，掉屁股就回窝了？他想来想去，便明白了，使他镇住傻二的，还是这玩意儿。于是他只要营盘没事，就借来小洋枪，别在腰间，找上几个土棍无赖陪着，来到傻二门前连喊带叫，无论他拿话激，拍门板，往院里扔砖头，傻二就是闭门不出，他们拾块白灰，在傻二门板上画个大王八，那王八的尾巴就是傻二的神鞭。这辱没神鞭的画儿就在门板上，一连半个多月，傻二也不出来擦去。他想，莫非这傻二不在家？

有一天，玻璃花在街上碰上赵小辫儿，上去一把捉住。赵小辫儿没了辫子，也就没能耐，好像剪掉翅膀的鸽子，不单飞不上天，一抓就抓住。玻璃花问他师傅在家干嘛。赵小辫儿说：

“我师傅早已经把我赶出来，我也半个月没去了。”

玻璃花不信，又拉了几个土棍，拿小洋枪顶着赵小辫儿的后腰，把他押到傻二家门前，逼他爬上墙头察看。赵小辫儿只好爬上去，往里一望，真怪！三间屋的门窗都关得严严的，而且一点动静也没有。院里养的鸡呀、狗呀、鹅呀，也都不见，玻璃花等人听了挺好奇，大着胆儿悄悄跳进院子，拿舌尖舔破窗纸往里瞧，呀，屋里全空着，只有几只挺肥的耗子聚在炕头啃什么。

哎呀呀，傻二吓跑了！

傻二为嘛吓跑了？管他呢，反正他跑了。

玻璃花抬脚踹开门，叫人把梁上那块“神鞭”大匾摘下来，拿到院子里，用小洋枪打，可惜他枪法不准，打不上那两个字，只好走到跟前，在“神鞭”两个字上，各打了一个洞。

第十五回　神枪手

一年，才刚开春，草木还没发芽子，远远已经能够看见点绿色了。南门外直通海光寺的大道两边开洼地，今儿天蓝水亮，风轻日暖，透明的空气里飘着朵朵柳絮。这时候，要是在大道上放慢腿脚溜达溜达，四下望望，那才舒服得很呢！

玻璃花来到道边一家小铁铺，给营盘取一挂锁栅栏门的大链子。他来得早些，铁匠请他稍候一候。他骂一句街，便在大道上闲逛逛，逛累了，在道旁找到一个石头碾子，跷腿坐在上边，看见过路的大闺女小媳妇，就哼哼一段婆娘们哄孩子的歌儿，找个乐子：

小小子儿，坐门墩儿。
哭哭啼啼要媳妇儿，
要媳妇儿干——嘛，
做鞋做袜儿，穿衣穿裤儿，
点灯说话儿，吹灯亲嘴儿。

女人家见他这土痞模样，不敢接茬，赶紧走去。他见道上行人不少，忽然想到要显一显自己才弄到手的小洋货，便打怀里摸出一根烟卷，叼在嘴上，还模仿洋人，下巴一用劲，烟头神气地向上撅起来。跟着他又摸出一盒纯粹洋人用的“海盗牌”的黄头洋火，抽出长长一根，等路人走近，故意手一甩，嚓地在裤腿上划着，得意洋洋点着烟，嘴唇巴巴响地一口口往里嘬，就这当儿，忽然啪一下，烟头被打灭，他还没弄清怎么回事，啪又一下，叼在嘴上的烟卷竟给打断；紧接着，啪，帽子被打飞了。三声过后，他才明白有人朝他开枪。他原地转一圈，看看，路人全吓跑了，正在惊讶不已的时候，打开洼地跑来一个瘦瘦的少年，递给他一张帖子说：

“我师傅要会会您。”

他帖子没看就撕了，问道：

“你师傅是哪个王八蛋？”

瘦小子一笑，说：“随我来！”走了几步，故意回头逗他一句，“您敢来吗？”

“去就去，三爷怕嘛！神鞭都叫你三爷吓跑了！”玻璃花毫不含糊，气冲冲跟在他后边走。

他随这瘦小子从大道下到开洼地，走不多远，绕过一小片野树林子，只见那里站着一个四十多岁的汉子，阔脸直鼻，身穿宽宽绰绰的蓝布大褂，纯黑的土布裤子，紧紧打着同样颜色和布料的裹腿，头上缠着很大一块淡青色绸料头布。他见这人好面熟，再瞧，哟，这不是傻二吗！怎么这样精神？脸上的糟疙瘩都没了，一双小眼直冒光，可是玻璃花立即也拿出十足的神气唬住对方：“傻巴，你是不是想尝尝

‘卫生丸’嘛味的?”他一撩前襟，手拍着别在腰间的小洋枪啪啪响，叫道：“说吧，怎么玩法?”他拿傻二最怕的东西吓唬傻二。

谁知这傻二淡淡一笑，把双襟的褂子中间一排扣儿从上到下挨个解开，两边一分，左右腰间，居然各插着一把六眼左轮小洋枪，他双手拍着左右两边的枪，对瞪圆眼睛的玻璃花说：“眼下，我也玩这个了。你既然要玩这东西，我陪着。我先说个玩法——咱们一人三枪，你一枪，我一枪，你先打，我后打。你那两下子我知道，我这两下子你还不知道。我要是不告诉你，那就算我欺负你了！你看——”傻二指着前边，十丈远的一根树杈上，拿线绳吊着一个铜钱，在阳光下锃亮，像一颗耀眼的金星星。

“你瞧好了!”

傻二说着一扭身，双枪就唰地拿在手里，飞轮似的转了两圈，一前一后，“啪啪!”两响，头一枪打断那吊铜钱的线绳，不等铜钱落地，第二枪打中铜钱，直把铜钱顶着飞到远处的水坑里，腾地溅出水花来。

玻璃花看得那只死眼都活了，他没见过这种本事，禁不住叫起来：“好枪法，神枪！神枪!”再一瞧，傻二站在那里，双枪已经插在腰间。这一手，就像他当年甩出神鞭抽人一样纯熟快捷，神鬼莫测。玻璃花指着傻二说：“你那神鞭不玩了?”

傻二没答话，带着一种莫名其妙的微笑，抬手把头布一圈圈慢慢绕开取下，露出来的竟是一个大光葫芦瓢，在太阳下，像刚下的鸭蛋又青又亮。玻璃花惊得嗓音变了调儿：

“你，你把祖宗留给你的‘神鞭’剪了?”

傻二开口说：

“你算说错了！你要知道我家祖宗怎么情况才创出这辫子功，就知道我把祖宗的真能耐接过来了。祖宗的东西再好，该割的时候就得割。我把‘鞭’剪了，‘神’却留着。这便是，不论怎么变，也难不死我们；不论嘛新玩意儿，都能玩到家，绝不尿给别人。怎么样，咱俩玩一玩?”

玻璃花这才算认了头：

“三爷我服您了。咱们的过节儿，打今儿就算了结啦!”

傻二一笑，把头布缠上，转身带那瘦徒弟走了。玻璃花看着他的身影在大开洼里渐渐消失，不由得摸着自己的后脑壳，倒吸一口凉气，恍惚以为碰到神仙。他回到营盘后，没敢跟任何人说起这件事，怕别人取笑他。不久，听说北伐军中有一个神枪手，双手打枪，指哪儿打哪儿，竟说一口天津话，地地道道是个天津人，但谁也说不出这人姓名，玻璃花却心里有数，暗暗吐舌……

神灯前传

小　引

这场雪从祭灶那天下起，纷纷扬扬一直未停。许多窄街小巷堵塞了，破败的泥屋压塌了，井口被封盖住。天公并没有因此罢休。人们也仍旧依循繁缛的年俗，准备所需的一切。在宫南宫北的风雪街头，小贩们照常争抢地盘，早早在道旁的墙壁上粘贴“年年在此”的红签，搭起棚摊，摆上应时的年货。采买年货的人们把路面的积雪踩得硬邦邦，再让冰床下面的滑铁一磨，成了光光的镜面，时时会有一个人由于不慎而仰面朝天地坐在冰上，引得孩子们发出一阵阵善意的欢叫。孩子们都穿着小棉袍，袖着双手，鼻尖挂一对清凌凌的鼻涕珠儿，脸蛋冻得鲜红鲜红，远看好像一群群小红灯笼。

他们还在道旁堆起“雪弥勒”，一个个胖大浑圆，咧开笑嘴，袒敞着膨脝的大肚，摆出一副傻乎乎、无忧无虑、引人发笑的神气盘坐着。一些好事者在雪弥勒的右手上套了一串用泥球做的牟尼珠，左右堆塑两个白雪的侍者，前边砌个长方形的雪台，插上香烛。那些过往的贫苦无告的老妈妈见了，便站直身子，裹得尖尖的小脚插在雪地里，虔诚地膜拜作礼。

天津这个驻守北方海口的旧城，历史并不久远，居民五方杂处，却有着迥异他乡的浓厚的风土人情。尽管南北过客来来往往，也无法冲淡或动摇它根深蒂固的地方风习。虽然本地的买卖人能说会道，善于逢场作戏，油滑机变，会从外来商人的身上找到生财之道；本地官绅又非常讲求排场，奢侈的花样无与伦比，但民风还是淳厚朴实的。百姓们都热情好客，好义勇为，容易冲动。他们的血液里，多多少少保留着燕赵时代的遗痕。在这方圆仅仅数十里的境域里，人们用一种齿音很重、味道特别的腔调说话。为什么一个由始以来就是人来人往的商埠会形成自己独有的方言土语，这恐怕永远是个哑谜了。

更奇怪的是，这是一座拜神的城。此地历任的官员、富有的邑绅、巡幸的皇帝都对兴建寺庙抱着令人费解的兴趣。不少官绅以这样的善行义举，博得美名。光绪十年，城内外的庙宇寺观达到一百三十二座之多，大约五六百名道士僧尼靠着善男信女的香火钱吃得白白胖胖。无论塞北或江南，所有被供奉的神像几乎都能够在这座城中找到。这些泥塑木雕的神佛管理着人间的一切，包括天、地、水、火、人的吉凶祸福，乃至疾病、贫困、生男养女；帮助人们化险为夷，转祸为安，驱逐邪恶与烦恼，实现人们的幻企，给那些痛苦的心以些许的安慰……

日日晨昏，城中大小寺庙的钟声互为应答，轻轻敲着人们的耳鼓；烧香的气味散入万家，随时随地钻进人们的鼻孔；无形的神便悄悄地在人的心灵中取得了存在和信赖。在一个神主宰的天地中间，臆想往往成了根据，事实可以随心所欲地解释。人们相信预感，耽于幻想，敏感于怪怪奇奇的事物。荒诞不经的谣传会哄起轩然大波，神奇莫测的编造反会得到普遍的置信。神是人治服人的法宝。在外国人梦想征服中华民族的时代，用的也是同样一种法宝，那就是基督、圣母和天主。然而，神会不会成为反抗压制的法宝呢？庚子年间，此地一群具有非凡勇气与魄力的人，就擎起这种异常奇特的法宝。这便是瞬间亮起来的千千万万盏辉煌夺目的神灯……

第一章　蒙面人

除夕这天有种不祥之兆。傍晚，西北边凝聚了多日的阴沉沉的云天，忽然裂开一条大口子，十分刺眼，斜射下一道强烈得出奇的光束，投照在北城镇海门的门楼子上，使这座冰包雪裹的城门楼子银光四射，晶亮透明，五色变幻，宛如天上的琼宫宝殿。城中不少人跑出来，观瞻这个罕见的奇观。人们猜测纷纭，心中泛起一种莫名的不安，有的人竟朝这座发光的门楼烧起香来。

没过多久，裂口就闭合上了，跟着刮起奇冷的大风。雪花顿时变成米粒大小的冰雹，狠狠地抽打城池。幸好今天是除夕日，人们都在家中过年。打更巡夜的也照例免了，没有人再到外边来。任凭风雪在空荡荡的街头鬼哭狼嚎，发狂一般地胡闹，掀倒罩棚，扯下所有挂在门外的灯笼，并把鼓楼上的大钟吹得叮叮当当。就在这时，隐隐响起了水会报警的串锣声，先是在河东陈家沟那边，随后乐北城角一带也响了起来。谁也想不到，锣声有那么严重，一连串悲壮的惨剧就此开始了。

锣声尚未停歇，十多条人影从城北估衣街上急匆匆地穿过。他们打着灯球火把，手执水桶、绳索、长长的挠钩，还携带些刀械，显然是去救火的。这群人奔出街口，在本地声名赫赫的会友脚行的大门前停住。其中一个身材特别高大、戴暖帽的男人，对跟来的家人们说：

“快进去，把巴爷给我请出来！”

家人提着灯球跑进去，很快就从行里引出七八个人来。为首的四十余岁，过宽的肩膀像张开的扇面。他身穿黑色的紧身猞猁皮袍，腰间煞一根粗皮条，在黄纸灯笼闪闪忽忽的光线里，显出一副老练、凶狠的面容。他背后站着高矮胖瘦不同的几条汉子。他们穿戴各不相同，有的光着头顶，有的披一张毡子，有的趿着鞋、叼一支短短的烟管，有的穿得花里胡哨，不伦不类，好像水陆画中阴曹地府里的一群恶鬼。这都是此地出名的混混儿。为首这人抱拳于胸前，野气地说：

“二少爷，嘛事找我？”

“兄弟！不是我侯少棠来扰你过年。河楼教堂着火了！”他说到最后几个字，加重了语气，脸上的神气仿佛等待对方惊愕的反应。

“真的？”对方果然大吃一惊。

“大冷的天，我侯少棠能跑来赚你？因想到你正要入教，在这节骨眼儿上，正是向教父表心的时候，所以来招呼你！”

“够朋友！我巴虎记着你的好处！”他表现得挺冲动，似乎领略到侯少棠的义气。他往远处望了望，忽又问：“大年三十，怎么会起火呢？”

侯少棠说：

“我来这一路上还在想，这火着得很怪。今儿下晌，教父对我说，他晚上要去紫竹林戈林先生家打牌，教堂里没几个人，圣堂又不生火，是不是有人……”

巴虎听了，突然把腰间的皮条松开，再煞得更紧——这是他每每发狠、决死、杀机陡起时的习惯动作。跟着他扭头对混混儿们说：

“哥几个跟我去教堂救火，带家伙！”

混混儿们应声跑进行里取了刀械火器。他们这群人奔过了老铁桥，赶到教堂跟前。只见教堂中部的尖顶正在冒着殷红的浓烟，并发出木头燃烧噼噼啪啪可怕的爆裂声。大火受到风的鼓动，兴奋得发狂。旋转的火舌如同巨大的明亮刺目的刀剑，向四外蹿飞。大团大团的火星子给大风一下子卷到很远很远的地方去……教堂的大门关闭着，几个外国修女站在阶前，像几只受惊的鸡儿，惶恐地挤在一起。好几处水会都赶到了。缠头布、穿号衣、拿着挠钩的伍善们正在商量怎样灭火。地上放着横穿木杠与扁担的方方的大水柜。这一切，都给半空中一闪一闪的火光映照出来。

各水会的伍善们见这一群出名的教徒与混混儿头子来了，忙让开一条道。侯少棠跑在最前面。他朝修女们喊道：

“教父呢？”

修女们都没戴头巾，大概是在惊慌中忘戴或失落了，双手捂着被风吹得胡乱飘飞的头发。其中一个上年纪、白脸儿、吓掉了魂的修女尖叫着：“他去戈林先生家了。侯先生，您快……”说到这儿，她竟忘了下边的华语该怎么说了。

侯少棠带人冲进大门。又高又大、空洞洞的圣堂内一片漆黑，咚咚响着他们的脚步声。隔着浓浓的烟雾，穹顶上闪着红火，看来楼顶被烧穿了。他们沿着附在望塔墙壁上的一架小铁梯，爬上楼顶，把烧着的梁木与木板子浇灭并清除下来。火光没有了，只剩下浓烟，辣得人睁不开眼，远远近近都是人的咳嗽声。侯少棠的脑子转了转，一个人悄悄钻进龙骨架，四处看了看，终于发现，架子上还有一些浸了油而未燃的麻草和破布。他的猜想被证实了：真有人诚心来烧教堂！

正在惊疑不定的时候，忽有人在不远的黑暗中发出一声喊叫。他跑过去一问，叫喊的人原来是个教徒。他说他恍惚看见不远的几根大木头后面蹲伏一条黑影，见了他就跑掉了。

侯少棠并不声张。因为他对这教堂的构造十分熟悉，如果这人爬到龙骨架上放火，一时很难逃掉，除非从教堂的前后门冲出，要不就得破开穹顶，从侧面大墙用绳子吊下去。他忙把巴虎等人找来，伏在他们耳边悄悄说了几句，便一齐下了楼，急速奔到后门口，打开门，绕到北墙下边，果然看见一条黑影从教堂顶上系下一根绳索。这黑影手抓绳索，脚登光秃秃、直上直下的陡壁，迅速往下滑落。一个混混儿举起火枪要打，侯少棠抓住枪杆，悄声说："拿活的！"便奔了过去。

那黑影也发现了他们，手一松，脚一落在地，便朝西边荒野跑去。虽然夜色漆黑，人影在昏白的雪地上，却分外清晰。

侯少棠、巴虎等人紧追上去。突然，前面那人影滑倒了。等他翻身跃起，一个混混儿已经赶到跟前。这人手一扬，竟亮出一把短刀，搂头盖顶直砍下来。混混儿猝不及防，居然抬起胳膊去挡。哪知这人并不想伤他，一转刀锋，用刀面把这混混儿啪的一声拍倒在地上，这一下干脆又漂亮。

他再跑是来不及了，追赶者已经上来把他团团围住。只见他穿紧身衣，黑布包头，下半张脸蒙一条黑巾，把面孔遮住，只露出发白的前额和一双眼睛，是个蒙面人！

蒙面人身形矫健，动作迅疾而猛烈，似有非凡的武功。他挥刀狠狠地左劈右砍，但刀尖每每将要击中对方时，故意变了方向。看来他无意伤人，只想快快摆脱这险境，突围而去。

巴虎看出对方的动机，并知道自己手下的混混儿们不是蒙面人的对手，便呼叫一声："哥几个，让开，看我的！"

旁边一个矮个子的混混儿应声扔给他一把刀，他抬手接住。这把刀细瘦峻直，寒光烁烁，像一柄剑。

混混儿们向后散开，执刀环立，守住阵角。巴虎一抖肩膀，扑上去向蒙面人凶猛地扎了一刀。蒙面人并不惊慌，待到对方的刀尖离身咫尺时，忽用刀头像拨弄花枝那样巧妙地挑开巴虎的刀锋，向左一拧腰身，宽宽绰绰地把来刀让过。这动作只是在转瞬间完成，动作飞快，宛如旋风，真是匪夷所思。在场的混混儿们都暗暗心惊。巴虎一刀扎空，赶忙收缩身架，唯恐有失。这正是蒙面人进攻的良机。可是这当儿旷野吹来一股大风，忽把蒙面人的头布和面巾一齐吹掉，同时从这人颈后飘出一条辫子。巴虎大吃一惊，原来和他格斗的竟是一个女子！

这女子见自己意外暴露了真相，急忙扭脸躲开巴虎的视线，却正好同侯少棠打个照面。刹那间，不知为什么，这女子和侯少棠都怔住了。巴虎乘对方分神之机，足掌用力蹬地，扑上去就是一刀。巴虎在津门武林中也算得上一名高手。不过由于是个混混儿，用心下手都分外歹毒。这女子再举刀相迎，已经太迟了！刀刃咔嚓一响砍在她的右手上。她身子晃了两晃，手中的刀险些坠落下来，她强忍疼痛顽强地握住刀柄，猛甩过头，朝巴虎怒喝一声："畜生！"同时，向巴虎狠劈一刀，这刀却是个虚招。她乘巴虎躲闪之机，把刀一收，丢下巴虎，回身将背后一个混混儿砍翻，破开了包围圈，手提着刀，身后飘着大辫子，如飞地跑去。

侯少棠一群紧追不舍，哪知那女子轻功甚好，奔走如飞。加上眼前风雪正大，天又黑，荒地上满是坑坑洼洼、乱木丛生，很快就找不到那负伤女子的去向。他们只得站住了。

"二少爷！"巴虎拍打着身上的雪粒儿说，"您瞧见了吗？是个小娘儿们！可惜给她跑了。都怨我刚才那一刀，只想下掉她手里的家伙，要是砍她的腿就对了！"

侯少棠没有回答，也没有懊悔的意思。他沉着脸怔了半刻，自言自语地说：

"好大的胆子！"

巴虎听了这话，同样没有懊悔的意思了。他感兴趣地问：

"怎么？您认得她？"

"抓到她再说！"侯少棠手一摆，招呼众人随他去。

尽管巴虎很想知道这女子是谁，可也不再问了。他从侯少棠口中感到，这女子肯定可以找着。以他们的自我感觉，只要有迹可寻，任凭飞鸟游鱼也是逃不脱的。

侯少棠引巴虎等人重返来路，途经估衣街，绕进侯家后，穿过几条没有灯光、黑魆魆的歪街小巷，在一个叉道口包围了一家低矮而不起眼的小水铺。那小铺屋顶上盖着雪，里面还点着灯，烟囱冒着白白的烟。侯少棠手指这小铺的门儿，喝令似的叫一声：

"进去，抓！"

巴虎带头踹开门进了屋子。屋内哐哐啷啷响了一通，巴虎转身走了出来，面带一种希望落空的忿恼对侯少棠说：

"没人!"

"没人? 还有一个老娘儿们呢!"

"任屁也没有，是不是跑了?"

"跑?"侯少棠眯起一只眼想了想，满脸的肉就舒展开了，"跑不掉，咱接着去抓!"

"还去哪儿抓?"

"去她师傅家。"

"她师傅又是谁?"巴虎给一连串疑团完全弄糊涂了。

"铁胳膊卢万钟。"侯少棠一个字一个字地吐出这个响亮的名字。这名字如今早已湮没在历史中，但在那个时代还是颇有些威风的。

"卢万钟……"巴虎重复这三个字之后，眼珠一动不动地停在侯少棠脸上，随后神气和口气都变得迟疑起来，"会在他家吗……"

侯少棠斜瞟巴虎一眼。他知道，一个混混儿遇到事如果露出半点犹疑，不仅为人耻笑，也有辱于自己。因此他故意用讥讽的锋芒刺激巴虎:

"怎么? 凭你还进不了卢家?"

谁知这句激将的话也没起作用。巴虎转转眼珠，说出这样一番道理:

"二少爷，不是我巴虎要滑头，不肯出力。我也不是怵事。您得明白那姓卢的非比一般人。城中有两下子的人和他的交情都不浅。咱往他家里一闹，可就跟他那把子人全结上扣儿了! 我巴虎倒不在乎，只担心您顶不住他们!"

侯少棠冷笑道:

"兄弟，你可用不着为我操心。有教父为我做主，就是阎王爷我也敢惹! 今儿，卢万钟的徒弟烧了教堂，说不定一会儿教父就会去找县太爷、找制军大人。咱不去，官家也会派兵去找他!"

不等巴虎答话，旁边站出一个细脚伶仃、瘦得可怕的混混儿。他两腮坑陷下去，尖鼻子古怪地翘起，头扣黑皮面帽翅，耳朵上戴一对长毛的兔皮耳套，样子很像只猴儿。不知他有什么本事，居然摆出一副亡命徒的架式，尖声对巴虎说:

"巴爷! 这是教堂的事，咱还怕嘛? 二少爷不在乎，咱在乎嘛?

走，咱跟二少爷跑一趟!”

瘦子闹腾着非去不可。一个矮个的混混儿把他拦住，用平静的声调说：

“黄三秃，你咋呼嘛？咱巴爷嘛事怵过头？这不过替二爷留个心眼儿。既然是教堂的事，官家自会出头，咱犯不上拿着官盐当私盐卖。少给二少爷找麻烦，你就听巴爷的吩咐吧!”

侯少棠当然听得出这矮混混儿话中的用意。他不理这矮混混儿，把脸直对巴虎，说话的口气挺强硬：

“兄弟！看人得在节骨眼儿上看。为人出力，也得在人家用得着的时候。反正我侯少棠决意在这紧要关节的时候卖一手。要是嘛事都等着官家去办，教堂还收教徒干嘛？再说，刚来时我对你说过，我是想叫你亮个相，给教父看看，我在教父面前也好为你说话。这是我一片好意，做不做可在你啦！我姓侯的天不怕、地不怕，你要是没胆儿，可别拿我托词儿。”

巴虎忙要解释，那矮混混儿还想开口，巴虎啪地一拍他的肩头，呵斥道：

“田小辫子，你他妈少多嘴。我嘛事都能不管，唯有教堂的事，二少爷的事，不能干瞪眼看着，不帮一把儿。今儿二少爷为我巴虎想一条道，我再不赶上两步，算嘛朋友？我他妈从小长这么大，掉脑袋的事碰过不少，连眼皮都没眨过。卢万钟算他妈屌玩意儿！今儿我甘当死签儿了！你们哥儿个——”他把刀扔给田小辫子，又习惯地煞一煞腰间的皮条，眼里射出凶狠的光芒，“跟着二少爷到卢家掏雀儿去!”

“走！走——”

混混儿们粗野地喊着。

凶悍、残忍、兽性的激情在他们血管里翻腾起来，这是混混儿式的冲动。冲动的本身往往漫无目的，只不过以此作为残暴心理的发泄，又以这种发泄为快感。我们在下面的故事里，还要专门描述这个时代特有的混混儿们血腥的生涯。你先听到的是他们的喊叫声，声音的古怪难听几乎无法描述，尤其是与狂风的嘶吼声混在一起的时候。

第二章 大年三十

从来没有人这么规定，可所有的人都这么认为：大年三十过得顺当与否，似乎是来年安危祸福的先兆。故此，在年夜里人们以最庄重的仪式、最虔诚的心意祈求天上神灵，施展法力降福给他们，在来年实现未竟的夙愿。人人的愿望是大不相同的，当了官的一心想平步青云，再升官晋级；发了财的盼着财源更加茂盛；那些在这个世界上所得无几的苦人儿所希望的莫过于平平安安了。难怪庶民百姓们过年，脸蛋上欢欢喜喜，心中却小心翼翼，唯恐失手失脚，或失口说出犯忌的话——哪怕是沾上与不祥的字眼同音的话，冲了福分……是不是这些心理给年俗平添了那么多不胜其烦而必须恪守的禁忌与规条？

铁匠卢万钟一家四口人，正围着短腿的炕桌吃年饭。卢万钟和儿子卢大宝跨坐在炕边，老婆陈菊香和闺女卢大珍盘腿坐在炕上。

干荆条和槐树枝在灶里烧得噼噼剥剥，散出暖烘烘的气息，和正在过年的这一家人脸上喜盈盈的情绪融在一起。

炕桌上摆着一把红褐色的宜兴酒壶、几只廉价的粗磁酒盅，中间一大盘年饭。这是江米掺和豆馅、枣泥，用蜜糖炒成的黏糊糊的甜食。原先放在上边的几个红枣、栗子早叫大宝挑着吃了，只留下一些用金银纸头剪成的八仙人和红绿纸块做的石榴花，歪歪斜斜插在上边。这些饭花，都是大珍精心的手工。今天，大珍穿一件旧的偏襟水红绸袄，大辫子上扎一股结半寸来长亮闪闪的朱色丝绳，嘴巴像唱戏那样擦了两个胭脂团儿，映衬得浓浓的双眉、长长的睫毛、大而黑的眸子鲜亮好看。她的睫毛不是一根根清清楚楚的，而是又细又软，有种毛茸茸的感觉，单纯又天真的目光在这中间闪动，好像波光明亮的小湖闪动在一圈柔细的苇草中间。她今年十八岁，滚圆的小手，肥胖的脚丫，脸盘不像妈妈那样俊俏，而像爹爹那样方方正正。比她年长三岁的哥哥大宝也是这种脸型。

大宝的前头顶剃得光光，又粗又长的大发辫绕在颈上，容貌忠厚又英俊，还带着一些没褪尽的孩子气。他外套一件新的对襟褂子，颜色乌黑，挽起的袖口翻出里面白布的贴边，黑白分明，十分爽眼。细看之下，却是件旧褂子翻新的，经过漂染，破缝都给妈妈和妹妹细心补缀上，很难发现。这褂子穿在他身上，显得并不合身。难道妈妈还能差了尺寸？当然不会。只因为他平日大大咧咧、随随便便惯了，穿上新衣反觉皱巴巴，挺别扭，两条胳膊不知放在哪里才好。

大珍笑呵呵对哥哥说：

“我愈看，哥哥愈像个新郎官。”

“去！”大宝嘴里有东西，说话含糊不清，“你穿娘陪嫁的袄，像个啥呢?”

“我吗?”大珍笑道，“我像个伴娘。你是新郎官，还是个傻新郎呢!”

大珍说完这句笑话，尽情大笑起来。妈妈也笑了。谁知挂在卢万钟脸上的笑容反倒消失了。陈菊香见了立即猜到，大珍的笑话无形中勾起卢万钟的一块心病——

卢家原先有个街坊姓程，两口带个独生女。男人叫程子久，卖画为生，日子过得勉勉强强。卢万钟热情好义，时常帮程家的忙，两家关系不错。程家的闺女叫程秀娟，小名娟子，比大宝小一岁。大宝和娟子六七岁时，两家正处得亲密无间，便给孩子们结了娃娃亲。结亲的形式十分正规，程家收了卢家送上门的一份定礼——四块花绸料和一对玉根石的小镯子。两家还聚在一起高高兴兴喝了一份喜酒。可是后来，程子久擅长的博古画投合了一时风尚，又有几家南纸局代为宣扬，而名满津门。卢万钟照旧拉着那口撒气漏风的破风箱。他只会卖力，不会经营，世间打交道的能耐，全是嘴上的功夫。他只能说一种直来直去、实实在在的话，明知吃亏，有时说过之后也悔恨自己，却依然改不掉性子。这样，他与程子久两家就像两块地，一块地里渐渐变得生意盈盈，开花结实；另一块仍是光秃秃、贫瘠、荒凉的不毛之地。两家景况不同，想的自然也不一样了。程家虽然没有明着悔亲，竟话里话外把这桩亲事当作一个曾经哄孩子玩的笑话，往后就绝口不再提这桩事。过两年，程家搬到富人聚居的前街去住，两家的关系疏淡了。卢万钟生性倔强，不肯勉强于人，更不愿意俯首低眉、厚着脸皮攀高枝。这桩事便成了两家之间没有挑明又无法解开的别扭事……当此年夜，要避讳一切不痛快的事，因此陈菊香打着岔说：

"还新郎官儿呢？他哪里有点大人样？瞧他嘴边……"

"娘——"大宝抬起手背抹去沾在嘴边的油乎乎的饭渣，嘟囔着说，"大珍她取笑我，您也跟着她……好像我的嘴多馋似的。"

"你还不馋？回头请咱爹咱妈到外屋灶台上看看去，祭灶的糖瓜都叫谁偷吃了？总共三个。现在只剩下一个了，还是小个的……"大珍说。

大宝反驳妹妹：

"那不叫偷吃，娘说过'上供人吃，心到神知'么！"

沉默着的卢万钟忽用筷子头指着大宝说："嘿！偷吃东西也有个理儿呢！"说完纵声大笑起来。陈菊香见丈夫高兴地笑了，自己也放心地笑了。

陈菊香今年过年的心气儿特别高。靠着她家院子罩棚下那个打铁的小砖炉子，卢万钟带一儿一女，苦苦干到年根底下，总算把公公死了那年背上的外债还清了。腊月里，卢万钟又应了山东一个客户四百打马蹄铁和二百挂门链子。卢万钟身强体壮，筋骨里蕴藏着无穷的力气，大宝大珍也是正当年少。他准备爷儿三个过年再加一把劲，早早把货交齐，日子便会松快起来。眼下这个年就成企望大好的转机呀！

陈菊香穷惯了，挨饿受穷都能顶住，唯有一件事不能总拖拉不做，就是孩子都大了，该给他们筹办嫁娶了！在头年，这种事还只能出现在梦境里，明年呢？可该做些实际打算了。瞧，今年的年有多重要呀！她几乎掏尽囊中仅有的碎银子，非把这个年过好了不可！

送灶的第二天，娘儿两个就兴致勃勃扫了房。积尘扫尽，使人分外清爽；跟着，买了三刀粉纸，把里外两间小房糊得亮亮堂堂；破被脏褥重新洗得干干净净。娘儿两个又跑到宫北，买了点高香烧纸、吊钱锡箔之类的东西，还恭恭敬敬请了几张神像。这都是过年必不可少的。娘儿俩路过一家年画铺子，进去各挑了一张。大珍挑了一张沪上的石印画，画的是她心爱的故事《水漫金山寺》。这种石印画才出现不久，画法仿求照相效果，逼真如实，很受人喜欢。这幅画上的青蛇白蛇都像真人一样，青蛇穿一身鲜蓝色非常漂亮的衣裙，拉开劲美的身姿站立云端，手持宝剑护侍在白蛇身旁，连那股又勇敢又侠义的劲儿都画出来了。大珍喜欢得在画铺里面就嚷叫起来。妈妈陈菊香还是偏爱本地杨柳青的名作《鲤鱼跳龙门》。一尾金红色、肥胖、带点傻气的大鲤鱼，尾巴笨拙地一摆，从江心一跃而起，翻过一道巍峨又华丽的牌坊式的龙门。这里边似乎寄寓着陈菊香翻过年关，向往好日子的心情……

娘儿俩回到家，用这些不值三文两文的玩意儿，里里外外一摆布，立刻显得非常火爆，年意也就出来了。大珍还到前街程子久家，求来一堂四季山水和一副带横批的大红纸的春联。善弄丹青的程秀娟又为大珍抹了几笔兰草。把这些东西往墙上一贴，还添了几分雅致呢！

谁都愿意尽力去做高兴的事，尤其在高兴的时候，更是如此。大珍从自己的旧荷包里倒出了全部的积蓄——四个铜子，给爹爹买了半瓶烧酒，给哥哥买了一挂足数百头的雷子鞭，好叫孩子气很足的哥哥不再到有钱人家的门前去拾落地未燃的鞭炮玩……大珍说："把这挂鞭放了，就能将往日里赶不掉的穷气和邪气崩得无影无踪。"大珍说的做的，很使妈妈可意。陈菊香弯着笑眼，两片发黑的薄嘴唇总也闭合不上，夜里，枕在枕箱上的脑袋怎么也平静不下来。她望着晦暝中显现得模模糊糊的墙上的画，瞧那鲤鱼，昂着头，扬起须子，跃起满身红鳞的胖大躯体，多神气呀！它从苦海里脱出身了！陈菊香联想到自己，自她进了卢家的门，这是头一个有盼头的年啊！

"今儿怎么没见玉侠来呢？"喝得醉醺醺的卢万钟对大珍说。

陈菊香接过话说：

"你真喝糊涂了，大年三十晚上，姑娘家哪兴到人家串门子呢？下晌她还送来半篮子红枣，交给了大珍。"

"噢！"卢万钟问大珍，"你没问她娘好些了吗？"

"还那样。玉侠姐说她娘昏睡了一天也没醒，昨天疼得叫了一夜……"

卢万钟沉吟片刻，又问：

"你没问她家里缺什么吗？"

陈菊香带着温和的笑容说：

"还用你操心？晌午前，我叫大珍给她家送了一小口袋白面去了。"

"娘——"大珍忽想起什么似的说，"我忘告诉您了，随后玉侠姐又把那口袋白面送回来了，她说她家什么也不缺。"

一团沉闷的阴云悄悄跑到卢万钟的眉心处，停住了。他有所感触，声调低沉下来：

“这孩子跟我一个脾气……她每天从运河往家里挑水卖，还要照看她娘，日子比咱难过多得多。将来……喂，孩子他娘！玉侠今年二十七了吧！”

“要说你喝糊涂了呢！她今年不是二十八吗？你忘了她是教案那年有的？”陈菊香说。

“教案那年……”卢万钟好像在记忆的江底触到一块沉积多年的石头。他簇密的眉毛极其轻微但很急剧地抖动了一下。这个微小的细节给陈菊香留意到了。陈菊香脸上一丝笑意都没了。唯有她知道，她丈夫的胸膛里涌起了一种激情。电光闪过，止不住要发出一阵雷鸣。她瞪大眼，果然听到卢万钟忽而发起怒来的话声：“她要是知道自己是怎么回事，我看她非再把河楼教堂点火烧了不可！”卢万钟说完，一双酒烧得通红的眼睛直直地、激动地、下意识地对着大珍。

“爹，您……玉侠姐，她怎么？”

大珍给爹爹突变的表情和莫名其妙的话，扰得不知所措。

陈菊香好像在对付一个发起怒来的雄狮，她战战兢兢，不敢给丈夫一点刺激，故意平平淡淡地说：

“大年夜里，咱不该提这个，都是二三十年前的事了，提它干吗？等过了年，也该给玉侠张罗一门亲事了！”

大珍虽然不知爹爹为什么突然发火，却知道妈妈怕爹爹发火。她见妈妈劝慰爹爹，忙端起酒壶给爹爹斟酒。卢万钟用手盖住酒盅，似乎赌气不喝了。酒浇在手背上，卢万钟好像没有感觉到，怒气冲冲地说：

“咱对得起死去的郑大哥吗？他临上刑场那天，在针市街口怎么嘱咐咱的？咱又是怎么答应的？不知怎么回事，这几天我耳朵里总响着郑大哥那几句话……是呵！咱不能告诉给玉侠，告诉她等于叫她去拼死。要是不对她说，咱郑大哥在九泉之下闭得上眼吗？”他愈说愈激动，不单是愤怒，还有一种强烈的痛苦的情感，抓着酒盅的手剧烈地抖动着，酒盅底碰得桌面得得得地响。

大珍竖起耳朵也听不明白，反而更糊涂了。她眼里闪着疑惑的光，眉峰聚起来，泛出担虑的心情。她很了解爹爹的脾气。他既直爽，又暴躁。如果认真发起火来，非要发到顶点不可。怎么办呢？她什么也不知道，无法劝。

陈菊香感到自己没留意的一句话，要给今天的年夜招来麻烦了。她懊悔、着急，虽然知道丈夫为什么发火，照样没有办法，禁不住自恼地说：

“你瞧，都怨我！好好的大年三十，提什么教案不教案的，不是白惹气吗？”

好了！这句话适得其反，正好打开卢万钟怒涛滚滚的感情的闸门。只见卢万钟把一双眼球瞪得四边露出眼白，大声地吼着：

“不提，再不提咱都不是人了！当初郑大哥他们死得屈不屈？可如今呢？连猫儿、狗儿在了教，都成了人上人！娘的！”说着，手一甩，把酒盅啪的一声扔在地上，摔成几瓣。

事情闹大了，眼看好好的年要闹坏了！大珍大宝都呆住了。陈菊香一时无法扭转局面，急得哭出声来。大珍依偎妈妈身边，不知怎样劝解，滚圆的小手紧紧抓着妈妈细长、冰凉的手指头。大宝更插不进话，蹲在地上默默地拾碎瓷片。

卢万钟脾气虽暴，并不执拗。这么一闹，热烘烘的脑袋反倒清朗得多了。他看了老婆两眼——老婆那副心急无奈、可怜巴巴的样子，使他有些后悔。他努力用平静的口气说：

“孩子他娘，快吃吧！吃吧！嘛事都没有，怪我压不住性子。今儿咱旧事不提了，只管过好年……”为了叫老婆快快高兴，他逗起趣来，“……嘿！也怪大珍买这酒，还真有劲，才喝了四五盅就上脑子啦！”他想装出些笑容，但一时脸上的肌肉松弛不下来，还痉挛般地抽动了两下。

卢大珍倒还灵活，马上抓住缓和气氛的时机，接过爹爹的话对妈妈噘起红红的小嘴，撒着娇说：

“娘，您听爹爹的话多不在理，他贪酒喝，撒酒疯，倒来赖我送酒的，官儿还不打送礼的呢！”

陈菊香看看大珍，又看看卢万钟，破颜而笑。她掏出帕子抹着挂在眼角的泪珠，说：

"别怨怪你爹，大年三十，不闹，不显热闹。"

大宝不懂他们这些心理，手捧碎瓷片站起来，傻乎乎地说：

"闹？您瞧爹闹的……"

卢万钟面对老婆浮现出歉意的窘笑。陈菊香忙扭头对大宝挤个眼儿说：

"你懂什么？旧的不去，新的不来。俗话说'岁岁（碎碎）平安'嘛！"

这句话像一块奇妙的大布单子，把刚刚发生的一切都盖上了，小屋内重新变得喜气融融。于是，灯芯儿挑亮，酒杯儿斟满，大家都尽力不去想方才的事，把笑意挂上眼角和嘴角。

这是个和美的家庭，家中人尽管不无缺憾，都还是可爱的。他们相互之间也都这样感觉，无论夫妻之间、父母与儿女之间，还是兄妹之间。爹爹脾气大，但很少发作。有一种男人，发起火蛮不讲理，爱拿旁人泻火，家中人都是赔小心的奴隶；也有的男人常发无名火，弄得家中人无所适从，终日提心吊胆；还有的男人怪里怪气，眉头整天皱得像个核桃，这种皱皱巴巴、别别扭扭的东西传染得家中人个个愁眉不展。卢万钟则不然，他什么时候都是痛快的，而且男子气十足，在外边遇到什么不顺心的事，从来不对家里人讲。他对孩子有种粗犷的爱，没有任何挑剔孩子的家法，只有一条不成文的标准——也是他自己做人的标准——不坑人就行！

他有一身超人的武艺，从不欺侮疲老羸弱，也不肯受人欺侮。当然也没人敢找他的麻烦，哪怕是横行地面的混混儿们。他在院子中央立一根碗口粗的光溜溜的粗铁棒。不论寒冬炎夏，他都起身五更，站在铁棒前抡起胳膊，来来回回撞二百下，撞得铁棒嗡嗡震耳。他要是绷起胳膊，摸上去难以相信是肌肉，简直是铁打的一样，这便是"铁胳膊"绰号的来由。此地有功夫的人，公认他的内功已修炼到上乘的境界。但他从不炫耀于人，更不肯收纳弟子。据说，他只把武艺家传给大珍大宝，还有一个就是刚才提到的卖水的姑娘郑玉侠。郑玉侠只有一个老母，卧病在床，常常受他的接济，郑玉侠从小是他养大的。他们的关系非比寻常，不过他从来不讲。

依他对至亲好友所说，他练习武艺只为了防身。人有了本领，往往是惹祸招灾的根由。因此他仿佛隐居山林的幽人一样，尽量收容敛迹，装得平平常常。遇到街头练习枪棒、哗众取宠的后生们，他就躲得远远的。据说只有几个住在城里的老实正派的尚武青年倪长发、于环等人常到他家中来。至于他是否授艺给他们，无人得知。前几年，外地来过一个行脚老僧，披发束箍，手拿一杆禅杖，杖杆上拴着竹笠、草鞋和行囊，背背黄布幕启，登门拜访卢万钟。言其慕名而来，向他讨教内功的秘要。卢万钟摇摆着铁板似的大手，憨笑着说："你听错了人，那不是我。"行脚僧望了望他的眼睛——有内功的人眼中流露出一种炯炯逼人而异样的光芒——嘲笑地说："你当我是凡夫俗子？"卢万钟只得把僧人请进家中，客客气气招待了。然而，行脚僧一提到来意，卢万钟便笑呵呵扯开话题。随后，便客客气气、礼貌周全地送走了僧人。行脚僧并不嫉恨于他。走在街上，仰天长叹，连连口呼："真人，真人！"

唯真人而不露相，有如河里的鱼，大的都沉在河底。

单凭他的名声，就成了可靠的护身符。

家庭很需要这样一个父亲。他好像一堵挡风的墙，家中妻小都躲在墙后面，受着保护。妈妈是个细心、操劳的女人，性情柔和，顺从丈夫，溺爱孩子。她分担家中沉甸甸的生活担子。琐屑又繁重的家务使她劳累得未老先衰。早在前十年，她头上就出现了白发，眼角出现浅细的鱼尾纹，手心满是灰色的龟裂，裂痕中的泥污永远也洗不掉。在这样的爹妈身边的孩子们，往往忧虑不多，孩子气也就保留得长久一些。

大宝二十岁了，还没有一点处世经验。他天生不爱动脑筋，嘴又笨，近乎有些呆滞。但是他很听话，踏踏实实地帮助爹爹干活，反正他有的是力气。

大珍比起大宝完全不同。她不仅机灵，还活泼，虽然天真，却懂得家中里里外外是怎么回事。她是个好动情感、有心的姑娘，知道怎样讨大人欢喜，怎样去疏解与宽慰大人的烦忧。她对爹爹调皮；对妈妈一边撒娇，一边捣乱；还想方设法逗弄她的傻哥哥，以驱散家中人脸上的愁云为快，很会疼爱自己的亲人。一句话，她是这个家庭生气与快活的中心。

现在，到了辞岁的时候，全家人都需要像她这样快快活活、喜气盈盈了。

按祖辈传衍下来的说法，此刻，天上众神都要下到人间，把福气赐给心诚的人，赐给幸运儿。千家万户早早准备好，繁简各不相同的接神的仪式就要开始了。

外边的爆竹声响起来。近处的烟火把窗纸一闪一闪地照亮，并传来孩子们在街头的欢叫：

有打灯笼的快出来呀，
没有灯笼的抱小孩子呀。
你一个灯笼，我一个灯笼，
鲤鱼龙头大花篮呀……

这声音被呼呼寒风吹得时有时无，隐隐还夹杂着一种令人心酸的苦涩而凄凉的叫喊声，那是叫花子们在为大户人家祝福……

一家人赶紧离开饭桌。陈菊香叫大珍在破条案上摆好供品，点亮红烛，又把整箍的香拆开，借烛火燃着，插在一个盛满沙土的破碗里。陈菊香自己打开一幅用秫秸秆做轴儿的、花花绿绿的全神图挂在墙上。大宝在一旁忙着自己的事，他用麻经子将那挂雷子鞭拴在竹竿头上……

方方的大红褥垫铺在条案前的地上。妈妈和大珍用手掠了掠乱发，按实了插在鬓旁的绒花。爹爹放下绾起的袖管，抻平衣襟。大家的神情变得庄重、沉静、一丝不苟，马上就要拜神了。就在这时，大门外有人叩门。

大珍走出去，到院子里开大门。在外面乱哄哄的爆竹声中响过两下拔门闩的声音，大珍就跑进来，脸色也变了。陈菊香诧异地问：

"怎么啦？谁呀？"

"夜猫子。"紧张的情绪还在大珍脸上。

"谁？"卢万钟问。其实他听见大珍的话，由于一时不明白怎么回事，禁不住又问一声。

"夜猫子、前街侯家那二少爷，还有会友脚行的巴虎，带一帮混星子。”

卢万钟一惊：“他们来干吗？”那帮人确实从来没和他打过交道，见面都没点过头，互相却都知道。

“不知干嘛来的，他们就说找爹爹……”

卢万钟皱皱眉头，扭身往外走，才走到里外屋之间的门洞处，外屋门哗啦一响开了，乱七八糟一群人带着外面的寒气拥了进来。卢万钟定睛一瞧，中间一个胖大而强壮，像一扇门似的，由于吃得丰足而红光满面的汉子。他外套一件白狐开气袍，外罩出锋的海龙马褂，头戴貂皮暖兜，一脸肉阴沉沉垂着，正是侯少棠。他旁边站着巴虎，后边的几个人马上能辨认出来——黄三秃、田小辫子，还有花长虫白德山、马金镖等人，都是出名的大混混儿。几盏灯球夹在他们中间，不黄不白的灯光从下边把这些人的面孔照得狰狞难看。

卢万钟艺高人胆大，见对方来势汹汹，非但不怕，反给这些闯进门来的不速之客惹得起火。他不等侯少棠开口，就没好气儿地问道：

“怎么？侯二爷、巴老大！大年三十就来拜年吗？”

侯少棠深知卢万钟的厉害，不觉客气地说：

“卢大哥，我们大年夜里闯进你家，你别见怪。没要紧的事，我侯少棠也在自己家过年，不会来打扰你。我们来虽说找你，找的又不是你，而是那个开水铺的郑玉侠。”

卢万钟心中一动，显然不知郑玉侠怎么犯上他们了。不管怎么回事，眼下对他们的话茬不能软了，这是和混混儿们打交道必须切记的。他冷冷地说：

“侯二爷，我姓卢的说话办事都好追究个理儿。你们既然找郑玉侠，到我家里来干吗？再说，你领这么多人，二话没说就闯进我的屋子，是不是想和我找点不痛快？！”

侯少棠给这几句硬邦邦的话噎住了。巴虎出面了，他朝卢万钟双手抱拳拱一拱，说的话还算客气：

“卢大哥，我们这么多人一来，难怪你不高兴。我们才刚去找郑玉侠，她不在家，想多半在你这儿。卢大哥，咱都是地面上的朋友，整天打头碰脸，谁能跟谁过意不去呢？咱互相都漂亮点儿，有嘛事都好说。郑玉侠要是在这儿，就请你把她交给我们带走吧！”

卢万钟听了，心里的怒火蹿到喉咙，热辣辣烧着，说话时厚厚的嘴唇直抖：

“巴老大！咱们向来是井水不犯河水。我姓卢的从来不找兴别人，可我的脑袋也不那么好剃！在我这里带人，要是官家拿着签子来倒不离儿啦！要是旁人，哼！我告明白你，甭说郑玉侠没在我这儿，就是在这儿，谁也别想把人带走！”

侯少棠见对方如此强硬，卢万钟的身子又像根铁柱子似的挡住门洞，无法得知郑玉侠是否躲藏在里屋。他想来软的行不通，不如动点硬的，唬唬对方，便板起面孔，鼻孔里哼笑出两声，声音阴森可怕。他从紧绷的嘴角说出：

“你要说官家拿签子来抓人，我看免不了。咱们都是外场人，是非利害你分得明白。今儿，咱打开窗户说亮话，郑玉侠犯的不是我们，她犯的是教堂。刚不久，她把河楼教堂烧了！还带着刀想谋害神甫！”

现在的人很难想象到当时触犯教堂、触犯洋人是一件多么严重的事。

卢万钟如雷轰顶，惊呆了。

怎么回事？郑玉侠烧了教堂？刚才在饭桌上的一句话，竟然当真出现在眼前！事情会这样出奇的巧合？她为什么去烧教堂闯下这样大的祸事？为了给她爹报仇？她并不知道她爹是怎么死的呀！这是谁告诉她的？除了自己、老婆陈菊香，谁又知道呢？啊，难道是玉侠她娘？不会，不会的，她娘曾经要求自己不要把那件惨烈的往事告诉玉侠……玉侠现在在哪儿呢？卢万钟知道这件祸事非同小可，好比天塌下来一般，一时，困惑、惊骇、担虑与种种猜测在脑袋里剧烈地、乱哄哄地混成一团，耳边响着侯少棠带有威胁意味的话：

“卢大哥，这远远近近的人家谁不知郑玉侠是你徒弟。这件事本来与你无关，你犯不上往里边掺和。如果她躲在你屋里边，你就把她交出来，我们准保够朋友，决不对神甫和官府提到你半个字……你是打教案那年过来的人，烧教堂算嘛事你心里清楚。怎么样，卢大哥，你要识趣，就往边上闪一闪吧！”

侯少棠眼里闪出一种得意、刻薄、令人难以忍受的神情，正好和卢万钟的目光碰在一起，激得卢万钟把心中的火气全放了出来。

“什么教堂不教堂，我卢万钟拜的是祖宗，从来不信那歪门邪道的玩意儿！郑玉侠烧教堂是她乐意，与我什么相干？你们要找她，就去她家。我这儿有中国人的规矩，大年三十不串门、不待客。你们怎么进门来的，就怎么给我出去！”

侯少棠骄横惯了，也是天不怕地不怕，没受过人顶撞。他听了卢万钟的话气忿得脸色都变了。他狠狠地点着头，一种古怪的冷笑使他的表情变得非常可怕：

“好呵，姓卢的！你说的这些犯歹的话，自己可都记清楚了！我们讲理讲面，客客气气，可你蛮不讲理。我姓侯的还没跟人低过头，今儿既来就没打算空着手回去。你要是帮着郑玉侠拒捕，就别怪我们不顾交情了！兄弟——”他扭头对巴虎，“你去里屋找一找，那小娘儿们要在里面，就抓出来带走！”

巴虎在这一刹那心里十分复杂。侯少棠朝他一招呼，等于迫使他非上前不可。这一手相当厉害，他心里怵卢万钟，可又不能畏缩不前，更不能让卢万钟看出来。不过，混混儿们确实不大怕死，尤其在这种关口。在津城内外，他也是使人谈虎色变的人物！这时，他眼盯着卢万钟一张怒气冲冲的脸，双手松开腰间皮条，再一次使劲往紧处一煞，这个习惯动作是他发狠下手的信号。然后，他宽肩膀晃三晃，走到卢万钟跟前，把嘴扭向一边笑了笑，客气又很不客气地说：

“卢大哥，二少爷的意思你可听见了。你要给你巴爷点面子就往一边站站！”

说着，就要从卢万钟身旁挤进里屋。

卢万钟身子突然一拧，就势把胳膊向外一甩，像甩出一只空袖子轻轻飘飘，内中所含着的劲势却又疾又猛。巴虎知道来势不善，但一时躲闪不及，只听嘣的一声打在巴虎胸口上。卢万钟瞪大眼睛，叫声大得惊人：

“你们欺人太甚！”

这一下打得巴虎往后踉跄两步，几乎跌倒。这是卢万钟破例头一遭，用他的“铁胳膊”打人。可是，谁也不知道，在他甩出胳膊的瞬间，心里莫名其妙地犹豫一下，打出去的力量也就不由自主地减弱了！这一下要打在一般人身上，照常能要人命。巴虎很有根底，而且在那躲闪不及的刹那间，已将内力运到当胸，硬顶住了这打些折扣的“铁胳膊”，但仍不免胸膛火辣辣的，像吞下一大口辣椒面。

巴虎也是头次挨打，登时上来了野性，回头一挥手：

“哥几个，来！”

从他后面跳上两个人来，一个是瘦高的黄三秃，另一个是矮矮的田小辫子，手里都执着刀械。恍惚间，卢万钟还看见白德山、马金镖在人群中也都抽刀在手。情势非常急迫，卢万钟闪身向后边喊道：

“大珍，刀！”

里屋的大珍大宝见势不妙，大宝已将倚在墙角的一杆五尺长枪抓在手中，大珍跳上炕，去摘挂在壁上的一柄宽面的宝刀。陈菊香倚着破条案站着，吓得手脚冰凉，动弹不了，心中再不去想这个年过得顺当不顺当，眼前别出人命就行啦！

这当儿，田小辫子乘卢万钟闪过身回头要刀的空隙，像蛇啄食那样闪电般地探头向屋里扫了一眼。忽然回身把手一扬，叫着：“且慢！二少爷，巴爷！那郑玉侠确实没在里屋，咱可别闹出什么误会来呀！”说着他朝侯少棠、巴虎使劲挤一只眼，暗示不必闹事。

侯少棠本是来抓郑玉侠的，并不想与卢万钟闹翻。他没想到卢万钟如此厉害，而且卢家的一儿一女也有尚武的名声，双方一打，难免吃眼前亏。如果打算害他们，完全不必动刀弄枪，自有其他省力的办法。既然郑玉侠不在，不如先稳住他们，过后再说，还是去寻郑玉侠要紧，因换一副嘴脸，口气也变过来了：

“卢大哥，这是干嘛?！咱们往日无冤，近日无仇，更犯不上无缘无故结上扣儿。我侯少棠是在教的，教堂出事不能不管。今儿冒犯了你，望你海涵，不必记在心上！”说完也不想听卢万钟回答什么，只对巴虎等人说了声“走吧！”转身走出去了。

巴虎挨了打，吃亏又栽了跟斗，话中就有了另一层意思：

“卢大哥，我巴虎有肚量，今儿先放下你这不软不硬的一胳膊。来日方长，咱就走着瞧吧！”

这伙人好像理所当然来闹了一阵，当下都出了屋子。

卢万钟眼盯着他们走了，回过头目光正好落在老婆陈菊香的脸上。这张脸白得像一张纸，一双黑黑的眼睛眨也不眨，惊恐而绝望。她周围，屋内的年景都变得无关和多余，有种异样的感觉。条案上的一只红烛不知刚刚怎么碰倒躺下了，火没有灭，丝丝发响地烧着桌面上的漆皮。卢万钟忽然对大宝粗声叫道：

“你把那挂鞭炮拿出去，点着，崩煞神，过年！”

这句话含着无限怒意，声音冲动极了。

大宝拿起拴着那挂红纸皮儿鞭炮的竿子跑出去，对着远去的侯少棠一群人的背影，高高举到头顶上。大珍上前用香火去点药信子。她手直打颤，点了几次才点着。

顷刻间，噼噼啪啪、噼噼啪啪，鞭炮震耳地响起来……

第三章　娟　子

椭圆形、镶铜边的水银镜子里，照出一张白净粉嫩的小脸，下巴尖尖的，修饰过的蛾眉弯弯的，弯成一对月牙儿。这脸算不得好看，薄薄的单眼皮绷得太紧了，把眼形的美破坏了，圆圆的小嘴轮廓不清。可有股子清秀的气息，还有股精明劲儿，从她亮晶晶、灵活的眸子里流露出来。

她用两根丝线把脸上的绒毛绞得光光的，又打开粉盒往脸上扑粉。细细的香粉总是盖不住那些浅棕色的雀斑。据说女孩子脸蛋白容易生雀斑，这就给她每天梳妆带来很大的麻烦。好了，现在总算把那些天生讨厌的玩意儿都遮盖住了。每个女孩子都是最会打扮自己的，在掩饰缺陷方面，都有许多非常巧妙的诀窍。她又在嘴唇上涂了一点点油，发亮的小红嘴像熟透的樱桃，立即显得十分起色了。

她哼起一支鼓曲儿，对着镜子把一朵用红绒和金纸做的精致的聚宝盆，斜插在右边圆圆的发髻上。她欣赏地把自己端详一番，笑了，露出满口整齐洁白的小牙齿。然后，她站起身，扭头对那边正在伏案作画的一个老者说：

“您瞧，像谁？”

“像恽南田。”老者头也不抬地说。

“哎——老爹！谁说您的画呀！我问您，我这样儿像谁？”

老者抬起一张清癯、消瘦、挺和善的脸，从老花镜上边看了看她，说：

“嫦娥。”

“嫦娥？不对！”她因为老者说得不可意，马上有些急躁，这急躁就明显的反应到语气中来，“嫦娥哪是我这样儿呢？她梳的是云髻，只绾一个卷儿。我这是左右一对。哎，老爹，您瞧像不像李清照？”她抬起下巴，摆出想象中李清照高雅的风姿，心里边兴致勃勃。

老者一阵大笑，笑得直起腰身，仰起脸来，一缕硬挺挺的花白胡须撅了出来，他说：

“我不曾见过李清照，哪里知道像不像。依我想，即使像也是‘形似而神不似’。”

“怎么？”

“李清照满腹才学，人又矜持。你哪肯用心读书？做什么都依着性子……”

“啃，啃，啃！瞧瞧吧，刚提提李清照，就招来这么一通菲薄。李清照又怎么样？不就写了那么几首破烂词吗？她会作画吗？会绣花吗？”她真恼火了，噘起的小圆嘴变得很小很小，赌气地说，“我不跟您说话了！”

老者又一阵大笑，连连说：

“不，不！别看我们娟子闺女不苦读书，可天资颖慧，过目成诵，是无师自通呀！要是论才，李清照又何尝比得上呢！”

气哼哼的娟子听了，扑哧一声笑出来。可是，她还像有点余气似的，白了父亲程子久一眼，伶牙俐齿地说：

“本来嘛！不论跟谁比，也是有才！”

“有，有呵！”程子久想逗笑闺女，故意摇头晃脑，赞美似的说，“非但有才，才可齐天。旷古以来所有才女，也要相形见绌呢！”

娟子明知父亲逗她，心里却美滋滋的，很是舒服。她像一只蜻蜓，轻盈地跑到父亲身边，说：

“您就会奚落我。妈一来，您就像耗子见猫似的……哎，大年初一您干嘛画荷花呀！”

“兴之所至，信手涂抹而已。来，咱的才女，给出个词儿题上好不好？”

娟子不假思索，小嘴一张就说：

“香远益清，亭亭茎直。”

“好，好！娟子敏思呵！开口成诵。”程子久明知这两句词儿的出处，故意这么说，好叫娟子高兴。

“哎，哪是我诌的词儿。这是《爱莲说》上现成的句子。”

“也好，也好。虽然摘取古人名句，用得十分恰当。来，我把它题上。你看题在哪里为好？”程子久捉笔掭墨，忽觉娟子动他头上的新毡帽。他抬手一摸，触到一种冰凉软嫩的东西，取下来看，竟然是一朵双瓣的水仙花。原来乘他说话时，娟子从身后百宝格上的盆景里摘下一朵水仙花插在了他帽檐上。他怕弄脏新帽，忙脱下帽子，露出光光的鸭蛋颜色的青皮头顶，埋怨说：“这丫头，瞎捣乱……我这新帽子。”

娟子拍手大笑起来。

“哟——嘛事值得这么连吼带叫的！”随着这个声音，绣花门帘一动，走进一个扁脸、鼓眼、头发乌光光的女人，手里提着一把铜提梁的青花茶壶，壶嘴冒着热气。这是娟子的妈妈。屋中的父女好像打闹着的差人突然瞧见闯进来的老爷那样，有些惶然。程子久指着手里的帽子，发窘地说：

“娟子这丫头往我帽子上插花……”

娟子用手背掩口，忍不住吃吃地笑。

程妈妈满脸不高兴，责怪娟子：“你挺大不小的闺女，怎么这样不稳重。动不动就和你爹打打闹闹，叫人瞧见像什么样子？还什么‘书香门第’呢？配吗？哼！”说到这儿，用她鼓鼓的金鱼眼似的大眼睛瞪了程子久一眼。程子久已经戴好帽子，低头作画，一声不吭。程妈妈又看了看抿着嘴站在那里的娟子，说：

“娟子，你还不把桌上的土掸掸，地上洒点水，压压尘，一会儿拜年的人就要来了！”

“妈，我想趁眼下还没人来，先到大珍姐家去拜个年。”

程妈妈立即变得更不高兴：

“什么？哪有闺女家自己跑到人家去拜年的？”

“年年我不都是初一去拜年吗？”

“年，年！哼，那时你还小！别忘了你一年年大了。你知道你今年多大了吗？到该出嫁的岁数了！”

“那大珍姐要是来呢？她不是闺女？”娟子不服气地小声嘟囔着。

“闺女和闺女不一样。我没过门子时，连大门都很少出去，除非非出去不可，也得有人跟着。我还没见过，一个闺女穿得花花绿绿，走门串户，满街乱跑的呢！再说，你和卢家那小子又有过一段什么娃娃亲。那不过是当初闹着玩的，还叫人说了不少闲话。再往他们家跑，不怕别人风言风语、添枝加叶？现在的世道有多坏，人坏，嘴更坏！”

娟子见妈妈急了，不再吱声，从条案上一个敞口的龙泉瓶里取出一根藤杆的黑毛掸子，去拂案上的浮尘。

这时，程妈妈不知对谁招呼一声：

“唉哟！谁家的闺女打扮得这么俊呀！”

娟子回过头，看见一个圆脸、中溜个儿、穿紫红薄棉袄的姑娘笑眯眯倚着门框站着。这个模样温和的姑娘梳一条挺长的大辫子，从肩上搭到胸前，一直垂到腰下；衣襟口掖一块红绸帕子；脚穿一双红布鞋，鞋口镶着紫边儿，鞋面绣一对金黄色的蝴蝶。娟子叫起来：

“呀！大凤，快进来！打扮得好漂亮呀！你怎么来啦！”

大凤慢条斯理、柔声柔气地说：“大年初一，不是拜年来的吗？”说着，面对程子久、程妈妈，两只手放在右边腰窝屈屈腿，拜了年。人们对于头一个来拜年的人总是最高兴，这表明人家最看重自己。程妈妈忙过去拉着大凤到里边坐下，并拿出个八宝盒子放在她身边，打开玻璃盖儿，叫她拣喜欢的吃。盒里放着酱油瓜子、糖栗子、葡萄干、蜜枣和硬皮核桃，还有两样是此地人过年必备的待客的零食：一种是大丰巷赵家的皮糖，另一种是鼓楼下张二做的咸花生。东西平常，但别人无论如何也做不成这种味道。

“大凤，你这是打哪儿来？打城里来，还是打你三叔家里来？”程妈妈一边问，一边斟杯热茶给她。

大凤站起身接过茶杯，又坐下说：

“三叔家。昨夜里在那儿忙个通宵，一直没停下手，刚刚才把油碟子油碗儿都洗净了，还没回家呢！”

程妈妈见大凤脸上果然有些倦意，问道：

“你姨妈呢？小凤在家陪着她过的年吧？”

“嗯。”大凤口气暗淡了，“过完年，小凤要去紫竹林做事，恐怕明年只我姨妈自己在家过年了。”

“小凤干吗要去紫竹林做事？主家是干吗的？”

“不做事哪里行？多亏二少爷给我们找的这个好差事，一个月给五两银子。主家是个洋人，跟二少爷挺熟。”

“哎呀！洋人呀！可吓死人了！”娟子在一边叫起来。

程妈妈瞪了娟子一眼，不叫她多嘴，顺口说：

“小凤还小呢！过两年再去做事吧！”

大凤苦笑了一下，声音很低沉：

“我们不比别人，少一张嘴跟多一张嘴差大事了……”

程妈妈没搭话茬儿。大凤总带着挺深的自卑感，只靠劝慰是无济于事的。一个人的自卑感不是天生的。她或许有过好胜的心情，但坎坷的命运像一把无情的坚硬的锉，早把那些不现实的锋刃磨去。她家的处境不是什么秘密，她和娟子是要好的朋友，她的一切程妈妈都知道。

大凤的爸爸原在北城里府署街上开一个小杂货铺，经销土产杂货。铺里不雇人，所有货源都是爸爸一个人四处张罗来的。她妈妈和一个未婚的姨在家照看铺面。如果生活内容仅仅是吃穿，那么他们的日子并不算太困难。可是后来洋货成箱成箱入了港，这些物美价廉的东西在市面上一挤，手工制作的土货吃不开了。积存的货物好像嫁不出去的老闺女，愈来愈没人问津。爸爸给穷困和债务挤得走投无路，就沾上了酒。酒是种实实在在的迷魂汤，唯有它能够麻木愁苦的心。起先，爸爸只是浅尝辄止，但苦恼这种东西专爱在人清醒的时候折磨人，他便拿酒把自己灌得迷迷糊糊。铺面上收了几个铜板，大多给他送到酒馆的钱笸箩里，家中生活更加艰难。妈妈和姨同情爸爸，很少责怪他，一家人都在无望的痛苦中隐忍过活。大凤和妹妹小凤的童年，见到的只是半醉半醒的爸爸，掉泪的妈妈，默默的愁眉苦脸的姨，以及板着面孔的老老少少的债主。没有一道阳光，没有过欢欣的片刻，一种黯淡的窒息人的气氛使她幼小的心干缩了。

仅仅这样还不算。一天夜里，爸爸喝得酩酊大醉，从酒馆出来跌在路上，不省人事，被过路的一辆马车轧死。一般说来，城里的马路两旁都有街灯，路中央躺着一个人不会照不见。不巧的是马车夫困了，坐在车辕上打瞌睡，稀里糊涂地让车轮把爸爸的脑浆子都轧出来了……这怨谁呢？怨马车夫吗？马车夫并没溜掉。他找到大凤家，诚实地道出真情，并情愿花五十两银子了事。马车夫也是个穷光蛋，这些银子还是刚刚贷来的呢！大凤的妈妈和姨哭得昏头昏脑。又都是老实人，没了主意，收下钱，放走了车夫，没去打官司。人死了打官司又有什么用？认倒霉吧……

往后的日子怎么办？只得把铺子盘出去，清了外债，剩下几个钱。妈妈和姨做零活，拉扯两个孩子。在那时，一个家庭全是女人，全是软弱可欺的脾性，活下去是极其艰难的。缺乏干活的人手，没有一点处世本领。女人家出头露面办事又总是受欺侮，无力反抗，只有忍气吞声。在这种折磨中，妈妈得了病，做不了事情，姨带着大凤跑到娘娘宫、药王庙，甚至跑到城南三十里地之外的蜂窝庙去烧香，结果还是无济于事。妈妈为了叫姨和两个孩子活下去，不牵累她们，自己跑到运河边找一枝柳树杈子，拴根绳子上了吊。大凤和小凤从此便和姨妈生活。这姨妈叫葛新娥，年岁尚轻，但带着两个孩子不可能再出嫁。她牺牲了自己的青春和一切，像生母一般对待这可怜、无辜又可爱的姐妹俩。然而，她也没有多少谋生的办法，后来想到家里有个远亲是阔财主，虽平时没有来往，这时也只得硬着头皮去请求帮助。这个财主就是住在侯家后的侯善颐，即侯少棠的父亲。侯善颐的母亲是葛新娥表叔的姨表姐。这门亲戚好比江边的草和海边的石头，很难连在一起。幸好侯善颐是出名的善人，答应大凤来到他家做点零碎活计，管她温饱。这样，葛新娥只养活小凤一个人，也就松快一些了。大凤在侯家过的什么日子，只有她自己知道。她很少对旁人讲，也从来不对她姨妈讲。在旁人眼里，她是侯家亲戚，称侯善颐为三叔，与侯少棠算个表兄妹的关系，就是侯家再苛刻，她总会比一般丫头受优待。其实又怎样呢？多亏大凤老实，又知侯家管饭的情，无论什么事她都闷在肚子里就是了……

程妈妈很怜悯这个苦命的姑娘，不愿意勾她的心事，因岔开话题说：

“这件新褂子是你姨妈做的吧！”

“不是，是三叔给的。”

“嘿，要说侯三爷待人真不错，可是个少有的善人。哎，大凤，二少爷待你怎么样？二少奶奶呢？脾气够瞧的吧！”

大凤露出一丝苦笑，没言语。她低下头来，手里捏着一颗发亮的糖栗子，放在手心摆弄着。娟子接过话说：“妈！您这么问，人家怎好回答。谁不知她家二少奶奶赛过母夜叉、二少爷是夜猫子。嘿，母夜叉和夜猫子成了一对儿。”说完，嘻嘻笑了起来。

程妈妈立刻斥骂她：“去！你怎么满口胡言，嘴上一个闸门也没有呢！”转而又问大凤，“你家大少奶奶还那么疯疯癫癫吗？”

大凤点点头说：

“还那样，一天到晚都是那样，不过她并不扰祸人。”

程妈妈还要问什么话，外边有人登门拜年来了。大家拜过年，程妈妈把来客让到厢房内去坐，屋内只剩下娟子、大凤和程子久。

大凤瞟了一眼在那边用神作画的程子久，忽向娟子探过头，神秘地小声问：

“你没见大珍吗？”

娟子很机灵，感到有什么事发生，马上反问道：

“嘛事？”

“昨天夜里，郑玉侠放火把河楼教堂点着了。你没听说？”

“呀！”娟子紧绷绷的单眼皮张开到最大限度。

大凤又瞥了程子久一眼，并示意娟子不要惊动她父亲，放低声音说：

“二少爷带着会友脚行的巴爷去捉郑玉侠，整整在外边跑了一夜，天明才回来。我给他送洗脸水时，就听二少奶奶骂他：‘行了，你替神甫效力效得连年都不过了。将来死了可以进天堂了！’二少爷和她打了起来。后来，我听说，二少爷他们还到大珍家去了呢！”

“怎么样了？”

“不知道呀！你想还有好事吗？”

“郑玉侠干吗烧教堂，这可闯下大祸啦！”

“真是呵，这可怎么好？”

两个姑娘紧张得好像一对受惊的家雀儿，喊喊喳喳。

“二少爷又去大珍家干吗?”娟子问。

“想必是郑玉侠和大珍她们两家近便呗!”

娟子白净的小脸上泛起一种担惊受怕、焦躁不安的神情。她把手里的花生哗啦一声扔进八宝盒内，起身要去找卢大珍。

程子久根本没听见她们说的话。他眼睛盯着桌子上的画，口中说：“哎，娟子，你过来看看，我这个压阵角的闲文章盖在哪边好?”

急在心头的娟子一跺脚，朝程子久直叫：“人家那儿都快出人命了，您这里还什么这边呀，那边呀！我不理您，我们走!”她拉着大凤的手往外走。

程子久从花镜上边露出一对灰色的小眼睛，闪出吃惊和懵懂的光芒。他不明白怎么又得罪了宝贝闺女。

娟子还没走到门前，对面发出一个冷冷的声音：

“你往哪儿去?”

娟子怔住，抬头看见妈妈沉着脸正堵在门口。

娟子不能说实话，便扯个谎：

“哪儿也不去，送大凤走!”

“你不是说‘人家都快出人命了’吗?”

“没有的事！妈，我是和爹说着玩的，您不信可以问大凤。我哪儿也不去，送送她就回来!”

“我不问大凤，就问你。你别哄弄我，我全知道，你是想到大珍家去探探风声，不是为了开水铺的那个闺女烧教堂的事吗？要不就是怕大珍家受牵连?”

娟子感到非常奇怪，心想妈妈怎么知道的？她刚才和大凤说话的声音很低，连爹爹都没听见，妈妈和客人在厢房说话更不可能听到……这时，程妈妈哼笑一声，表情显得又着急、又气恼、又严肃，说话的口气也是同样的：

“我的冤家，你就叫我省点心吧！我的话你到底听不听？你今年多大了？十八了！这么大的闺女还想干吗就干吗？烧教堂是嘛事？你也不掂量掂量。教案那年一把火烧了教堂，结果砍了十六个人头，皇上给人家赔了几万银子才了事。你当闹着玩吗？还想往里边掺和。我刚才问你，你还哄弄我，当我是傻子。告诉你，现在满城人都知道了。

官家在城门上贴了告示，正抓郑家那闺女呢!”

这可是天大的祸事，听起来都可怕。但娟子一想到大珍的安危，便焦急地猛叫一声：

“妈——大珍她……”

“她是她，你是你。她要往里掺和，也逃不了命。你去管得了吗？甭说你一个黄毛丫头，就是县太爷出来说情，也不顶用!”

“妈——”娟子没有办法，急得要哭。

“叫我干吗？我也没办法。反正你别想出去一步!”程妈妈决心阻止住女儿，口气严厉极了。

大凤见此情景，便知趣地对程子久、程妈妈和娟子道别回去。大凤知道，对于娟子来说，虽然没有厉害又苛刻的严父，却有一个令她恪守家规的严母。

第四章 神仙显灵

正如程妈妈说的那样：今天，大年初一，整个天津城人们串门拜年时都在相互传告这个骇人听闻的消息——河楼教堂在大年夜里被一个女人放了火。要不是教徒们扑救得快，恐怕教堂又要像教案那年那样，烧成一堆灰烬。这个女人是谁呢？什么原因竟使她甘冒一死去烧教堂？谁都知道，教堂只有正面一个大门，其他三面都是几丈高直上直下的大墙。大门平时关得死死，这女人是怎样攀登上去的？莫非她会飞檐走壁？显然这女人不是寻常之辈。

这件事传来传去就出了细节，而且其说不一。有人说这女人是鸟市天桂茶园戏班子里的一个武功颇好的刀马旦，叫作红菊花——这种说法显然是因烧教堂的女人有武艺、能够攀高之故，至于这个刀马旦为什么烧教堂，就谁也说不出了。又有人说，这是山东那边流窜过来的义和拳干的——这种说法可能由于义和拳仇恨洋人、专烧教堂之故。但义和拳都是男人，不收女子，显然这种说法也是无根之谈。于是有人说到了郑玉侠，可是郑玉侠的名字太陌生。它在各种说法之中，好像夹在各种艳奇的花朵中间的一片叶子，不被人所留意。

晌午时分，四个城门都贴出缉拿郑玉侠的告示，纷纷不已的谣传才得到澄清。人们从告示上知道这女子是闺女，年龄二十八岁。外貌特征是稍瘦的中等个子，肤色浅黑，梳一条长辫子，右手有伤。关于她烧教堂的原因，告示上没露一笔。有人说这个郑玉侠之父是同治九年闹教案时烧教堂而被李中堂处了极刑的郑五。郑玉侠含衔父仇，再度焚烧教堂，以泄积愤。这种说法似乎很合情理。但又有人提出异议——郑玉侠今年二十八岁，同治教案距今已二十九年，其父既然被杀，又哪来的女儿郑玉侠？于是，各种猜测乃至一些纯属无聊的瞎诌便层出不穷。还有人把这件事与昨日傍晚西半天那道神奇的光连在一起。

这么一说，老一辈人自然回忆起天津人与洋教那场悲壮的搏斗。如今洋教的横暴更甚于前。二十九年前被烧掉的河楼教堂，在去年里被洋人照原样重新修复起来。本地的土棍、混混儿、财主富绅，乃至衙门里的佐杂小官都蜂拥而至，争着受洗，顷刻变作纵横人间的虎狼。当此之际，这个叫作郑玉侠的姑娘，居然敢在教堂顶子上点一把火，自然叫人生出敬意。郑玉侠这个默默无闻的名字，一夜之间，变得为人们津津乐道，暗暗称颂。得人心的名字常挂在人们的嘴边，失人心的名字总咬在人们的后槽牙上。有的人甚至还为这奇异女子的安危而担忧，有些受洋教糟害过的人，还默默向神像为她祈祷，求佛保佑她千万别落入官衙手中。

告示贴出一天，没听说郑玉侠被抓到。河楼教堂的本堂神甫伊恩森德一天之间往县衙门去了两趟，又亲自往中堂衙门跑了一趟，显示了事件的严重。对于地方政府，这是相当麻烦的纠葛，因为官府最怕有洋人参与的官司。当日下晌，一队队练军护城营的“一亮子”出现在街头，巡缉纵火的女犯。这期间，有人在三岔河口北岸的雪地里发现一小滩暗红的血迹。据说，血泊里还有一小截被割断的手指头，带着指甲，早已冻成冰棍棍了。消息传出，一些好事者跑去看，并得知这是会友脚行的巴虎一刀所致。于是县里又悬赏白银五百两寻拿手上有伤的女人。

到了初二，郑玉侠依然没有被捕归案。但是，有一个住在北城外侯家后街的铁匠被抓到县里。他是纵火犯的师傅，就是绰号“铁胳膊”的大名鼎鼎的卢万钟。本地好武的人闻知，都大惊不已。卢万钟半辈子明哲保身，谨慎行事，使尽闪转腾挪的办法，终未能躲过灾祸，而毁于一个义女、又是心腹的徒弟的身上。此中所包含的处世道理，发人深省，使不少未得发迹的才子志士感慨万端。后来，从县衙门传出话说，郑玉侠烧教堂一案的主谋就是他。人们再一次感到震惊。难道他蓄谋已久，是个颇有心计的人？联想谋划烧教堂的根由，又是一个乱糟糟的谜团，可信的说法只有一条——他是当年屈死在教案中的郑五（郑玉侠之父）的结盟兄弟。这说法合情合理，是唯一能打开迷宫的钥匙。

略略认识卢万钟的人都知道他的武艺非凡，莫说县衙门的几个捕役，就是护城营十个二十个兵弁也拿他不住。如何反被擒住？据传说，卢万钟就擒那日，并未动武，而是乖乖束手待拿。到底他是为了不迁祸于妻儿老小，还是要为那烧教堂的徒弟顶罪？

这天，不少人亲眼看到卢万钟被快班押往县署的情景。他走在一群衙役中间，双手被倒剪向后捆绑着。他紧锁眉心，深思般低着头，神色沉静。一些教徒和混混儿站在道旁，放肆地辱骂他。据说黄三秃、白德山等刁悍的大混混儿也在场。这群平日里畏惧卢万钟的恶棍，都放开胆子报复，也以此给他们自己扬威。卢万钟没有丝毫反抗，他好像笼中的猛虎，对于那些因处境安全而神气起来的看客，不理不睬，显出一条直正的男子汉的气派。

三天过去了。尽管卢万钟被捕，那个烧教堂的郑玉侠依然无影无踪，明显是跑掉了。她跑到哪里去了呢？

初五这天又像除夕那天一样，暴风雪铺天盖地，虽然雪小一些，风可更大了呢！

深夜，在河东窑洼外空阔的旷野上，大风撒起野性，发狂般嘶吼着，在一些野林子和乱葬岗子中间发出凄惨难听的尖叫。风声中，偶尔还有大树咔嚓一响，折断了树干。这里没有几户人家，也绝少人迹，只有一座小小的、黑黝黝的娘娘庙，无法躲藏，像傻子似的立在野地里，忍受着凛冽的风寒。

这是座有人烧香上供、无人看管修缮的野庙。此地除了东门外那座规模宏伟的娘娘宫外，像这样的娘娘庙有四五座。它只有一层殿，外跨一个小院，院里有三株老槐树。当下老槐树黑黑的树冠被风刮得东摇西摆。敞开的院门与殿门乒乒乓乓摔打着。殿内的石板地上浮着吹进来的一层薄薄雪花。供桌上点着香火，两支戳在黑陶泥烛台上的红烛，一支已被吹灭，另一支还亮着，也只剩下半寸来长一节蜡根。火光摇曳不定。一尊三只爪、大肚儿的生铁香炉，敦敦实实摆在正中，冒着浓烟。龛内娘娘安详又清冷的面容就在这飘忽不定的光影与烟雾中间隐现……

忽然，哐啷一响，门猛烈地推向一边。跟着，一阵风雪裹着一个人闯进来。这人跑到供桌前，像栽倒一样，一下子扑在地上。额头撞地咚咚叩了几个响头，然后仰起脸，叫一声："娘娘，娘娘呀……"烛火照亮她满脸泪水。这是个姑娘，头上身上沾满雪花，扶在地上的手缠一块青布，缠成一个挺大的球儿。她的神情在极度的悲恸中显得很冲动，仿佛控制不住似的痛诉着：

"娘娘呀！我都知道了！我爹原来是二十多年前死在洋人和狗官手里的，卢大叔他一直不肯告诉我，这是我娘在三十夜里快不行了的时候告诉我的……我去烧教堂没烧成，手给他们砍了。我背着娘逃出来，可在我给她弄点吃的去的当口，她跳进冰窟窿里了！"

她说到这儿，放声大哭起来，许久才慢慢平静下来。烛光闪闪的庙堂里，响着她轻轻的抽噎与啜泣。这声音悲悲切切，痛心而幽怨，使人听了会给这痛彻心扉的哀泣牵动得落下泪来。然而，四外只有大风在荒凉的野地里呼号。突然，她对着一动不动，瞠目下视的娘娘双眉一挑，带一股怒气响亮地喝问道：

"娘娘！你睁着眼，瞧得见这些事吗？死了我爹我妈，你管还是不管？为嘛我的命这么苦？天底下这么多人，为嘛倒霉的事偏偏落在我的头上，我克人吗？为嘛洋人狗官、二毛子们这么糟害我，我竟连报仇的份儿都没有？我的手指头没了，手冻成个大血蛋子，怎么拿刀？现在那群王八蛋要来捉我，我逃到哪儿去呀？娘娘，你叫不叫我活？你要是有灵，就叫我变成一把火，叫我和那河楼教堂一齐烧了吧！你倒是说呀！干吗你干瞪着眼连声音也不出。你是泥捏的、草扎的、木头刻的——你是假的吗？要不，你告诉我，我该怎么办？怎么办呀，你说呀！"

神奇的事出现了，面前神龛里忽然响起一个低沉的答话声：

"那你就跟我来吧！"

郑玉侠惊住了，一声不出。四下里也没有一点声音，只有结花的烛芯噼噼啪啪地响。

她张着泪汪汪的眼睛望着黑乎乎的神龛：泥皮粉画、烟熏火燎、沾满灰尘而显得挺脏的娘娘的脸上，依旧是刚才的表情，姿态也没有一丝一毫的变化。虽然郑玉侠已把生死置之度外，再无所惧，但还是被惊得不由自主地站起身来。怎么？莫非她真切的哭诉果然感动了神灵，要来为她伸张不平吗？

这时，郑玉侠发现神龛后边缓缓出现一个人影，并一直朝她走来。她忙侧过身子，左手绕到后腰上拔刀，耳畔却听到眼前的人影沉静地说：

"怎么？你怕我。我是人，又不是神仙。"

"你是谁？"郑玉侠问。

"我吗？和你一样。"

这句话好像有一种特殊的力量把郑玉侠稳住了，才使她看清对方根本不是神灵，而是一个女子。她个子不高，瘦而不弱，一身青布衣服，仿佛是丧服，头罩一块蓝布。她的脸儿显得很白，小巧玲珑的鼻子反而显不出轮廓来，薄薄的嘴唇闭成一条缝。眼睛细长，眼梢向上俊美地挑起，目光冷静。这目光如果向波涛汹涌的大海望去，好像海也能平静下来……

郑玉侠根本不认识她。她是谁？到这里来做什么？在这荒郊野外，在这大风雪的黑夜里？一个人对另一个人充满疑问时反倒无从开问，只有等对方来说。

"你还有什么牵挂吗？"陌生女子问。

"牵挂？做什么？"

"你先回答我！"她的问话用一种强迫的口吻，"你有什么亲人吗？"

"有个师傅，也是我的义父。师傅家有个好姐妹……"

"你不必去找他们了，现在全城官兵都在捉你，你去了，反给他们找麻烦。你还有什么要办的吗？"

"我？"郑玉侠眼睛一亮，说，"我要烧教堂！"

"那是以后的事。我问你，这里还有什么未了的事吗？"

"我只有仇、有恨未结，旁的什么也不要了，连我自己在内。"郑玉侠说得自己冲动极了。

“好，那你就随我走吧！”

郑玉侠怔了一下，抬眼看看这个陌生的女子。这女子细细的双目异常沉静地直视着她。郑玉侠感到这外表瘦小的女人有一种强有力的、神秘的、不可抗拒的力量。她仿佛一只漂荡的小舟，给对方抓住了缆绳轻轻牵动了起来。她恍恍惚惚地问：

“随你去哪儿？”

“我去哪儿，你就去哪儿。你别问，慢慢都会知道。”

“那么……你是谁？”

“我叫林黑儿。”

陌生的林黑儿不再多说。她转身朝殿门走去，同时朝郑玉侠抛了一个亲切的、有希望的、召唤的目光。郑玉侠心里一热，不由自主地跟在她后面，走出庙门。

凛冽的风雪好像在外边等候她们似的，此刻猛烈地扑来。郑玉侠站在凌厉得像刀子一般的寒风里，侧转过身子，一只手抱住了另一只受伤的手。林黑儿瞧见了，站住脚，等郑玉侠走到跟前，她张开胳膊往郑玉侠的后腰上一托，郑玉侠顿时觉得步履轻快多了，仿佛离开地面。心中懵懵懂懂地想：谁道她有如此高超的本领。非有绝世的内力，即是真正的神仙。这奇女人究竟是谁……她也顾不得再想下去，任那女人像风儿托着云彩一般飞快地带去了。

此刻，狂风在她们头上和脚下，在广阔而昏黑的天地间吼着……

第五章　卖艺女的警告

如今的城墙只是旧城池的一个标志了，原先修筑它是为了抵御外来入侵之敌，这个作用早已不复存在了。咸丰八年和十年，外国人两次轻而易举地破城而入。城中人不再因为它的存在而抱有任何安全感，它仅仅是往昔残留下来的一种遗迹，一个无用的空架子。

自从明代永乐三年筑城以来，乾隆年间做了几次修补加固，而后就很少有人关心它了。经过二百来年的风剥雨蚀，无数次大水淹浸，已经破破烂烂。城砖碱坏了，墙垛子残剩无多，城头上的炮台都被荒草湮没。有些段落整个坍塌下去，靠近东南角的地方，不知是哪个护城的兵弁吃梨时遗落了梨核，长出了梨树，后来居然长大，开花，结了果儿。兵弁们不肯砍掉它，倒不是为了吃梨子。这种核儿长的梨树结的果子很小，水分少，又酸又涩，本来就不能吃，再加上城头的水土不足，结的梨儿和青杏儿一般大。但夏天里它下面有一块小小的荫凉地，可供巡城的兵弁躺在下边睡午觉。

四个包铁皮的城门打满了补丁，像船夫们披在背上的破袄，寒酸气十足。门楼子的斗拱上架了许多乌鸦巢，乌鸦粪弄得到处都是。门楼子里是护城兵作为兵营用的。兵弁们时常用火枪轰击这些乌鸦，把它们赶跑了，隔不久又都回来了。只因为城中人烟稠密，浊气浓重，雾霭迷漫，所以，别看城头太破，却是个比较寂静清爽的地方。

这是一座衰老的、被遗弃的、不可救药的城墙，它失去了人们的信赖，它的存在已经成了一种累赘，也只有在春天里才会显出一些生气。

现在是庚子年的谷雨时节，天气已经相当暖和了。青灰色的城砖给日头晒暖，摸上去有种舒服的感觉；城头上，方形的绸制龙旗一舒一卷。充满晨光的天空，蔚蓝，透明，在城上边无限高的地方漫无涯际地展开。砖缝里的野草早就绿了，开出许多黄白间杂的无名的小花，在微风里轻轻地摆动着。一些去年蹿出来的椿树秧子，又绽出暗红色、又亮又硬的芽苞。从城根向上望去，简直像一面披满蔓草的峭壁。墙洞处，老家贼早生的雏儿开始发出一声声尖细的鸣叫……

东北城外是一片高地，从这里可以俯瞰船帆往来的宽坦的三岔河口和彼岸低洼的旷野。远远近近的村落，大大小小的坑池，一片片蓄满了水、白亮亮的稻田也能尽收眼底。眼力好的人可以一直望见北运河流经天边的远影。

头年年底失火的河楼教堂就耸立在对岸。虽然它烧掉的顶子重新修补过，熏黑的痕迹却无法擦掉，黑森森的影子倒入水中。

平原上的城市大多是从一个傍河的船码头发展起来的。不管这城市后来变成什么样子，它原始的风物——航运和船，却始终保持，不会丢掉。这里的三岔河口每天有百十只船经过。尤其春汛时候，南来北往、出海入口的百货，以至漕米和芦盐都从这儿输转。洋人的小火轮与炮艇从大沽一直可以开到这里来。搭满跳板的民船码头停靠着许许多多船只，忙着卸货和装货。因此，这边的高地上就出现一个常年的小集市，过往的船夫、游客与外商就近来买些吃的用的。在这儿可以买到各种本地风味的特产，像什么“狗不理”的猪肉馅包子啦，耳朵眼炸糕啦，大胡同的鸡油火烧啦……各种炉食摊、小吃摊、清真点心和饭食摊、专卖零星日用的杂货摊、茶摊、理发摊、书摊、古董摊、洋货摊、卜卦摊、估衣摊，以及修理眼镜、鞋子、锅盆、雨伞、刀剪、烟具，缝穷和其他五行八作的小摊应有尽有，一个接一个挤在一起。布的、绸的、苇席的、木板钉的罩棚连成一片。各式各样、奇形怪状、花花绿绿的幌旗招牌到处闪动。小贩们富于魅力的吆喝声，做糕食的敲打炊具的点儿，混杂在这嗡嗡作响的蜂房一般闹市的人声中。各种香味、怪味、臭味飘散在暖融融的空气里。

大车赶不进来，只有独轮车在人缝中慢慢挪动。扁担头儿东躲西躲。戴细辫草帽、穿肥腿裤、瘦小枯干的广东商人挤在中间，和本地商贩掮客讨价还价。广东商抽着衣兜烟卷，本地贩子叼着长长的烟管，个个圆头圆脑，油光光的红脸上堆满笑容。外县的经纪牙行躲在一边，互相在袖管里递指头，撇八钩九传递价钱。三三两两的混混儿像狗一样在人群中间窜来窜去，嘴里啃着带筋儿的猪蹄子，不祥的小眼珠向四处打量，总像要寻些事端闹一闹。偶尔，还有从紫竹林那边来的洋人，有男有女，装束奇异，打着鼓鼓的黑绸伞，傲慢地左顾右盼。本地人，尤其是内地来的人，好像看到怪物似的，不时把惊恐好奇的目光投向他们。这些怪物到这里来的打算，一般百姓是猜不到的。他们常常从古董商手里买走珍奇的华夏古物，他们也常受到古董商的诳骗，眉飞色舞地抱着一件赝品上了马车，兴高采烈而去。

空中飘着柳絮，轻轻的，软绵绵的，像雪花似的，时不时粘在人们的头发上，挂在眼睫毛上，落在炸豆腐的油锅里。

“娘的——”炸豆腐的小贩用油烘烘、二尺多长的竹筷子夹起带着油滴的柳絮，甩在地上。

靠近城壕一带，摊儿见少，人也不多，挺松快。孩子们在放风筝，停着一些大车。

远来的乞丐讨到吃的，就到这边歇脚，吃东西，捉虱子，睡觉。

黑黑的手指从衣褶里搜到虱子，便放到牙齿之间咔嚓一咬。壕沟旁一些柳树上，挂着许多鸟笼，鸟儿都在啼叫鸣啭。有养鸟的，也有卖鸟的。这个季节可以捉到虎皮、黄莺、红肚一些候鸟了，雁户们把大抬杆往树干上一倚，挂起一串串红蓝白黑漂亮的大雁叫卖。这地界，这季节，还是走江湖的艺人难得的天时与地利。因此，聚了不少耍杂耍、耍马戏、说书卖唱、拉洋片和卖武的，招来不少看客，围了一圈圈人。

有些艺人是年年必到的，比如变戏法的“快手刘”，耍傀儡的“马瘸子”，拉皮条的“张大力”。所演的都是些乏味、没有任何新鲜感的老节目。卖武的则不然，以往大多来自沧州、泊镇这几个北方著名的尚武之乡。今春不同了，从口音上听，不少是山东那边人，都是生脸儿，玩意儿也新奇，常表演刀枪不入的真功夫，就是用火枪装上沙子往肚皮上打，沙子打不进肚皮，用手一拂，沙子全掉下来。这功夫是先前不曾看到的。

严格地说，他们并不能算作卖武的，因为他们不收钱，只收徒弟。据说这是山东那边流窜来的义和拳。今年开春以来，滴雨未落，各处官府都设坛求雨，依然亢旱。跟着瘟疫流行，杂灾遍起。这便传起一种说法：“练好义和神拳，扫灭洋人，自然降雨消灾。”于是百姓一哄而起，直隶一带许多乡镇都有义和拳设立起拳厂，以教习武艺为名招引徒众。地方官府屡出告示，但禁而不绝。近些日子，本地城南瑞和成机器房、河东小树林、北城根和这里都出现了外乡人铺开的场子，教练拳棒。有的干脆就说自己是义和拳，能传授一种可避刀枪火炮的本领。本地人给洋人和教徒欺侮透了，谁不想练会这种死不了的本领，保身的保身，出气的出气。这号召效力极大，习练武术成了一时风气，闹得热气腾腾。

今天更不寻常。打一早来了三个卖武的，都是年轻的女子，围了不少人看。人们本是看个新奇，可一看就像被磁石吸住了，这三个女子的武艺大大不凡。

三女子中，一个身材略高，年龄也稍长，大约三十来岁。她头罩一块挺大的青不青、黄不黄的头布，遮盖双耳；腰扎一条上了浆的平板板的紫绸褡膊；裤褂全是黑的。她那张端庄瘦削的脸儿，肤色浅黑；紧闭的嘴角像刀刻一样，清晰有力，不含一丝笑意；目光冷漠、发直、不近人情，不时有一种仇视的光芒像流光一样闪出来。她倒背手，右手握成拳头放在左掌心里。另外两个年纪不过二十出头。一个长得苗条俊俏，辫子梳得顺顺溜溜，亮晶晶的眼睛像一对湿漉漉的黑玉珠儿，鼻梁又高又直，鲜亮的朱红小口，浑身洋溢着一种少女的青春气息，使得周围看客的目光总在她的脸上打转。她使一口钢剑，飞腾起来像一只轻捷的燕子，颈后的辫子就像舞动的大旗上的飘带，飞来飞去，年长的女子称她"三姑娘"。另一个矮胖胖，脖子短，腰儿粗，圆圆的鼻子生气似的往上翘着，嘴唇肥厚，面色乌突突，显得有些粗鲁笨拙，但也有一种憨厚气。她的头发潦草地盘在头顶上，乱乱蓬蓬，像个大草窝子，还有几绺耷拉在鬓旁。她使一支粗杆的铁枪，看来力气不小，年长的女子和三姑娘都称她"傻妹子"。这两个妹子对那年长的女子一口一个"师姐"地叫着。

三姑娘和傻妹子对打一阵后，三姑娘从地上拾起三四块大半头的砖头，在场子中央单腿跪下，把那几块砖码在了头顶上。年长的女子从带来的行囊里掏出一个大号的铁砣子，站在了三姑娘背后。傻妹子站在前边几步远的地方，手拿小铜锣当当敲了几下。三个女子使用一种江湖口，你一句，我一句，她一句，有问有答地对上腔儿。

年长的女子先开口：

"三姑娘，我手里拿着嘛玩意儿?"

半跪的三姑娘眼睛直视前方，口中答道：

"铁砣子。"

年长的女子问：

"你顶着的是嘛玩意儿?"

三姑娘答：

"砖头子。"

年长的女子又问：

"砖头子底下是嘛玩意儿?"

三姑娘答：

"是我的脑袋瓜子。"

年长的女子加紧问一句：

"我拿手里的铁砣子，砸你脑袋顶上的砖头子，你受得了吗?"

三姑娘做作地叫道：

“哎呀，哎呀，受不了，受不了！”

这时，站在前面的傻妹子用一种说惯了的、没有表情、只为了刺激看客的江湖腔叫道：

“不行呀！师姐呀！咱三姑娘的脑袋是肉长的，哪受得了你手里那块铁疙瘩！”

年长的女子忽然瞪起眼睛，直视前方，目光尖利可怕，而且惊栗似的抖闪着，整个表情像是一种神经质控制不住而突然发作。这种突变的神情使看客感到不安，有人顺着她的目光看去，她的目光正对着三岔河口东岸黑森森的河楼教堂。她用江湖人少有的、近乎失常的激动的声音叫起来：

“受不了？你一不做官，二不在教，三不坑害人，想活着就得豁出去受这一下子。三姑娘，你顶住了，我可砸啦——”

她把手中大铁砣子刷地举过头顶，三姑娘闭上明丽的双眼，红艳艳的小嘴微微张开，等候这搂头盖顶、猛烈的一砸。年长的女子运足力气砸下来，随着周围的看客发出的惊恐的叫声，只听嘣的一声，人们再定睛一瞧，三姑娘头顶上的几块砖不见了，都变成核桃大小的碎块，散了一地。三姑娘慢慢睁开双眼，一对黑亮的眸子晶莹放光。她站起身，一边用手从头发上往下拂落碎砖碴子，一边扭脸对年长的女子笑道：

“真有你的，姐姐！”

年长的女子没说话，她仿佛还没有从刚才那神经质的冲动中平静下来，目光仍惊栗般地抖闪着，嘴角微微一抽一抽地颤动。三姑娘有意不叫别人注意她这种不正常的激情，而去同傻妹子扯话。这时，周围的看客中有不少为她们高超的武艺所感动，往场子里扔钱。一个穿长衫、文静的老者居然从怀里摸出一锭小银元宝，双手恭敬地捧献给她们。

三姑娘双手合十朝众人行礼，却婉言谢绝道：

“承蒙各位父老兄弟抬举。不过这些钱，请你们拿去，我们不收钱，只收徒弟。”

众人听了更加惊奇，难道她们不是卖艺的，也像义和拳那样只招收徒弟？在这里摆场子、教徒弟的并不鲜见，但是还没见过女人也这样做呢！一个蹲在里圈的汉子，指着身旁一个十多岁的童子说：

"我这小子要跟您几位学两手，您肯教吗？"

不料，三姑娘摆摆手，和气地说：

"我们只收女弟子。"

这句话使众人更发生兴趣，各处教练武艺的都是收男弟子，今天这里偏偏收女弟子，真是件稀奇的事。于是有人问：

"您几位也是义和拳吧？"

傻妹子刚说了半句："不是，俺们叫作……"三姑娘听了，立即截过话说："我们这套武术没有名目，但是有法。学会这种法术，也能刀枪不入。甭说刀砍不进，枪扎不入，就是洋人的火枪往身上打也伤不着，还有其他的神妙之处。可是只能对弟子传授，不能泄露给外人。"

众人听怔了，面面相觑。这俊美女子说话的口气颇大，而且看得出她的口才也极好，唇齿伶俐，声音好听，惹人喜爱。她说话时，神态自若又认真，没有一般江湖人的那种虚夸。况且，她刚才顶住那一砸确实不凡，人们从来还没见过。真情实况使过分的话也变得可信了。

这时间，谁也没注意到，人群中站着一个女孩子，旁边是个老妈妈。这女孩子年纪不过十六七岁，梳一个又扁又小的圆髻，方方的肩头、脸盘和方方的小嘴，嘴角往里深陷，一双大眼睛也陷在深深的眼窝里，好像深藏在泥窝里的一汪水，神情深沉又倔强。她穿件打补丁、晒褪了色的蓝布褂子，头扎一条白布孝带。鞋子上也标志着重孝，白布贴帮，脚尖顶一双红绒球。她身旁的老妈妈黑衣蓝裤，脸儿黄黄，一副愁苦不堪的样子。

这女孩子听到三姑娘的话，就往前走，老妈妈去拉她的衣袖，却给她一甩胳膊摆开。她一直走到场子里，在那年长的女子面前扑腾一声双腿跪下，口气坚决又干脆地说：

"我要跟你们学艺，收下我吧！"

年长的女子已经从刚才那种冲动中平息下来。此刻她面色黯然，郁郁不乐。她问这女孩子：

"你知道练这种法术的苦吗？"

"知道。"女孩子答道。

"得挨打，得挨饿，得受罪——你受得了?"

"受得。"

"得热火烤，得冷水浇！得鞭子抽，得棍子打——你受得了吗?"年长的女子的话严厉极了。

"受得。只要学会就成!"女孩子回答得毫不犹豫，又很迫切。

年长的女人显然被这女孩子的倔强和诚意感动了。她闪着明亮又满意的目光，随后面对站在这女孩子身后的老妈妈，冷冷地问：

"您舍得吗?"

老妈妈迟疑了。女孩子扭过头气恼又哀求地叫一声："妈——"老妈妈的满是浅细皱纹的眼眶子里流出泪水来。她对年长的女子喃喃地说："舍得……我依着她。"

年长的女子问这女孩子：

"你为嘛要学这种法术?"

女孩子听了，猛低下头抽噎起来。她抽动得那么厉害，以至两个肩膀向上一耸一耸。从头上垂落下来的孝带子随着摆动，带子头儿拖在黄土地上划来划去。显然她有痛楚难言的事，年长的女子忽然狠狠地说：

"不用说了！我明白了！你三天后到这儿来找我吧！哎，你叫嘛?"

"陈招弟。"

这女孩子说过话抬起头来，她脸上没有泪水，只在眼角挂一对儿沉甸甸的大泪珠子，泪光闪动的双眼放出希望、感激的光芒。

这时，三个卖艺女已经收拾包裹行囊、刀枪棍棒，预备走了。周围的看客对她们这些奇特的言行迷惑不解，都呆怔怔地看着。但也有极少几个有心人，从她们的言谈话语，尤其从年长的女子刚才举起铁砣子时说的那几句明显犯忌的话中，看出她们出落不凡。她们要做的事绝不是那么简简单单、平平常常……这只是人们一种朦朦胧胧的感觉，这感觉不单来自她们表现出的大胆、勇气和高超的武艺。她们身上有种控制不住的、非常危险的、反叛似的东西，在年长那女子神经质发作时，使人们强烈地感受到了。

有些好奇的人跟在三个卖艺女后边走了一段路，直等那个傻妹子站住了，回头瞪了几眼，才没人尾随了。她们沿城壕向南，穿过一片片碧丝袅袅的堤柳，在东门外娘娘宫附近找到一个不起眼的饭楼子——一家两层的木楼子，牌号叫“春元楼”——走了进去。刚进门，一个短打扮、精明爽利的店伙迎上来。他长了一张黑黑的马脸，滴溜打转儿的芝麻小眼，嘴大得出奇，仿佛话说得过多而渐渐咧开的。他应酬着说：

“楼下是随意便座，楼上雅座。煎炒烹炸，随要随做。当下不是饭口，上边没人，清静得很。三位大姑还是楼上请吧！”

三女子见楼下乱乱哄哄，坐了一些人，便登着陡直的楼梯走上去。

楼上果然清静，没有客人，窗户都敞着，挺豁亮。只有几只苍蝇在屋子中间绕着圈儿飞着。十几张桌子没涂漆，给碱水刷出了白木茬儿，洁净得给人一种舒服清爽的感觉。她们拣一张挨窗的桌子围着坐下。年长的女子临窗而坐，脸扭向窗外，叫饭叫菜的事儿全由俊俏伶俐的三姑娘担当。三姑娘挑了几样便宜的饭食，不一会儿饭菜连同热汤全上齐了。那个马脸、大嘴的店伙真是勤快极了。

这扇窗子并不临街，斜对着东门楼子，窗板用竹竿支得高高的，海关道署的一大片青绿瓦顶子都映入眼帘。柔和的春风扑进窗来，吹在脸上，很是惬意。三人大概因为劳累了，此时都不说话，只顾大口大口吃着。

木楼子上的脚步声特别清楚。这当儿，楼梯响起一阵沉重的声音，有人上来了。店伙跑到楼梯口向下一瞧，就招呼道：

“田五爷，黄三爷，楼上请——您老二位今天怎么闲着？要说您老二位有口福，今儿早刚来的黄花鱼，都二三斤一条的，好新鲜呢！酒也有好的。田五爷，嘿！”说话间，来客上了楼。

这边三女子扭头往楼梯口一看，上来两个人：一个矮子，穿件葡萄色春纱大褂，头盘乌黑的辫子，黄丝绳缠的辫根。这人前额过宽，似乎占了脸盘的一半；白嘴唇，又小又尖的鼻子，一双黑生生的小眼深藏在眉棱下凹进去的眼窝里，显得挺阴森。另一个长得瘦高，嘴巴是两个瘪坑。他穿着仿金色的袍子、黑马褂，头扣一顶帽翅，两边太阳穴各贴一块大红布摊的头疼膏药。他手举画眉笼子，爬楼时身子向左边一歪一斜，明显是个瘸子，此地人一看他俩这副穿戴就知道是混混儿。住近城北的人无人不晓，一个叫田小辫子，另一个叫黄三秃，都是会友脚行的把头。

他俩站在楼梯口，向四下打量。黄三秃忽朝着三女子这边的座位一指，对店伙蛮横地说："我们就要这个座位！"

三女子一怔，互相交换个眼色，都没动声色。

店伙忙对黄三秃好言道："三爷，她们刚坐下吃。再说这儿挨窗户，正是风口，也吃不舒服。后边有单间雅座，没人打扰，又干净又清静，您老二位还是往单间请吧。您想吃什么，我赶紧给您张罗去！"

黄三秃真凶。他单手一叉腰，骂起店伙来："去你娘的！你是不是成心跟我黄三爷过意不去？你说，你这王八蛋是想挨揍怎么的？明白告你，你三爷就是要坐在这儿！"他这一喊，惊了笼内的画眉鸟，扑棱棱地胡飞乱撞，吱吱直叫。

三女子仍不吱声，低头吃饭，气氛挺紧张。

店伙挨了骂，依旧赔着笑脸，说：

"黄三爷，小的怎么敢惹您生气，不过怕那边风口您吃不舒服……"

"怎么不舒服？"黄三秃撇嘴一笑，淫邪地说，"叫她们陪我们俩喝喝嘛！"

店伙为难地说："嘿，三爷，三爷，嘿，这叫我可……"他瞟着那边闷头吃饭的三女子，真不知该怎么办了。可是他眼见黄三秃的双眼凶狠地瞪起来了，又畏惧地说："要不，我去跟她们说说，给您二位让让座……"

谁知黄三秃听了，反而笑了，对店伙说："你甭说！我黄三爷嘛时候不讲道理？不过是好吓唬个人！好斗个气儿！顺着我三爷，怕我三爷的，怎么都好说。你快把这鸟笼子找个地方挂好，我们俩到里边去！"说着，把鸟笼朝店伙一扔，店伙赶紧抱住，掬着笑脸说："三爷人真厚道。您老二位里边请，待我去给您二位张罗去！"

黄三秃又说：

"呸！去你妈的！别得便宜卖乖。快去，挑好酒好菜大碗招呼。你田五爷是酒篓子，你就弄一罐子来吧！侍候好了，我给你多上点油水！"

黄三秃和田小辫子走到楼梯右边一间单间前，撩开门帘进去了。

门帘是蓝土布的，用黄漆写三个字“春元楼”。门帘给风吹得轻轻摆动，只听那两个混混儿在帘里边说话了。

店伙真有点受宠若惊。他把画眉笼子挂在一个小窗洞的窗框子的铜钩上，这是专给客人挂鸟笼用的。跟着上上下下一通跑，给里屋的混混儿上了茶壶茶碗、热手巾把儿，随后又从楼下托上来一个大木盘，盘内是八个细脖的酒壶，其中两个壶上扣着酒盅。还有七八个酒菜，都是现成的凉菜，诸如炸海米、老虎豆、凉笋、驴肉和松花蛋之类。店伙托着盘子走过三女子身旁时，讨好地说：

“吃你们的，别怕！他们常到这儿来，是熟主顾，才刚不过和你们闹着玩，没事！”

三姑娘听了，笑了笑没说话。年长那女子面朝窗外，好像没听见店伙的话似的。

店伙进了里屋，给两个混混儿满满摆了一桌子。俩混混儿各不相让，杯子筷子一通忙活。

店伙走出去，田小辫子刚对黄三秃叫了声“黄三秃子”，黄三秃立即火了，反口骂道：“你要再叫我外号，我就招呼你‘田小辫子’啦!”

田小辫子举起手，表示要对方止住火气，说：

“好，好，咱哥儿们以礼相待。”

黄三秃听了，短眉毛一扬，拿出一股粗野的义气劲来，说：

“好哥儿们，你敬我一寸，我敬你一尺。”

田小辫子的小眼珠在眼窝里闪了闪，流露出不易被对方察觉的轻蔑神情，一边却端起酒盅说：

“我还外加敬你一盅。”

“好！我也回敬这一盅!”黄三秃举盅齐眉。

俩混混儿一仰脸，把酒盅一翻，辣滋滋的烈酒倒入腹中，便赶忙夹菜吃。黄三秃三盅酒落肚，来了兴致，对田小辫子说：

“田哥儿们，要说三岔河口上这些朋友中，就属你我够得上知己。你他妈心眼儿虽多，倒还从来没对我要过。我信得过你，才对你说——那侯少棠，纯粹拿哥儿们要着玩儿，口头上跟咱哥儿们长、哥儿们短，用得着咱们的时候，又是酒，又是肉，就差没叫他娘儿们跟咱睡一觉；用不着的时候，在街上直着眼装看不见。他妈的不就多几个臭钱吗，有嘛了不起的！”

田小辫子淡淡一笑，没说话，紧喝了两盅。

黄三秃见田小辫子没搭茬，又火了，他把手掌按在田小辫子的酒盅上，说：

“你他妈真是见酒比亲爹亲娘还亲，你听见我的话没有？怎么不说话？你怕侯少棠那小子？!”

田小辫子把黄三秃的手从酒盅上拿开，捏起酒盅饮一口酒，头一偏干笑了两声，说：“不是我要多说你几句，兄弟，你虽然够精神，可事情总看不透。要说侯家的二少爷——”他左右看看，放低声音说，“不过是个王八蛋。可有句俗话：有钱的王八大三辈儿。再说他又是教民，入教的王八又大三辈儿。一共大几辈儿啦？六辈儿啦！嘿，嘿……咱呢？不过把脑袋别在裤腰带上，没把命当回事罢了。要钱没钱，要势没势，除去一点横劲，还不是个臭要饭的！人家家财万贯，哪把咱们当回事？当下对咱客客气气就算可以了。巴爷怎么样？脑瓜不比咱大，不也是跟在侯少棠屁股后面？”

黄三秃沉默了一会儿，又干掉一盅，满口怒气地说：

“明儿一早，我到河楼去也入了教，看他还神气不？”

田小辫子竟笑出声来，他夹一个虎皮豆放在嘴里咯嘣咯嘣地嚼着，一边说：

“别看在教不在教的分成天上地下，到了教堂里边也分上上下下呢！你别忘了人家姓侯的做的是洋生意，给他撑腰板的不止神甫一个。他老丈人又是千总爷，护城营千来号子人在人家手里边。你就认头叫人使唤吧！巴爷入了教又怎么样了？不过在隔教人的眼里多长两条胳膊罢了！”

黄三秃感到一阵失望。两人停了话，喝了一通，都有些醺醺然。田小辫子怎么也夹不起虎皮豆来，弄得那油乎乎的豆儿在碟子里滴溜溜地乱跑，有两个蹦到地上去。黄三秃气咻咻地又说一句：

“反正我往后不真给他卖命了！”

“你呀——”田小辫子变红了的小眼珠瞟了他两眼说：“你要真这样就算对喽！你好好琢磨琢磨，人家杀了人，怎么样，没事儿！你要杀了人呢？至少也得坐几个月牢吧！你总怪我留两手，不留行吗？往后，你也留两手吧！心眼不能太实了……不过，你那股子劲儿一上来就全不管啦！去年三十晚上，你非闹着要去铁胳膊家不可，我怎么拦也拦不住，你以为铁胳膊好惹吗？正月十五铁胳膊那帮朋友到侯家门口要刀去，凶不凶？要不是我叫巴爷拦住你，你又去了。倪长发那帮也不是好惹的，个个都有几下子！"

他俩说得激动，嗓门放大，根本没留意屋外还有用心的窃听人，只管说得痛快。黄三秃接着田小辫子的话说："这事今后不必担心了。铁胳膊脚跟上的大筋给挑了，就是将来放出来，人也废了……"他说到这儿，停顿一下，因为屋外传来打碎瓷碗的声音。他没有介意，接着说："跑了那小娘儿们谅她也不敢回来。至于倪长发那帮小子更算不得嘛！他们还敢到咱行里来闹事？吓死他们！我姓黄的倒不怕事，就是生侯少棠的气！这王八蛋太不是玩意儿了……"他正说得来劲，忽发现田小辫子的小眼球瞪得圆圆的，连眼白上的血丝都瞧见了，好像见到鬼似的。黄三秃骂道："你他妈听不听我说话，怎么啦？"

田小辫子抬抬下巴，叫他回头瞧瞧。

黄三秃扭过头去，只见一个女子站在身后，一双眼睛可怕地直视着他。他先是怔怔地看着这女子，忽然认出这女子就是刚才坐在外屋吃饭的三女子之一。同时，他见另一个黑脸、矮胖的姑娘拿一口刀朝田小辫子走去，刀尖直对田小辫子。黄三秃的短眉毛一抬，双手按桌面要站起身，只觉右肩头给一件硬邦邦的东西死死压着。他的灰眼珠移到右眼角，瞧见一把寒光烁烁的钢刀压在肩上，那女子左手握着刀柄。

"干吗？你他妈不想活啦！"黄三秃口气虽然凶横，声音却有些变调。他猛一抬肩膀，再次试图站起身，但没成功，肩头仿佛压着千斤重，"你他妈是谁？"他骂道，心里却想这女子腕子上就有着千钧之力，可非同一般。

这陌生女子猛地在黄三秃和田小辫子中间伸出右手，用力张开巴掌，微微抖动。其中无名指少了一截，显然是给什么利器切断的，切口是斜的，一直伸延到手背上，形成一道深深的暗红色的刀疤，惨烈可怖！

“你……”黄三秃呆住了。

这女子压低声音，冲动而有力地说：“冤家！”

外边的饭堂没人，三姑娘站在楼梯口。店伙从楼梯走上来，三姑娘说：

“你再给我们弄三碗鸡血豆腐汤，愈快愈好！”

店伙边往上走，边说：

“我先去张罗张罗，再下去给您派到厨房去做！”

三姑娘好像有急事在身：“你先弄汤去吧！我们等着走呢！”她又暗示店伙，“准保有你的好处就是了！”店伙停住，扬起长长的马脸殷勤地笑了，转身下去，并说：

“好嘞您了！我马上去，一会儿就端上来——”

“两碗口轻点，一碗口重，多放点五香面。”三姑娘轻松地嘱咐着。

“好哩，三碗鸡血豆腐汤，一碗口重，多加五香面——”店伙大声吆喝着，拖长的尾声已经带进了楼下的厨房里。

店伙在厨房待了一阵子，等汤和楼上两个混混儿要的菜都做好，放在盘子里托上楼来。临窗坐着的那三个女子已经不见了，他到桌前一看，剩下一些饭菜。那年纪略大的浅黑脸儿女子的座位前，一个大碗裂成三半，像打开的瓜放在桌上，碗中饭菜从裂口处流泻一摊，显然是从手里失落到桌面打碎的。店伙以为这三个女子是吃白食的，方要喊叫去追，忽发现几个碗碟中间放了一把亮锃锃的铜钱，他用手指拨了拨，眼珠立刻亮了，这些钱远远比饭菜和赔碗所需的钱多得多。他见左右无人，伸手闪电般地抓了半把铜钱放在自己的衣兜里，另一半扔进托盘中。

但是，他这些私吞的钱，一个不少还全得乖乖地掏出来给老板。因为，他撩开单间的门帘往里一看，不禁惊叫一声，手托着的汤碗菜碟哗啦一响都掉在地上，摔得粉粉碎。屋里的黄三秃和田小辫子像两只要宰的猪羊，手脚给麻绳捆绑得结结实实，嘴里各塞一团布。可能黄三秃嘴里的布当时塞得太使劲了，不知戳破哪里，嘴角淌出了血来。

第六章　会友脚行的混混儿们

受了惊吓的田小辫子和黄三秃，直到会友脚行门前才想到，不能把刚才的事如实告诉巴虎，否则，巴虎会责怪他俩无能。堂堂男子汉没捉住三个女子，反被那三个女子捆绑起来，岂不叫人耻笑。要紧的是，三女子中的一个是郑玉侠——她至今还是县里缉拿的要犯，又是和巴虎结了仇的人，跑了她，巴虎必然恼怒。于是两人站在门外细细商量一番，把刚才的事情重新编成另一种情况，才大模大样进了脚行。

两人穿过二门楼子，就听巴虎在堂屋大喊大叫，不知在对谁大发雷霆。堂屋外的廊子上站着一个黑瘦瘦的脚夫，抓耳挠腮，转来转去，显得不知所措。黄三秃走上去问："巴爷对谁发火?"

黑瘦的脚夫看见黄三秃，好像溺水的人看见一块木板，不管能不能救命，也立刻抓牢一样，急忙上前打个揖，急渴渴地哀求道：

"这是我兄弟王有福，在咱行把店里当脚夫。今儿个他给河北大街德茂当扛了两件私活，叫站街的陶六瞧见扭送来了。黄三爷、田五爷，我兄弟不是作祸的人。我弟妹害产后风，起不来炕，家里实在没钱用……您二位为人厚道，热心肠，好帮人忙，就求您替我兄弟讲个情吧！我王有顺这辈子感恩戴德，总记得您的好处……"

黄三秃从来不把人的生死当回事，脚夫们的死活更不必说。但他这个人标榜义气，赶上他高兴的时候，偶尔真能替脚夫说说情。但今天不行，他刚受了屈，正没处撒火，便绷起脸，瞪着王有顺骂道：

"你别他妈来这套！我他妈连亲爹的忙都不帮，还帮谁？行里的规矩你们不知道？叫我去说情，去你妈的吧！"

王有顺挨了撞，不甘心作罢，仍赔着笑脸说：

"谁不知您三爷口冷心慈。我兄弟犯了行规，真叫活该！您就看他一家老小苦命上帮一把儿吧！要真的给打断了腿，揉瞎眼，可怎么好……三爷!"

黄三秃瞅着王有顺殷勤、卑微、苦苦乞求的神情，反惹起火来："去，去，去，去你妈的蛋！"他尖削的右肩头往后一拉，仿佛要给王有顺狠来一拳方才解气。他吓唬着，"你要总缠着我，我就叫你替你兄弟去滚钉板！”说完，他与田小辫子一起进了堂屋。

这间屋高梁大柱，十分宽敞。迎面摆一把高背老虎腿、沉重的紫檀木太师椅，椅面铺着厚厚的红缎面的褥垫。椅子后是张条案，花梨木的，擦得光亮，上面摆着白釉彩画的“福、禄、寿”瓷人，有二尺来高。两边是帽筒、掸瓶、花插和珐琅座钟。上面挂一个硬木的镜框，洋玻璃面儿，内镶一张裱衬绫边的谕帖。再上边是块木刻大匾，四个大字“见义勇为”，带一股霸气。这是本埠几家有名的商会联合馈赠的。堂屋东西两侧对称摆放四套茶几座椅，布局像衙门里议事的大堂。靠窗户一个红漆的木架上，挂着几条铁龙鞭，倚着四根又黑又高、又大又粗的七棱酥木。这玩意儿一摆，使房里又添上一种阴森森的刑房的气息。

巴虎手叉腰站在堂屋中央。他头上盘着辫子，穿一身白色的纺绸裤褂，随着他的喊叫，衣襟裤腿都瑟瑟抖动。他脚前跪伏一人，前额触地，一条松散的发辫横在地上。巴虎身后站着一个瘦黄脸儿的人，头扣黑色瓜皮帽，这是站街的陶六。另外还有四个小伙计，一色青衣青裤，分列两旁。

巴虎好像已经骂了半天，一见外面进来人，反而更想借此发发淫威。他抓着自己的衣襟向两边用力一扯，刷的一声带着衣扣撕开了，肩膀左右一摆，脱下褂子往后一扔，露出两条刺着盘龙的疙疙瘩瘩的膀臂。一件紧身的黑缎坎肩，把胸脯肌肉的形状显现出来。坎肩正中是一排金线绕的纽袢儿，排得密密的，像一条大金蜈蚣趴在当胸，细健的蜂腰上煞一根皮条。他紧紧皮条，扭头气呼呼地暴叫一声：

“陶六，拿酥木来！”

陶六跑到窗根前的架子上取酥木。黄三秃和田小辫子站住脚，眼看将要发生一幕惨剧，但他们对这类事已经习以为常，所以毫不介意，好像陶六去取一幅画轴一般。

陶六把酥木扛过来，趴在地上的王有福恐惧地大叫：

“巴爷！您饶我这一遭吧！您遇到事，我甘愿当死签儿！”

巴虎不理他，一脚把他踢翻，对陶六横眉立目地叫道：

“你愣着干吗?！给他使家法，打断他的狗腿！”

陶六使出全身力气才把酥木在王有福头上边举起来，用力往下一砸。酥木太沉了，使力又太猛，木棒抡起来的惯力险些把陶六也带倒。可是这一棒打偏了，木棒头打在地面上，咔嚓一声折断，碎木头冲到屋角去。

巴虎大怒，朝陶六骂了句："废物！"一把将断了头的酥木抢在手中，野蛮的兽性发作，疯狂地抡起酥木，凶猛地砸下，噗的一声打在王有福的腿上。王有福发出痛彻心扉的一声惨叫，在地上打起滚儿来，直撞在西边一把椅子的腿上。巴虎还要再来一下，门外的王有顺不顾一切地跑进来，扑通一下双腿齐齐跪在巴虎跟前，头撞着地，哭叫着：

"巴爷呀！巴爷！您看我王有顺规规矩矩给行里扛了十八年活的份上，饶了我兄弟这一遭吧！他混蛋不懂事。这一下，他再不敢犯行规了！"

巴虎打了这棒，仿佛气泄出来大半。他看了站在一旁的田小辫子和黄三秃一眼，田小辫子对他使个眼色，意思让巴虎到此算了，快快了事。田小辫子是巴虎信得过的谋士，特别是他在巴虎火头上出的主意与献的计策，常使巴虎过后想起来觉得很有道理。尽管巴虎对这个狡黠诡诈的混混儿也有所提防，但在一般事情上已习惯地信从他。这时，巴虎把手里的酥木往旁边一扔，对趴在地上的王有顺说："滚吧，不过——"他又对陶六说，"先停他三个月的牌子，过三个月，我点头，才准派给他活做！"

王有顺眼下只顾兄弟的生死，不管什么牌子不牌子了。他紧着把头叩得山响，替兄弟向巴虎谢恩。黄三秃对蜷卧在那边地上的王有福喝道：

"怎么？王有福，你他妈还不叩头谢恩吗？"

王有福像一只大豆虫蜷缩成一团。他听到黄三秃的呼喝，浑身惊栗般地抽动一下，然后艰难地翻过身，向这边一点点爬。他爬呵，爬呵，从裤腿淌下的鲜血，在石板地上划出两条断断续续的血迹。他终于爬到巴虎面前，但两条被打坏的腿疼痛得止不住地抖着，怎么也弯曲不过来，跪不成。王有顺忙起身到兄弟身后跪下。手顶着兄弟的双脚掌，不顾兄弟的痛苦往前推，想使王有福的双腿屈成跪态。但王有福太疼了，胳膊支撑不住，又往前栽倒了。黄三秃狠狠骂道："你他妈在演戏，装孙子，是吧？！"

跪在王有福身后的王有顺，流着泪水哀求兄弟："兄弟，你……你撑住身子吧！"王有福用两条猛烈地抖动着的胳膊撑住身子，让哥哥把自己的一双血糊糊、又麻木、又疼得钻心的双腿向前推上来，同时从胸腔里发出吭哟吭哟的痛楚的声音，额头的汗水滴滴嗒嗒落在地上。最后，他的双腿到底还是弯曲成跪伏的姿势了，便头撞地面，口中哆哆嗦嗦地说：

"谢，谢巴爷，谢三爷……五爷！"

巴虎淡淡地说："快滚！"

王有顺赶忙背起兄弟，转身急匆匆向门口走去。他刚要跨门槛，就听黄三秃在后边又叫一声：

"站着！"

王有顺站住，背着兄弟慢慢转过身，眼睛睁得圆圆的，闪着惊恐的光——把头们如果变卦，祸事会重新回到头上。

黄三秃冷冷地问：

"王有福，你扛活赚的钱呢？"

趴在哥哥背上的王有福声音又小又弱地答道：

"都交给陶六爷了！"

站在一旁的陶六发窘地说：

"在我这儿。"

黄三秃这才摆摆手，放王家兄弟走了。

陶六是个善机变、小聪明很多的人。他不等巴虎来问，已从囊中掏出钱来，捧到巴虎面前，瘦黄的面孔上摆出献媚和讨好的笑容，说：

"还没得机会交给您呢！"

他说完，望着巴虎向来是变化莫测的表情，心里揣摩巴虎的想法，暗暗希望巴虎不把这当作一回事，又生怕巴虎因此暴怒。

陶六刚才把王有福扭来向巴虎表示自己尽职，并没提王有福是否拿到了钱。他不提，巴虎也不知道，便可以悄悄贪下这几个钱。但黄三秃一问，问出了破绽，巴虎自然明白是怎么回事了。

巴虎在可怕的寂静中沉吟了一会儿，然后抬起一只手摇了摇。陶六得到这意外的赏赐，又惊又喜，脸上藏不住得意和满足的心情，但他还不敢轻易收下。巴虎的心理与脾气是不可捉摸的，他担心巴虎是用这一招来试探他的私心与对其尽忠的程度，便咧开满是皱纹、灰白色的嘴唇，柔声说了一个微妙的字儿：

“这……”

这不表示拒绝，也不是欣然接受，而是一种探询，目的是让巴虎再明确表示一下刚才的意思，他再接受下来就稳妥了。

巴虎忽然撩起眼皮，把眼珠斜在眼角看着他。目光渐渐变得冷峻，含着讥诮和嫌恶，慢慢又变得凶狠可怕。陶六见巴虎的手放在了腰间的皮条上，顿时感到不妙，刚要用好听的话把自己的意思解释一下，猛然巴虎飞来一拳，通地一下把他打出七八步远，手里的铜钱飞得满屋子都是。陶六捂着挨打的腮颊，头昏脑涨，耳朵里嗡嗡响，听着巴虎在骂他：

“王八蛋，你竟敢跟我耍起花招来了！”

陶六翻身趴在地上，摘下帽子，叩响头，赔不是。

这时，田小辫子走到巴虎跟前，小声说道：

“叫他滚蛋，我有件事得告诉您。”

巴虎又骂了陶六几句，叫他到当院朝东边叩一百个头，然后滚回去。

陶六谢过巴虎，去了。

小伙计端来茶壶茶碗，又给巴虎捧来一件叠得齐整的金黄色团花的长衫。巴虎穿好衣服，与田、黄二人分席坐下。田小辫子把左右几个小伙计轰走了，对巴虎说：

“这件事……不大不小。”

巴虎知道事情不小，但用不经意的口气问：“嘛事？”同时，他抓起身旁的茶壶斟一杯热茶往嘴里抿着。没听见田小辫子答话，他斜眼一瞅，见田小辫子撩起衣襟，从内衣的衣兜里掏出一团红布包缠着的麻绳子。

巴虎奇怪地问：

“这是嘛玩意儿？”

田小辫子把红绳子撂在桌上。他肚子里早有一套编好了的、有真有假的话，正待从容说起，黄三秃抢先开腔了。

这时候，从当院传来陶六不敢打一点折扣、整整一百个清清楚楚的叩头声，就好像用杵在石臼里舂米的声音一样。

黄三秃的瞎诌和陶六的叩头声都不值一听。在这儿，想讲一点津门的脚行和混混儿们的事情。如今知道这些诡奇事物的人愈来愈少了。如果说不明白，恐怕读者会把作者笔下对混混儿们的描写误解为放肆的夸张。况且，这些人物还要在后面的故事中出现，他们将以怪诞离奇的手段与我们的豪杰们做殊死的搏斗与较量。

有些事情脱离开它的时代就是不可思议的了。譬如，此时此地，人们对神佛的虔敬，对女人的鄙视；数万万人对最无能的皇朝的顺从；为数并不多的外国洋人在中华大地上的猖狂无忌；还有，洋教会无限的权势，脚行惨烈的内幕，以及混混儿们残酷的生涯，都是这样。从光绪元年，上下各推出一百年，本地所特有的混混儿，就好像闹蝗灾年头的蝗虫，多得出奇，凶狠得出奇。这些混混儿其实都是些土棍、地痞和市井无赖。他们在一起群居伙食，人称“锅伙”。“混混儿”是他们的自称，或称“混星子”。顾名思义，不过是在世上混吃混喝、混生混死而已。他们一伙伙散布在城内外各处，穿戴丑怪，行为放荡，终日在街上游逛，遇到女人调弄一番，闯进店铺胡闹一通。他们最喜欢恶作剧，高兴无缘无故地流血，把凶杀狠斗当作儿戏，标榜不怕死，崇拜恶的极端。他们身上有一种蛮横的野性和破坏欲，随时随地都想发作，常常为了一些纯属无聊、不值一提的事而闹得天翻地覆，流血丧命。或者由于逞强好胜，而呼朋引类，相互残害。有时，一场架打起来没完没了，骇人听闻的惨剧一个连着一个。他们烧房砸店，把一条街弄得鲜血淋漓，一塌糊涂，没人敢上街，店铺上了门板，市面萧条冷落。当时，外省人常说：“津门是斥卤之地，民风凶悍。”这种说法过于笼统，未加分析。如果说的不是“民风”，而单指混混儿，还是很恰当的。

这些混混儿们很好义气，讲究为朋友两肋插刀，在所不辞，每每被提进衙门，身受极刑，口中也不吐半个饶字。他们自谓英雄好汉，大多为此之故。更有强悍的混混儿，要起光棍来，以对自己下狠手来慑服别人。一般人都认为，对别人下狠手总是比较容易的，而对自己则是非常困难的，不然，自残自杀就不那么惊人了。混混儿们正好相反，他们对自己所用的手段，往往凶狠得令人难以想象。嘉庆二十五年时，西城根一处杂耍馆子里，一群赌徒正赌得热闹，牌桌上押的赌注数目大得惊人。有人赌红了眼，把金怀表、房地契、当票全押上了。这时突然进来一个混混儿。他把一个纸包放在桌上，说这是他下的赌注。赌徒们打开一看，吓得叫出声来，原来纸包里是一只血淋淋的耳朵！再一看他，左耳没有了，耳根处正淌着鲜血，显然是刚刚割下来的。这混混儿却面色不改，好像放在桌上的是他的烟荷包。赌徒们哪个还敢惹他，只好情愿把桌上的那些赌金和赌物全部归他。而他从容地脱下褂子把钱物包走了，只留下那只带血的耳朵摆在桌上。

从此，混混儿们的行为愈演愈烈，他们之中不断出现一个又一个见所未见、闻所未闻，凶残异常的角色，并因此而独霸一方。

脚行向来就是由这种混混儿们把持着的，所以，内中的情景也就绝非一般了。

那时，南来北往的商人，对于天津的脚行都望而生畏。流传到各地的有关津门脚行的故事，常使听者面上改色。这些传说充满血腥的气息和浓厚的帮会色彩。听到脚行里慓悍可怕的把头、野蛮严厉的行规，以及脚夫们所受的酷烈的刑罚，会使人联想起殷商时代奴隶主的行径。恐怕那时的奴隶也没滚过钉板吧！

然而这些传说很少虚诞成分，只就会友脚行的情形就完全可以证实。了解会友脚行底细的人，甚至还会嫌那些传言虚弱无力不够劲儿呢！

天津的八十八家脚行里，会友脚行一直以凶暴著称。行里在签的把头总共五位，都是出名的混混儿，总把头巴虎更是凶横狠毒。脚行附近的民家妇女吓唬不肯听话的啼哭的孩子，常用这句话："再哭，巴虎可就来啦！"

一句话，你无论把巴虎想象得多么残暴，也不会过分。

传说巴虎的一个祖辈曾是个声名狼藉的土棍，叫作巴会友。他看上三岔河口一家获利最大的脚行，要据为己有，便带领一群混混儿和几个族人，跑到这家脚行门前，直截了当地提出自己的要求，并对老板说，假如老板不服气他的蛮横，就在门前烧一锅热油，他敢跳进油锅。——这是混混儿们的规矩，他一旦跳进油锅，老板就必得把脚行让给巴会友的子孙。

老板不是软茬，当然不服气，他果真在门前架起一只乌黑的大生铁锅，烧了满满一锅热油。巴会友见了，毫不含糊，脱光膀子，把小辫子一盘，辫梢叼在口中，一闭眼，便纵身跃进沸腾翻滚的热油中。顷刻间人被炸成焦炭，缩成兔子的尸骨一般大小。就这样，脚行归了巴家。行号随之也改了，取用这个恶棍的名字，叫作“会友”。单是这字号就带一股凶烈的气息。

脚行的总把头是世袭的。巴家几代在行里拿子孙签儿，除非有什么更厉害的混混儿，使巴家的人慑服，脚行才算改了姓。但一直传到巴虎手里，还没有敢向巴家挑战的。人们也都知道，巴家为了这脚行不断送在巴虎这代身上，自小就花了数不尽的金子银子，请来名师传授过武艺。巴虎天生资质强壮，又受霸悍的家风熏染，造就了虎狼一般的性情，再加上一身头一流的武功，谁来惹他?

后来有了，那是光绪二十年。

针市街上住着四个混混儿，没人敢惹，气焰极高。他们想碰碰巴虎，来到了会友脚行。

巴虎站在门前，沉着脸问混混儿们：

“有何见教!”

领头的混混儿是个瘦子。他说，他们哥儿几个要在会友脚行里拿签儿，否则就要把巴虎扔到河里去。

巴虎淡淡一笑，鄙夷地问他：“拿什么做见面礼?”

瘦子不说话，把右腿的裤管绾到大腿根，再撩起袍襟，从里面掏出一把一尺来长的牛耳尖刀，噌的一声从大腿上削下一片肉，血糊糊扔到巴虎面前。这股霸气劲儿，很像当年的巴会友。围在旁边闲看的人，都大惊失色。

巴虎丝毫不表示惊奇。他淡淡一笑，回身叫伙计从行里拿出一大碗芦盐，放在瘦子面前，意思说：你要敢把这碗生盐涂在伤口上，我就依了你！同时，巴虎也煞紧腰间的皮条，预备拼命了。谁知瘦子扫了盐碗一眼，竟然畏惧了，刹那间，凶横的神情一扫而光，脸色变得和那碗芦盐一般惨白。

瘦子服输了，但巴虎并不完结。巴虎明知，论武功这四个混混儿不过是自己掌下的四个蚂蚁。但混混儿间讲的是心狠手毒，不惧一死。故此，他看中了这几个混混儿可以做自己的左膀右臂，便叫伙计们把这瘦子抬到行里养伤。伤愈之后，巴虎给他们每人六棵签儿，做把头，分钱花。这瘦子就是黄三秃，另外三个是田小辫子、白德山、马金镖。白德山满身汗斑，花花溜溜，绰号花长虫。这四个混混儿还依照不同的性情与嗜好，又分为“酒、色、财、气”，各占一个字。田小辫子虽然狡黠诡诈，但爱酒如命，常常因酒误事，占个“酒”字。白德山是个色鬼，整天泡在妓馆里，开烟盘，打茶围，有事也不易找到他，他包了“色”字。马金镖见钱眼开，得利忘义，常做图财害命的事，“财”字送给他最合适不过。黄三秃死活都为了一口气，气不顺就要闹翻天，“气”字自然应当归他了。

巴虎深知他们的弱点，牢牢掌握住他们。巴虎这个人是最难琢磨的，他凶暴起来如一头猛虎，狡猾之时胜过狐狸，而且喜怒无常，反复无常，任何人摸不透他的脾气。他的疑心病又很重，从来不完全相信一个人。他还有一种古怪的心理，时常拿真真假假的话试探手下的人，似乎他愿意发现人家在哄骗他、欺瞒他，好借此发泄淫威。说不上他到底是个诡计多端的人，还是个古怪的暴君式的人物。往往有心计的人都是怕死的，他则不然。他是个地道的混混儿，下油锅的事他也敢干。

会友脚行把持着北至北大关、东抵南运河两岸一切装卸搬运的生意。津门各个脚行之间，向来是分疆划界，各占地盘。任何人——包括货主，都没有自己搬运货物的自由，这类生计必须由脚行包揽。货主要是扛一只箱笼过街，就要付给本地段脚行“过街钱”。谁要想卖苦力、当脚夫，必须投入脚行，让把头欺凌盘剥，才会取得半温半饱。会友脚行原有二百个脚夫，到了巴虎父亲一辈儿的时候，洋毛子在城南紫竹林一带修筑租界，从那里轰赶出许多居民。这些无家可归、生活无着的人，大都入了脚行。津门各脚行的脚夫人数倍增，会友脚行增加的尤其多。一次，巴虎的父亲骑马在海大道上过。天挺热，出了满头的汗，他手抹汗水随便一甩，把手上一个翡翠扳指儿甩到道边的野草地里不见了。他立即把行里的脚夫们叫来，答应谁找到丢失的扳指儿，赏银二十两。据说，那天他行里的脚夫一个不少，全到齐了，密密麻麻一大片，占了一亩多地。有人在远处数了数，竟有一千二三百号人。但到了巴虎的时代，行里的脚夫却逐渐减少。这是巴虎的暴虐带来的结果。

会友脚行每年都有被沉重的货包压弯了腰的，或者砸坏身子的，以及年老或生病的脚夫，被当作废物而轰赶出来。每年又有一些脚夫犯了行规，而被酥木打断腿，被沙子揉瞎眼或被板钉扎得满身洞眼儿……严厉的行规神圣不可侵犯。入了行的脚夫如同卖身的奴隶，绝不准他们自己私自到街上给别人扛一个包儿。在巴虎他们几个大把头之下，还设了一级低于一级的小把头。最低一级的小把头也很辛苦，要一年四季站在街头市口，叫作站街的，比如陶六就是。这些人头扣玄色的瓜皮小帽，短打扮，像鹰犬一样伸长脖颈东张西望，监看脚夫们有什么非分的举动，要不，王有福怎么能被发现做私活儿呢？

脚行之间时常为了争夺生意而拼打起来。这时，两边的把头都要驱使自己的脚夫去与对方械斗。每逢这种时候，按照脚行的常例，要先拜祖宗，再拿出一个敞口的大铁罐子。这罐子是长方形的筒儿，里边衬一块黄缎子，中间塞满红黑两色的竹签子，由脚夫们来抽。两色签子中，红多黑少，红的叫活签，黑的叫死签。抓上黑签就必须和对方拼死，或者杀死对方，或者被对方杀死。有时还要被自己的把头弄死，作为向衙门诬告对方杀人的罪证。巴虎以自己的个性给这些残酷的规例添上一种怪诞的色彩。他要是忽然觉得谁可疑，或是讨厌可憎，就从罐里抽出一棵死签给他，这个无辜的脚夫立即成为一个死囚。脚夫们的生死全不在自己。他们小心翼翼，对把头时刻赔着小心，但把头们都是喜怒无常，有时把头将一个脚夫去送死，仅仅是当作一种嬉戏，或者只是一瞬间产生的某种古怪心理的发泄……

衙门里当官的管不了他们，一些官人之间的私仇免不了要请他们去泄愤解气，各脚行暗中都与官府勾挂着。光绪以来，许多把头混混儿赶时髦，入了洋教。官府拿他们不但没办法，反倒恭维着他们，遇到他们吃官司的时候，当官儿的还会格外照应。今年年初，巴虎经侯少棠的力举，终于在河楼教堂受了洗，当上教徒。县太爷阮国桢得知，跟着就亲往脚行送了一张谕帖给巴虎，上边写道：

谕会友脚行巴虎，立即遵照执行。嗣后倘有不轨之徒，无故搅扰，恃强讹索，或冒充脚夫名色，诓骗盗卖客货等情，准尔行随时呈告该管地方，扭送来衙，凭质从严速办。冀尔脚行亦勿借端滋事，致生纠葛。毋违特谕。

尽管巴虎对谕帖上的字句还不尽满意，但毕竟是一张求之难得的护身符。他立时叫伙计们把谕帖送到毛贾伙巷的瑞芝阁，用上好黄绫精裱起来，装入镜框挂在堂上，跟着把大小把头邀来痛饮一顿，以示庆贺。当时，他高兴加逞强，与田小辫子对酒时喝得大醉，兴奋至极将两桌酒席掀翻了。醉醺之中，他忽然对恋在妓馆中而没来赴宴的白德山起了疑心，猜疑白德山故意不来捧场，盛怒之下，把两个为白德山说情的小把头打得头破血流，其中一个的耳朵也被打聋了。

此后不久，他凭着这张谕帖，与邻近的脚行血战了数场，终于把他的地盘向东南扩展到了闸口。目前，是巴家的全盛时代。他似乎什么也不怕，什么都敢做，一双小小的黑漆一般的眼球整天炯炯发光。有时，他给一种莫名的心理煎熬得非常难受。这种时候，他真想弄死一个人才会感到好受一些。

介绍到这里，再回头接着前边，黄三秃和田小辫子从饭楼跑回会友脚行，向巴虎讲他俩编的瞎话。

黄三秃说了好半天，里边的瞎话是：他和田小辫子在东门外壕沟边偶然遇到郑玉侠，只有郑玉侠孤身一人。他俩从郑玉侠缺了一个手指头上，看出来对方的破绽，当下便与郑玉侠动起武来。郑玉侠从背囊抽出一口钢刀，他俩赤手空拳与郑玉侠对打了一阵子，郑玉侠竟不是对手，险些被他俩踢倒。后来郑玉侠匆匆而逃，跑出十几步远的时候，扔下这团绳子——黄三秃指着桌上的绳子说：

“这团绳子是三段。那小娘儿们说，是给您、侯二少爷和神甫的，叫您三位用它上吊。还说，不然的话，过几天她就来取您老几位的脑袋。我他妈一听就火了！赶紧追了她一段路。您别瞧那小娘儿们没嘛能耐，跑得倒真快。我的腿要是没挂过花，准能把她逮住！”

巴虎听他说着，一直没插嘴，使劲抽烟，在眼前吐了一片浓白的烟雾，等他说完，又沉吟了一会儿才开口：

“你说，她是干吗来的？”

“说不好！要饭来的吧！”黄三秃怕巴虎怪罪他们没抓住郑玉侠，便尽量把郑玉侠的出现说得无所谓。

“她扔下这团绳子是嘛意思？”

“瞎咋呼呗！还有嘛意思？她还真敢到这儿闹事？嘿，吓死她！”

巴虎瞟了黄三秃一眼，突然追问一句：“你说你们在哪儿遇见郑玉侠的？”他目光停在黄三秃的脸上。

黄三秃慌了，表情很不自然，嘴倒挺硬。他说：

“就在东城根城壕的堤坡上，那没错！”

巴虎笑了，他笑中既没有讥讽的意思，也看不出有任何不信任的意思，但笑得挺特别，很不近人情。随后，他又把目光移到田小辫子的脸上，似乎等待田小辫子的反应。田小辫子相当老练，他把话扯到巴虎刚才的问题上，说：

“依我看，这小娘儿们是报仇来的，不然，她不会回到这儿来。天底下那么大，她跑到哪儿去不成？巴爷，这事儿虽不大，也得留点神。她要是明着到咱行里来闹，那没说的，保准把她卸了，就怕她暗含着干咱们一下，这小娘儿们也有两下子！”

巴虎野气的脸隐没在他吐出的烟雾中……俗话说得好，会说的不如会听的。巴虎从他们的话里听得出郑玉侠的出现当真不假。郑玉侠留下了三根含着威胁意味的绳子，也确有其事，但事情的过程肯定有不少编造的成份。他曾与郑玉侠交过手，完全明白黄三秃和田小辫子绝非郑玉侠的对手，更何况他俩是空手对白刃！用瞎话骗人也是一种能耐，必须合情合理，否则还不如说实话，田小辫子有这种能耐，黄三秃还差得远。但巴虎对这几个大混混儿向来是给面子的，所以，他没有揭露这些破绽。眼前郑玉侠的出现比什么都重要，自己是那小娘儿们的仇人，那小娘儿们很有点本事，忽然又在他身边抛头露面，不能不防。他吐了一口气，把眼前的烟雾吹散，露出脸儿来。他问道：

“你们说，那小娘儿们现在会在哪儿？”

黄三秃发怔地摇摇头。

巴虎向田小辫子抬抬下巴，叫他说。田小辫子已有了成熟的想法，他说：

“她会不会去找卢家的人？按她与卢家的关系，肯定会去。卢家兄妹俩是个祸根，还有押在县衙门里的卢万钟。巴爷！如今各地方都闹拳匪。这些天城里也哄哄起来，街上练武教拳的见多了，将来保不准会有什么变故。咱哥们儿虽然嘛也不在乎，可总有些线头缠着也不肃静。依我看斩草除根！想个法儿先把卢家的人都暗含着干了，绝了后患……这事儿，我看……最好叫侯二少爷打头阵。”

“怎么？”巴虎问。

“侯二少爷是神甫的红人，他岳父又是千总爷，上上下下、里里外外都使得上劲。要是想叫县太爷弄掉卢万钟，也不过一句话的事。这种事咱办不了，侯二少爷办还容易些。再说，如果外边没闹拳匪，咱怎么干都行，眼下办事还是多拐个弯儿好。巴爷，我可是为您着想……”

巴虎对这番明显的好意却做出另外的回答。他嘴角凶狠地向下一垂，非常严厉地反问田小辫子：

“你当我怕事吗？”

黄三秃也尖声叫起来：

“田五爷，你可小看咱哥儿们了！”

田小辫子气恼地骂黄三秃：

“黄三秃！你又瞎咋呼了。你忘了我刚才在酒楼子上怎么对你说的，迟早你得死在气盛上边。”

“你他妈的早晚死在酒壶里，田小辫子！”黄三秃脸和嘴都气白了，刷地站起来朝田小辫子吼道，“你要再跟我上劲儿，我宰了你！”

混混儿们相互翻脸、殴打，以致残杀，常常就是这样发生的。即使平日里混得不错的伙伴，稍有嫌隙也会拍案而起，拔刀相向，毫不客气地戳死对方。田小辫子也站起身来，走到黄三秃跟前，胸贴胸，斜抬起脸儿，黑生生的小眼珠从深深的眼窝里射出蛮横狠毒的光芒。两人即刻要爆发一场恶斗。

巴虎朝他俩骂道：

“去你们妈的！你们有能耐，怎么叫那小娘儿们跑了？哎，我说，你们是在酒楼上碰到那小娘儿们的吧？”

两个正要拼个你死我活的混混儿，听了巴虎的话顿时泄了劲，一齐扭过头，吃惊地望着巴虎。巴虎好厉害！原来他已经识破黄三秃的谎话，对事情的真相也猜出个大概，认定他们是在酒楼子上遇到的郑玉侠了。两个混混儿无话可说了，照往常，巴虎很可能要闹一通，但现在他没闹。他笑了，笑得挺怪，使俩混混儿感到迷茫和紧张。

田小辫子对付凶暴的巴虎有种特别的办法，就是以不变应万变，每次他都是不声不响等巴虎闹得差不多时再说。当下他依然如此，用一种若无其事、没有任何表情的眼神看着巴虎。

巴虎抓起身旁的茶壶，一扬手向堂屋的门口扔去，啪的一声，茶壶在门外的廊子上摔得粉碎，这不是发火，而是招呼小伙计们的讯号。

果然，几个秃领灰袖、戴黑瓜皮小帽的小伙计慌张地跑进来。巴虎叫道：

“备马，去侯二少爷家！”

田小辫子和黄三秃都知道没事了，暗暗吐一口气。在巴虎身旁，常会出现这种风云难测、紧张凶险的气氛，谁都难保结局会怎样，有时会酿成惨剧，有时却突然烟消云散，化为乌有，一切结果都决定于他当时的想法，这想法又很难得知，只有田小辫子能猜出一二。

田小辫子望着巴虎走出去的背影，暗中猜到，巴虎对郑玉侠的出现已十分关心了。

第七章 侯 家

很快，侯少棠就得知了郑玉侠潜回城中的消息。开始，他满不在乎的什么臭娘儿们、骚娘儿们骂了一通，等巴虎把那三根红绳子往桌上一放，他如同骨鲠在喉，一声不出了。坐在一旁剥核桃吃的老婆任凤仙，把扁长的大嘴一撇，开了口：

“怎么样？冤家找上门来了吧！你呀，你跟人家洋人不一样，人家杀了人没事，咱中国的法管不了人家。你呢？你杀个人看看！上回你把那个卖布头的左眼打瞎了，要不是我爹给你下的保，你就得蹲大狱去！”

侯少棠听了，恼怒地一摆手，喝道：

“去！有你老娘儿们嘛事?！上回，也不是你爹使的劲儿，是教父使的劲儿。在大堂上，那卖布头的王八蛋跪着，我他妈站着，教父就坐在县太爷公案的旁边。”

“哨——瞧你，多威风呀！这回我看你怎么办？快找你教父去呀！我也要看看他怎么办。不定哪一天，那小娘儿们冷不防在你背上插一刀，你也就认头了。哼！大过年的，连祖宗也不拜了，往教堂跑。教堂着火有你的嘛？那天我不过说了几句，瞧你像疯了似的，和我又打又闹。现在怎么样？别忘了，人家卢家还有闺女儿子、一帮朋友哪！跟你还不算完哪！”任凤仙说完，把剥好的核桃仁扔进嘴里。她的嘴好大，很容易就扔进去一大把。她一边嚼着，一边嘲讽地瞟着侯少棠。

侯少棠发起火，转过胖大的身躯，对任凤仙咆哮起来：

“不算完又能把我怎么样？好汉做事好汉当！我们信教的嘛也不怕！谁惹我，试试？我立时叫他过铁，何况他妈一个臭娘儿们！”

任凤仙并不示弱，她鼓鼓的金鱼眼似的大眼睛向上一翻，说：

“对，一个臭娘儿们！瞧你多大的本事，叫一个娘儿们找上门来了，还不知你干些什么鬼事呢！”

侯少棠忽然大叫一声，发狂一般扑到任凤仙身前就要动手。坐在一旁的巴虎赶忙上来拉架，一边用力阻拦侯少棠，一边劝任凤仙快退到里屋去。任凤仙见有人拦挡，好像有了保护人，反而上了劲儿。她拿出故伎，索性撒起泼来，把手中核桃和敲核桃的小铜锤往地上叮当哗啦地一扔，低头朝侯少棠怀中顶去，嘴里哭骂着：

“给你，给你，断子绝孙的王八蛋！你怕那个小娘儿们，跟我耍威风，我今儿个不活啦！”

侯少棠不愿在巴虎面前落个怕老婆的名声，非要把任凤仙压服不可。他用力一推巴虎，上去一把抓住老婆的头发，横竖狠捶几拳，猛地一搡，任凤仙仰面朝天倒在地上，大声嚎叫起来。

巴虎怕事情闹大，用力拉侯少棠。不管侯少棠怎么挣脱，自己胳膊上还挨了几下，终于把侯少棠拉到院子里，又拉到外院，劝了一阵子，便要告辞回去。侯少棠脸上的肉还是横着的呢！气哼哼的，很难看。他见巴虎要走，想了想，问道：

“你看怎么办好？”

巴虎阴森森的眼珠转动了半圈就停住了，凑上前压低声调说：“我看，得马上给教父送个信儿去。这事依靠教父就好办得多，只要教父出面去找县太爷，派出快班四处访拿，不难抓到那小娘儿们。再有，对卢万钟的一儿一女也得想点办法。依我所猜，郑玉侠回来，必定会和卢家的人勾串，咱们应抓住这个机会，借郑玉侠烧教堂的案子把卢家一家全挂进去。如果能活动活动官府，把他们暗含着这么——”他做一个刀砍的手势说，“……才好呢！就绝了后患。二少爷，今年到处闹拳匪，可不是好兆头呀！不过——”他想起刚才田小辫子给他出的主意，便说，“官府里边您平蹚，这可就看您的了！”

侯少棠听了末尾的两句话，却感到舒舒服服的，还含着一种满足。他大气地说：

“好！你先去河楼教堂给教父送个信儿，跟着回来找我。我自有办法对付他们！”

巴虎笑了笑，这种笑意只有他自己明白。他拱手与侯少棠作别，遂转身出了侯家的大门。

侯少棠回身进了内院，只听老婆任凤仙还在屋里又哭又骂撒大泼，所骂的言辞不堪入耳。他心中本来乱糟糟的，最易起火，再一听骂自己的污言秽语，更耐不住性子，心头一热，就要闯进屋和老婆大干一场。忽然，一个苍哑的声音传入耳中：“干吗？还没个完？”他一看，是父亲侯善颐穿着素雅的开气儿袍子、黑马褂，光着头顶，正站在北屋门外的高台阶上。侯善颐不等他说，接着自己刚才的话生气地说：

“咱侯家几辈子温文尔雅、中和敦厚，从来没有过你们这样的！今天一架，明天一架，成什么样子？关上门，不成体统；开开门，叫人耻笑！”

侯善颐体态瘦小，分量很轻，像个南方人，侯少棠却是个标准的北方大汉。然而侯少棠慑于父亲的威严，不敢吭声。任凤仙并不这样。她在屋里听见侯善颐的声音，就蓬头散发地跑出来，好像地狱里跑出来的披发鬼，后边还跟出来一个姑娘，是大凤。任凤仙手拿着那三根红绳子朝侯善颐哭叫起来。她嘶喊了半天，嗓子好像破裂了，沙哑难听。大凤在旁边搀扶她，她反而故意往下坠，装作痛不能支的样子。她又胖又沉，整个身体的重量都压在大凤两条胳膊上，大凤真有些拖不住她了。

“爹呀！您得给我做主。他在外边惹了祸。那个烧教堂的小娘儿们找上门来了，拿这玩意非叫他上吊不可。我才劝了他几句，他又打又骂。您看看我这头发里，生生叫他擂出好几个大硬疙瘩。我为了嘛？不就怕他去惹祸招灾吗？他这么打我？哎哟，妈呀，可疼死我啦呀！你们侯家的日子我一天也过不下去啦！您叫他赶快把我休回去吧！别看给休回去，比起将来弄不好当寡妇还强哪！您做不做主？您不管，我回娘家找我爹去。他生我养我，总不能看着我受这份罪呀！”

她愈闹愈厉害，索性一把推开大凤，扑腾一声坐在地上，把刚钻出地皮来的一片嫩绿的花秧子全压在肥胖的屁股下边。她用白白的手啪啪拍着地面，哭起她死去的娘来，中间还夹杂着一通骂。她骂侯少棠在外边吃喝嫖赌，骂着骂着，又骂到侯家的家风，就差指名道姓地骂侯善颐了，但已经转弯抹角把侯善颐捎带上了，一时闹得天翻地覆。大凤好心去搀扶她，被她在胳膊上挠了几道血印子。侯善颐气得脸色煞白，哑叫一声：“行啦！行啦！你们还叫不叫我活？”但是，这叫喊并不能制止住任凤仙。他只好转身回屋，头也不回地说：“少棠，你来！”

侯少棠气极了，浑身充满横暴劲儿，恨不得上去把任凤仙一脚踢死。他强压下胸中的怒火，随父亲走进屋去。

在侯家，任凤仙撒起泼来任何人都毫无办法。侯善颐是个威严的长者，对于凶暴的侯少棠也能有所约束，唯有对任凤仙的泼闹，也只能听之任之。侯少棠给这个泼悍的老婆惹恼了，虽然能使些武力压一压，但压过了劲往往更坏。每逢此时，还只有退让方才了事。打惯了架的夫妻之间有一种火候，犹如不大和睦的国家之间的关系，很难掌握得恰如其分，任何小摩擦都会引起一场大战。任凤仙之所以敢在侯家泼打泼闹，一是因为她从小娇养惯了，二是因为她根本没把侯家放在眼里。

她家是静海县城里首屈一指的财主，有房子，有地，有买卖，论名声虽比不过天津的八大家，论财产实业，则无愧色。静海、苏桥、唐官屯、胜芳、南皮一带，到处有她家开的铺子。杨柳青石家开的铺子，牌号都带个“万”字；她家所开的店铺，牌号都用“元”字打头。这个“元”字在当时是很有些势派的。她作为内地县城里长大的阔小姐，尽管没经过此地豪富们奢华至极的大场面，以她的吃穿享用也算很可以了。她是个独生女，母亲又早丧，成了父亲的掌上明珠，自小给家中人像众星拱月那样捧着，养成一种骄横、暴躁、偏执的个性。她父亲叫任裕升，人还正派，由于疼爱闺女，一直未肯续弦。他怕女儿受继母的委屈，也怕续来的老婆受不住女儿的脾气。他少时喜欢骑马、狩猎、舞刀、射箭，虽然家财万贯，而无意为商，倒有心做一员武将，戍边报国。后来，他考中了一员武举人。运气还算不错，正赶上天津城的四门千总有个空缺，他便把家业交给胞弟任保升经营，自己带着女儿来津做官。官儿不大，仅仅是六品，手下却有两营人马。那时卖官鬻爵很是盛行，有钱的人买个品级官职非常容易。他有钱却不肯花，并非吝啬，而是因为津门的衙门多，官场里边纷杂得很，终日里鸡争鹅斗，谁都不把国事放在心上。他在官场中混了多年，早把这一切都看得透彻。官场好像赌场，像一座擂台，像乌烟瘴气的经纪牙行，它是小人钻营、庸人混吃混喝、恶人争强斗霸的场所。有几个廉洁奉公、忧国忧民的正派人？如今，外侮日亟，连皇上太后都顺从洋人，自己一个小小守城营官，还谈得上什么精忠报国呢？他少时那些幻想像一块软软的雪块早已融化不见了。再说，天津紧挨着京都，朝廷里的党同伐异，向来要波及这里，此处的官员更换得十分频繁。在职的官员也好像老树上的秋叶，时时都有可能被吹落。他已年纪不小，再对付十来年，就回乡养老去了。这些年，凭着他处事的老练，办事认真，忠于职守，很得上司的信用。他在此地为官多年，人也混得厮熟，官儿做得还算又稳又牢。晚清时代，中举的得个实缺是极不容易的。别看街上走着那么多穿着四五品袍褂的老爷们，实际上大多是有名无实，和戏台上的官儿差不多。任裕升却是名副其实的六品营官。他手下有千号子人，足说得出去，不然侯家也不会和他家联姻。这就成了任凤仙敢在侯家胡打乱闹的本钱了。

侯家在城北一带是排得上号的富户。在估衣街上开了两家大买卖：同泰布庄和同生堂大药铺。铺面颇具气派，货色的丰足、金银的吞纳，可冠同业。从估衣街北至南运河之间这一大片居民区，俗称“侯家后”，是否由于地处侯家宅院的背后而得名，恐怕连权威的风俗史家也无从得知。侯家在这里确实住过好几代人。据说最早一代的侯家人就开了这两个店铺，到了善于经营的侯善颐手里，买卖就更加大发了。

侯家不是内地来的土财主，也不是南边来的商人靠一笔非分的横财发家的那种暴发户，而是地道的本地商绅，根基牢固，底子雄厚，买卖做得平稳扎实，不会像暴发户那样：平地忽起三千丈，又可能在一夜之间赔得倾家荡产。侯善颐比寻常商人更胜一筹的是他好读书，肚囊中很有些墨水。他得了书的好处，看得清世上风云变幻与各种暗礁险滩，对于人生事理也颇有一些见地。他遇事懂得伸缩，不会只顾眼皮子底下瞧得见的一点点实利，因此，他不像一般沾满铜臭的商人叫人讨厌。他给人一种念书人的雍容娴雅的气派，面孔长得清秀，举止文静，身子单薄得很，毫无北方人的特点。至于他为人处世、生活小节，也不像一般商人那样庸俗鄙琐。

他和任裕升一样，早早死了老婆，也没有续弦。但他没有和任裕升相同的顾虑，而是甘心过老鳏夫清心寡欲、简单消闲的独居生活。那时，有钱的人弄几房妻妾，纵情声色，是很自然的事，他鄙视这种生活。侯家后一带拥挤了许多妓馆，几条花街柳巷中，整天车水马龙，闪动着豪富们花花绿绿的衣衫，但从来没见过他的踪影。

死去的老婆给他留下两个儿子，小的就是侯少棠，大的叫侯万棠，娶了一个开钱庄老板的独生女，名叫金采莲，生了个男孩儿，乳名唤作香娃。没过几年，侯万棠背后长了个疽，折腾几个月就死了。这期间，金采莲的父亲在租界与洋人争一块地盘，受到旧日的仇人从旁陷害，气郁成疾，窝窝囊囊地死了，母亲本来有老病，勾起来了，也相继而亡。金采莲无从投奔，便带着孩子在侯家守节。可是她守节刚刚两年，突然疯了。她究竟为什么疯的，没有人知道。据侯善颐说，这是由于她思念亡夫所致，其情可谓感人。侯善颐常在人前流露出对这个命运悲惨的大儿媳的恻隐之情……

一个处在高宅深院中的家庭，总有许多难解的曲折，潜藏着一些龌龊的秘密，不为人知。侯家虽然不是聚族而居，没住着一个亲戚，但这几个人之间的关系，就相当紧张、肮脏，甚至是可怕的。家中一些男仆女婢，凭着耳听目察，看得出任凤仙由于自己生不了孩子，而对有孩子的疯妯娌怀着深深的妒忌。金采莲的疯病总也好不了，但她很少打闹。自她犯病那天起，就一句话也不说，整天瞪着一双又黑又大的眼睛走来走去。她不用别人照料，生活全能自理。奇怪的是，她对香娃很是疼爱，收拾得干干净净。疯子是否也有母爱呢？任凤仙常常骂闲街，影射金采莲是在装疯。无论她怎么骂，金采莲还是那副疯疯癫癫的样子。她疯得时间长了，容貌也变了，上下眼皮变得乌黑，远看眼窝好似两个圆圆的黑洞，像骷髅那样吓人，目光总是直的；枯黄的脸像一片叶子，毫无表情。只是偶然间她眼里会射出一道冷漠、仇视、叫人恐怖的光来。这道光十分强烈，咄咄逼人……在这个家庭中，沾点亲戚来谋生的大凤夹在当中，是很可怜的。侯少棠是个霸王，又是个淫棍，大凤常受到他的欺侮，并因此还要受到任凤仙的妒骂。任凤仙整天待在家中没事，除去搬弄是非，找些闲气之外，还时时用她鼓鼓的大眼睛跟踪侯少棠，不叫他挨近大凤。这样，她反而成了大凤的保护人了……有些心计的仆人暗想，金采莲发疯的原因是否与侯少棠这条淫棍有关呢？

多亏侯善颐还活着，他要是死了，这个家很难想象会变成什么样子。他像一个威严的主帅，压住了这团乱糟糟的队伍。

他是严肃的主人，终日里不苟言笑。虽然他从不打骂仆人，却没有一个仆人敢在院子里大声说话。在仆人的眼中，这位老爷比糟糕的少爷不知要好多少倍。老爷说话句句合情合理，行为拘谨，甚至对仆人的过失也很少追究。当然他要求仆人们一切按规矩办事。

他请邻人程子久用馆阁体的正楷字，把朱夫子的《治家格言》抄了四条，裱成轴儿挂在堂屋正中，自己带头照那些格言做，地上有了字纸，便叫仆人拾起来，放在大门外崇文会发给的草篓里去。这些行为给仆人们传扬出去，在闾里间，他颇有些好名声。当时，邑绅们很热心倡办赈济穷人的义事，诸如粥厂、恤嫠会、救生会、延生会等等。这些邑绅们为了表白善心，还成立了放生会、掩骼会。他都拨银资助，而且做得诚诚恳恳，规规矩矩，认真不苟，不像有些财主那样虚情假意，为了沽名钓誉，来凑凑热闹，故此，他反得了急公好义、救穷济贫、温良慈悲的美名。当然不免有人把这些无可挑剔的行为归为伪善。侯善颐听到这些议论，并不气恼，而是摇着头感叹地说："人言可畏，人言可畏呵！"仿佛已经看破红尘。此后，他果然把买卖交给儿子去做，自己退隐在家，吃好的，喝好的，会会来客，读读古书，养了满院子的花草，很少再到铺子里去。铺面的事都由侯少棠料理，旁人问他为什么脱离买卖，他就眯起细小的眼睛，微微含笑，摇着手，不予解答。他似乎做起超凡脱俗的隐士来了，但外边的慈善事却依旧认真去做。看那些爱评论人家短长的人还有什么说的？然而，儿子侯少棠的行为，又把他给人的这个印象破坏了。

侯少棠不单是个有钱的阔少爷，胡嫖乱赌，酗酒成性，还仗着身强力蛮，会点武功，和巴虎那群混混儿厮混一起，成了地面上的土霸王。他长得健壮精悍，并不粗鲁。侯善颐曾希望他学些学问，考个官做，但他看不进书去，喜欢耍胳膊踢腿，常常逃开家里的私塾先生，到街头找摆场子的武师学艺。从小他在外边撒野，常打伤了人叫人家找上门来，这使侯善颐很伤脑筋，早早给他娶了老婆，以为他可以安分守己在家过日子了，谁知更坏事。这儿媳妇是头野牛，骄横暴躁，又不生孩子，年年到娘娘宫拴娃娃，放在屋里成了摆饰。两口子常常打架，打起来就挺凶，这么一来，反把侯少棠外边闹的乱子搬到家里边闹。

侯少棠与巴虎本来没有来往，不过由于侯家的买卖正在会友脚行的地盘上，搬运的活计都是会友脚行包揽，两人就常有接触。他们又都住在这一带，难免打头碰面。但侯少棠家里有钱，婚后又有岳父的权势做靠山，没必要像一般富家子弟那样，对巴虎过于将就，只是客客气气而已。后来，他们之间出了一件事，关系变了。

那是一年的3月23日，娘娘宫的娘娘过寿诞，照民间俗例，此日出皇会。民间各会都要出会，表演歌舞百戏，以示恭贺。宫南宫北的大街上，住户搭起罩棚，海河内香船云集，都来观看。侯少棠的老婆任凤仙也乘了轿子去看庙会。她在娘娘宫前下了轿子，刚巧碰上巴虎一群经过这里。那时女人很少上街，巴虎他们并不认识她，再说，任凤仙长得肥胖，腰圆臀大，模样又丑，偏偏装扮得挺浓艳，使人看了不禁发笑，跟在巴虎身旁的好色的白德山说了几句取笑的便宜话。任凤仙在家里霸道惯了，哪肯吃亏。她又是在内地县城长大的，更不知此地混混儿们的厉害，上去就吐了一大口唾沫，正吐在巴虎的嘴巴上，并怒吼着："你们瞎了眼，要是不知道老娘是谁，就到估衣街上打听打听去！"

巴虎听了，二话没说，转身走了。傍晚，带了四五十个混混儿，拿着枣木棒子，到了侯家门前，叫嚷着非要这位二少奶奶给他左脸上的唾沫舔下去不可。侯家吓坏了。

侯善颐素来胆子不大，怕事，因想多送些钱了事，但被儿子侯少棠拦住了。侯少棠整天在外边混，比老子更懂混混儿的规矩。他出去把巴虎一群狂徒请进门来，在当院摆了四大桌酒席，摆出来酒海肉山，请混混儿们吃个够，又把老婆叫出来给巴虎赔礼，黄三秃等人还是不依不饶。幸好混混儿们中间有几个认得侯少棠，从中做和事佬，千说百劝，侯少裳又说了不少懂理儿的讲面子的话，巴虎才作罢了。不打不成交，这么一来，侯少棠竟和巴虎做了朋友。

侯少棠本来就很蛮横，自交上这帮朋友，染上了混混儿的气味，做起事更加横暴。乡里间吃他亏的人渐渐多了，但没人敢招惹他，甚至怕碰见他，他就得了个“夜猫子”的绰号。

巴虎为他壮着势面，严格说是壮胆量。他呢？以老丈人在官场里的门路为巴虎排解一些棘手的事。两人互相利用，说不好谁上谁下。去年，河楼教堂重盖起来，侯少棠通过一个与他家做买卖的英国名商戈林，结识了教堂的本堂神甫伊恩森德，被准予入教。从此，不知不觉地他比巴虎高了一头，巴虎不知不觉由称呼他二弟，改称他为“二少爷”。巴虎也想入教，来托他的门路。其实巴虎托别人办亦非不可，但巴虎怕这样办会惹恼侯少棠，给他从中作梗，反而麻烦，索性就来求他帮忙。侯少棠把这件事一直拖到今春，等自己在教堂里的地位相当牢固时，才拉巴虎入了教。教徒之间，是以同神甫的关系的疏密来分高低的，这样，侯少棠始终在巴虎上头。

侯少棠在外面为非作歹，侯善颐当然知道，但无可奈何。他说他把买卖交给儿子做，也是为了把儿子拴在柜上，实际上，侯少棠并不为其所囿，反而愈闹愈凶。外边的人说，侯家的老爷虽好，却无能管住这个逆子。有的人却不这样想、这样说，因为侯善颐表面上退隐家中，但铺面上的一些大事，侯少棠回到家中仍要找他商议。近几年侯家专做紫竹林内戈林洋行的生意，侯家为洋行代购鹿茸、大黄、人参、棉花和乌枣，侯家的铺面又专门代销戈林洋行的远洋轮运进港的洋布、洋药和樟脑。同泰布庄几乎成了洋布店了。然而，这些洋买卖恰恰都是侯善颐退隐之后，由侯少棠出头做的。侯家自从做了洋买卖，横财直入，无人不知。所有的买卖又全是侯少棠跑到紫竹林的洋行里谈成的，侯家从来不邀请洋商到自己家中来。此外，侯善颐为什么自己不入教而允许儿子入教，并和神甫拉拢得那么近？他是从教案那年过来的人，自然深知百姓们把洋人洋教恨入骨髓。是否他躲在背后，叫儿子出头露面和洋人打交道？果真这样，他倒是极有远见的。所谓处世经验，无非是做事时总留一点退身步。以侯善颐的年纪、经历、见识和人情的练达，很可能有这些想法。不过，人心都隔在厚厚的肚皮里，只从旁猜一猜是靠不住的。

没过多时，巴虎从教堂出来了。他不知侯少棠夫妇是否已经休战，不愿意去掺和，便回到行里，打发人把侯少棠请来。侯少棠到后，两人到后边一间小客室说话。小客室光线幽暗，迎面摆一张镂花的大木榻，铺着褥垫。榻上正中间放一个小桌，隔成左右两个座席。两人都放浪惯了，当下往榻上随便一躺，摊开身子，跷起大腿，好像被猎枪打翻的两只野猪。

巴虎告诉侯少棠，神甫得到消息后，马上动身进城去找县太爷，请县太爷派兵缉拿那个流窜回来的郑玉侠。巴虎说，神甫今天表现得特别气愤。他听说郑玉侠回来了，当时就把茶杯摔了，并把桌上的墨水盂扔在地毯上，溅污了一大片；他出门时忘了开门，差点撞在门板上；走出教堂一段路又打发随从回去一趟，因为他忘记戴帽子了。自从去年年夜教堂被烧，始终没捉到那个纵火的女子，一提起此事，他就大发雷霆。一个左右别人命运的人，叫一个小小女子狠狠干了一下，又无法报复，怎不使他气恼？他发过誓，一定要亲手把这个烧教堂的女子碎尸万段。但仅仅一句解气的誓言是于事无补的，报复的念头渐渐成为一种空望。后来，乖巧的教徒们凑了一大笔钱把教堂修复了，并尽量避免谈到烧教堂的事，一切才渐渐恢复平静。今天，郑玉侠的出现又勾起旧事，尤其是郑玉侠留下的红绳子的话，简直要把神甫气得发狂了。神甫刚才与巴虎分手时说，他同意侯少棠与巴虎的主意，尽快干掉卢家一家人，绝掉祸根；又在卢家周围设下罗网，侯捕郑玉侠。但神甫认为，让官府除掉卢万钟，这容易，可除掉卢家兄妹就比较难了。因为卢万钟属于烧教堂案子里边的人，卢家兄妹并不在此案之中。要除掉这兄妹俩，必须神甫本人出头和官府交涉，迫使官府在案情上弄虚作假，这就太费劲了！倘若传扬出去，必然会惊动市民舆论，惹出许多麻烦。最好的办法，莫如由他们暗中下手，既不借助于官府，也不惊动一般百姓……巴虎说到这里，向侯少棠这边凑近一些，轻声说：

“教父的意思，眼下仇教的风一天天紧起来，这种事干在暗处比干在明处强。他说，要干得神不知，鬼不觉，杀人不见尸首，能做到一滴血都他妈找不见才好呢！”

侯少棠听了，不以为然地笑了笑。他在巴虎面前总表示出好勇斗狠、死活不在乎的横劲儿。其实他是个少爷，不过气儿粗、性子暴，并没有混混儿那种不怕死的天性，胆量也差得多。他问巴虎：

“兄弟打算吗时候办？”

“晚上吧！这种事白天没法办。”

“尸首扔到哪儿去？”

“这好办！咱把那卢大宝大卸八块，东一块，西一块，扔到西窑洼的大水坑里就行了！”巴虎说。

“卢大珍呢？”

“也那么办。不过，先得让我……”

巴虎说着，眼角放出一种光来。侯少棠明白了，肉囊囊的脸上立即泛起淫荡的笑的波浪。他放低嗓子，怪声怪气地说：

“那可是个闺女……你他妈还真能琢磨！”

巴虎露出得意夸耀的笑意。他刚才说话间，已脱下鞋袜，此刻把跷起的脚趾头拨动得嚓嚓响，没说话。侯少棠又说：

“那闺女是有两下子的，你可得留点神！”

巴虎不当回事地笑了笑，蛮有把握地说：

“一个小娘儿们还不好对付！我先把她打服了，叫她乖乖听我的摆布！”

侯少棠听了这话，眉毛一动，忽问：

“听你说话，你知道我想的是吗？”

“吗？”

“我在想，你的小娘儿们好办，我那个老娘儿们可不好办！”

巴虎想起刚才任凤仙撒泼的事，他犹豫了一下，便说：“二少爷，您听明白了，咱哥儿们可不是以疏间亲，依我看娘儿们的事没嘛难办的。她们不过是桌上的摆饰，手里的玩物，炕上养的小猫儿。她们有嘛能耐？最多不过哭一鼻子。论力气，没咱大；骂起街来，咱他妈挑最难听的骂两句儿，保管她们还不过口。有几个像郑玉侠那么恶的，即便是她站在咱面前，还不是叫她死就得死?!”他瞟了侯少棠一眼，见侯少棠发怔地听着，便换了个口气说，“当然，二少奶奶是千总爷家的金枝玉叶，跟他妈那些穷娘儿们不一样。她不过和您闹腾闹腾，还主得了您的事？别往心里去就是了！”

侯少棠听着，忽然仰面大笑起来。他胖大的身子在榻上打个滚儿，翻身坐起说：

“兄弟！你这番话说得倒不错，真可以找个幕牍代写一篇什么‘论娘儿们’的文章，送到《国闻报》上登一登呢！”

巴虎也咧开嘴笑了。他摇着又短又直的五个手指头，说：

“我他妈比不上您，肚子里一滴墨水也没有。论什么娘儿们不娘儿们的，论论她们还不如治治她们呢！”说完，他抓起桌上的茶壶扔出门去。小伙计们闻声跑进来：

“嘛事？巴爷！”

巴虎又抓起桌上的盖碗儿扔在这伙计的当胸上，水溅满襟。巴虎骂道：

“还问我嘛事?!王八蛋！茶都凉了，换一壶热的来！”

第八章　“我恨你！”

小木门吱呀一响，一个人走进漆黑的屋里，轻声说：

“哥，哥！你睡了吗？”

没有人回答。这人摸进里屋，在黑暗中嗒嗒儿声打着火镰，将浸在油碟里的灯捻儿点亮。屋内的一切显现出来，照出了点灯人，是一张女孩子的面孔。灯油少了，光线晦暗不明，但看得出这是卢大珍。她额头和鬓旁的头发像秋草那样缭乱，容颜显得憔悴、郁闷，无精打采的。她四下里一看，屋内空空无人，冷冷清清。当她的目光碰到条案上一块灵牌——那是她娘陈菊香的牌位，身子瑟缩地抖了一下，赶紧把目光移开。天气虽然入春，夜间还是挺凉的。她从床上抓起一件夹袄套在身上，在扣襟上扣襻儿的时候，忽想到这是她娘生前常穿的袄，心里一酸，眼里涌出泪水……

她坐在炕沿上等候哥哥大宝。昏黄的灯光给屋内添上一种愁闷的感觉。她盯着眼前一片杂乱而静静的黑影，想着身边乱七八糟的事情。她知道哥哥又去城里找倪长发、于环等人去了。他们常在一起商量怎样解救爹爹卢万钟，想尽了办法，又是活动人，走门路托人情，又是集凑银子向衙门行贿，但这是教案，神甫在那里盯着，谁也没办法。倪长发等人倒是非常义气，甚至想去冒死劫狱。可是此地的大狱是很难打进去的，卢万钟被捕后所押的地点又十分秘密，很难得知。前几天，于环通过一个表兄弟买通了西头大狱里的一名狱卒。狱卒接受了六十两银子，答应代为探听。今儿，大宝哥就为听回信去的，卢大珍并不抱很大希望。几个月来，爹爹毫无音信，妈妈难过得心疼病发作突然死去了。她没遇见一件好事，希望破灭得次数太多了，她甚至不敢再抱什么希望……

很晚了，大宝该回来了。

门外有人叩门，多半大宝回来了。她撩起衣襟抹抹挂着泪珠的眼角，出去开门。门开了，进来的不是哥哥，而是一个陌生的姑娘。在银白色的月光下，看得出这姑娘身段绰约，面孔很是俊秀。她问这姑娘找谁？这姑娘稳重地说：

“屋里说吧！”

卢大珍引她进了屋内，未等说话，这姑娘先露出热情的笑容，笑容又使这姑娘显得俊美可爱。这姑娘说：“你是大珍？”又不等大珍回答就冲动地说，“我叫李月枝，郑师姐管我叫‘三姑娘’！随你怎么叫都成！”

“郑师姐？”卢大珍一怔。

“是呵！”李月枝像对待早已熟悉的老朋友那样，亲热地对大珍说，“就是你郑姐姐呀！她叫我找你来的！她要见你！”

“郑……她，她在哪儿？”卢大珍的声音吞吐不清。

“在不远的地界，正等着你哪！你快随我去吧！”

俊美的李月枝似乎预料到卢大珍必然要迸发出一种激情。她笑眯眯站着，白白的脸蛋上出现一对酒窝儿的又小又圆的影子，仿佛等待卢大珍这种激情的表露。可是，与她的预料和期望刚好相反，卢大珍竟然非常冷淡，蹙起眉头，偏过脸躲开李月枝的热情的目光，淡漠地说：

“找我干吗？只要她过得随心就行啦！找我又有嘛用？”

李月枝听了十分愕然，这情况出乎所料，她不明其故，但依然真切而又急迫地说：

“大珍，你郑姐姐就惦着你，惦着你们一家人。她特意叫我来瞧你，领你去见她。卢大伯的事她都知道了，想找你去问明实情，好想办法去救卢大伯……”

卢大珍听后，依旧不为所动。她偏着脸一动不动，眼瞅着暗处，仍用刚才那种冷淡的口气说：

“请你带话给她，我们不用她惦着。瞧不瞧我，也不要紧。至于我爹……谁也救不出来他。既然我们倒那么大的霉，认头也就算了！”

李月枝从她冷冷的话中感受到一种执拗的、坚决的拒绝，显然卢大珍和郑玉侠之间存在隔阂，可能还是一种误会。不管是隔阂还是误会，看样子一时难以消除，何况李月枝根本不知道究竟为了什么，恐怕连郑玉侠也不会想到呢！李月枝为难了，该怎么办呢？她左右看看，顺口问：

“你哥哥大宝呢？”

“还没回来……”

“你娘呢？哦！”李月枝问到这儿，忽然停住了口，因为她发现条案上的油灯旁立着一块灵牌。那灵牌像一块碑石的木制模型，上边扣个塔顶似的帽子，下边是木头镟的带足的方座。灵牌上的墨笔字在闪动的灯光中赫然入目。牌前摆两个碟儿，凄冷地放着四个小馒头和两个干瘪的果儿。李月枝惊慌地问：“你娘她什么时候……怎么会……她不是挺好的吗？”

“是挺好的！现在也是挺好的——她不受这份罪了！”卢大珍扭过脸来，明显地激动起来，“反正我们家都是实心眼儿，不会只管自己，不管朋友！不会闯了祸，自己一跑了事！更不会忘恩负义！”

卢大珍正与李月枝面对面，气愤的情绪使卢大珍黑黑的眉毛直抖动。李月枝却从这几句气话听出来一些缘故，俊美的脸上露出柔和与宽解的微笑，方要开口为大珍解除误会，屋门呀地一响，进来一个人。卢大珍见是和她要好的姑娘大凤——自从卢万钟入狱，卢大珍得到的有关她爹的一鳞半爪的情况，还都是大凤在侯家窃听到后偷偷告诉她的呢——现在，大凤神色匆匆，似有什么急事。

“嘛事？”大珍问。

大凤瞅了瞅眼前这个陌生的姑娘欲说又止，犹豫不决。

“你说吧！不碍事儿！”大珍对她说。

大凤说得很快，好像要一口气说完：“今儿中晌，会友脚行的巴爷到我们那儿去，说郑玉侠郑姐姐回来了。听说郑姐姐拿了三根绳子，要河楼教堂的神甫、巴爷和我家二少爷上吊。也不知这三根绳子怎么到巴爷手里的，看样子，他们还真把那三根绳子当回事了……”

卢大珍听了这莫名其妙的事，无意中瞧了李月枝一眼，李月枝正对她含笑不语，笑中有一种神秘又得意的神气。卢大珍不明白她为什么有这样的神气，但她来不及弄明白这种神情，因为大凤的话说得太快了。

“后来，二少奶奶和二少爷为这事打起来了，巴爷就走了。没多久二少爷也出门了。刚才二少爷从外边回来，进门没说两句话就劈头盖脸把二少奶奶狠打了一顿，边打边说：‘对你们娘儿们就得治！’二少奶奶又撒起大泼，骂他不敢惹郑姐姐，就会欺侮她。二少爷说：‘不敢惹？今天我他妈专治娘儿们，有一个算一个。你瞧着吧！连他妈那个打铁的闺女在内，我斩草除根，半个不留！’我一听吓坏了，本想找娟子给你送个信，可一想娟子她娘规矩严，晚上不叫她出门，我就赶紧跑来了。大珍，你快躲躲吧！我听二少爷的话不是气话，是有来头的。哎，你哥大宝呢？”

“他进城去了，也该回来了！快到撞钟时候了！”大珍说。

“那你先躲躲吧！要不找找大宝去。大珍，我得先回去了。出来时候长了，回去不好说。”大凤说着，上去拉着大珍的手，她柔顺的目光中流露出又焦急、又爱怜、又同情、又难过的心情，“快点吧，大珍!”她摇着大珍的手说。

卢大珍连连点头答应，一方面感谢，一方面为了使这个好心善良的姐妹放心回去。

卢大珍把大凤送出去，自己回到屋中，心里如一团乱麻。她的处境出现危险了。李月枝叫她随自己走，她执意不肯。她说她要等大宝回来，他们兄妹自有办法，绝不麻烦旁人，好像她不愿意在困境中接受帮助因而放弃旧怨，看来成见太深了！李月枝感到郑玉侠和卢大珍之间由于误解而结成的扣儿，竟是死死的。误会有时是很难办的，它往往比错误造成的隔膜更不容易解释清楚。它需要平心静气的解释，推心置腹的剖白或真凭实据的证明，而这一切都来不及呀！况且，卢大珍的这个误会对郑玉侠来说，还是绝想不到的呢！刚才，郑玉侠托李月枝来找卢大珍，含着多么深挚的情感呵……李月枝眼前掠过刚才的一幕——郑玉侠对李月枝说：“为了我，卢大伯在牢里给他们弄成残废，还不知大珍、大宝、卢大妈知道不……”她说到这儿忽然哽咽了，扭转身去，背朝李月枝说，“三姑娘，你无论如何也得把我大珍妹找来。我等着她……”她的声音变得很小，仿佛只有这样小的声音才使情感保持住平衡。李月枝猜想得到郑玉侠背过去的脸是怎样的表情……然而，那时郑玉侠还不知道卢大妈已经不在世了，卢大珍又是这样的冷淡、固执，心灰意冷。李月枝不觉对眼前这个苦命的姑娘产生了爱怜。她把手搭在大珍的肩头，说话时的感情很冲动：

“大珍妹，说真话，我不知道你为什么不想见你郑姐姐，我担保她也是完全想不到的。几个月来，我们在一起，她是多么想你呀！我们都不知道你家出了这么大的事！你爹的事只是今儿来到这里才听到的。你娘去世，你郑姐姐还不知道。她还叫我问你娘好呢……她要是知道，不知会……大珍，你郑姐姐无亲无故，心里只有你和你们一家人呀……既然你要等候大宝，我就先走一步，赶紧把这里的事告诉郑师姐，她会跟着就跑来的……”

卢大珍听了最后这句话，赶紧拦住了说：“不，不，别叫她来！我，我，我在这儿待不住。大宝哥一来，我们马上就走。”她对李月枝抖动着嘴唇，激动地、决然地说，“烦你告诉她，我不想见她！”说完，她好像给谁推了一下，往旁边踉跄一步，险些跌倒。李月枝抓住她的肩膀，把她扶住："你怎么啦？大珍，你怎么……"

卢大珍慢慢推开李月枝的手，说：

"你，你走吧！"

她的声音里含着很深的痛苦，然而李月枝没有时间来劝慰大珍。她要把这里发生的事情尽快告诉郑玉侠，卢大珍的处境是危险的！她对卢大珍说：

"我先去了。你等大宝哥回来，马上找个地方躲躲。如果你们没地方躲，就到运河边归贾胡同口，那儿停着一只木船，船桅上挂着个小红灯笼。要是在那找不到那只挂灯笼的船，就沿着河边一直往南，准能找到。我们都在那船上……你听见了吧，大珍，呵，大珍！"

李月枝一直等卢大珍点了头，才转身往外走，才走出大门几步，又返回来，不放心地叮嘱大珍：

"要是大宝哥一时回不来，你也要先躲躲。要不你去找大宝哥……你要来找我们，可留意船桅上那个红灯笼呀！我们……反正我准在那儿，要不，你……我等着你吧！"

她，真是为难极了！

油碟儿里只剩下一点点油底子了，灯芯又结了挺长的花，劈啪地响。卢大珍无心去挑它，任凭四周的一切变成一堆乱七八糟的黑影子把自己围在当中。期待着未归的哥哥——这是她唯一可以相依相靠的亲人了，一边想着才刚这些事。想到闯下大祸跑掉而把灾难留给她一家人的郑玉侠，想到狱中的爹，以及大凤送来的危急的消息和自己的处境，还有妈妈……她哭了。她哭了一会儿，又想着眼前这些使她伤心、愤恨与担惊受怕的事。这时，屋外似乎有响动。她想是哥哥回来了，忙走出屋去开院门。

打开院门一看，并没人，却有一顶轿子停在门口四五步远的地界儿。她挺奇怪，不觉上前去看，忽然，身左右黑影一闪，未等她明白是怎么回事，一个黑乎乎的东西飞到她头顶上，把她罩住。这可能是个大麻布口袋，把她从头罩下来。她飞起一脚，没踢着暗害她的人，却被几只粗硬的手按在地上，任凭她本领高强，遭此意外袭击，也还不过手来，跟着就有几道绳索将她上上下下死死缠住。她开口叫喊，又有一团棉布似的东西，隔着布袋狠狠塞进她的嘴里。然后，她被抬进轿子里。

她知道自己被掳劫了，使尽力气也无法挣脱，想呼救又无法喊叫，只听轿子外边有一片脚步声，有几个男人在说话：

“里边没人?”

“没人。那小子跑到哪儿去了呢?”

一片脚步声，她听出是一些人在她家跑进跑出。一个尖哑的嗓子骂道：

“王八蛋！还待在这里干吗?！巴爷叫你们快把这小娘儿们抬到行里去!”

另一个声音说：

“三爷！你跟巴爷、二少爷在这儿等着那小子吧！我跟他们去，别叫这小娘儿们半路上挣脱了!”

“行，快去吧!”

卢大珍立即明白对她下手的是谁了，紧急中，她想到出外未归的大宝哥可能遭埋伏，便大喊起来，但布团塞满口中，只能听见自己的声音在喉咙里呜呜地响。

一个人钻进轿子里按住她，轿子被抬起来一颠一颠地向前走了。按着她的人不规矩起来，用力扳她的肩膀，搂她，捏她。一只瘦硬的手野蛮地上上下下摸着她。她使劲扭转身子，挣扎着想摆脱，弄得轿子剧烈地颠簸。只听抬轿的低声叫道：

“白四爷，您叫她老实点。这么折腾，轿子没法抬!”

轿子里这人只得罢手。走了一段，这人又撒起野来，可这时轿子像扔在地上似的，猛地一蹾，停住了。外边响起抬轿人的一声惨叫。另一人大呼：

“白四爷！不好!”

轿子里这人蹿了出去，传来几下刀剑碰击的刺耳的声音，接着是一声尖嗓门的惊呼，随后又是奔跑的脚步声。很快，这些声音都消失了。卢大珍又听到几个人踩着轻轻的脚步，走到轿子跟前。她很紧张，却听到一个清脆的声音，像女人的，但听不太清楚，因为声音很低。

“抬走，快点!”

她觉得轿子掉转了一个方向，忽悠忽悠飞快地走起来。怎么？这些人不是刚才那些人，她被救了吗？她被抬到哪里去？她想活动一下身子，想问，但动弹不了，说不出。

轿子行了一段路，好像上了一个坡，又下了一个坡。只听前面有人打招呼似的问：

“怎么抬个轿子来？里面是谁？”

这边回答道：

“还有谁？在轿子里边哪！”

前面那人高兴的声音：

“好，好，快抬上来！”

这回大珍听清楚了，两边说话的都是女人。

轿子好像被抬过一个颤悠悠的狭窄的道儿，随即放在一块平地上，耳边响起流水的声音。

有人掀开轿帘，给她割断捆在身上的绳索，搀扶出来，又掏掉塞在嘴里的布团，除掉布罩。卢大珍忽觉四外开阔，浑身凉爽又松快，这才知道自己是站在船板上，只见对面立着几个女子，笑吟吟看着她。这几个女子个个陌生，仔细一看，认出其中一个是刚才去过她家的李月枝。中间一个身材不高，头罩青布，一身黑衣，脸儿挺白又很秀美，眼睛细长，目光温和而冷静，给人一种威严庄重和不凡的感觉，好像庙里的娘娘，有一种看不见的力量，一下子把人笼罩住了。卢大珍觉得这女子头上边有个东西灿灿耀眼，抬眼一看，原来是一盏艳红的小圆灯笼，高悬在船桅顶上。这时，中间那女子说：

“大珍，你得救了！”

卢大珍这时才醒悟过来，明白是怎么回事了。她刚要叩头答谢相救之恩，李月枝笑着说：

“不，不，大珍妹，先别忙着谢。你大宝哥刚才回家与那群恶徒厮打一阵子，我们的人已经帮着他脱险了，他跑到什么地方去了还不知道。大珍，你别谢我们，营救你的事，都是你郑姐姐筹划的。她正等着你呢！”

李月枝说完回身招呼一声“郑师姐”，只见从船舱里猫着腰走出一个瘦瘦的人来。她头顶上盘一个扁扁的发髻，穿着青衣黑裤，腰间扎一条带子。卢大珍一看，正是与她从小就朝夕相处、突然离别了数月的郑玉侠。

郑玉侠啊！在这张她太熟悉了的浅黑色的脸上，带着一种难言的激情。本来，这一双情同手足的姐妹在痛别之后再相逢时，感情应当是又苦又甜又单纯的。然而，由于郑玉侠知道了卢大珍对她的误解，这种心情就变得非常复杂了。

卢大珍看着她，突然后退两步。卢大珍对郑玉侠是一种什么心情呢？原来那种根深蒂固的情谊，被愤恨的浪潮压倒了。她一双眼睛里流露着由于内心强烈的矛盾而产生的深切的痛苦。这痛苦叫郑玉侠看了，受不了。她克制不住了，一步步向大珍走近，眼眶里的泪水在颤抖中滴滴嗒嗒往下掉，“大珍……”

可是，就在这一瞬间，卢大珍一跺脚，对她瞪大了眼，狠狠地说：“我，我恨你！”说完转身在跳板上跨了两步，跳上岸去，跑上岸坡，头也不回地飞快跑去，夜很黑，很快就不见了。

“大珍，大珍，你……”

李月枝边叫着，边带领一个姑娘随后追去。

郑玉侠直条条站着，她的眼睛瞪圆了，没有目标地朝前望着，目光尖利而可怕，好像神经病要发作似的。

第九章　疑神疑鬼

老爷和少爷们今天都在发肝火。

侯少棠因为没能如愿地除掉卢家兄妹，回家后让老婆任凤仙饱尝了一顿老拳，在任凤仙肥厚的腰窝上捶出两个烧饼大的青紫疙瘩。巴虎得知掳到了手的卢大珍竟被反劫回去，两个抬轿的混混儿还受了伤，气得他直发昏。白德山说劫走卢大珍的一共四个人，都是紧身黑衣，并用黑布蒙头遮面。联想到去年郑玉侠烧教堂时的装束，他猜想这就是郑玉侠。巴虎听了并不太信。他疑心是好色的白德山买通了抬轿的混混儿，把卢大珍弄到什么地方藏匿起来。后来，由于发现那顶用来劫卢大珍的轿子被扔在南门外的臭水坑里，才相信这件意外的事属实。竟有人敢劫他，这使他十分恼怒。一天里，他打坏了两个小伙计，砸碎了一个漂亮的洋座钟，打断了一条马腿，并差一点和白德山闹翻了。

县太爷也发火了，因为派出去的快班既捉不到郑玉侠，也抓不着卢家兄妹，这几个人好像云燕，一闪即逝，藏到云彩里去了。县太爷本是个慢性子，慵懒、怕事，不易动肝火，但今天也很反常，竟然对衙役班头吹胡子瞪眼，啪啪拍着桌案；还在吃饭的时候，顶撞了他素来畏惧三分的太太。这原因很简单，只为河楼教堂的神甫逼他逼得太紧了。

神甫的火就更大了。如果他站在暗处，几乎可以看到头顶上蹿出来的忽闪闪的小火苗儿。辱骂之声在教堂里回响着。他骂这些办事的人无能、迟钝，是笨蛋。他说，主也不喜欢忠于他的废物。他要挟县太爷如果再不快快了结烧教堂一案，就把这件事作为教案，提交给驻津的本国领事，找大清国北洋帮办大臣、总督裕禄直接交涉，甚至要请樊国梁大主教和总理各国事务衙门交涉。县太爷害怕了，为了使神甫暂且缓和下来，答应先砍掉押在大牢里的卢万钟。但这件事又完全出乎他们的意料，办得更糟。

卢万钟一直押在离西关刑场不远的西头大狱里，此事绝密，没人知道。转过两天的晚间，卢万钟被从狱里提出来锁进刑车。在押往刑场的途中，忽然从道旁跃出六七个人，都是强壮的汉子，执械劫人。押送刑车的兵弁有十来个，两方面立即开打。这时，不知从哪里又来了四五个骑马的人，个个包头蒙面，提刀仗剑，协助那群劫刑车的汉子们，袭击兵弁。这些人都骁勇异常。经过一场短促、激烈而凶狠的格杀，兵弁们全部倒在地上，非死即伤。这些人用刀砍碎刑车，把卢万钟劫去了。一个受伤的兵弁过后追述这个情况，说当时由于这些人来得意外又迅猛，天色又黑，他没有看清其中任何一张面孔，尤其是后来的一群骑马的蒙面人，脸上的布都遮到眼睛下边，更无法辨认。他们帮助先到的那群人劫到了卢万钟就呼啸而去。据这个兵弁说，蒙面人来去如飞，个个武艺非凡，打完就走，好像从天上下来的似的。他自己就是给蒙面人打伤的，幸运的是，他在就要被刀砍中的一瞬间，脚尖绊在一个树棵子上，而身子倒下的方向和刀砍的方向一致，靠着这种侥幸只被刀尖划开皮肤，没有切入骨肉。他说，那一刀来得太快了，想躲是没法躲的。他能躲过去可能是因为他头天晚上为得病的老娘去庙里烧香，老天被他的孝心所感，才救他免遭横祸。

无论如何，本地像这种劫刑车的事，过去从未发生过。这可真把道州府县的大老爷们全惹怒了，也使他们恐慌起来。当官的就怕民心动乱，还怕在小百姓面前显得无能。但劫刑车的事很快就传开了，闹得街谈巷议，满城风雨。事过之后，作案的那群人以及被抢走的卢万钟又无影无踪，查找不到。到底是谁这样胆大妄为、神出鬼没呢？说是郑玉侠一个人干的吧，与事实不符。那么，又哪来的一群？

神甫真气急了，气得他脑袋里好像有根筋嘣嘣跳的疼。他用两个大拇指使劲掐前额的头皮，在两边的太阳穴上留下许多红色的指甲印。他的胡须生得太茂盛了，像一团深秋时的龙须草，发红、打卷儿，遮盖住下半张脸，只在张大嘴巴说话时，才从中间闪露出又尖又白的牙齿：

"很明显，又是烧我教堂的那个郑玉侠干的！镇台！你们只用疏忽大意呵、失职呵、欠周密呵，解释不了发生的这一连串的事情！不客气地说，我在想，这些每天都在作乱而你们怎么也捉不到的人，是不是得到官府的纵容与袒护？不，不，你不要解释。解释是最无力的，有时它是用来遮丑或当作一种欺骗的手段。这个郑玉侠烧了我的教堂，我却连她的面都没见过。对！你们也没见过。你们一直用她逃掉了的话搪塞我，可这次她又回来了，已经在城里待了好几天，还给我送来了上吊的绳子，伤了人，抢走了卢家兄妹，前天又从你们手里劫走了卢万钟。你们还说什么？对，你们会说，她劫走了卢万钟就该跑了，逃到天涯海角永远不回来，再不敢跑到你们的眼皮底下。如果这样，你们敢不敢保证她不再出现，保证我和我的教堂的安全？"

"神甫，我来正是这个意思。方才知县大人与我商议，要在教堂周围添设巡哨，严加防范，以防匪徒滋事。至于作乱的犯匪，官府岂能纵容再三，时下已派兵队，会同府县快班四处巡缉。只要这群匪徒还在本县境内逗留，迟早能抓捕归案，神甫尽管放心好了！"

说话这人穿便装袍褂，灰亮的小眼儿，瘦瘦的面颊，唇上两抹油乌的八字胡，修得齐整，好像墨笔画上去似的。他坐在一张软椅子上，双手放在膝头，硬板板挺着胸脯，神情严肃又练达，带着一股武人的做派。他就是任凤仙的父亲、津城的四门千总任裕升。旁边坐着他的女婿、胖大的侯少棠，隔过一张华丽的桌案，坐在对面高背的皮椅子上的大胡须、正在生气的外国人，便是河楼教堂的神甫伊恩森德。他年纪有五十多岁，中等偏高的身材，结实，健壮，但已谢了顶。他穿着一件宽松的圆领黑袍子，两条胳膊神气地放在椅子的扶手上，右手的食指不自觉地嗒嗒敲着。他们眼下是坐在河楼教堂内的一间房子里说话。从细长窗洞射进来的桔色的夕阳，把他的胡须照得如同炉中烧红的一团铁丝。他对任裕升的答话很不满意，眼神由愤怒变得阴险和刻薄起来，用质问的口气说：

“镇台，你怎么看待这些事件?”

“怎么看？匪民作乱呗!”

“你说，哪来的匪民？我问的不是郑玉侠一个，而是这一群!”

“乌合之众呗！还不是郑匪在外面勾串来的歹徒?!”

神甫冷笑一声，意思是任裕升的答话是他早预料到的。他沉住气再问一句：

“这么说，你们仅仅把它看作是个别的孤立的事件?”

“这怎么说?”任裕升迷惑地说，“此事难道还有旁的勾挂不成?”

伊恩森德神甫严肃下来，说：

“镇台！外边闹义和团，你们这儿被劫了刑车，就不能把这些联系起来看?”

任裕升听明白了神甫的意思，但他摇了摇手说：

“本官还看不到其中有何联系。郑玉侠一群劫刑车、抢囚犯，无非是为了解救她的师傅，报私仇。至于外边的拳匪，虽然日渐猖獗，但要祸及津门，也非轻而易举之事。这是什么地方，岂容匪类胡闹?”

“呵，好想法，好想法。只怕你想法虽好，而事与愿违呢！镇台！你比我更清楚现在的局面。据我所知，天津之外广阔的土地上，找到义和团比找到柳树还容易。世界上的顺民比犀牛还要少，除去顺民，其余人都可以成为义和团，尤其是这些仇视我们的人。难道你们要等这些人的脑袋包上红布，才相信义和团出现了？怎么不能认为郑玉侠就是义和团呢？我看她是，那群人都是!”

“不，我保管不是。神甫!”任裕升的口气非常肯定。

“为什么?”

“拳匪都是男人，他们不收女流之辈。”

神甫也知道义和团不收女子的规矩，他受到有力的反驳，停顿不语，但出于自尊，他有些恼火，便提高嗓门，用一种对中国官员习惯了的训话的腔调说：

“镇台！那个被劫的卢万钟并不可怕，他已经残废。据说被劫时，你的一个士兵又砍了他两刀，他不会活太久的，至于郑玉侠一群是不是义和团，也可以暂且不论。我看可怕的倒是您（神甫一直对任裕升用‘你’称呼，这里改称为‘您’，并非尊敬，而是讥讽。）的见解。我认为，天津并不像您想象的那样保险和太平，它是义和团最终的攻击目标。因为他们的目标是我们，而我们正好就在这里！在天津！”

在任裕升听来，神甫的话是有理的，但他这个人很不喜欢洋人。洋人横霸于中国，欺凌百姓。其势汹汹，凌驾于官府乃至朝廷之上，他看不惯，感情上也受不了。当然，他也不准许小民们胡反乱闹。他希望国朝仍像康乾年间那样，外夷臣服，边土无犯，百姓也顺从不贰。堂堂大清焉能为远来的番邦倭寇所辱？为此，他决不像一般官员那样对待洋人低眉俯首，丧尽大清王朝的尊严！神甫的命令与训导式的口气，刻薄的言辞，高倨在上的神态，使他颇为反感，心里闷着火，说话便有意抵触，自然他又不敢惹翻洋人。反正他不苟且，不逢迎，公事公办，用不着说好听的话哄他们痛快。像他这样的官员在当时官场中已属难得，为数少得很，就像长了六个指头的人那样罕见。

“怎么？拳匪会到这里来？不会，绝不会！至于外边的乱匪，官府自有办法。制台大人早派了马步各军驰往各地弹压。各县都出了告示，饬令拳匪所立坛口尽速撤除。本城内，连摆场子要艺卖武的也一概禁绝。拳匪无处插足，如何闹得起来？要不是郑玉侠等几个反徒暗中扰乱，地面上也算平静无事。您还怕教堂出事？明天，这一带再添上些巡哨，您自管高枕无忧就是了！”

神甫不高兴地摇着头，胡须擦着前襟沙沙作响：

“不！镇台，如果你拿我的教堂打比方，可就失去说服力了！这座教堂在三十年前只剩下一堆木炭。去年，如果没有您的女婿见义勇为，今天我们只能换个地方谈话了。这座教堂是你们百姓狭隘和无知最好的验证。它的遭遇告诉我应当怎样看待你们和你们的百姓。不管义和团现在哪里，它可怕的阴影已经投照教堂的大墙上。遗憾的是，看见这阴影的人并不多！”

一直缄默地坐在旁边的侯少棠开口了。不知是因为神甫夸赞他"见义勇为"而受宠若惊，想乘机讨好，还是怕老丈人与神甫谈得不融洽，惹恼神甫，反正他觉得自己不该再沉默了。今天他随任裕升同来，本想借官府要为教堂添设卫哨一事买好神甫。偏偏老丈人犯了死硬劲儿，好事不好说，弄不好会适得其反。他扭脸对任裕升挤挤肥胖的眼角，说：

"岳父，我们教父担心拳匪在咱这儿露头，请您防备得严实些，早点把郑玉侠他们抓到手，也省得给您和县太爷找麻烦。教父是一片好意……"

神甫听得话顺耳，话锋变得柔和一些，不再针对任裕升。他点着头对任裕升说：

"你们中国人有句话，叫'防微杜渐'，好像还有句话，叫作什么？对了，叫'除恶务尽'。我担心你们太大意或太宽容。镇台，你的女婿是个圣徒，他知道，主虽然慈善与宽容，却从不宽赦一个恶人！"

任裕升见对方态度有所缓和，自己也换了一种口气。他漂漂亮亮打着官腔：

"我乃大清官员，剿除乱民是分内的事。外匪绝不会闯进城来，郑玉侠若仍逗留在城中，保管也跑不出去。我已达知四门卫兵，查看所有进出城门女人的手，只要发现缺手指头的女人随即抓捕起来，并且派人四处搜寻，连同卢家一家人在内。"

神甫微微点首表示赞同。侯少棠见机，又转过来为任裕升说话：

"我岳父办事，向来只讲究做，不讲究说。"

神甫露出笑颜，这种笑仅仅是一种客气。其实他心里并不信服官府会有什么作为。在他眼里，大清王朝是世界上最庞大、臃肿，又最无能的政府。尽管当官的不把小百姓当作一回事，视他们为自己铁脚掌下的虫蚁，只消一跺脚，就会把他们碾死，根本不相信作乱的小民能够成事；但是神甫和洋人们所畏惧的，却不是官府，而恰恰是那些乱民。官府无能又无害，乱民则不然，他们天不怕，地不怕，敢抗官府，敢反洋人，劫刑车，烧教堂，肆无忌惮，而且像野草，才除掉了，转眼又葱茏一片……

神甫向来不愿意和任裕升打交道，讨厌任裕升这张硬板板的、从不赔笑的脸。虽然今天任裕升该说的话全说了，该办的事都答应办了，他仍是不满意、不愉快，原因又不都在任裕升身上，一种泛泛的忧虑、隐隐的不安，像云烟一样缭绕在他心头。因此，他把任裕升送出教堂，没等他们跨上坐骑，就回身进了教堂的大门。

侯少棠随岳丈任裕升踏上回去的路。两人缓缓并辔而行，因为要说些避人的话，就打发跟随的差人离得稍远一些。一路上，侯少棠的话题总离不开劫刑车的案子。任裕升看出，这位女婿对此事比县太爷、比神甫更为关心。他头次发觉，这个凶恶的女婿平日里胆大包天，什么样的狠手都敢下，真遇到了事，也不怎么样！其实，去年年底，郑玉侠跑了，侯少棠曾暗自嘀咕过几天，担心郑玉侠暗中伤他，可是这种担心很快就过去了。因为郑玉侠如同石沉大海，销踪匿迹。卢万钟被抓进衙门后，正月十五灯节那天，倪长发、于环一伙曾到他家门前耍了一通大刀，向他示威。他又担心了些天，怕倪长发和卢家兄妹找他的麻烦。那些天他很少出门，铺子有事都是代管的掌柜到家里来找他商量。但好多天平安无事，并没人惹他。他以为，这多半是因为卢万钟押在狱中，那伙人怕再闹事会牵累卢万钟。可怕的事，日子一长也就淡了。于是，他又出门、上街、进城、逛妓院，并依旧在外边欺侮人。

自从郑玉侠重新出现，事情接二连三发生，都围绕着他，特别是刑车被劫之后，他才愈加感到不妙。起先郑玉侠留下那三根红绳子时，他听巴虎说，只是郑玉侠独自一人。后来，卢大珍被劫、卢大宝被救时，忽然出来五六个人。这次劫刑车竟变成两群人，一群精壮的汉子，一群纵骑的蒙面人。这到底是怎么回事？从哪里来的这些人？究竟还有多少？从蒙面人的装束来看，大概都是女人，其中有郑玉侠可以确定无疑。但除去郑玉侠，那几个女子又是谁呢？他琢磨不透。至于那一伙男人，他猜想可能是倪长发、卢大宝、于环等人。县衙门派人盘查了，结果并不如他揣测的那样。因为倪长发、于环等人都有邻居亲友联名做保，证明这几个人在出事的当天没出过城。这事真怪了！几个仇人和一群不知根底的人潜在身边，而且本领都很高强，来去无踪，神出鬼没，谁知何时会跳出来在他背上插一刀？害怕是一种想象，愈想越吓人，正所谓“疑心生暗鬼”。这几天他又干脆躲在家中，如果非出来不可，便在怀里揣一把短刀，以防不测。他甚至想到紫竹林找戈林先生，弄一柄小洋枪随身携带。看来，抓不到这些人，他吃饭没有胃口，睡觉也不踏实呢！

"岳父，回头您跟县太爷说说，要紧的是郑玉侠那几个女的，可得认真找一找。她们到底是嘛人，真叫人费解……还有卢家一家子。"

任裕升的灰眼珠斜睨他一下，见女婿的肉脸上已把重重的心事流露出来。他捋着稀疏的短须干笑了两声说："几个女流，你理会她们做什么？不管神甫怎么看，我看她们已然离开这里。人救走了，城里查得又严，她们不走有什么好处？不过，神甫有些话亦令人深思。眼下拳乱日甚一日，制台大人派了梅军门、张观察、杨管带带领兵队往景州、任丘、新城会剿查办，看来……"他压低声说，"景况很糟呢！根诛未净，反而顿形猖獗。今天，县太爷从制台大人处回来说，宣化的延庆、京东蓟州、邦均、宝坻、丰润，以及南边的静海、文安、霸县，聚匪尤多，遍地教堂都烧了，在教的很难幸存。听说朝廷里为这件事意见纷纭，争得厉害，有的想化私团为官练，消匪患于无形；有的力主严办，一鼓荡平。制台大人已是五中焦灼，莫衷一是。匪势猖獗得很，弹压不住，我看照此下去，很可能要酿成巨乱……"

"呀！方才教父也顾虑到这些。您怎么不透露一二，叫他好防备防备。"

任裕升低头看着马鬃，没说话，眼角的皱纹里稍微现出一点点讥诮。侯少棠没发现，他脑袋里满是这些刚刚听到的消息。任裕升没抬头，又对他叮嘱说：

"少棠，我这些话，你可不准对外人说！"

侯少棠一怔，跟着明白过来，忙支吾说：

"知道。岳父自管放心好了，您的话，我向来是左耳朵进，右耳朵出……"

"心里该存些事，嘴上莫乱讲就是了！"任裕升这才抬头看他一眼，再无讥讽意味，而用一种长辈的关切、劝导的严肃口气说，"少棠，你是个明白人，无论何事都得三思而后行，钻头不顾腚的事干不得。我有些话一直未肯对你明说，今天索性说了，你就是听不入耳，想也不会记恨于我……你平日做事不加约束，结下仇人不少。俗话说'冤家宜解不宜结’，你不是不懂这层道理，而是火气盛，不在乎这些。你知道冤家仇人何时找上门来？你能担保郑玉侠、卢万钟就此作罢？其实他们犯了案，何劳你去出头？天津不是块肃静的地方，自从同治九年闹出教案，民怨极深，直到今天，郑玉侠他们闹的还不是这笔旧账？如今拳匪又闹起来了，这儿有租界，洋人聚集于此，保不准要出大变故。你是在教的，谁都知道你与神甫过从甚密，又做洋人的买卖。我看……你得早做打算，凡事避避风头。教堂的事敷衍敷衍算了，至少也该少出头，不必挺身弄险，与隔教的人作仇。一旦有变，神甫、洋人都可以远避重洋之外，你能躲到哪里去？少棠，我这话可太爽直了！”

“好，好！岳父为了我好，也句句都在理！”侯少棠感动地说，眼里有种如梦方醒的神情，亮闪闪的，态度真诚不假。

有的时候，人很想叫人骂一骂，好像非此不痛快。别看侯少棠平时像头狮子，挨近他都不成，今天却不同，只要对他的心思，打几下都可以。任裕升见了，欣慰地笑了。他倒不认为女婿会从此浪子回头，改恶从善。只要他听得进去一点做人的道理，已经很不容易了。任裕升打着趣说：

“你何必谢我？其实这些话你父亲不是也常对你说？今天，要不是事情闹到这样紧迫，你未必能听得进去这些话……唷，你瞧咱们到哪儿啦！该分手了！”

侯少棠四面一瞧，好像到了一个陌生的天地中间，再一细看，背阳的黑乎乎的城垣就在不远的前边，身后响着南运河的流水声。原来他们一路说话，不觉已过窑洼浮桥。任裕升要回城，便与侯少棠分手。两人在马背上拱手作别之时，任裕升说：

“少棠，我还有件事托托你。”

“嘛事，岳父自管说。”

“请你多多照应我那个不懂事的闺女，不必跟她一般见识！”任裕升说。

侯少棠心里一动，马上明白任裕升是什么意思。前天，他打了任凤仙，任凤仙曾找任裕升去告状。任裕升肯定很生气，但现在当面一句客气话，却把对侯少棠的责怪与不满全包括进去了，弄得他无法辩驳，面上很窘。一种假意的赔笑把五官牵扯得很不协调。他只得尴尬地唔唔了几声，便与任裕升分了手。他一边往回走，一边寻思这老东西真够“江湖”的，做事多么老到，含而不露，绵里藏针，说话既有分寸又厉害。其实，有分寸的话才是厉害的。自己呢？锋芒毕露，做事又太绝，不留半点退身步……尤其入了教之后，更放开胆子，并又总想在教徒中间冒头。他娘的！现在想缩都缩不回来了！

“二少爷，您回来了！”

一个声音把他从焦虑中唤醒。只见两个头戴黑色瓜皮小帽、短衣打扮的仆人站在门楼子底下。转瞬之间，他已经到了家门口，心想，今天怎么啦？掉魂儿了吧！方才不知不觉过了桥，现在又不知不觉回到了家。走了这么长的道儿，怎么一点也不觉得呢？

他下了马，把马鞭子扔给仆人，闷闷进了大门。

侯少棠进得屋来，摘下硬壳的缎面的帽翅，嗒的一声抛在桌上，又扒掉袍子、马褂往椅子上一扔，身子一歪仰面朝天躺在榻上，眼珠子溜溜地看着粉白的屋顶，脑子里又转起刚才那些想法。这时，窗外忽然响起啪啪两声，跟着是孩子的哭喊和一个女人刺耳的尖声叫骂。

“原来是你，死不了的玩意儿！我早晨见这些花秧子给揪了，问你还说不知道，这回我看你认不认？你给我起来！跪直了！”

侯少棠闻声翻身坐起来，隔着窗玻璃向外望，只见老婆任凤仙双手叉着粗腰站着，地上跪着他的侄儿香娃，抬起小手抹眼泪。任凤仙骂得火起，扬起裹着水红色绣鞋的肥脚往香娃的当胸使劲一踢。香娃手捂胸口在地上打着滚儿，发出一声声凄厉的尖嚎。大凤从廊子上跑过来，见此情景不知该怎么办，又急又怕，战战兢兢对任凤仙说：

“二少奶奶别生气了，香娃他不懂事。”

任凤仙不理大凤，描过的弯眉向上一挑，对香娃直吼一声：

“给我跪直了，听见没有?!”

这当儿，通往里院的门洞那边忽然发出一个古怪的惊喝声：“哦——呜!”

但见门洞口站着一个瘦高的女人，非常可怕！她蓝衣黑裤子，脸儿枯黄，简直是一片干枯的大长叶子；黑乎乎的眼圈，目光灼灼逼人；

一绺乌黑的麻线般的头发从两只眼睛中间穿过，斜垂下来，阴森森地遮住鼻子和脸颊。她直瞪着任凤仙。

任凤仙见是疯嫂子金采莲，不觉怔住了。金采莲一步一步直条条朝她走来，一直走到她面前，眼眶瞪得好像要裂开了，射出两道仇恨的光焰来；两条胳膊猛烈地抖着，同时从胸腔里发出一种粗重的发怒的声音。这完全不像是女人的，甚至不像人的声音，好像是被激怒的野兽发出的胸音，或是狂风在狭道中打旋时的吼声……

“哦——呜！哦——呜！”

“干吗？你要干吗？！”

任凤仙面上虽然挺横，声音已经打颤了，而且不由自主往后退了半步。面前这疯女人的样子实在吓人！

金采莲猫腰从地上把浑身是土的香娃抱起来，像大猫与小猫打闹那样，低下头把嘴唇按在香娃泪痕斑斑的脸上，使劲地、贪婪地胡乱亲吻着，转身向自己的厢房走去。她边走边发出“哦——呜，哦——呜！”的叫声，声音凄惨，令人毛骨悚然。

任凤仙等金采莲回了厢房，才恢复了神气，胆子又大起来。她骂着：“什么玩意儿！真不是人做的！从小就不做人事，长大也不是好东西！有人生没人养的狗杂种！”骂来骂去就骂到金采莲身上，“养不了孩子就别养。扫帚星！早晚把一家人全克死！”

她正骂得起劲，堂屋里有人用劲咳嗽两声。任凤仙明白这是侯善颐在表示对她的不满，阻止她闹。她顿时又冒起一股邪火，鼓鼓的大眼瞟了一下门窗紧闭的堂屋，有意再歪两句词儿给侯善颐听：

“我上辈子作孽了，嫁到这家来……男不男，女不女，老不老，少不少，没一个好玩意儿！”

在旁边的大凤一听她犯到老爷头上，怕生出更大的风波，悄悄溜走了。然而，堂屋里并没什么动静。不知侯善颐耳朵背，没听见，还是装听不见。任凤仙火发得差不多了，也骂得没劲儿了，才走回自己的屋子，一边嘴里还嘟囔着：“嫁的人家不好，嫁的人好还可说。哼！嫁这么个王八蛋，哦——”她一脚迈进屋门，见侯少棠仰面躺在床上，心里吓了一跳，说，“你多咱回来的？”

“方才。”侯少棠嘴唇动了一下，目不转睛地盯着屋顶。

任凤仙心想自己刚才骂他的话，准叫他听到了，她瞟了侯少棠一眼，侯少棠不动劲儿地躺着，好像生气那样，脸上的肉平平板板，鼻孔里呼哧呼哧喘着粗气，看来他又要找个岔儿和自己打一架了。任凤仙虽然也敢和侯少棠闹一闹，但也怕侯少棠的拳头。前天给他在腰窝捶了几下子，疙瘩没消，喘口大气还疼呢！此刻，只有低着点腔儿，跟他找点话说。可是和他搭讪了几句，她发现侯少棠并无意和自己打架，反而比自己还和气，心想，这小子怎么啦？是不是成佛啦？她斟碗茶水，给侯少棠放在身边的茶几上，坐在近旁，和侯少棠扯着话：

"刚才巴虎来过，我问他有嘛事没有，他不说。可他又叫我告诉你，你要找的几个人还是没找到。他叫你到衙门方面想想办法。哎，你要找谁呀？"

侯少棠没答话，声音也不出，出神地想着心事。他正在想：他妈的你巴虎可够鬼的！事情大多是你干的，郑玉侠的手指头是你砍的，挑了卢万钟脚跟上大筋的主意是你出的，抓卢家那小娘儿们的歪点子也是你出的！你他妈想把卢大珍弄到手为了嘛？为了我吗？现在可好，事情变了，你嘛事都叫我蹿到前头。你他妈有群混混儿围在身边，我单枪匹马，孤身一人，弄不好叫他们在大街上给我飞来一刀。你却支着我东跑西跑，不是拿我当枪使唤吗？你够什么朋友？我呢，我又为了嘛？没我的什么便宜！这王八蛋，敢情耍着我玩——侯少棠愈想愈气，嘴向上一噘，使劲来一下："呸！"

侯少棠这一下把任凤仙吓一跳，以为侯少棠这回是朝自己来了。侯少棠从嘴里喷出大口唾沫，却都落在自己脸上。任凤仙分外勤快地从柜子上取了一条面巾递给他。他接过面巾抹了抹脸，顺手往远处一扔，掉在屋地中央。任凤仙的鼓眼睛睁得溜溜圆，好像等着侯少棠恶虎般扑过来，把雨点般的拳头落在她身上。在这紧要关节的时候，门外一阵喧哗，仆人跑进院子，上堂屋禀告老爷客人来了。侯善颐头戴帽子走出屋，刚提着袍襟走下台阶，客人已进了二道门。原来是街坊程子久带闺子来访。父女俩穿着出门应酬拜客才穿的好衣服。程子久手里拿了一个包好的纸卷儿，大概又是侯善颐请他写的条幅或画的花鸟山水。侯善颐把他让进堂屋，一边叫大凤来陪程秀娟，可程秀娟没进屋，和大凤在院子里说着话。

任凤仙见是个脱身免祸的机会，忙自言自语地说，要到外边看看来客，就走出房，到院子里和程秀娟扯起闲话。她问东问西，程秀娟笑嘻嘻应答着。

程秀娟嗓音清亮，又爱笑，这少女的悦耳的说笑声，就像叮当作响的泉流声传进屋来。躺在榻上的侯少棠，不由自主地眼珠一转，脑子也转到程秀娟的身上。程秀娟白净秀嫩的小脸儿浮现在他眼前，阵阵笑语声又使这幻觉的脸儿变得笑意盈盈。他想，要不是身边的黄脸婆赛过母虎、胜过雌狮，他真想把程秀娟弄过来充个妾室。跟着，一股强烈的欲望涌上来，使他忽然想到应该去请巴虎，帮他把这轻盈动人的小娘儿们弄到什么地方去，做个外室。嘿！这事得叫巴虎出头了。自己帮了巴虎那么多忙，又是入教，又托衙门给他了事，他帮自己做过什么？他要推阻，就跟他翻了！想到这里，不由得又想到刚才任裕升的告诫。可是他每逢要做这类事，总是不管不顾，干了再说。于是他又把任裕升那些话反过来想想，自取安慰，心想，自己怕什么？什么拳匪不拳匪，在哪儿呢？这儿，洋人有枪又有炮，谁敢跑到这儿折腾来？郑玉侠又算个屁，想必早跑到八百里地之外去了！刚才，准是任裕升那老混蛋故意拿话吓唬自己，给他妈的泼闺女出出气罢了！谁敢把我在教的侯二爷怎么样?!

他想得兴奋，劲儿愈来愈足，翻了一个身，觉得身下有件什么东西，抓起来一看是一张黄纸，像张符纸，上面写着字；再看看，不觉吓了一跳，嘴都张开了。他想了想，喊了一声："凤仙！"任凤仙走进来。他问道：

"这张纸是巴虎刚才拿来的吗？"

"哪张？嘛纸？"

"这！这张！"他晃了晃手中的黄纸块，急躁地说。

"不是呀！巴爷根本没进屋，他在院子里说了几句话就走了！"

"哦……还有谁来过？"侯少棠脸上变得惊慌失色。

"没有呀！嘛事？你怎么啦？"

"你过来看！"侯少棠低声紧张地说。

任凤仙走到他跟前，凑过一张香喷喷、搽粉涂脂的白脸，开口念着纸上的文字：

恶贯满盈，
天地难容；
再行歹事，
收尔魂灵。
佛法无边，
心诚则灵；
不拜邪教，
只拜祖宗。
日日申刻，
举香向东；
三拜九叩。
自得安生。

两人相互瞠目结舌。许久，任凤仙仿佛才领悟到这文字的真谛：“准是你造的孽太大了，把神仙惹怒了。这是张催命符吧！”

“去你妈的！我们在教的，不信什么神仙，就信上帝！”侯少棠嘴硬，却对老婆的话半信半疑。这时，他抬起头来，看看屋顶、梁木、四壁和室内的一切，连同自己的老婆在内，都好像那么陌生、奇怪、无关。他怔着。屋外寂静得宛如深山老林一般，其间隐隐约约有一种呜呜的声音，声调哀怨凄婉，不绝如缕。他倾耳细听，这是疯嫂子金采莲的啜泣之声。

“那两个王八蛋走了吗？”他问。

“哪两个？”任凤仙反问他，“你那疯嫂子和小该死的吗？”

“不！那个穷卖画的和他的闺女。”

“走一会儿了。你没听见那丑丫头还隔着窗户和我打招呼呢！瞧她长得那份德性，美不滋的。单眼皮，一脸雀斑，像沾满脸茶叶末子似的。薄命相……”

侯少棠没心听老婆这些泼醋的话，一挺肚子跳下榻来，拿着那张吓人的催命符往外就走。

“你去哪儿？还不老实在家待着？!”任凤仙对他说。

"我哪儿也不去！我的奶奶——"侯少棠又要发火，瞪着眼叫着，"我总得问问家里的人，这玩意儿到底是怎么来的吧！"

第十章 千古奇冤

在城南二十多里的李七庄与东边的白塘口之间，有一大片纵横交错的河汊子，没有正式的河道，舟楫不能通行，但却是捉虾捕蟹和打水鸟的好地界。河汊间一块隆起的高地上，有几间不起眼、矮墩墩的泥屋，被杂乱的柳树林子包围和遮掩着。如果不是在屋旁河边的树干上拴一只小船，看不出这里住有人家，倒很像去年涨水时给渔人废弃了的房舍。就在这屋中，卢大珍和哥哥大宝守着爹爹已经八天了，看来爹爹的性命愈来愈没希望了。

劫刑车那天，爹爹被押刑车的兵勇在胸口和后背上砍了两刀，当时就昏死过去，流的血多得可怕，抬到这儿还一直昏迷不醒。但今天早上他竟然睁开眼睛。他叫大珍把他的枕头垫高些，要水喝，还要吃羊爆肚儿。大珍激动极了，非要到海光寺给爹爹买碗羊爆肚儿吃不可。这家的主人沈振海不叫她去，因为他们是秘密隐藏在此的，外边风声很紧，正在缉拿他们。沈振海自己要去，大珍不好意思麻烦别人跑那么远，来回得走三十里地，她叫大宝去，但沈振海人很实诚，他见卢万钟好容易醒来，自然希望儿女守在跟前，便执意要去，争了半天还是沈振海去了。

屋里只剩下卢家三人，卢大珍坐在炕沿给爹爹喂水，卢大宝坐在一个矮腿的小板凳上，不眨眼地看着衰弱不堪的爹爹。卢万钟露出笑容，他看看兄妹俩，又看看四周，声音软弱无力地问道：

"咱这是在哪儿？你妈呢？"

卢万钟被押在大狱四个月，家里出的事他全不知道。听了爹爹的问话，卢大珍忽然哇一声哭了起来。她从小没离开过爹妈，无话不对爹妈叨念。但几个月来爹妈硬被扯走了，她受了那么多的苦难、委屈、惊吓，能对谁说？大宝虽是哥哥，人却粗拉得很，又不爱说长道短，像块木头，对一切事，好像都没什么反应。她平时顶要好的两个姐妹，一个是郑玉侠——甩掉她跑了；另一个是娟子，被妈妈圈在家，难得一见。家里出了这样大的事，她不愿意找人的麻烦和讨厌。现在，爹爹又回到眼前，可以对亲人说冤道苦了，便流着泪水把爹爹被捕后的一切，包括妈妈的死，家里的日子，亲朋的热情帮助或白眼相待，以及混混儿们怎么欺侮她，都说了。她一直说到现在，但就是没提郑玉侠。父亲是荫庇女孩子的大墙，卢大珍好容易靠在这面墙上，一味地倾诉苦痛，哪知道这面大墙横遭重创，已然脆弱极了，经受不起沉重的打击，特别是死了老伴……

但卢万钟忍着，克制自己。自己是男子汉，是父亲，是需要给别人力量的人。

卢万钟从女儿的口中得知，这期间，平常尊敬他、接近他的那几个青年——倪长发、于环等人非常义气，在他患难之时显出了真诚和豪杰本色。大珍大宝的日子就是靠这几个弟兄慷慨相助来维持的。这次劫刑车也是他们买来的消息。那天劫刑车，其实他们都去了。事先，他们用了许多巧计，用装病在家、暗中溜走的“金蝉脱壳”“移花接木”等计谋骗过了街坊的耳目，使得事后官府来盘查时，街坊们当真给他们做保。卢万钟被抢救后就藏到这里来。这里离城远，地僻人静，比较保险。主人沈振海是倪长发的表哥，原有一老母，新近才死的。他年纪轻，没有娶妻，一个人以张网捕鱼、打野鸭子为生。枪法极好，通晓些武艺，人很义气，乐于助人。这次劫刑车他也去了，并担着风险请卢家三口子躲在自己家中。他和卢家本来素不相识，仅仅因为与倪长发是表兄弟，就冒着风险，竭力相救，使得卢家兄妹感激得不知说什么好，好像说什么也没有分量。

“大珍，你玉侠姐呢？”卢万钟忽问，“她还活着吗？抓起来没有？”

卢大珍皱起眉毛，摆摆头没有说话。

“她在哪儿？你们后来瞧见过她没有？”

卢大珍眼盯着前面破烂的墙壁，冷冷地说：“还提她干吗？咱倒霉就倒在她身上了！”

“什么？你怎么这样说话？她在哪儿？她娘呢？”卢万钟对女儿的话很惊疑。

“不知道，和她一块跑了呗，要不也死了……”卢大珍说。

卢万钟再次被震惊：“这是怎么回事？”他见女儿负气似的坐在那

里不答话，便转向大宝焦急地问，“怎么回事？你们怎么不说呀！”

卢大宝知道妹妹为什么原因不说。他怕爹爹着急，便吭吭巴巴地都对爹爹说了。当说到前些天郑玉侠重新出现在城中的时候，他的话被爹爹打断。卢万钟的神情迷惘，好像追述梦境似的说：

“原来她真的还活着。真怪呀？我在狱里梦见过她，还真是脸上蒙块黑布来救我……好像对我说：‘卢大叔，我坑害了您……我把您救出去就该离开您了。我再没脸见您了呀’……好像她还对我说……说什么呢？做过这梦之后，我一直想，玉侠大概给他们抓去弄死了。这是托梦给我……”

“这是真的，爹！”卢大宝说，“大珍妹还给夜猫子和巴虎他们劫了一次，就是玉侠姐带人把大珍救下来的。”

“哦！她带着什么人？”

“不知道，听大珍说都是些女的，大珍还瞧见玉侠姐了呢！”卢大宝说。

“真的？大珍，她说什么了？”卢万钟问。

卢大珍的目光一直没离开眼前的破墙，赌气地说：

“我没理她！忘恩负义，理她干吗？！”

卢万钟惊愕极了，似乎完全不能理解女儿为什么这样做，又不知怎样扭转女儿不该有的偏执，急得他脑袋微微摇动。卢大宝向来不会察言观色，只管接着自己的话说：

“劫刑车那天，不知她怎么得的信儿，带着一群人骑着马赶到了。把您劫下车后，她看见我就问大珍妹在哪里，我说跟我在一起。她又问我要把您藏到哪儿去，我说有地方。她问我在什么地方，我没告诉她，她就哭了，说：‘你们把卢大叔交给我吧！’我说不行。因为大珍妹还在等着您呢！她就说：‘你们把卢大叔藏好，可千万不能叫卢大叔再落到他们手里！’说完，她把一小口袋铜子塞在我手里，上了马，头也不回就走了。我想把钱还给她，可她骑着马一溜烟就不见了……”

卢大宝说着，站起身想拿那袋铜子给爹爹看，忽然，卢大珍大叫一声：

“爹，爹，您怎么啦？！”

卢万钟的后脑壳猛地撞在枕头上，昏厥过去。大珍大宝叫了半天，他才慢慢睁开眼睛，目光暗淡，含着挺深的痛苦。这样子叫卢大珍看得真是难过极了。他蹲了几个月的大狱，受尽酷刑与折磨，完全变了一个人，脸瘦成了一条条，好像肩膀也变窄了；前额顶生出许多又软又长的毛发，下巴和两颊长满黑黑的胡须；脸色苍白难看；原来钢筋铁骨般强壮丰满的身躯，现在软了、干瘪了，脆弱得仿佛任什么也经受不住；尤其后脚跟的大筋被挑断了，两条腿残废，就好像锯断了根的大树，哪里还立得住？更何况劫刑车那天，又让押车的兵勇们深深砍了两刀呢！

卢大珍知道爹爹的脾气，素来刚直好强，决不忍辱偷生，受气活着。可是命运偏偏嘲弄他，无情地折磨着他，尽管有一身非凡的武艺，现在却动弹不得；那条足以使歹徒、使对手和仇人惊魂失魄的铁胳膊，已经像面滚儿那么细、那么软绵无力了。如果他现在躺在侯少棠和巴虎一群面前，只能擎受着侮弄与揶揄。那他真要急死、气死了！大珍再不忍看爹爹这副可怜的样子了！她伏在爹爹身上，伤心地哭起来，委委屈屈地说：

"您别生我气，玉侠姐真把咱一家人害苦了！"

卢万钟瘦削的手抚弄着大珍蓬乱的头发。他知道，孩子们几个月来受了不少冤屈与磨难，真是太苦了。他们自小是爹妈翅膀下面的雏雀儿，哪里受过这样一次次猛烈的摧残？其实，他们只是糊里糊涂地受苦受难，并不知道这一切包藏着一个惨烈的根源。那根源本来已是往日结下的苦果，连卢万钟也没料到今天又落地而生，蹿出来更为凄惨的枝蔓。于是，他决定把这件过去决心不说的事情告诉给孩子们。他的声音深沉了：

"大珍、大宝！你们别心疼我。要真心疼我，就别怨怪你们的玉侠姐了！你们要是像她一样，也会那样做。自然，你们不知道那段往事，她也不见得清楚。就是她娘也不会都告诉给她。我自知没多少天活命的日子，知道那段事的只有三个人，你们娘、她娘和我。我猜想玉侠她娘没准还活着，如果玉侠她娘也见了阎王，那知道的就剩下我一人了。我把这件事全都告诉你们，如果将来你们能见到她，就全告诉她……"

卢大珍慢慢抬起头来，见爹爹眼睛里有一种难以捉摸的情感……

“我的孩子丢了！”

“呵，玉侠?！玉侠呀！”

郑五和青年的卢万钟面对面，惊恐地张大嘴，谁都说不出话来了。

那天是同治九年的端午节，距今整整三十年。卢万钟还清清楚楚记得，那天，他给玉侠煮了几个江米粽子，因为玉侠突然失踪，全都干在锅里了。

卢万钟当时二十四岁，和陈菊香才结婚三年，还没有生大宝和大珍呢！郑五比卢万钟长四岁，老婆姓吴名桂花，生个闺女叫玉侠，这年已经五岁了。郑五是个粗石匠，卢万钟是铁匠，两人都是和硬东西打交道，性子刚直，侠义肝胆，又都好舞弄拳棒，武艺上互教互练，互相钦佩，情投意合，遂结为兄弟。郑五住在南城内的大水沟子旁，卢万钟几辈人都居住在侯家后。两家住地相距虽远，却常来常往，有事相助，生活相互拆补。卢家没孩子，常把玉侠抱去解闷儿，郑家夫妇想念了，再接回来。玉侠聪颖伶俐，很会哄大人高兴，她便成了两家共有的宝贝疙瘩了，这天一听说玉侠丢了，可就像天塌了一般。

那时，街上总闹“拍花的”，孩子被拐走的事屡见不鲜，家里有小孩子的父母，为此心中惶惶不宁。玉侠是在自家门口丢的，卢万钟倒好像玉侠是在他家丢的似的。两家夫妇在城里城外白天黑夜找了三天，根本不见孩子的踪影。他们谁也不肯说出口，心里却认准是“拍花的”拍走了。

没过几天，和郑五同街坊的一个小男孩儿也丢了。跟着有人在估衣街当场抓住了两个“拍花的”，把他们扭送到县衙门。郑五和卢万钟闻讯跑去，只见衙门门口围了不少百姓，在大声喊叫，喧嚷一片。两个“拍花的”被人揪着，跪在中间。卢万钟和郑五挤上去抓着“拍花的”发辫追问他们的玉侠在哪里？“拍花的”吓得脸像白纸，颤抖不止，只说他们拐去的孩子都交给了河楼教堂，不知哪个是玉侠。此时，还有一些丢失孩子的父母围在旁边又哭又叫。无论谁问到自己的孩子，“拍花的”就把手向东北边一指，说：“在教堂那儿……”

这是早已传遍全城的事。人们传说教堂的洋毛子花钱雇用了这些“拍花的”，在街上用糖豆花纸引诱孩子，再用蒙汗药在孩子头上轻轻一拍，孩子就会迷迷糊糊跟他们去。这些被拐走的孩子被送到教堂，洋毛子便用尖刀活活挖掉孩子们的眼睛，掏出心肝，做一种十分名贵、能够起死回生、长生不老的洋药。这种过于惨烈和离奇怪诞的传说之所以使人相信，是因为以前很少听说有人丢失孩子，偏偏从前年教堂修盖起来以后就接连发生了。

现在，“拍花的”供认不讳，而且有人当场从这两个“拍花的”怀里翻出来一小捆花花绿绿的洋票子和一大把“北洋造”，这事便令人深信不疑了。

容貌清瘦而端正的县太爷刘杰从衙门里走出来。百姓们跪了一大片喊冤。郑五、卢万钟和几个同样受害的人跑到前面，流着泪，趴在地上咚咚叩响头，恳求父母官为百姓做主，把可怜的孩子们从教堂要回来。县太爷沉着脸，叫衙役们把两个“拍花的”奸人收监看押，上刑审问，并答应众人转天亲往教堂讯明情由，秉公处理，百姓们这才散去。然而一股仇教的热风剧烈地旋转起来，使这个向来安谧平静的城池突然沸腾起来。

郑五回家没见到妻子吴桂花，便出城到侯家后的卢家去找。陈菊香说吴桂花方才来过这里找他，坐了一会儿，听外边一些人闹着去教堂找孩子，她便急匆匆走了，并没说到哪里去，不知她是回城时和郑五走岔了道儿，还是跟着那些人去教堂了。郑五想了想，说：“她去教堂了!”母爱是连心的，郑五猜得对。这时，天已黑下来。卢万钟刚跑了半天，饭没吃就又陪着郑五去河楼教堂，但到了教堂前一看，一片漆黑，静悄悄的，连个人影也没有。他往回走时碰到一个人说，人们都往东门外的仁慈堂去了，据说教堂拐骗来的孩子都圈在那里，有些已经弄死，埋在盐坨边一块教堂专用的坟地里。

他们赶到东门外，远远就见仁慈堂一带有许多灯球火把亮亮闪闪，还有人影晃动，乱乱哄哄，确实有不少人。走近一看，仁慈堂已经被一些执枪拿刀的教徒圈守起来。他们向人打听，得知刚才有一群人冲进仁慈堂院内寻找孩子。不知谁，在盐坨旁的坟地里发现了孩童的尸首，人们又擎着火把拥到坟地里，竟然刨出不少四尺来长的小木匣子，打开木匣，里边真有烂得认不出模样的孩子的死尸。人们惊骇了，激动着，哭喊着，叫骂着。河楼教堂的谢福音神甫立即召来不少教徒，气势很凶。他们说一切事都须经由官府才能交涉，不准擅自聚众闹事。于是凶暴地把查找童尸的人们轰走，把仁慈堂连同坟地一齐看守起来。有人说，还有些孩子在仁慈堂里，人们当然不肯散去，要认领孩子回家。神甫不准，人们便围在那里和教徒们吵吵嚷嚷。

郑五和卢万钟在人群中没找到吴桂花，就绕过仁慈堂，又绕过坟地，终于在黑乎乎的河堤上找到了她。吴桂花一个人站在那里，双手捂着脸呜呜地哭，乌蓝的星天映衬出她的身影。他俩赶紧跑过去。

"嫂子！"卢万钟对她说，"你怎么在这儿哪，该回去啦！"

吴桂花朝他扭过脸来——直到现在，卢万钟闭起眼睛就想起当时她那样子——月光照亮她满脸泪水，那张脸真是痛楚和凄惨极了！她悲痛欲绝地呜咽着说：

"玉侠，她没了！"

郑五一步跨到她跟前，抓着她胳膊，声调都变了：

"怎么？你看见她了？！"

"没有……"她摇了摇头说，"准没了……"

郑五松了一口气，放开手。跟着，他俩劝她回家，告诉她，听说还有些孩子关在仁慈堂里，说不定可怜的玉侠就在其中。明天县太爷来和教堂交涉，找到玉侠还是挺有希望的。现在没瞧见玉侠不是坏事，因为从坟地里找到的孩子都是死的，没找到的才有可能还活着……

吴桂花是个软弱柔顺的女人。她相信他们的话，跟着男人回去了，抽抽噎噎哭了一道儿。

卢万钟送他夫妻俩进了东门，直送到鼓楼下，才各自分了手。分手后，卢万钟往北走了几步，不觉停住脚步回头瞧瞧，南门里大街两旁，店铺挂着的疏疏密密的灯笼把街道分割得一段亮、一段暗；走在街心的郑五夫妇的身影时明时暗，时隐时现。那对身影显得那么凄惨，叫人疼惜万分。卢万钟眼里流着热泪，直到看不见郑五夫妇才转身往家走。他走着，泪流不止，等一会儿又忍不住骂出声来：

"他娘的，该操的洋教！"

第二天清早，城门方启，整个天津锣声大作。紧迫的锣声把人们从家里召唤出来，大小街头挤满了人。依照此地的旧俗，只有发生攸关全城人命运的大事，才在满城串锣集众。由此往前十二年，洋毛子闯进城时，就这么敲了一回锣，传集民众抗击入侵者。今天响锣是因为县太爷要去河楼教堂与神甫对质，足见洋教之害，早使津人感到切肤的痛恨和忧患了。

县衙门口，上千人围着静静等候，郑五夫妇和卢万钟夫妇都挤在中间。

县太爷刘杰身穿补服，神色严峻，走出衙门，上了绿呢轿子，一二十个跟班个个红缨大帽，前面鸣锣开道，后面张着红伞，仪仗整齐庄严。再往后是快班衙役押着那两个“拍花的”。此时，城内街两旁的墙壁上贴满了偈帖；邑绅们送来了四五尺高的万民伞，上面写满了赠送者的姓名，向这个敢于为民伸张不平的县太爷表示崇敬和赞助。

轿子走起来，成千上万百姓、绅士、商民、水火各会都跟在后面。一些兵勇们也告假出营，夹在中间。郑五和卢万钟两家人挤在这壮观的、威风的、长江大河一般的人流中间，眼里都闪着兴冲冲、充满希望的光采。人们用自己的力量鼓舞自己。

事情不如想象的那么顺利。在对质时，县太爷有凭有据，谢福音神甫却胡搅蛮缠，态度甚为强横。县太爷只得回城，向本地品级最高的官员、通商大臣崇厚请示对策。聚集在教堂前的人群却不肯散去，叫喊着非要把事情查清不可。

法国领事丰大业是个相当狂妄的人。他不能忍受中国官民的这种举动，带领着秘书西蒙直奔通商衙门，刚闯进去，抬手就朝崇厚打了一枪。子弹错过目标，擦着崇厚的肩膀飞过。崇厚没见过如此狂暴的洋人，吓跑了。丰大业叫着：“我不怕中国的百姓！”他跑出衙门，正与县太爷刘杰相遇，又朝刘杰开一枪，他的枪法非常糟糕，刘杰与他面对面，没有打中，射出的子弹却打死了刘杰身边的差役高升。

高升卧在血泊里……

人们的忍受到达极限了，愤怒爆发了！当场用拳头和脚把丰大业和西蒙打死在大街上，紧接着，千千万万怒不可遏的人群怒吼着，像潮水一般涌进了河楼教堂和东城外的仁慈堂。

郑五和卢万钟劈开了仁慈堂内的一间密室的门。一座啮人的魔窟的全部秘密披露在人们面前。在这间晦暗、发臭的房间里，幽闭着一百多个孩童。难以想象人间还有这样凄惨的情景。这些孩童赤脚散发，满身疮毒，瘦得吓人。有的瞎了眼，残废了，趴在地上奄奄一息；有的颤颤巍巍走出来，在阳光下，皮肤是黄绿色的，简直像从地狱里跑出来的小鬼儿。他们发出一片可怕的哀号。

郑五、卢万钟、吴桂花、陈菊香挤在人群里，把所有孩子一个个看过，也没找到玉侠。后来，他们在墙角发现几个用草帘子裹着的小小的尸体，这是教堂还没来得及掩埋的，慌忙打开来看，其中一个正是玉侠！她死了！瘦成干柴一般的小手小脚恐惧地抽缩得紧紧的，紧闭的小嘴角还显露着死前的痛苦和惊惧，头发脱落不少，有一块都掉光了，露着头皮……吴桂花当即昏了过去。陈菊香尖叫着、嚎哭着。周围是一片撕人心肺的哀号声，那是孩子们的爹妈或别的亲人们发出来的……

人们愤怒得疯狂了！

疯狂了！疯狂得要毁灭一切。疯狂没有选择。人们打死了谢福音神甫、修女和一个中国神甫吴维辛。在教堂、仁慈堂四周，用鼓、铜锣、铜盆敲起激荡人心的声音，砖头瓦块像雨点一样飞进那些细长的窗洞。一群群人挥着木棒、挠钩、门闩、锄头和亮闪闪的西瓜刀，冲进去砸毁房内的一切。跟着是火油、木头、柴草搬进去了，大火吞噬着罪恶的所在。河楼教堂、仁慈堂、法国领事馆、布道堂和英国人的四所讲经堂，都升起了凶猛的火团与浓烟。半个世纪以来，外国入侵者的狂妄与残暴在此地人心中积下的宿怨，一下子得到痛快的报复与发泄。从三岔河口北岸直到海河西岸，遍地是人，黑压压地遮掩住大地的颜色。人们跑来跑去，所有的心都在狂跳着。

郑五砸了仁慈堂，又奔到河楼教堂。他像疯了似的，嗓子发出怪调，挥出去的胳膊把自己带得如同酒鬼那样趺趺撞撞。他一会儿哭得泪下如雨，一会儿笑起来忘乎所以。他到河楼教堂时，谢福音神甫已经毙命，卧在地上。他上前一把将神甫抓起来，戳在地上用手扶住，就像活人那样。忽然郑五双眼瞪得铜铃一般大，一拳把神甫打出去很远。他又跑进烈火熊熊的教堂，爬上正在焚烧的顶子上，挥动两条膀臂纵情大笑。所有人都看见了他，听见了他的笑声，说他疯了！卢万钟跑上去要把他拉下来，两人站在高高的顶子上，在呛人的烟雾里，郑五张开胳膊把卢万钟抱住了，放声痛哭着说：

“你看见玉侠了吧！你看她那样子……太惨啦！”

卢万钟见他的眼球上布满血丝，通红通红，像一对红果儿，嗓子已经喊得干哑了，没有声音，说话时丝丝拉拉，仿佛什么东西在喉咙里摩擦……

卢万钟也哭了。他刚才看见玉侠那副惨状，被惊呆了，反而哭不出来，只是心里好像塞了一块沉重的东西。他带着这块东西喊呀，叫呀，砸呀，烧呀，此刻似乎才明白过来，才又想起来孩子。该哭了，该痛痛快快地大哭一场。他抱住了郑五，两个结实的汉子搂在一起，像女人、像孩子那样痛哭起来……

教堂烧了，仇报了！该好好劝慰玉侠的妈妈吴桂花了，劝她忘掉过去，重新振作起来，日子总还有希望，因为吴桂花又有了身孕。连郑五也这么劝他的妻子，吴桂花便渐渐挣扎着从苦海里爬出来。生活教会她用自我安慰的办法解脱愁苦，眉心眼角那些皱纹又逐渐舒展开了，眸子里闪出盼求的光亮。她瞒着人，时常悄悄地跑到娘娘宫里，给送子娘娘烧香。她怀着玉侠时，祈求过娘娘给她一个儿子。生下了闺女玉侠之后，她感到很不称心。现在她盼望的则是一个和死去的玉侠一模一样，连话音、性情、眼神都一样的闺女。

可是就在这时，外边哄传被惩罚的洋毛子要挟朝廷一定要治罪那天烧教堂的人，否则，就要炮打津门，攻占京都。据说不少外国兵船已经聚集在大沽口外。人们纷纷猜测，洋毛子会不会打进来？朝廷是何主张？有人说朝廷这一次要袒护子民，抵制外夷；有人说朝廷又要像往次那样，屈从于狂暴的洋毛子；还有人说驻节保定的直隶总督曾国藩马上就要来到天津，抓捕那天闹事的人，凡是烧了教堂和打了洋人的人，都要砍头。这些谣传使气氛紧张起来。有些闹事的人悄悄地倒锁上门，远避他乡。卢万钟几次来劝郑五夫妇也到外边躲一躲，郑五起先不信谣传，不肯走。可是风声愈来愈紧，卢万钟又总来催促他走，他心里活动了，开始做些打算。哪知事情变化得那么快，曾国藩如一阵狂风赶来了，并即刻来个满城搜捕。郑五正在当院凿石头，忽然闯进来几十个穿黑衣的捕快，凿石头的扦子啮啷一声落在地上，他被捕了！

所有被捕的人都受尽了酷刑。吴桂花得知后，哭得死去活来。陈菊香怕她出事就搬到她家来住，整天陪伴她，把劝慰人的话变着法儿说给她听也没有用。卢万钟在外到处奔走托朋友，找门路，想尽办法营救郑五，但毫无成效。又传说曾国藩要把抓到的人斩首，放掉押在狱里的那两个“拍花的”，还要为洋人重建教堂。曾国藩惹起众怒，贴在大街上的他的告示，不是被扯掉，就是被人挂上一缕长麻，骂他是给洋毛子披麻戴孝的奸贼。曾国藩是湖南人，在京的湖南商绅们也把他开除出同乡会，这使他进退维谷。要求未得全部满足，洋毛子感到失望与不满，再以武力相逼，朝廷只得撤掉他，又命李鸿章为直隶总督，处理此案。李鸿章以善于调理中外事务闻名朝野，这一次干得更是十分干脆，所谓“快刀斩乱麻”来了结此事。他于9月18日来到天津时，带来了大批兵队，气势汹汹地开进城池。他先把沸腾不平的民情世态压住，随即与洋人开展议和，很快获得成功，慷慨地用百姓们的脂膏和性命安抚洋人，答应向洋人赔银四五十万两，又把县太爷刘杰等官员终身流放到黑龙江，并派出崇厚去往法国赔礼道歉，厚葬了丰大业和谢福音神甫等人。还有最残酷的一条：将郑五等十六名闹事首犯砍首示众！这一切都定案了，再也改不得！

10月19日。

这天是了结这桩教案、对死囚开刀问斩的日子，天气反而特别好。秋阳分外明亮，把一切都照得清清楚楚，历历在目。

郑五、马宏亮、雀三、冯瘸子、郭万有等十六条汉子，手脚上了带链子的镣铐，从县衙死囚牢里押出来。大群戴红缨大帽、手执藤鞭的衙役和缠青头布、穿号衣的兵勇簇拥上来。刀剑出鞘，挟持两旁，左右喝呼，一路出了北城门，穿经城西北的针市街、铃铛阁，直往西关外刑场。不少百姓知道了信息，所以沿路两旁早就围满人，连墙头屋顶都站着人，静静等候给赴刑的好汉们送别。李鸿章闻知，又加派了兵队，沿途警戒，以防不测。

十六条汉子没给中国人丢脸。官员叫他们一顺儿走路边，他们偏偏分散开，慢腾腾走在街心，脚下蹚着铁链哗啦哗啦地响，人人都凸起胸脯，没一个脸上露出惧色。死在不远的前边等着他们，他们呢？倒好像来逛大街，来抖威风似的，还边走边大声说：

“父老们！我们哥几个走啦！你们别怵他们，不然就对不起我们哥几个啦！”

“咱天津人不是脓包，谁他妈的欺侮咱，就狠揍他们。怕死不是人！”

“老几位，咱可得说声——回头见啦！”

周围的人听了，眼睛都奇怪地亮起来，那是止不住的酸辛悲痛的热泪，亮闪闪地涌了出来……

道旁，有不少这样的人堆：几个大人，前面站着一个孩子，这孩子是烧教堂那天得救的，今天由大人领着来向救活他们的恩人诀别，给他们送终……孩子们端着大碗的水酒，口中喃喃地说：

“叔叔大爷，喝一碗壮壮胆吧！”

孩子的身后，站着流泪的父母和其他亲人长辈。

汉子们看到这些活着回到爹妈身边的孩子们，都欣慰和满足地笑了。他们像得胜者那样，带着一种冲动的豪情接过酒碗，一饮而尽。

去刑场的途中，不时从街旁人群中奔出一个女人，身穿重孝，头上飘着挺宽的白布条子，有的手里还拉着孩子，一直跑到某个汉子身前，扑通一声跪下来，两条胳膊向左右一张，拦住这条通往酆都城的去路，又哭又喊，叩着头……这是汉子们的老婆孩子，很快就要变成孤儿寡母了。这种事弄得他们很不好受，但他们忍住了。眼泪今天好像分外吝啬，一滴也不肯掉。他们在这种事上，仿佛还互相逞强，或许是互相顶着劲儿，一个比一个更坚强，只是，有的粗眉毛惊跳一下，有的污黑的脸颊猛烈地一抽动……

沿街的小店小铺的掌柜和伙计们，搬出桌子凳子来，留这些汉子们坐坐，还拿出好烟好茶款待他们。汉子们坐在凳子上抽烟喝茶。随随便便同周围的人说话。人们掉着泪，听这些年纪轻轻而将死的好汉们说最后的一些话。马宏亮是个小眼睛、黑瘦、爱说笑话的汉子，光棍一个，在北城根摆糕食摊，整天乐乐呵呵的，同买糕食的人说笑。他说的笑话从来不重样，诙谐风趣，而且俗不伤雅。他左耳朵天生就粘成一个卷儿。人们和这个讨人喜欢的乐天派逗趣，管他叫“马耳朵”。此刻马宏亮嘴里冒着烟，仍像往常那副神气，半开玩笑地说：

“老几位，认得我的都知道，我就一个人。家里养只猫，想也饿跑了。我死后，烦哪位替我收收尸骨，不用太讲究，只要把脑袋和身子埋在一块儿就行。钱您先垫着，来世我加倍还，还给您报德……”

听的人再笑不出来了，而是哭出了声。有一个容颜清雅的穿袍子的人慨然承诺了马宏亮的要求。他是估衣街上同泰布庄和同生堂药铺的年轻的掌柜，就是当年的侯善颐。事后，他认真兑现了对这条好汉的许诺。

兵勇们催促了，汉子们撂下烟茶，又起身上路。

郑五在中间，一直左顾右盼，找他的亲人。他终于找到了，在针市街的西口。

宽阔的街口围满了人。人群前面摆着一张小小的榆木桌，桌后边站着卢万钟，以及平日和郑五要好的几个街坊与穷朋友。桌上摆着酒壶酒碗、几碟肉菜，还有一个铜香炉，炉里插着一大把香，冒着一股粗粗的青色的烟缕。桌旁站着一个女人，一身黑衣，白鞋白腰带，鬓旁垂一条白布条子，这就是吴桂花。她红肿的眼睛里没有痛苦，没有悲伤，更看不到绝望，只有一团虚茫的迷雾含在眼眶里。她只觉得她前边的一切都空了，没了。她迷迷糊糊，梦幻一般地直视着逐渐走近的郑五。陈菊香扶着她，哽咽地说：

“嫂子，你得扛住了呵！你身上还有个孩子呢！”

卢万钟端两碗酒走上前，递给郑五一碗，自己拿着一碗。他心里早想好了要说的话，可眼睛一碰到郑五的目光，喉咙立即像给什么东西塞住了。他费了很大的气力才含混地、断断续续地说出一句话：

“兄弟给你送行……来了！”

郑五顽强地咬着嘴唇，头扭向一边，卢万钟的头扭向另一边，当地一声两个碰了酒碗。他俩常在一起喝酒，今天是最后一次对酒。两人都一口气把酒喝净了，又不约而同把酒碗啪地摔在地上，打得粉碎。卢万钟回到桌边去端菜。

这时，吴桂花一步一步朝郑五走来。陈菊香要阻拦，卢万钟见了，说：

“菊香，你别挡着，叫嫂子和大哥告个别吧！”

吴桂花与郑五面对面站着。她眼里的迷雾突然散去，一瞬间心中所有的痛苦、悲伤、绝望都从眼里猛烈地喷射出来。她的眼睛闪着可怕的光芒，牙齿打战，咯咯发响，瘦弱的双肩剧烈地抖颤着。她快支持不住了！

郑五忽然瞪起眼，对可怜的女人发火似的大声说：

“你干吗？想叫我走的不痛快吗？孩子他妈！你跟我这几年，挨饿受穷，担惊受怕，我对你也不怎么样！我死了，你也用不着念叨我！你年纪轻轻，用不着守寡。你要自己过不下去，就改嫁别人。我成了鬼，也绝不来找你……”

吴桂花的脸色顿时刷白，她眼睛一闭，噗的一声昏倒在郑五的脚前。

郑五又对卢万钟说：

“兄弟，我这娘儿们就拜托你了！你要养不了她，随她嫁人，我不怨怪你。可她肚子里的孩子得给我生下来，留下来，归你养活。生的要是男的，随你给起个名号，要是女的，还叫玉侠。等这孩子满二十岁，你一定把我怎么死的告诉她！兄弟，我没别的事，可得走啦！”

郑五不等卢万钟回答，转过身，离开卧倒在他脚边的女人，走了。

卢万钟眼前一黑，好像给谁推了一下那样身子向一旁栽去。他下意识地用手一扶桌边，撑住身体，头上的大发辫松落下来，像甩下来一条大鞭子，把桌上的酒壶和香炉全抽落在地上。

他的脑袋里轰轰作响，隐隐约约听到郑五他们脚镣的声响，“哗啦哗啦”地，逐渐轻了，远了，消逝了……

两天以后，卢万钟去给郑五收尸，他给郑五合上了眼皮，那眼睛至死愤愤地瞪着，遗恨未已。眼皮合上后，脸上呈现出一副安睡的神态，但卢万钟总觉得那眼睛还在闪着逼人的目光。

教案结了，风波平息了，旧日的恩怨给岁月的尘埃埋藏起来。

卢万钟夫妇见吴桂花孤身一人，无依无靠，身上又有孕，需要时时照顾，便在侯家后离自家不远的地方，租了一间临街的小房，把吴桂花迁来住，好在这里的住户都不认得这个孤女人，也不知她的身世与来历。吴桂花就在这间小屋里生下了孩子，仍是个女的，依照郑五生前的嘱咐，给这个生下来就没父亲的女孩子，仍然取用她惨死的姐姐的名字——玉侠。此中的曲折，真是一言难尽了，难怪去年郑玉侠烧教堂、把这桩隐情泄露出来后，不知细情的人们弄不明白为什么郑五死了二十九年，女儿却只有二十八岁。

卢万钟夫妇把对郑五的深深怀念，都表现在对他的弃子遗孀的同情与照顾上。后来，卢家相继有了大宝和大珍，仅卢万钟一人挣钱，再能干也养活不了两家六口人，生计很窘迫。不过他们从未提到或想到吴桂花再嫁的事，似乎想想这种事就对不起死去的郑五。吴桂花自己也从未流露出有再嫁的心思。她决意终身守节，与第二个玉侠相依为命。她的节操更引起卢家夫妇的尊敬。卢家再难，依旧节衣缩食来养活这母女俩，只让她在自家中做做家务，侍候孩子，不许她出去做活。

吴桂花心里都明白，但看到家境的艰难，她不忍心坐着吃穿，便不管卢家阻拦，还是到外边找了个差事干，去给人家做使唤佣人，主家就是估衣街上的侯家。活儿不重，每日洗衣服，买菜，收拾屋子。烧火做饭另有专人去做，用不着她。每天早去晚归，玉侠就带在身边。侯家的主人是侯善颐，那时候善颐的老婆还在世呢！这婆娘刁钻得很，不好侍候。还有两个少爷，侯万棠和侯少棠，也很霸道。尤其是二少爷，常欺侮玉侠。据吴桂花说，老爷侯善颐为人宽和，颇通情理，很少对下人发火动怒。后来，侯善颐的老婆死了，她的精神压力小了，干得还算遂心。她很勤快，干活实实在在，主人家也挑不出什么毛病。每天回家虽然人累得像散了架似的，心中却颇觉欣慰，因为这等于给卢万钟卸下了半个挑儿。

卢万钟觉得非常不安。他见吴桂花带着孩子整天劳顿不堪，心里对死去的郑五深深抱愧，便加倍关照吴桂花娘俩，好像赎自己什么罪似的。吴桂花家里女人不便出头的事，全由卢万钟代为包办。俗话说，寡妇门前是非多，这样日久天长，难免传些风言风语，但卢万钟不怕飞短流长。脚正不怕鞋歪，他亮堂堂的男子汉，什么事都敢在大街上说，只怕那些烂嘴巴不敢当他的面说……

可就在这时，吴桂花忽然怀孕了。

那是深秋的一天傍晚，吴桂花把陈菊香找去，说要把玉侠托给菊香，自己不想活了。陈菊香只当她给穷困和孤苦逼得活不下去，当初郑五刚死的时候，她也常常这么说。谁知这次怎么劝说也说不通，陈菊香便拿最牵心的话打动她：

“你死了，叫玉侠没爹没妈，一块小骨肉孤零零活在世上，你舍得?”

吴桂花受不住了，大哭一场，然后告诉了陈菊香她不想活的可怕原因：她身上已经有了两个月的孕。陈菊香大吃一惊，但吴桂花不肯说出事情的真相与原委。

陈菊香自然生出许多猜想，也牵想到自己的丈夫。她一想丈夫平日的为人，便不再怀疑丈夫，只深恐此事败露出去，歹人们会在她丈夫的脸上涂黑。她也从来不否认吴桂花的节操，可这究竟是怎么回事?如何办才好?她没有多少主意，只好把事情告诉给卢万钟，这件意外的事使卢万钟大吃一惊。

陈菊香秘密请了个郎中，悄悄给吴桂花堕了胎。

事情过后，吴桂花再不到侯家做事去了。她自己想了另外一个谋生的法儿，每天从运河挑水到家中煮开了卖。侯家也曾两次派人来叫她再去做事，都给她回绝了。陈菊香卢万钟夫妻俩由此认定那件缺德的事是侯家人干的。侯家的谁呢?侯善颐?儿子侯万棠或是侯少棠?侯善颐是乡里间出名的正派人，侯少棠年纪尚轻，当时只有十八岁。侯万棠二十五岁，坏事大半是侯万棠干的。卢家夫妇相信他们的估计不会错，但吴桂花终不肯说，就不好给她出气，找侯家的少爷算账去!

那个给吴桂花堕胎的郎中，原来长个漏风的嘴巴。好事不出门，坏事传千里，吴桂花的隐情很快就传到附近一带人的耳中。受嫌者果然首推卢万钟。这真是跳进黄河也洗不清!一个人的嘴巴好堵，人人都说，该怎么办?卢万钟只好从此不再登吴桂花的门。但是他依然同情吴桂花的苦楚，没有怨怪她。替她想一想，这一桩桩倒霉的事全压在她身上，她活下来就够不易了。要不是为了玉侠，她早就下狠心给郑五作伴去了!故此，卢万钟仍旧设法帮助她，只不过都由陈菊香出面去做。

女人是比较敏感的。吴桂花对这一切都清楚极了!她也不再去卢家。表面上两家关系不如从前了，实际依旧相互帮助、怜惜，只是更加痛苦难言。后来，玉侠长大了，卢家的孩子也长大了。孩子们之间很要好，常来常往。郑玉侠比卢大宝长七岁，比卢大珍长十岁，年龄上的差距较大，使郑玉侠自小就处处护爱着这叔伯家的小弟小妹，相互之间比亲兄弟姐妹还亲，就像他们长辈之间的关系一样。两家的关系又被孩子们恢复如初，干涸的河道重新流过清汪汪的水，卢家夫妇和吴桂花见了都甚感欣慰。

郑玉侠长成年，已经能把家中里里外外的事都担在身上。苦难像一副重挑儿，不是把人压垮，就是把人磨练得腰板强硬起来，能顶能扛。郑玉侠的个性中有她爹郑五的影子，使卢万钟很喜欢。卢万钟希望女儿大珍也这样，但这姐妹俩并不一样，这差别多半和个人的身世与境况有关。女孩子在父母身边是一样，整天在外面和各色各样的人打头碰脸又是一样。尤其在那时候，什么凶横诡诈、刁滑邪恶的人都有，一个姑娘没主意、没有种硬梆劲儿，怎么活呢？于是，卢万钟把武艺传授给她和大珍、大宝。世上妖魔太多，百姓们毫无保障，总该有些防身之术。郑玉侠这孩子聪颖得很，对于武道中的事，几乎一点她就透，又肯苦修苦练。虽然年纪轻轻，早已身手不凡。但饱经世事的卢万钟以为个人本领再大，也不能在外边惹事，否则杀身之祸依然难免。这是他在教案那年得出的教训，并时时这样告诫孩子们。他高兴的是，这几个孩子都老实本分，不惹祸招灾，也和他一样，从不在人前显露本领。

然而有一件事使他很苦恼。郑五临刑那天，曾要求他等玉侠成人时，把那桩惨烈而冤屈的事告诉玉侠，如今玉侠已长大成人，该对她一五一十说清楚了，但好几次，话到了嘴边，他没有勇气说出来。他怕说出来给玉侠一个残酷的打击，甚至会使这个刚烈的姑娘做出什么莽撞和失算的事。如果不说，又怎么对得起屈死在黄泉之下的郑五？这种矛盾的心情愈来愈强烈地折磨着他。后来，吴桂花通过陈菊香，要求卢万钟千千万万不要说出那件事，否则，出了事会更对不起郑五。卢万钟便下了决心，闭口不提那件事，反正他和陈菊香不说，吴桂花是不会告诉玉侠的。

他怎么也没料到，玉侠还是知道了。他肯定这是当妈的告诉给女儿的。吴桂花因何做出如此反常的事？这不是把女儿送死吗？这是他被押在狱里时想的。现在，他听卢大珍和卢大宝一说，更没料到事情弄到如此地步！本来是一桩冤枉案，屈死了十六条汉子，事情过了快三十年，已经换了一代人，哪知这桩案子还不算完结。难道非得这一辈人也都屈死才算完了吗？

早知如此，还不如当初把一切都告诉给玉侠，两家人一起跑到教堂，拼出命去，除掉仇人，死了也认了！然而，现在死的死，跑的跑，两家人都是家破人亡！自己的身子也废了！仇人们安然如故。郑玉侠连自己的爹妈到底怎么回事还不见得清楚呢！真冤呀！

谁给鸣冤？谁给报仇呢？

“你们要是见到玉侠，就把这一切都告诉她吧……”卢万钟沉了片刻，又忧虑地说，“告不告诉她，由你们吧！她是个女子，能有什么法子……”

大宝听得眼睛都直了。

大珍双手捂着脸，亮晶晶的泪水从手指缝流下来。她又难过，又痛悔，不住摇着头，连连低声地哀叫着：

“爹，您，您别说了，快别说了……”

第十一章　她朝那盏红灯跑去

给春雨润湿了的南运河的岸滩上，有一串新踏过的十分清晰的脚印，顺岸边排成笔直的一条线往南去了。脚印似乎说明这个行路人是一直奔往他的目的地。然而，一到河湾处，脚印就散乱了。在这里，行路人好像登上岸边高坡四处寻望过……难道他的目标又是飘忽不定的么？

这串足迹长长的，一直延续三十多里，突然又折返回来了。是行路人改变或放弃了原先的打算，还是失去了目标？不，他往回只走了半里多路，又掉转足尖，重新踏上先前留在湿漉漉的泥草地上的足迹，继续往南奔去……

天渐渐暗了。脚印消融在黑乎乎的夜色里不见了，行路人的身影却显现出来。她在将近杨柳青的地方停住了，原来是卢大珍姑娘。这时，在她睁大的一双眼珠里有两个小小的红珠儿——在她面前的河边，停着一只单桅的木船，桅杆顶上悬挂一盏圆圆的小红灯笼。

周围是荒芜而漆黑的原野，头顶上是雨后分外清澄、深邃空远、闪着淡淡星光的夜空。一切都悄无声息，只有在黑暗中飞行的一两只夜鸟，偶尔发出羽翼搏击空气的噗噗的声音。那只船静静浮在水面上，在初夜的江天中只是一个孤孤的黑影。舱篷口透出闪闪忽忽的光，寂静中还有一种神秘的意味。桅顶上那盏小红灯与浸入水中的灯影成了亮晶晶的一对儿。

卢大珍再也抑制不住自己，撒开腿朝着那盏红灯跑去。她跳上船板，一头钻进舱中，舱内坐着好几个女子。她激动的目光在这几张脸上扫个来回，一眼瞧见了郑玉侠，就哭叫了一声：

“玉侠姐！我爹和大宝哥全完了！”

跟着，身子往前猛地一栽便昏了过去。

同时，舱内的女子认出了突然到来的卢大珍，几双手臂一齐把她抱住。

卢大珍躺在铺着被褥的木板榻上，眼瞅着郑玉侠，一边说，泪水一边止不住地像泉那样往外冒，从眼角流泻到鬓旁，把褥子浸湿一大片。郑玉侠坐在榻边，双手握着卢大珍的一只手，脑袋低低垂在胸前，一动不动。三姑娘李月枝、傻妹子和另外两个姑娘站在眼前，眼睛里都晶莹闪烁，好像镶上了璀璨的珠子，不时抬起手背抹一下脸颊……

从卢大珍的述说中，姑娘们知道卢万钟得救后，一直隐藏在城南土城和白塘口之间的一家，隐蔽得倒还严密。卢万钟身体虚弱，加上刀伤，已然不行了，那天醒过来，由于说起郑玉侠的身世过于激动，病体不支，当晚又昏了过去，整整一夜，叫着，“孩子他妈，我害了你！”还叫着：“郑大哥，你别总瞪着我，我卢万钟对不起你，你叫小鬼儿来把我抬走吧……”

次日天明，卢万钟神志昏迷，也不说了，喉咙里呼噜呼噜艰难地喘着气，咳嗽得厉害，痛苦地哼着。卢大珍、卢大宝和沈振海三个青年惶惶无措。卢大宝要进城去找倪长发请个郎中来。沈振海让卢大宝在家守着父亲，他去。卢大宝又非自己去不可，好像别人去他不太放心。沈振海怕他在外出事，伴随他去。两人怀里揣着防身的家伙，出门了。

他俩走后，卢万钟情况愈加不妙。后晌，他迷迷糊糊地向大珍要了半碗水喝下，就更坏了。直至下晌仍不见卢大宝和沈振海回还，眼前是奄奄一息的父亲，心挂着冒险出外的哥哥，叫卢大珍怎么办？她急得直哭。

忽然，沈振海回来了，带回一个极坏的消息。他们刚才在城内找到了倪长发和于环等人，被早在暗中盯梢的捕快们发现了，当即交上手。大约有十来个捕快，他们只有四个人，倪长发和于环拼力掩护他俩脱身。在混战中，沈振海亲眼见倪长发被捕快捉去，卢大宝突围出来了，但他急不择路，竟直往北城门跑去。

沈振海在几条小街上转来转去，甩掉追兵，混出南城。他不敢在此逗留再等待或寻找卢大宝。因为那群捕快中有一个是白塘人，认得他，不知这个捕快会不会告密，必须赶快把卢万钟和卢大珍转移走。

天近黄昏，借着迷离的薄雾掩护，卢大珍和沈振海悄悄将卢万钟放在一块门板上抬出屋，放在小船上。就在这时，卢万钟忽然呼喊大珍，说了两句话，一蹬腿就断气了。下面的事，卢大珍也记不清楚了，因为她昏过去很长一段时间。醒来后，她和沈振海在近处一个乱葬岗子里掘个坑，埋了爹爹。没有棺材，只有抬来的那扇门板衬底，再用褥被盖上爹爹的遗体，撒上土……在几棵躯干扭曲、枝叶稀疏的小树底下，卢大珍趴在爹爹的湿漉漉的新土堆起的小坟丘上，昏昏沉沉地度过了一天、两天、三天，沈振海一直陪伴着她。夜间，沈振海曾回家去一趟，打算拿些吃的用的。但发现他的家已被官兵焚毁，暗中还安下盯梢的。沈振海又两次冒险到城边打听消息。第二次，他恰巧碰到倪长发的朋友曹克胆，这人说，倪长发和于环已被捕获，官兵还在四处搜寻他、卢大宝、卢大珍、郑玉侠，以及已经长眠在地下的卢万钟。看来卢大宝跑掉了，估计卢大宝可能来找过他们，那时他们已经转移走了。卢大宝扑了个空，现在不知到哪里去了，无法去找。

他们不能总待在这里，时间长了也有危险。

沈振海也没家了，他决定去文安县找他叔叔去。卢大珍怎么办？她如今无亲无故，孤孤单单，又是个姑娘，叫她到哪儿去才好？

卢大珍说："我有亲人，我找玉侠姐去！"

她想起那天李月枝留下的话：南运河里，挂红灯的小船……于是她和沈振海分了手，赶来了。

卢大珍说到这里忽然停住了，她发现郑玉侠一双眼睛瞪得很可怕，目光惊栗般地飘忽不定，好像是一种神经质发作。她与郑玉侠自小相处近二十年，从没见过她有过这样的神情。郑玉侠眼盯着前面，口气非常急促又紧张地问：

“卢大叔临终说什么了？”

“他说……”卢大珍见郑玉侠莫名其妙的反常表情，犹豫一下，接着说，“他说了两句话。”

“哪两句？”

“他叫我和大宝哥找着你，叫咱三人像亲姐妹，亲姐弟，永远也别分开。”

“还有呢……”郑玉侠声音抖颤起来，她用右手指使劲地戳着木板榻的边儿。

卢大珍想起爹爹临终的话，哭了，一边说：“他叫咱们给他们报仇雪恨……可是，跟着他又叫咱忍着，逃得远远的，再别回来了！”这时，卢大珍忽发现郑玉侠戳榻板的手是只残手。无名指断了一截，是给什么利器切断的，切口一直延长到手背上，留下一道深深的刀疤。她不知道郑玉侠什么时候什么原因受到这样可怕的伤残，刚刚要问，只见郑玉侠目光灼灼逼人，浑身像怕冷那样猛烈地抖着，右手戳得榻边咚咚响，一下比一下重。“你……”卢大珍有些害怕了。

郑玉侠突然站起身，操起舱角一柄刀，疯狂一般蹿到舱门口想跑出去。但她“哐当”一声撞在门框子上，摔倒在地。未等李月枝跑过去扶她，她又翻身跃起，夺门跑了出去。

李月枝着急又慌张地对左右的姑娘说：

“小芬，你看着大珍！傻妹子快跟我来，追上她！巧妹，你也来，快！”

李月枝带着两个姑娘钻出舱，去追郑玉侠。

外边很黑，追去的三个姑娘根本看不见郑玉侠。开始还能听到前边有人奔跑的脚步声，她们一边拼命追赶，一边呼叫。但郑玉侠跑得太快了，距离渐渐拉开，前面的跑步声逐渐小了。李月枝对傻妹子和巧妹说：“别喊了，快追！”

前面的脚步声消失了。姑娘们更加奋力地追，跑着跑着，突然傻妹子被什么绊了一下，身子向前栽出去，要不是李月枝机灵地一把抓住她，必定摔个满脸花呢！傻妹子却叫道：

“人，是个人，呀！玉侠姐！”

李月枝和巧妹上前低头一瞧，地上卧着一个人。才刚正是这人绊倒傻妹子的，再仔细瞧，果然是郑玉侠。

姑娘们呼唤着，叫醒了她，扶她坐起来，劝她回去。郑玉侠倚着李月枝的肩头，仰起脸，对她们痛苦地哀求着：

“好妹妹，叫我去吧！卢大叔、卢大婶都为了我死了，我不能再活在世上了！”

李月枝哪能任从她去送死，对她千说百劝。李月枝的嘴可真行，劝说的话头头是道，顺情合理，但郑玉侠执拗地要与仇家一决生死，了却恩怨。李月枝说：“玉侠姐，我嫂子今天就该从静海回来了！说不定立刻就要大耍大闹一场，你为嘛先把命拼给他们呢?!”这句话好像有种奇特的力量，马上把她劝住。李月枝看准这句话的效力，便接着劝说下去。

郑玉侠翻过身，朝着东北边——埋葬卢万钟的方向，直直条条地跪着，然后弯下腰背，把额头使劲儿地撞着泥地，呜呜出声痛哭，并悲悲戚戚地说：“卢大叔！您一家人过得好好的，招惹谁了呢？您的家毁成这样，还不是我牵累的？您为嘛还这么惦记我，心疼我？为嘛不恨我呢？您和大婶死得多冤，还不让我去和那群畜生拼一死！我知道，您叫他们害苦了，恨他们，想叫我给您报仇，但您又怕我死在他们手里！可是您说，我怎么活呢？我活得下去吗？卢大叔——”她把悲怆痛楚转为仇愤满腔，面对着苍茫无边、一片漆黑的天地，发誓一般决然地说，“您若有灵，就等着瞧吧！等我先叫他们一个个还了债，抵了命，再去见您，见大婶！”然后，她又连连叩头，放声痛哭。

李月枝几人上前把她扶起来。她好像大病之后那样，力不能支，浑身瘫软，站立不住。姑娘们架着她慢慢往回走，感到她抖得厉害。

陪伴卢大珍的姑娘叫作黄彩芬，静海王口人，年仅十七岁，身材修长，略显单薄，一张清俊的小脸，五官紧凑，好像一朵尚未开放的花苞，还有些孩子的模样。但脸上的表情不很生动，似乎落落寡合、不苟言笑。其实她挺爱说话，语气单纯亲切，很容易使人信赖，而把她当作一个可爱的小妹妹。

据她说，郑玉侠好像有种毛病。在特别冲动的时候，就像刚才那样：眼瞪得可怕极了，行为如狂，不能自己，浑身抖颤，那只残手狠戳着一个地方，仿佛是一种疯病。但只是偶然发作，发作之后便同好人一样。这些和她在一起的姑娘们为此都很留意与小心，尽量不去刺激她。因此她很少发作，黄彩芬只赶上过一次，就是她们把卢大珍从混混儿手中救出来，卢大珍朝她喊了声“我恨你”便掉头跑了那次。

卢大珍很惊讶，她说她的玉侠姐从来没有这种毛病。这毛病叫人看了确实很可怕，她猜想多半是后来受了什么刺激所致。这是什么时候得的呢？究竟是什么原因？黄彩芬也不知道，但她知道郑玉侠手上刀疤的由来。她告诉给卢大珍，并讲了一些卢大珍所不知道的事情。

卢大珍听后才知道，几个月来，郑玉侠怎样想她、找她、设法搭救她，怎样想尽办法营救卢万钟。那次她与郑玉侠决绝而跑掉之后，郑玉侠冒着危险在城里城外到处寻找她的踪迹，直到劫救卢万钟时，从卢大宝口中得知她的下落，才放了心。但又不知卢万钟被他们藏在何处，担心卢万钟遭到官兵查获，再入罗网。

那几天，官府对劫刑车的人着力缉拿，风声颇紧。城门口设了岗哨，专门查验出城池女人的右手，找寻缺手指的郑玉侠。就在这时，她还在城边转来转去，好像一只失群的鸟儿，漫无目的、又不知疲倦地到处流连。她进不了城，曾派李月枝到城中去找倪长发和于环，倪、于二人不知这个来访的陌生的姑娘的底细，没敢告诉她实情。李月枝凭着机敏和大胆，居然跑到侯少棠家找到大凤，还找到了不曾认识的程秀娟，但这两个姑娘一无所知，也正在为逃匿的卢大珍担忧不已呢！这样大的城池到哪里去找？卢家人已经背离故土，远避他乡了？郑玉侠不肯相信这种假设。她不欺骗自己的良心，得不到卢家人确实的消息，即使这里再危险，哪怕官兵把她围起来，她也决不挪动一步！

消息终于得到了！然而竟然这样坏！好像珍贵的东西到了手中，却已破碎不全。卢家剩下的三口人，只能见到卢大珍一个，另两个，一个失踪，一个死掉。死的恰恰是她最尊敬、疼爱、渴望见到的义父呀！多日来她想尽办法，出生入死，终未能把卢家人从虎口中安然解救出来，她痛恨极了！

“大珍！”黄彩芬说，“玉侠姐只当你爹也恨她，她总想对你爹说明白，结果没来得及跟你爹说一句话……”

卢大珍听了这句话、这些事，泪如雨下。其实，自从卢万钟对她讲了郑玉侠的身世，她与郑玉侠之间误会的墙就拆除净了。她愈加感到自己错怪了郑玉侠，委屈了郑玉侠。她扭身下了床，要去追郑玉侠，向这个可怜的被冤枉的好姐姐赔不是，再不能叫她伤心了！

黄彩芬阻止她去，卢大珍非去不可。就在这时，郑玉侠回来了，后面跟着李月枝、傻妹子和巧妹。郑玉侠神色悲戚而恍惚，头发挺乱，脸上的泪渍未干，还抹着一些污痕，膝头沾着两块黄泥印，肩头、胯边和裤腿上也满是泥巴，她直对卢大珍一步步走来。

“玉侠姐——”

卢大珍叫一声，跨上两步一下子投进郑玉侠的怀中，两人抱头痛哭起来。

这种情感太复杂、太强烈了，只有哭才能痛快地倾泻出来。心中的幽怨、哀苦、痛悔和深深的爱怜一时都混在哭声里了。卢大珍把郑玉侠的后襟抓得满是皱褶。郑玉侠双手捧起卢大珍泪涔涔的脸蛋贪婪地看着，然后把自己湿漉漉的脸颊紧紧靠上。

姑娘们坐在一起，静了好长一阵子，好像不知该说些什么。真奇怪！那么多话还没说的吗？许是大家都不愿意打破这种寂静，也许谁都不想再掀起这刚刚平息下来的痛苦的波澜，或许都希望这和解、这从死亡中获得的团聚、这幸福，能在无言中静静地多保持一会儿……卢大珍默默地靠着郑玉侠，她滚圆的小手放在郑玉侠的手掌里，时而心疼地抚摸着郑玉侠手上的刀疤，时而抬起晶莹的眼睛看郑玉侠一眼。郑玉侠露出宽慰的笑容，她已经从刚才可怕的激动恢复到平静。一种自小结成的手足情谊和共同患难中产生的相互怜惜的情感，交织在她们心中。这一切，在越过了误会的沟堑之后，就变得更亲切、更紧密、更珍贵了！命运把她们拴在一起，彼此成了唯一的知己与亲人。

过了许久，卢大珍想起一个问题。她问：“玉侠姐，这些姐妹是怎么和你凑在一起的？”她心中有许多疑问，譬如，这些姑娘是谁？从哪儿来的？她们凑在这条船上要做什么？下一步要到哪儿去？怎么生活？这许多问题，使她感到一阵迷惘，“你们……你们……唉，我真不知该怎么问了！”

这似乎是个颇有趣的问题，顿时舱内的气氛变得轻松愉快。姑娘们都笑了，笑得还挺神秘，连郑玉侠也是这副神气，卢大珍可更糊涂了。李月枝对她说：“玉侠姐和你一样，也是像你今天这样跑来的。”然后又一个个指着傻妹子、巧妹、黄彩芬说：“还有她，她，她，都是这样。”

卢大珍闪着晶莹的泪光，求助于郑玉侠，郑玉侠对她沉静地说：

“我们要闹事！”

“闹事？跟谁？”

“跟那些不叫咱活的人！”

“谁？侯少棠？巴虎？神甫吗？”

“所有的！全算上！”

“要烧教堂吗？”

“烧！洋楼、洋行、洋毛子、二毛子、三毛子，全烧！”郑玉侠的口气既平静又肯定。

“呵，你们几个？”

傻妹子从旁插嘴道：

“还有你呀，大珍。”

“我？”卢大珍不禁手指着自己问郑玉侠。

“你怕吗？”郑玉侠反问她。

“不，不是怕。是说只咱们几个吗？”卢大珍被郑玉侠有力的反问所激励，立时就把自己加入她们一伙中了。她感到自己又强大又渺小。感到强大，是郑玉侠有一种非凡的信心和勇气感染了她。郑玉侠外出数月，行迹神奇莫解，此刻口气又如此大，想必非同一般。至于她自感渺小，因为眼前这几个人，连同她在内，都不过是普普通通的姑娘。女孩子出头露面都很艰难，怎么做得了这些翻天覆地的事？这不可能，她不敢相信，但李月枝的一句话，就使她改变了这种想法。

“咱们有法！”

“法？嘛法？”

“佛法！”

“佛法？”卢大珍怔住了。要除妖降魔，似乎只有这看不见、摸不到、无边的法力，才可以信赖和寄予希望。“哪来的佛法？”

李月枝俊美的脸上神情庄重不阿，她说：

“洋毛子、二毛子坑害咱们，把神仙、佛爷都惹恼了，老天爷派下来好些神仙，梨山老母也下凡来了，专门降法给咱女的，咱学会了法，比义和拳本事还大，整治他们，一整一个准儿！”

“真的！”她似信非信、懵懵懂懂地问，“怎么学？梨山老母在哪儿呢！”

这时，忽然由船外传来一阵脚步声，来人正在登踏跳板。李月枝对郑玉侠说：“我嫂子来了！”跟着回过头又对卢大珍说，“你先藏到那幛子后边去！”

卢大珍见舱里端挂着一面黑布幛子。她不知谁来了，也不知怎么回事，忙走到舱里，钻到幛子后边躲起来。她刚用幛子把自己的身体遮挡紧实了，就听有几个人走进舱来，舱内的几个姑娘好像都跪下一齐说：“大师姐安！”随即发出一个平静的低音：“安！”郑玉侠说话的声音：

“大师姐刚从静海来？”

还是那平静的低音：

“是！”

“怎么样？”

“一切如意。各路团民打算下月入津。我会过诸位老师，都谈妥了。你们得赶快随我回静海县城，不能再在此耽搁了。”

李月枝清脆的声音：

“我们不会再耽搁了。今儿船上来个新人，您猜是谁？”

“卢大珍。”

刚来这人回答得简捷干脆。躲在幛子后边的卢大珍一惊，心想，这人是谁？怎么会知道我的姓名，又断定得如此确切？

“您猜得不错。”郑玉侠的声音，“她……”

“就剩下她一个人了吧？！”

答话依旧用那平静的低音，随后舱内阒然无声，似乎给来人出奇的判断力惊呆了。卢大珍更为惊奇，心想这个人莫非暗中跟踪过我吗？为何对我的事了如指掌？这是一位神人？卢大珍悄悄用手指拨动幔幛，想窥视一眼此人的容颜，却听这人说：

“我想卢大珍必然想见见我，何必让她躲在幛子后边，快叫她出来吧！”

卢大珍听了又一惊，反而一动也不敢动。幛布忽然撩开，李月枝伸进手拉她出来，只见舱内站着许多人，都是女子。除去郑玉侠她们几个，有五六个是刚来的，中间站着一人，身材略矮，十分俊美，头罩青布，穿一件偏襟儿的黑褂子，肥肥的袖管。她脸白，眼细，薄薄的嘴闭成一条缝，神色庄重又严厉，气度高雅脱俗，卓尔不群。卢大珍恍惚觉得在哪里见过她，一时来不及想，李月枝扯了她一下，说：

“你不要见圣母吗？这就是。”

卢大珍非常惊讶。郑玉侠朝她微微点点头，意思告诉她这事不假。卢大珍感到一阵慌乱，她双腿一屈朝圣母跪下，额头触地。郑玉侠对圣母说：“我大珍妹的哥哥跑失了，我卢大叔没了。大珍妹来找我，想随您学会神法，去烧仇人，您就收下这弟子吧！我担保她绝无二心！”郑玉侠为卢大珍向圣母恳求。

圣母却面朝卢大珍问道：

“这是你的意思？”

“是！”卢大珍恳切地答道，额头仍旧触着船板，她以为圣母会马上收了她。

不料，圣母冷淡地说：

“我此番降世，只收弟子八千。如今为数已满，不能再收了。你先回去吧！”

卢大珍抬起头来，心里焦急，眼泪就淌下来，急渴渴哀求着说：

“圣母！我孤身一人到哪里去呢！我的事，玉侠姐都知道。离了这儿，我活也活不成呀！”

圣母不说话，好像不为卢大珍的话所动，脸色还是那样严厉。郑玉侠和李月枝等人都替卢大珍说情，请圣母破例收下这个举目无亲、孤苦可怜的姑娘。这些姑娘对圣母说话时，神态恭谨，吐话拘泥，举止带着十分的崇敬，尽管极想让卢大珍加入进来，也不敢对圣母露出半点勉强。李月枝在圣母面前显得稍微活泼一些，但毫不放纵，同样抱着尊崇的神情。但圣母不表示许可，她们都没办法。卢大珍难过地说：

“既然圣母不予收留……我只好另外求您一件事！”

圣母问：

“什么事？”

卢大珍一撇嘴角，下狠心似的说：

“借给我一把刀！”

圣母的眉梢微微向上一挑，问她：

“干什么用？”

“找仇家拼死去！”

“你不想活着了？”

“他们不叫我活！我也不叫他们活！”

卢大珍激动得脸蛋通红。郑玉侠好像被她的激情感奋起来，正要说话，圣母忽然说：“好，我收了你！”说话的声音依旧是那样平静的、近乎没有感情的低音。周围的姑娘们都非常高兴，忙把卢大珍拉起来，郑玉侠一下将她搂到怀里。卢大珍兴奋又感激地望了望圣母，见圣母表情依旧，脸上那种严厉又庄重的神色好像刻画上去似的，永远不变。如果她不是偶然眨眨眼皮，简直就如一尊塑像。李月枝问她：

“何时叫大珍入坛？回静海吗？”

“不！现在。在这儿！”圣母说。

姑娘们听了都向卢大珍抛来为她高兴和祝贺的目光。郑玉侠拉着卢大珍的手钻出舱，站在船头上，带着夜凉的微风吹在脸上非常清爽，空气中有种湿雾和新鲜的芦苇的气息，沁人肺腑。大地黑沉沉的，寂寞极了，可现在在卢大珍的眼里却分外开阔、深远。她心里边朦朦胧胧的，好像装着一个很大的亮闪闪的流金铄石般的光团，内里满是神奇的想象，怪诞的猜测，成仙的假设与渴望。实在的是些什么，她想不出说不清，也不知把这堆搅在一起的问题该先抽出哪个来问：

“玉侠姐！这是真的吗……她真是圣母下凡吗？你怎么遇上她的？你也学会了神法？能有多大的本事？……哎，玉侠姐，咱可有个名号？”

郑玉侠扶着她的肩头，用嘴唇拨开她耳边的缭乱的鬓发，悄悄说：

“回头我再慢慢对你说，咱的名号叫作……”郑玉侠说到这儿停住口，抬抬下巴示意卢大珍回头看。

卢大珍偏过脸向上仰望，只见半空中有一盏小红灯笼放射着艳丽明亮的光辉，把它周围的夜色也照得红红的。它好像突然出现在漆黑的天宇上，随即，卢大珍明白这就是挂在船桅上的那盏红灯。刚才，她在绝望中渴望它，寻找它，朝它跑来……现在它就在头上，更令人觉得特殊亲切了。这不是一盏普通的灯笼，在昏天黑地中间，在冷漠的人世间，它仿佛有一种神奇的魅力和魔法，在鼓舞、吸引、召唤着她……“咱叫它‘红灯照’!”她耳畔响着郑玉侠的声音。

卢大珍刷地扭过头来，晶莹的眼睛一眨一眨，小小的红色的灯影在郑玉侠一双眸子里亮着，像一对璀璨的小火苗。“红灯照!”卢大珍默念着这个奇妙、悦耳、富于魅力、给人勇气的名号。

郑玉侠冲动地把卢大珍搂在臂弯里，说：

“好妹妹，咱们了不得呀!”

卢大珍觉得自己好像在梦境里那样缥缈和自由。

李月枝在舱里边喊，叫卢大珍快进舱拜圣母，入坛。郑玉侠陪着卢大珍入舱。刚一撩开帘儿，卢大珍就被一片强烈的红光照得睁不开眼。她定睛望去，迎面放着一张香案，罩着金黄色崭新的桌围，上绣勾云卷浪，日月星辰，桌案上摆了一整套庙观里所用的黄铜供具，煌煌夺目，正中间立着一块厚厚的木头神牌，恭正地写了一行扁长的墨笔字。前面是一碗清水、两叠符纸和一口道家用的降魔宝剑，一尊形状丑怪的陶泥大香炉里插了整整三箍香，香头亮了一片，烟气缓缓上升，香炉两旁各立四根红烛，浓烟裹着烛火，又在舱中篷顶聚了厚厚的浮动着的一层烟雾。桌案两旁各立四个姑娘，一色红衣红裤，齐眉扎着大红头巾，左手插在腰窝上，右手提着点亮的圆肚儿的大红灯笼。红光把一切都照红了，她们好像戏台上的小媳妇，脸蛋搽了浓艳的胭脂。卢大珍仔细一瞅，正是刚才那几个姑娘，其中一个是黄彩芬，还有傻妹子、巧姐和李月枝。李月枝显得更加俊美了。

卢大珍在惊愕间，只见眼前的光雾里隐隐透出了圣母的身容。她坐在桌案后的一个高高的位置上，穿着绣金花的红衣，披着光亮的红绸长斗篷，包着她柳斜向下的肩膀。她的脸显得那样精致和光洁，如同象牙雕刻的一样，安详地垂着眼帘，不露目光，一双细巧的小手合掌于胸前，庄严、高雅、圣洁，简直如天后宫神龛里的娘娘一模一样。飘散的香烟使她一会儿隐没了，一会儿又清晰地显现在眼前，虚幻不定。卢大珍好像看见圣母通身在微微闪出一种奇异的光。她相信，这绝非是幻觉，而是她确确实实看到了的。

“大珍，你还不快拜圣母?”郑玉侠在一旁小声说。

卢大珍怀着虔诚的心情与懵懂、奇妙的感觉，在一片透明的红光里屈下双腿来。

散文

我最初的人生思索

大概是我九岁那年的晚秋，因为穿着很薄的衣服在院里跑着玩，跑得一身汗，又站在胡同口去看一个疯子，拍了风，病倒了。病得还不轻呢！面颊烧得火辣辣的，脑袋晃晃悠悠，不想吃东西，怕光，尤其受不住别人嗡嗡出声地说话……

妈妈就在外屋给我架一张床，床前的茶几上摆了几瓶味苦难吃的药，还有与其恰恰相反，挺好吃的甜点心和一些很大的梨。妈妈用手绢遮在灯罩上，嗯，真好！灯光细密的针芒再不来逼刺我的眼睛了，同时把一些奇形怪状的影子映在四壁上。为什么精神颓萎的人竟贪享一般地感到昏暗才舒服呢？

我和妈妈住的那间房有扇门通着。该入睡时，妈妈披一条薄毯来问我还难受不，想吃什么。然后，她低下身来，用她很凉的前额抵一抵我的头，那垂下来的毯边的丝穗弄得我的肩膀怪痒的。“还有点烧，谢天谢地，好多了……”她说。在半明半暗的灯光里，妈妈朦胧而温柔的脸上现出爱抚和舒心的微笑。

最后，她扶我吃了药，给我盖了被子，就回屋去睡了。只剩下我自己了。

我一时睡不着，便胡思乱想起来。总想编个故事解解闷，但脑子里乱得很，好像一团乱线，抽不出一个可以清晰地思索下去的线头。白天留下的印象搅成一团：那个疯子可笑和可怕的样子总缠着我，不想不行；还有追猫呀，大笑呀，死蜻蜓呀，然后是哥哥打我，挨骂了，呕吐了，又是挨骂；鸡蛋汤冒着热气儿……穿白大褂的那个老头，拿着一个连在耳朵上的冰凉的小铁疙瘩，一个劲儿地在我胸脯上乱摁；后来我觉得脑子完全混乱，不听使唤，便什么也不去想，渐渐感到眼皮很重，昏沉沉中，觉得茶几上几只黄色的梨特别刺眼，灯光也讨厌得很，昏暗、无聊、没用，呆呆地照着。睡觉吧，我伸手把灯闭了。

黑了！霎时间好像一切都看不见了。怎么这么安静、这么舒服呀……

跟着，月光好像刚才一直在窗外窥探，此刻从没拉严的窗帘的缝隙里钻了进来，碰到药瓶上、瓷盘上、铜门把手上，散发出淡淡发蓝的幽光。远处一家作坊的机器有节奏地响着，不一会儿也停下来了。偶尔，从很远很远的地方传来货轮的鸣笛声，声音沉闷而悠长……

灯光怎么使生活显得这么狭小，它只照亮身边；而夜，黑黑的，却顿时把天地变得如此广阔、无限深长呢？

我那个年龄并不懂得这些。思索只是简单、即时和短距离的；忧愁和烦恼还从未有乘着夜静和孤独悄悄爬进我的心里。我只觉得这黑夜中的天地神秘极了，浑然一气，深不可测，浩无际涯；我呢，这么小，无依无靠，孤孤单单；这黑洞洞的世界仿佛要吞掉我似的。这时，我感到身下的床没了，屋子没了，地面也没了，四处皆空，一切都无影无踪；自己恍惚悬在天上了，躺在软绵绵的云彩上……周围那样旷阔，一片无穷无尽的透明的乌蓝色，这云也是乌蓝乌蓝的；远远近近还忽隐忽现地闪烁着星星般五光十色的亮点儿……

这天究竟有多大，它总得有个尽头呀！哪里是边？那个边的外面是什么？又有多大？再外边……难道它竟无边无际吗？相比之下，我们多么小。我们又是谁？这么活着，喘气，眨眼，我到底是谁呀！

我伸手摸摸自己的脸、鼻子、嘴唇，觉得陌生又离奇，挺怪似的……这究竟是怎么回事？

我是从哪儿来的？从前我在哪里？什么样子？我怎么成为现在这个我的？将来又怎么样？长大，像爸爸那么高，做事……再大，最后呢？老了，老了以后呢？这时我想起妈妈说过的一句话："谁都得老，都得死的。"

死？这是个多么熟悉的字眼呀！怎么以前我就从来没想过它意味着什么呢？死究竟意味着什么？像爷爷，像从前门口卖糖葫芦那个老婆婆，闭上眼，不能说话，一动不动，好似睡着了一样。可是大家哭得那么伤心。到底还是把他们埋在地下了。为什么要把他们埋起来？他们不就永远也不能说话，也不能动，永远躺在厚厚的土地下了？难道就因为他们死了吗？忽然，我感到一阵死的神秘、阴冷和可怕，觉得周身就仿佛散出凉气来。

于是，哥哥那本没皮儿的画报里脸上长毛的那个怪物出现了，跟着是白天那只死蜻蜓，随时想起来都吓人的鬼故事；跟着，胡同口的那个疯子朝我走来了……黑暗中，出现许多爷爷那样的眼睛，大大小小，紧闭着，眼皮还在鬼鬼祟祟地颤动着，好像要突然睁开，瞪起怕人的眼珠儿来……

我害怕了，已从将要入睡的懵懂中完全清醒过来了。我想——将来，我也要死的，也会被人埋在地下，这世界就不再有我了。我也就再不能像现在这样踢球呀，做游戏呀，捉蟋蟀呀，看马戏时吃那种特别酸的红果片呀……还有时去舅舅家看那个总关得严严实实的迷人的大黑柜，逗那条瘸腿狗，到那乱七八糟、杂物堆积的后院去翻找“宝贝”……而且再也不能“过年”了，那样地熬夜、拜年、放烟火、攒压岁钱；表哥把点着的鞭炮扔进鸡窝去，吓得鸡像鸟儿一样飞到半空中，乐得我喘不过气来；我们还瞒着妈妈去野坑边钓鱼，钓来一条又黄又丑的大鱼，给馋嘴的猫咪咪饱餐了一顿；下雨的晚上，和表哥躺在被窝里，看窗外打着亮闪，响着大雷……活着有多少快活的事，死了就完了。那时，表哥呢？妹妹呢？爸爸妈妈呢？他们都会死吗？他们知道吗？怎么也不害怕呀！我们能够不死吗？活着有多好！大家都好好活着，谁也不死。可是，可是不行啊……“谁都得老，都得死的。”死，这时就像拥有无限威力似的，而且严酷无情。在它面前，我那么无力，哀求也没用，大家都一样，只有顺从，听摆布，等着它最终的来临……想到这里，尤其是想到妈妈，我的心简直冷得发抖。

妈妈将来也会死吗？她比我大，会先老，先死的。她就再不能爱我了，不能像现在这样，脸挨着脸，搂我，亲我……她的笑，她的声音，她柔软而暖和的手，她整个人，在将来某一天就会一下子永远消失了吗？她会有多少话想说，却不能说，我也就永远无法听到了；她再看不见我，我的一切她也不再会知道。如果那时我有话要告诉她呢？到哪儿去找她？她也得被埋在地下吗？土地，坚硬、潮湿、冷冰冰的……我真怕极了。先是伤心、难过、流泪，而后愈想愈加心虚害怕，急得蹬起被子来。趁妈妈活着的时光，我要赶紧爱她，听她的话，不惹她生气，只做让大家和妈妈高兴的事。哪怕她还骂我，我也要爱她，快爱，多爱；我就要起来跑到她房里，紧紧搂住她……

四周黑极了，这一切太怕人了。我要拉开灯，但抓不着灯线，慌乱的手碰到茶几上的药瓶。我便失声哭叫起来："妈妈，妈妈……"

灯忽然亮了，妈妈就站在床前。她莫名其妙地看着我："怎么，做噩梦了？别怕……孩子，别怕。"

她俯身又用前额抵一抵我的头。这回她的前额不凉，反而挺热的了。"好了，烧退了。"她宽心而温柔地笑着。

刚才的恐怖感还没离开我。这是怎么回事？我茫然地望着她，有种异样的感觉。一时，我很冲动，要去拥抱她，但只微微挺起胸脯，脑袋却像灌了铅似的沉重，刚刚离开枕头，又坠倒在床上。

"做什么？你刚好，当心再着凉。"她说着便坐在我床边，紧挨着我，安静地望着我，一直在微笑，并用她暖和的手抚弄我的脸颊和头发。"你刚才是不是做噩梦了？听你喊的声音好大哪！"

"不是……我想了……将来，不，我……"我想把刚才所想的事情告诉妈妈，但不知为什么，竟然无法说出来。是不是担心说出来，她知道后也要害怕的。那是件多么可怕的事啊！

"得了，别说了，疯了一天了，快睡吧！明天病就全好了……"

昏暗的灯光静静地照着床前的药瓶、点心和黄色的梨，照着妈妈无言而含笑的脸。她拉着我的手，我便不由得把她的手握得紧紧的……

我再不敢想那些可怕又莫解的事了，但愿世界上根本没有那种事。

栖息在邻院大树上的乌鸦不知为何缘故，含糊不清地咕嚷一阵子，又静下去了。被月光照得微明的窗帘上走过一只猫的影子。渐渐地，一切都静止了，模糊了，淡远了，融化了，变成一团无形的、流动的、软软而弥漫的烟。我不知不觉便睡着了。

一个深奥而难解的谜，从那个夜晚便悄悄留存在我的心里。后来我才知道，这是我最初在思索人生。

书　桌

我有张小小的书桌，它又窄又矮，破旧极了。在外人眼里简直不成样子。上边的漆成片地剥落下来，残余的漆色变得晦暗发黑，连我自己都认不准它最初是什么颜色。桌面又满是划痕、硬伤，还有热水杯烫成的一个个套起来的深深浅浅的白圈儿。它一边只有三个小抽屉，抽屉的把手早不是原套了。一个是从破箱子上移来的铜把手，另两个是后钉上去的硬木条。别看它这副模样，三十年来，却一直放在我的窗前，我房间透进光来的地方。我搬过几次家，换过几件家具，但从来没有想到处理掉它……

“这么难看还要它干吗？要是我早劈掉生火了！”

“它又不实用。你这么大人将就这样一个小桌子，早晚得驼背！”

“你怎么就是不肯扔掉这破玩意儿。难道它是件宝？你说呀……”

我笑而不答。那淡淡的笑意里包含着任何知己都难以理解、难以体会到的一种，一种……一种什么呢？

没有共同的经历就不会有同感。有时，同感能发挥出非常奇妙的作用，它能成为两颗心相融的最短、最直接的通道。如果没有同感，说它做什么？还不如独自一人到树林里，踩着落叶、自己对自己默默地说它一阵子，排遣出来，倒是一种安慰。

我无法想起，究竟是什么时候，我开始使用这小桌的。我只模模糊糊记得，最初，我是站在它前面写写画画，而不是坐着。待我要坐下时，屁股下边必须垫上书包、枕头或一大沓画报，才能够得上桌面……

记忆里，幼时的事，都是穿不成串儿的珠子。这珠子却在记忆的深井的底儿滴溜溜、闪闪发光地打转，很难抓住它们——

我把“人”字总误写成“入”字，就在这桌上吧！

我一排排地晾干弹弓子用的小泥球儿，就在这桌上吧！

我在小木板上钉钉子，就在这桌上吧！

对，就在这儿。桌面上原来有一块能够照见自己脸儿的光光的玻璃板，给我钉钉子时打碎了——这件事我可记得清清楚楚，为此我还挨爸爸一通好打呢！也许打得太疼，我才记得十分牢。但过后我却一点也不后悔。因为，从此我做过的、经历过的、经受过的许许多多的事，都在这没有玻璃板保护的桌面上留下了痕迹。

桌面上净是些小瘪坑。有的坑儿挺深，像个洞眼，蚂蚁爬到那儿，得停一下，迟疑片刻，最后绕过去……细细瞧吧，还满是划痕呢，横竖歪斜，有的深，如一道沟，有的轻浅，还有的比蛛丝还细。这细细的印痕，是不是当初刮铅笔尖留下的？那一条条长长的道道儿，是不是随意用指甲划上去的？那儿黑乎乎的一块儿，是不是过年做灯笼，烤弯竹条时碰倒了蜡烛烧的？分辨不清了，原因不明了，全搅在一起了；这中间还混着许多字迹，钢笔的、铅笔的、墨笔的，还有用什么硬东西刻上去的。也有画上去的形象，有的完整，有的破碎——一只靴子啦，枪啦，一张侧面脸啦，这是不是我的自画像？年深日久，早都给磨得模糊一片。痕迹斑驳的桌面，有如一块风化得相当厉害、漫漶不清的碑石。

但我从中细心察辨，也能认出某些痕迹的来由，想起这里边包含着的、只有我才知道的故事，并联想到与此有关或无关的、早已融进往昔岁月中的童年生活。

为此，我很少用湿布去拭抹它。

只有一次例外。那是我上小学四年级时，我前排坐着一个女同学，十分瘦弱。她年龄与我一般大，个子却比我矮一头。两条短短的黄辫儿，简直是两根麻绳头。一天，上语文课，我没听讲，却悄悄把眼前的两条黄辫子拴在这女同学的椅子背儿上。正巧老师叫她回答问题，她一起身，拴住的辫子扯得她头痛得大叫。我的语文老师姓李，瘦削的脸满是黑胡茬，连脸颊上都是。一副黑边的近视镜遮住他的眼神，使我头次见到他时以为他挺凶，其实他温和极了。他对我们调皮的忍耐限度比别的老师都大。但不知为什么，那天他好厉害，把我一把拉到课堂前，叫我伸出双手，狠狠打了十多板子。他真生气呢！气呼呼地直喘，什么话也说不出来了，只指着门瞪圆眼对我吼道："走！快走!”我离开了课堂，一路跑回家。我手疼倒没什么，但当众挨打受罚，我的自尊心受不了。于是，我眼泪汪汪地在桌上写了“李老师是狗!”几个字。我写得那么痛快和解气，好像这几个字给我报了什么“仇”似的。这几个字就相当威风地在我桌上保留了好长时间。

在表的滴答声中，在上下课的铃声中，在雨和雪轮番交替地敲打窗子声中，我长大起来，事也懂得多了。桌上那几个字却不那么神气了，反而怕被人瞧见，似乎成了一种不光彩甚至是耻辱的污迹，我带着一种说不清是对李老师，还是对长大后再也遇不到的那个瘦弱的女同学的愧疚心情，用手巾尖儿蘸些水使劲把这几个字抹下去。

真奇怪！字儿抹掉了，好像心里干净了一些。

我上了中学，毕业了，参加了工作。我的许多事，写信、写文章、画画、吃东西，做些什么零七八碎的事都在这桌上，它一直伴随着我。

但它在我长大起来的身躯前，渐渐显得矮小，不合用了；而且用久了，愈来愈破旧，在后来买进来的新家具中间，显得寒碜和过时。它似乎老了，早完成了使命，在人世间物换星移的常规里等待着接受取代。

有一天我画画。画幅大，桌面小。不得不把一半画纸垂到桌下，先画铺在桌面上的一半；待画得差不多时，再拉上纸来画另一半。这样就很难照顾到画面的整体感，我画得那么别扭，真急了，止不住愤愤地骂道：

“真该死，这破桌子!”

它听着，不吭一声。等我画好了画儿，张挂起来，画面却意外地好。我十分快活，早把桌子忘在一旁。它呢？依然默默旁立。它就是这样与我为伴，好像我不抛掉它，它就一心而从无二意地跟随着我。是不是由于它仅仅是件无生命的物品，我从未把它作为一只小猫、小鸟、小兔那样的伴侣？但是，小兔死了，小猫跑了，小鸟飞了，它却不声不响地有心地记下我生活经历过的许多酸甜苦辣，并顺从地任我做任何有损于它的事。当一次，我听说自己遭遇过的不幸，是因为被一位多年来与我非常要好的朋友出卖时，我忍受不住，发疯似的猛地一拍桌面。

“啪!”桌面上出现一条长长的裂缝；我那颗初入社会纯真的心上，也暗暗出现一条裂痕。它竟同我一样。

从此，我便不觉地爱护起它来了。

我有过一个女朋友。她是一只快乐的小鸟——那早晨站在沾着露水的枝头抖动翅膀、在阳光里飞来飞去、在烟囱上探头探脑的小鸟。她总笑，她整天似乎除去快乐什么也不知道。她在任何一群人中出现，都能极快地把快乐通过笑、通过活泼的目光、通过喜气洋洋的俊俏的小脸儿、通过率真的动作，传染给每一个人。我说她的快乐是照眼的、悦耳的、香喷喷的；是魔术。我称她为“快乐女神”。

她一双腿长长的，爱穿一条淡蓝色的短裙。她一进屋来，常常是一蹦就坐到小书桌上——这或许是她还带着些孩子气；或许她腿长，桌子矮，坐上去正合适。

我呢?过去吻她高矮也正好。我吻她，她不让。一忽儿把脸甩向左边，一忽儿又甩到右边，还调皮地笑着。她那光滑的短发像穗子一样在我笨拙的嘴唇上蹭来蹭去。

以后，由于挺复杂的原因，她终于说：“我们的爱没有物质土壤，幻想的种子连幻想也结不出来了。”这句话，她说了许多遍，一次比一次肯定，最后她无可奈何又断然地离去了。

稀奇的是，那快乐女神始终与我这哑巴桌子连在一起。每当我的目光碰到桌沿，就会幻觉出她当初坐在桌上的样子。浅蓝色的短裙扇状地铺开，一双直直又顺溜儿的长腿垂下来，两只小巧的脚交叉地别着。这时她那动听的笑声好似又在桌上的空间里发出来。

我需要记着的，这桌儿都给我记着了。而那女神与我临别时掉在桌上的泪滴，却一点痕迹也没留下。大概那不是泪，而是水滴。

桌上唯有一处大硬伤。那是——那天，一群穿绿服装、臂套红色袖章的男女孩子们闯进我家来。每人拿一把斧头，说要“砸烂旧世界”，我被迫站在门口表示欢迎，并木然地瞅着他们在顷刻间，把我房间里的一切胡乱砸一通。其中有个姑娘，模样挺端正，但她的眼神叫我害怕。她不吵不闹，砸起东西来异乎寻常地细致。她在屋里转来转去，把尚且完整的东西翻出来，一件件、有条不紊地敲得粉碎。然后，她翻出我一本相册，把里面的照片一张张抽出来，全都撕成两半。她做这些事时，脸上没有任何表情。

她忽然把一张照片面对我，问：

“这是谁?”

这是我那“快乐女神”，我说：

“一个朋友。”

她微微现出一种冷笑，一双秀气的眼睛直盯着我，两只白白的手把这照片撕成细小的碎片。我至今不明白，在那时为什么一些女孩子干这种事时，反比男孩子们干得更彻底、更狠心、更无情。相册中所有女人的照片——我姐姐、妻子、母亲的，她撕得尤其凶，“唰！唰！唰!”地响，仿佛此刻她心里有什么受不了的情感折磨着她，迫使她这样做。

最后，她临去时，一眼瞥见我的书桌。大约这书桌过于破旧，开始时并没引起他们的兴趣。此刻在一堆碎物中间，反而惹眼了。她撇向一边的薄薄的唇缝里含着一种讥讽：

“你还有这么个破玩意儿!”

随手一斧子，正砍在桌角上，掉下一块挺大的木茬。

就这样，我过去生活的一切，无论是快乐和幸福的，还是忧愁和不幸的，都留在桌上了。哪怕我忘了，它也会无声地提醒我。

它就摆在我窗前。从窗子透进的光笼罩着它。我窗外是一棵大槐树的树冠。这树冠摇曳婆娑的影子总是和阳光一起投照在我这小小的桌面上。

每当这树冠的枝影间满是小小的黑点时，那是春天；黑点点儿则是大槐树初发的芽豆豆。这期间，偶尔还有一种俗名叫做“绿叶儿”的候鸟，在枝间伶俐地蹦跳的影子出现在桌面上。夏天来了，树影日浓，渐渐变成一块荫凉，密密实实地遮盖住我的小桌。等到那块厚厚的荫凉破碎了，透现出一些晃动着的阳光的斑点时，秋风还会把一两片变黄的叶子吹进窗；像几只金色的小船，落在我这如同无风的水面一般平光光的桌面上。随后该关窗子了，玻璃蒙上了薄薄的水蒸气。

那片叶无存、光秃秃、只剩下枝丫的树影，便像一张朦胧模糊的大网，把我的小桌罩住……

我常常被这些情景弄得发呆。谁说它丑？它无用？它应当被丢弃？它有着任何华贵的物品都无法代替的风韵和诗意。在它的更深处，甚至还潜藏着丰富的思想。

尤其是在阴雨的日子里，乌云像拉上的厚帘子把窗户遮暗了，小桌变成黑影，很像一块浓雾里的礁石，黑黝黝的，沉默无语。忽然一道闪电把它整个照亮，它那桌面上反射着可怕的蓝色的电光。但在这一瞬间的强光里，它上边的一切痕迹都清晰地显现出来，留在这中间的往事一下子全都复活了……

我闭上眼，情愿被再现在幻觉中的往事深深地感动着。

我终于失去了它。

在地震中，塌落下来的屋顶把它压垮。我的孩子正好躲在桌下，给它保护住了生命。它才是真正地为我献出了一切呢！等我从废墟中把它找出来，只是一堆碎木板、木条和木块了。我请来一个能干的木匠，想把它复原。木匠师傅瞅着它，抽着烟，最后摇了摇头，并且莫名其妙地瞧了我一眼，显然他不明白我何以有此意图——又不是复原一件破损的稀世古物。

它就这样在我的生活中没了。

我需要书桌，只得另买一张。新买的桌子宽大、实用、漆得锃亮，高矮也挺合适。我每每坐在这崭新却陌生的大书桌前，就觉得过去的一切像那不能再生的书桌一样，烟消云散，虚无缥缈，再也无从抓住似的……

我因此感到隐隐的忧伤。不由得想起几句话，却想不起是谁说的了：

“呵，生活，你真迷人……哪怕是久已过去的，也叫人割舍不得；哪怕是不幸的，也渐渐能化为深沉的诗。”

挑山工

一

你见过泰山的挑山工吗？这是种很奇特的人！

不知别处对这种运货上山的民夫怎样称呼，这儿习惯叫做挑山工。单从“挑山”二字，就可以体会出这种工作非凡的艰辛。肩挑着百十斤的重物，从山下直挑到烟云缭绕、鸟儿都难飞得上去的山顶，谁敢一试？更何况，这被誉为“五岳之首”的泰山，自有其巍巍而不可征服的威势。从山根直至极顶处，一条道儿，全是高高的石头台阶，简直就是一架直上直下的万丈天梯。在通向南天门的十八盘道上，那些游山来的健壮的男儿，也不免气喘吁吁。一般人更是精疲力竭，抓着道旁的铁栏，把身子一点点往上移。每爬上十来级台阶，就要停下来歇一歇。只有这时，你碰到一个挑山工——他给重重的挑儿压塌了腰，汗水湿透衣衫，两条腿上的肌条筋缕都清晰地凸现在外，默不作声，一步一步，吃力又坚韧地走过你身旁，登了上去。你那才算是约略知道“挑山”二字的滋味……

挑山工，大概自古就有。山头那些千年古刹所用的一切建筑材料，都是从山下运上来的。你瞧着这些构造宏伟的古建筑上巨大的梁柱础石、沉重的铜砖铁瓦，再低头俯望一条灰白的山路，如同一根细绳，蜿蜒曲折，没入茫茫的谷底。你就会联想到，当年为了建造这些庙宇寺观，为了这壮观的美，挑山工们付出了怎样艰巨和惊人的劳动！

我少时来游泰山，山顶上还有三四十户人家，家中的男人大多是挑山工，给山上的国营招待所运送食品货物以为生计。清早，他们拿了扁担绳索，带着晨风晓露下山去，后晌随着一片暮云夕阳，把货物挑上山来。星光烁烁时，家家都开夜店，留宿在山头住一夜而打算转天早起观瞻日出的游人，收费却比国营招待所低廉。他们的屋子是石头垒的。山上风大，小屋都横竖卧在山道两旁的凹处，屋顶与道面一般平。屋里边简陋得几乎什么也没有，用来招待客人的，只有一条脏被和热开水。为了招待主顾，各家门首还挂着一个小幌牌，写着店名。有的叫“棒槌店”，就在木牌两边挂一对小木棒槌；有的叫“勺儿店”，便挂一对乌黑的小生铁勺儿，下边拴些红布穗子，随风摇摆，叮当轻响。不过，你在这店里睡不好觉。劳累了一天的挑山工和客人们睡在一张炕上，他们要整整打上一夜松涛般呼呼作响的鼾声……

在这些小石屋中间，摆着一件非常稀罕的东西。远看一人多高，颜色发黑，又圆又粗，两个人才能合抱过来。上边缀满繁密而细碎的光点，熠熠闪烁，好像一块巨型的金星石。近处一看，原来是一口特大的水缸，缸身满是裂缝，那些光点竟是数不清的连合破缝的锔子，估计总有一两千个，颇令人诧异。我问过山民，才知道，山顶没有泉眼，缺水吃，山民们用这口缸储存雨水。为什么打了这么多锔子呢？据说，三百多年前，山上住着一百多户人家。每天人们要到半山间去取水，很辛苦。一年，从这些人家中，长足了八个膀大腰圆、力气十足的小伙子。大家合计一下，在山下的泰安城里买了这口大缸。由这八个小伙子出力，整整用了七七四十九天，才把大缸抬到山顶。以后，山上人家愈来愈少，再也不能凑齐那样八个健儿抬一口新缸来。每次缸裂了，便到山下请上来一位锔缸的工匠，锔上裂缝。天长日久，就成了这样子。

听了这故事，你就不会再抱怨山顶饭菜价钱的昂贵。山上烧饭用的煤，也是一块块挑上来的呀！

二

在泰山上，随处都可以碰到挑山工。他们肩上架一根光溜溜的扁担，两端翘起处，垂下几根绳子，拴挂着沉甸甸的物品。登山时，他们的一条胳膊搭在扁担上，另一条胳膊垂着，伴随登踏的步子有节奏地一甩一甩，以保持身体平衡。他们的路线是折尺形的——先从台阶的一端起步，斜行向上，登上七八级台阶，就到了台阶的另一端；便转过身子，反方向斜行，到一端再转回来，一曲一折向上登。每次转身，扁担都要换一次肩，这样才能使垂挂在扁担前头的东西不碰在台阶的边沿上，也为了省力。担了重物，照一般登山那样直上直下，膝头是受不住的。但路线曲折，就使路程加长。挑山工登一次山，大约多于游人们路程的一倍！

你来游山，一路上观赏着山道两旁的奇峰异石、巉岩绝壁、参天古木、飞烟流泉，心情喜悦，步子兴冲冲。可是当你走过这些肩挑重物的挑山工的身旁时，会禁不住用一种同情的目光注视他们一眼。你会因为自己身无负载而倍觉轻松，反过来，又为他们感到吃力和劳苦，心中生出一种负疚似的情感……而他们呢？默默的，不动声色，也不同游人搭话——除非向你问问时间。一步步慢吞吞地走自己的路。任你怎样嬉叫闹喊，也不会惊动他们。他们却总用一种缓慢又平均的速度向上登，很少停歇。脚底板在石阶上发出坚实有力的嚓嚓声。在他们走过之处，常常会留下零零落落的汗水的滴痕……

奇怪的是，挑山工的速度并不比你慢。你从他们身边轻快地超越过去，自觉把他们甩在后边很远。可是，你在什么地方饱览四周雄美的山色；或在道边诵读与抄录凿刻在石壁上的爬满青苔的古人的题句；或在喧闹的溪流前洗脸濯足，他们就会在你身旁慢吞吞、不声不响地走过去，悄悄地超过了你。等你发现他走在你的前头时，会吃一惊，茫然不解，以为他们是像仙人那样腾云驾雾赶上来的。

有一次，我同几个画友去泰山写生，就遇到过这种情况。我们在山下的斗姥宫前买登山用的青竹杖时，遇到一个挑山工。矮个子，脸儿黑生生，眉毛很浓，大约四十来岁，敞开的白土布褂子中间露出鲜红的背心。他扁担一头拴着几张黄木凳子，另一头捆着五六个青皮西瓜。我们很快就越过他去。可是到了回马岭那条陡直的山道前，我们累了，舒开身子，躺在一块平平的被山风吹得干干净净的大石头上歇歇脚，这当儿，竟发现那挑山工就坐在对面的草茵上抽着烟。随后，我们差不多同时起程，很快就把他甩在身后，直到看不见。但当我爬上半山的五松亭时，却见他正在那株姿态奇特的古松下整理他的挑儿。褂子脱掉，现出黑黝黝、健美的肌肉和红背心。我颇感惊异，走过去假装问道，让支烟，跟着便没话找话，和他攀谈起来。这山民倒不拘束，挺爱说话。他告诉我，他家住在山脚下，天天挑货上山。一年四季，一天一个来回。他干了近二十年。然后他说："您看俺个子小吗?干挑山工的，长年给扁担压得长不高，都是矮粗。像您这样的高个儿干不了这种活儿，走起来，晃晃悠悠哪!"

他逗趣似的一抬浓眉，咧开嘴笑了，露出皓白的牙齿。山民们喝泉水，牙齿都很白。

这么一来，谈话更随便些，我便把心中那个不解之谜说出来：

"我看你们走得很慢，怎么反而常常跑到我们前边来了呢?你们有什么近道儿吗?"

他听了，黑生生的脸上显出一丝得意之色。他吸一口烟，吐出来，好像作了一点思考，才说：

"俺们哪里有近道，还不和你们是一条道?你们是走得快，可你们在路上东看西看，玩玩闹闹，总停下来呗!俺们跟你们不一样，不能像你们在路上那么随便，高兴怎么就怎么。一步踩不实不行，停停站站更不行。那样，两天也到不了山顶，就得一个劲儿总往前走。别看俺们慢，走长了就跑到你们前边去了。瞧，是不是这个理儿?"

我笑吟吟，心悦诚服地点着头。我感到这山民的几句话里，似乎蕴藏着一种意味深长的哲理、一种切实而朴素的思想。我来不及细细嚼味，作些引申，他就担起挑儿起程了。在前边的山道上，在我流连山色之时，他还是悄悄超过了我，提前到达山顶。我在极顶的小卖部门前碰见他，他正在那里交货。我们的目光相遇时，他略表相识地点头一笑，好像对我说：

"瞧，俺可又跑到你的前头来了!"

我自泰山返回家后，就画了一幅画——在陡直而似乎没有尽头的山道上，一个穿红背心的挑山工给肩头的重物压弯了腰，却一步步、不声不响、坚韧地向上登攀。多年来，这幅画一直挂在我的书桌前，不肯换掉，因为我需要它……

书斋一日

——新岁开篇

一如日日那样，晨起之后，沏一杯清茶坐进书房里。书房是我的心房，坐在里边的感觉真是神奇之极。听得见自己心跳的节率，感受得到热血的流动，还有心的温暖。书房的电话与传真还通向天南地北，于是朋友们把他们富于灵气的话送了进来。昨天与身在地冻天寒的哈尔滨的迟子建通话，谈到我一个月前在地中海边寻找梵·高的踪迹之行，谈到她的鸿篇巨制《伪满洲国》，谈到大雪纷飞中躲在屋内写作的感觉。她说唯冬天书房里的阳光才真正算得上是一种享受。我说，夏天的阳光照在身上，冬天的阳光照在心里。书房里的谈话总是更近于文字。

书桌对面的一架书，全是我的各种版本。面对它，有时自我的感觉很好很踏实，由此想到可以扔下笔放松一下，喘息一下了；有时却觉得自己的作为不过如此，那么多文学想象远没有写出来，这时便恨不得给自己抽上一鞭子，再加一把劲儿。

人回过头时才会发现：做过的事总是十分有限。

今天坐在书房里，这感觉更是强烈，甚至有一种浩大的空荡。陌生，未知，莫名，一片白晃晃，虚无而不定；我从未有此感受；房中一切如旧，这从何而来。难道这就是“新世纪”之感吗？

静坐与凝思中，渐渐悟出，这新世纪并不是一种可见的物质，而是无形的、未曾经历过的时间。现在，以百年划分的时间已经无声地涌进我的书房。但它并没有把我的书房填满，相反却将原先的一切辛劳全都排挤出去。昨天的一切全不算数了！此刻我站在这个全新的巨大的时间里，两手空空如也，我还没有为二十一世纪做一件事呢！

时间只是一个载体，你给它制造什么，它就具有什么。时间不会带给你任何“美好的未来”。它是空的，它给你的只是时间本身，然而这已经足够了！其实生命最根本的意义，不就是那一段任凭你使用和支配的短短的时间吗？

来不及去推想生命的时间意义，却见眼前的事物竟发生着一种非常奇妙的变化——

屋中的一切，除去那些历时久远的古物，现今的这些家具器物，书籍报刊，乃至桌上的钢笔、台灯、水杯等，在世纪的转换中，一下子都属于了那个过往的百年。从明天的角度看，眼前这一切全都是二十世纪的文化。而我现在不正是坐在一种具有二十世纪风格的迷人“历史文化”中吗？这感觉竟然这么奇妙！

我们的生命跨进了新的世纪，然而我们的身体却置身于昨天的物质中。再去体验我们的生命的深处，那里边也带着重重叠叠与翻滚的历史。于是我明白，历史不是过去时。历史依然鲜活地存在现实中，存在我们的生命中。历史应该是我们经验过和创造过的生活的一种升华。它升华为一种精神，一种信念，并结晶为一种财富，和我们的血肉生机勃勃地混在一起。我们在历史中成长，因历史而成熟，我们永远受益于历史——无论这历史是光荣还是耻辱甚至是罪恶的，这是因为历史的顽疾总是要反复发作的。

屋角的一盆绿萝长得旺足，本来它是朝着照入阳光的窗子伸展去的。我却用细绳把它牵引到挂在屋顶的一块清代木雕的檐板上。它碧绿可爱的叶子在这镂空的雕板间游戏般地穿来绕去。那雕板上古老的木刻小鸟竟然美妙地站在这弯曲而翠绿的茎蔓上了。这一来，历史变得生意盈盈。

电话铃不断响起，把我线性的思绪切断，接连到远远近近各种话题，这些话题无不叫我关切。王蒙照例是轻轻松松像戏说三国那样笑谈文坛，天大的事在他嘴里也会烟消云散；奇怪的是今天他的嗓门分外的大，中气足，挺冲，好像刚打了一场球，还赢了分，是不是因为他方才闯进了新世纪的大门？李小林在电话中说，九十六岁高龄的巴老今天真的跨世纪了，而且身体状况十分平稳，这可是件喜事，叫我高兴了好一阵子；欧洲一位媒体的朋友来电祝贺新年，当她听说国内的市面上已绽露出春节的气象，便勾起回忆，情真意切地说起她儿时的种种年俗，使我忽然懂得最深刻的民间文化原来在最严格的风俗里。由此我滔滔不绝谈起我那个“恪守风俗”的文化观。说着说着，忽然想到是对方花钱打来这个越洋电话的，于是匆忙说声“对不起”便撂下话筒……

这时传真机嗒嗒地响，一张雪白的带字的传真纸送出机器。原来是山西作家哲夫传来的。他昨天夜里传来的一纸也是同样的内容，看来他很急迫。他还是那样十万火急地为中国危难重重的自然生态呼吁。他说他写在长篇纪实《中国档案》里所谓淮河将在二十世纪结束时变清的那句话已经完全落空。淮河如今差不多成了一条臭河。我们的大自然真的已是“鸡皮鹤发”，脆弱之极。他要我帮他一齐呐喊，他相信我会担此道义。他还说，他已经无力再喊下去了，他想不干了。

他这份传真叫我陡然变得沉重。一下子，我的书斋变暗变小，我好像被紧紧夹在了中间。我想到这些年我固执地为保护人文生态而竭尽全力地发出的那些呼喊，最终成效几何？接着我又想到梁思成先生。他曾经也激情昂然地呼喊过，北京城还不是照样拆了？梁思成是不是白喊了？当然不是——我忽然明白——他的呼喊，并不只是一种声音，而是一种精神。一种知识精神和文化精神。我们今天的呼喊不是在延续和坚持着这种精神吗？于是我抓起电话打给哲夫。我说：

“如果我们闭住嘴，那才真正是一种绝望。你应当看到，现在这呼声已经愈来愈大，未来的社会一定会在这呼喊中醒来。你要坚持下去！”

通过电话，我忽然想，这大概是我在跨世纪的书房里做的第一件事。或者说，我首先使我们要做的事情跨过了世纪。因为我坚信，上世纪没有做成的事，下个世纪一定会做成的。

此时，我感觉，我的书斋在一点点发亮，一点点扩大起来。

时　光

一岁将尽，便进入一种此间特有的气氛中。平日里奔波忙碌，只觉得时间的紧迫，很难感受到“时光”的存在。时间属于现实，时光属于人生。然而到了年终时分，时光的感觉乍然出现。它短促、有限、性急，你在后边追它，却始终抓不到它飘举的衣袂。它飞也似的向着年的终点扎去。等到你真的将它超越，年已经过去，那一大片时光便留在过往不复的岁月里了。

今晚突然停电，摸黑点起蜡烛。烛光如同光明的花苞，宁静地浮在漆黑的空间里；室内无风，这光之花苞便分外优雅与美丽；些许的光散布开来，朦胧依稀地勾勒出周边的事物。没有电就没有音乐相伴，但我有比音乐更好的伴侣——思考。

可是对于生活最具悟性的，不是思想者，而是普通大众。比如大众俗语中，把临近年终这几天称为“年根儿”，多么真切和形象！它叫我们顿时发觉，一棵本来是绿意盈盈的岁月之树，已被我们消耗殆尽，只剩下一点点根底。时光竟然这样的紧迫、拮据与深浓……

一下子，一年里经历过的种种事物的影像全都重叠地堆在眼前。不管这些事情怎样庞杂与艰辛，无奈与突兀，我也想从中找到自己的足痕。从春天落英缤纷的京都退藏到冬日小雨空蒙的雅典德尔菲遗址；从重庆荒芜的红卫兵墓到津南那条神奇的蛤蜊堤；从一个会场到另一个会场，一个活动到另一个活动中；究竟哪一些足迹至今清晰犹在，哪一些足迹杂沓模糊甚至早被时光干干净净一抹而去？

我瞪着眼前的重重黑影，使劲看去。就在烛光散布的尽头，忽然看到一双眼睛正直对着我。目光冷峻锐利，逼视而来。这原是我放在那里的一尊木雕的北宋天王像。然而此刻他的目光却变得分外有力。他何以穿过夜的浓雾，穿过漫长的八百年，锐不可当、拷问似的直视着任何敢于朝他瞧上一眼的人？显然，是由于八百年前那位不知名的民间雕工传神的本领、非凡的才气；他还把一种阳刚正气和直逼邪恶的精神注入其中。如今那位无名雕工早已了无踪影，然而他那令人震撼的生命精神却保存下来。

在这里，时光不是分毫不曾消逝吗?

植物死了，把它的生命留在种子里；诗人离去，把他的生命留在诗句里。

时光对于人，其实就是生命的过程。当生命走到终点，不一定消失得没有痕迹，有时它还会转化为另一种形态存在或再生。母与子的生命的转换，不就在延续着整个人类吗？再造生命，才是最伟大的生命奇迹。而此中，艺术家们应是最幸福的一种。唯有他们能用自己的生命去再造一个新的生命。小说家再造的是代代相传的人物；作曲家再造的是他们那个可以听到的迷人而永在的灵魂。

此刻，我的眸子闪闪发亮，视野开阔，房间里的一切艺术珍品都一点点地呈现。它们不是被烛光照亮，而是被我陡然觉醒的心智召唤出来的。

其实我最清晰和最深刻的足迹，应是书桌下边，水泥的地面上那两个被自己的双足磨成的浅坑。我的时光只有被安顿在这里，它才不会消失，而被我转化成一个个独异又鲜活的生命，以及一行行永不褪色的文字。然而我一年里把多少时光抛入尘嚣，或是支付给种种一闪即逝的虚幻的社会场景，甚至有时属于自己的时光反成了别人的恩赐。检阅一下自己创造的人物吧，掂量他们的寿命有多长。艺术家的生命是用他艺术的生命计量的。每个艺术家都有可能达到永恒，放弃掉的只能是自己，是不是?

迎面那宋代天王瞪着我，等我回答。

我无言以对，尴尬到了自感狼狈。

忽然，电来了，灯光大亮，事物通明，恍如更换天地。刚才那片幽阔深远的思想世界顿时不在，唯有烛火空自燃烧，显得多余。再看那宋代的天王像，在灯光里仿佛换了一副神气，不再那样咄咄逼人了。

我也不用回答他，因为我已经回答自己了。

往事如“烟”

从家族史的意义上说，抽烟没有遗传。虽然我父亲抽烟，我也抽过烟，但在烟上我们没有基因关系。我曾经大抽其烟，我儿子却绝不沾烟，儿子坚定地认为不抽烟是一种文明。看来个人的烟史是一段绝对属于自己的人生故事，而且在开始成为烟民时，就像好小说那样，各自还都有一个“非凡”的开头。

记得上小学时，我做肺部的 x 光透视检查。医生一看我肺部的影像，竟然朝我瞪大双眼，那神气好像发现了奇迹。他对我说：“你的肺简直跟玻璃一样，太干净太透亮了。记住，孩子，长大可绝对不要吸烟!”

可是，后来步入艰难的社会。我从事仿制古画的单位被“文革”的大锤击碎。我必须为一家塑料印刷的小作坊跑业务，天天像沿街乞讨一样，钻进一家家工厂去寻找活计。而接洽业务，打开局面，与对方沟通，先要敬上一支烟。烟是市井中一把打开对方大门的钥匙。可最初我敬上烟时，却只是看着对方抽，自己不抽。这样敬烟成了生硬的“送礼”，反而倒有些尴尬。于是，我便硬着头皮开始了抽烟的生涯，为了敬烟而吸烟。应该说，我抽烟完全是被迫的。

儿时，那位医生叮嘱我的话，那句金玉良言，我至今未忘。但生活的警句常常被生活本身击碎。因为现实总是至高无上的，甚至还会叫真理甘拜下风。当然，如果说起我对生活严酷性的体验，这还只是九牛一毛呢!

古人以为诗人离不开酒，酒后的放纵会给诗人招来意外的灵感；今人以为作家的写作离不开烟，看看他们写作时脑袋顶上那纷纭缭绕的烟缕，多么像他们头脑中翻滚的思绪啊。但这全是误解！好的诗句都是在清明的头脑中跳跃出来的；而“无烟作家”也一样可以写出大作品。

他们并不是为了写作才抽烟，他们只是写作时也要抽烟而已。

真正的烟民全都是无时不抽的。

他们闲时抽，忙时抽；舒服时抽，疲乏时抽；苦闷时抽，兴奋时抽；一个人时抽，一群人时更抽；喝茶时抽，喝酒时抽；饭前抽几口，饭后抽一支；睡前抽几口，醒来抽一支。右手空着时用右手抽，右手忙着时用左手抽。如果坐着抽，走着抽，躺着也抽，那一准是头一流的烟民。记得我在自己烟史的高峰期，半夜起来还要点上烟，抽半支，再睡。我们误以为烟有消闲、解闷、镇定、提神和助兴的功能，其实不然。对于烟民来说，不过是这无时不伴随着他们的小小的烟卷，参与了他们大大小小一切的人生苦乐罢了。

我至今记得父亲挨整时，总躲在屋角不停地抽烟。那个浓烟包裹着的一动不动的蜷曲的身影，是我见到过的世间最愁苦的形象。烟，到底是消解了还是加重了他的忧愁和抑郁？

那么，人们的烟瘾又是从何而来？

烟瘾来自烟的魅力。我看烟的魅力，就是在你把一支雪白和崭新的烟卷从烟盒抽出来，性感地夹在唇间，点上，然后深深地将雾化了的带着刺激性香味的烟丝吸入身体而略感精神一爽的那一刻，即抽第一口烟的那一刻。随后，便是这吸烟动作的不断重复。而烟的魅力在这不断重复的吸烟中消失。

其实，世界上大部分事物的魅力，都在这最初接触的那一刻。

我们总想去再感受一下那一刻，于是就有了瘾。所以说，烟瘾就是不断燃起的“抽上一口”——也就是第一口烟的欲求。这第一口之后再吸下去，就成了一种毫无意义的习惯性的行为。我的一位好友张贤亮深谙此理，所以他每次点上烟，抽上两三口，就把烟灭在烟缸里。有人说，他才是最懂得抽烟的。他抽烟一如赏烟，并说他是“最高品位的烟民”。但也有人说，这第一口所受尼古丁的伤害最大，最具冲击性，所以笑称他是“自残意识最清醒的烟鬼”。但是，不管怎么样，烟最终留给我们的是发黄的牙和夹烟卷的手指，熏黑的肺，咳嗽和痰喘，还有难以谢绝的烟瘾本身。

父亲抽了一辈子烟，抽得够凶。他年轻时最爱抽英国老牌的“红光”，后来专抽“恒大”。“文革”时发给他的生活费只够吃饭，但他还是要挤出钱来，抽一种军绿色封皮的最廉价的“战斗牌”纸烟。如果偶尔得到一支“墨菊”“牡丹”，便像今天中了彩那样，立刻眉开眼笑。这烟一直抽得他晚年患“肺气肿”，肺叶成了筒形，呼吸很费力，才把烟扔掉。

十多年前，我抽得也凶，尤其是写作中。我住在北京人民文学出版社写长篇时，四五个作家挤在一间屋里，连写作带睡觉。我们全抽烟，天天把小屋抽成一片云海。灰白色厚厚的云层静静地浮在屋子中间。烟民之间全是有福同享，一人有烟大家抽，抽完这人抽那人。全抽完了，就趴在地上找烟头。凑几个烟头，剥出烟丝，撕一条稿纸卷上，又一支烟。可有时晚上躺下来，忽然害怕桌上烟火未熄，犯起了神经质，爬起来查看查看，还不放心。索性把新写的稿纸拿到枕边，怕把自己的心血烧掉。

烟民做到这个份儿，后来戒烟的过程必然十分艰难。单用意志远远不够，还得使出各种办法对付自己。比方，一方面我在面前故意摆一盒烟，用激将法来锤炼自己的意志；一方面在烟瘾上来时，又不得不把一支不装烟丝的空烟斗叼在嘴上，好像在戒奶的孩子的嘴里塞上一个奶嘴，致使来访的朋友们哈哈大笑。

只有在戒烟的时候，才会感受到烟的厉害。

最厉害的事物是一种看不见的习惯。当你与一种有害的习惯诀别之后，又找不到新的事物并成为一种习惯时，最容易出现的情况便是返回去。从生活习惯到思想习惯全是如此。这一点也是我在小说《三寸金莲》中“放足”那部分着意写的。

如今我已经戒烟十年有余。屋内烟消云散，一片清明，空气里只有观音竹细密的小叶散出的优雅而高逸的气息。至于架上的书，历史的界线更显分明：凡是发黄的书脊，全是我吸烟时代就立在书架上的；此后来者，则一律鲜明夺目，毫无污染。今天，写作时不再吸烟，思维一样灵动如水，活泼而光亮。往往看到电视片中出现一位奋笔写作的作家，一边皱眉深思，一边喷云吐雾，我会哑然失笑，并庆幸自己已然和这种糟糕的样子永久地告别了。

一个边儿磨毛的皮烟盒，一个老式的有机玻璃烟嘴，陈放在我的玻璃柜里。这是我生命的文物。但在它们成为文物之后，所证实的不仅仅是我做过烟民的履历，它还会忽然鲜活地把昨天生活的某一个画面唤醒，就像我上边描述的那种种的细节和种种的滋味。

去年，我去北欧。在爱尔兰首都都柏林的一个小烟摊前，一个圆形红色的形象忽然跳到眼中。我马上认出这是父亲半个世纪前常抽的那种英国名牌烟“红光”，一种十分特别和久违的亲切感涌来。我马上买了一盒。回津后，在父亲祭日那天，用一束淡雅的花衬托着，将它放在父亲的墓前。这一瞬竟让我感到了父亲在世时的音容，很生动，很贴近。这真是奇妙的事！虽然我明明知道这烟曾经有害于父亲的身体，在父亲活着的时候，我希望彻底撇掉它。但在父亲离去后，我为什么又把它十分珍惜地自万里之外捧了回来？

我明白了，这烟其实早已经是父亲生命的一部分。

从属于生命的事物，一定会永远地记忆着生命的内容，特别是在生命消失之后。我这句话是广义的。

物本无情，物皆有情，这两句话中间的道理便是本文深在的主题。

除夕情怀

除夕是一年最后一天，最后一个夜晚，是一岁中剩余的一点短暂的时光。时光是留不住的，不管我们怎么珍惜它，它还是一天天在我们的身边烟消云散。古人不是说过“黄金易得，韶光难留”吗？所以在这一年最后的夜晚，要用“守岁”——也就是不睡觉，眼巴巴守着它，来对上天恩赐的岁月时光以及眼前这段珍贵的生命时间表示深切的留恋。

除夕是中国人最具生命情感的日子，所以此时此刻一定要和与自己有着血缘关系的亲人团聚一起。首先是生养自己的父母，陪伴老人过年，有如依偎着自己生命的根与源头，再有便是和同一血缘的一家人枝叶相拥，温习往昔，尽享亲情。记得有人说：“过年不就是一顿鸡鸭鱼肉的年夜饭吗？现在天天鸡鸭鱼肉，年还用过吗？”其实过年并不是为了那一顿美餐，而是团圆。只不过先前中国人太穷，便把平时稀罕的美食当做一种幸福，加入这个人间难得的团聚中。现在鸡鸭鱼肉司空见惯了，团圆却依然是人们的愿望年的主题。腊月里到火车站或机场去看看声势浩大的春运吧。世界上哪个国家会有一亿人同时返乡，都要在除夕那天赶到家去？他们到底为了吃年夜饭还是为了团圆？

此刻，我想起关于年夜饭的一段往事——

一年除夕，家里筹备年夜饭，妻子忽说：“哎哟，还没有酒呢。”我说：“我忙的都是什么呀，怎么把最要紧的东西忘了！”

酒是餐桌上的仙液。这一年一度的人间的盛宴哪能没有酒的助兴、没有醉意？我忙披上棉衣，围上围巾，蹬上自行车去买酒。家里人平时都不喝酒，一瓶葡萄酒——哪怕是果酒也行。

车行街上，天完全黑了，街两旁高高低低的窗子都亮着灯。一些人家开始吃年夜饭了，性急的孩子已经噼噼啪啪点响鞭炮。但是商店全上了门板，无处买到酒，我却不死心，无论如何也不能让这顿年夜饭没有酒。车子一路骑下去，一直骑到百货大楼后边那条小街上，忽见道边一扇小窗亮着灯，里边花花绿绿，分明是个家庭式的小杂货铺。我忙跳下车，过去扒窗一瞧，里边的小货架上天赐一般摆着几瓶红红的果酒，大概是玫瑰酒吧。踏破铁鞋终于找到它了！我赶紧敲窗玻璃，里边出现一张胖胖的老汉的脸，他不开窗，只朝我摇手；我继续敲窗，他隔窗朝我叫道："不卖了，过年了。"我一急，对他大叫："我就差一瓶酒了。"谁料他听罢，怔了一下，唰地拉开小小的窗子，里边热乎乎混着炒菜味道的热气扑面而来，跟着一瓶美丽的红酒梦幻般地摆在我的面前。

我付了钱，对他千恩万谢之后，把酒揣在怀里贴身的地方。我怕把酒摔了，然后飞快地一口气骑车到家。刚才把酒揣进怀里时酒瓶很凉，现在将酒从怀间抽出时，光溜溜的酒瓶竟被身体焐得很温暖。

当晚这瓶廉价的果酒把一家人扰得热乎乎的，我却还在感受着刚才那位老汉把酒"啪"地放在我面前的感觉。他怎么知道我那时为年夜饭缺一瓶酒时急切的心情？很简单——因为那是人们共有的年的情怀。

于是我又想起，一年的年根在火车站上，车厢里人满为患，连走道上也人贴着人地站着。从车门根本挤不上去，有人就从车窗往里爬。我看一个年轻人，半个身子已经爬进车窗，车里的熟人往里拉他，站台上工作人员往外拽他。双方都在使劲，这年轻人拼命地往车里挣扎。就在这时候，忽然站台上的人不拉了，反倒笑嘻嘻把他推上去。我想，要是在平时，站台的工作人员决不会把他推上去，但此时此刻为什么这样做？为了帮他回家过年。

年，真的是太美好的节日、太好的文化了。在这种文化氛围里，人们无须沟通，彼此心灵相应。正为此，除夕之夜千家万户燃起的烟花，才在寒冷的夜空中交相辉映，呈现出普天同庆的人间奇观。也正为此，那风中飘飞的吊钱，大门上斗大的福字，晶莹的饺子，感恩于天地与先人的香烛，风雪沙沙吹打的灯笼和人人从心中外化出来的笑容，才是这除夕之夜最深切的记忆。

除夕是中国人用共同的生活理想创造出来——并以各自的努力实现的现实。

黄山绝壁松

黄山以石奇云奇松奇名天下。然而登上黄山，给我以震动的还是黄山松。

黄山之松布满黄山，由深深的山谷至大大小小的山顶，无处无松。可是我说的松只是山上的松。

山上有名气的松树颇多，如迎客松、望客松、黑虎松、连理松等等，都是游客们争相拍照的对象。但我说的不是这些名松，而是那些生在极顶和绝壁上不知名的野松。

黄山全是石峰，裸露的巨石侧立千仞，光秃秃没有土壤，尤其那些极高的地方，天寒风疾，草木不生，苍鹰也不去那里，一棵棵松树却破石而出，伸展着优美而碧绿的长臂，显示其独具的气质。世人赞叹它们独绝的姿容，却很少去想在终年的烈日下或寒飙中，它们是怎样存活和生长的？

一位本地人告诉我，这些生长在石缝里的松树，根部能够分泌一种酸性的物质，腐蚀石头的表面，使其化为养分被自己吸收。为了从石头里寻觅生机，也为了牢牢抓住绝壁，以抵抗不期而至的狂风的撕扯与摧折，它们的根日日夜夜与石头搏斗着，最终不可思议地穿入坚如钢铁的石体。细心便能看到，这些松根在生长和壮大时常常把石头从中挣裂！还有什么树木有如此顽强的生命力？

我在迎客松后边的山崖上仰望一处绝壁，看到一条长长的石缝里生着一株幼小的松树。它高不及一米，却旺盛而又有活力。显然曾有一颗松子飞落到这里，在这冰冷的石缝间，什么养料也没有，它却奇迹般生根发芽，生长起来。如此幼小的树也能这般顽强？这力量是来自物种本身，还是在一代代松树坎坷的命运中磨砺出来的？我想，一定是后者。我发现，山上之松与山下之松绝不一样。那些密密实实拥挤在温暖的山谷中的松树，干直枝肥，针叶鲜碧，慵懒而富态；而这些山顶上的绝壁松却是枝干瘦硬，树叶黑绿，矫健又强悍。这绝壁之松是被恶劣与凶险的环境强化出来的。它遒劲和富于弹性的树干，是长期与风雨搏斗的结果；它远远地伸出的枝叶是为了更多地吸取阳光……这一代代艰辛的生存记忆，已经化为一种个性的基因，潜入绝壁松的骨头里。为此，它们才有着如此非凡的性格与精神。

它们站立在所有人迹罕至的地方。在那些荒峰野岭的极顶，那些下临万丈的悬崖峭壁，那些凶险莫测的绝境，常常可以看到三两棵甚至只有一棵孤松，十分夺目地立在那里。它们彼此姿态各异，也神情各异，或英武，或肃穆，或孤傲，或寂寞。远远望着它们，会心生敬意。但它们——只有站在这些高不可攀的地方，才能真正看到天地的浩荡与博大。

于是，在大雪纷飞中，在夕阳残照里，在风狂雨骤间，在云烟明灭时。这些绝壁松都像一个个活着的人：像站立在船头镇定又从容地与激浪搏斗的艄公，像战场上永不倒下的英雄，像沉静的思想者，像超逸又具风骨的文人……在一片光亮晴空的映衬下，它们的身影就如同用浓墨画上去的一样。

但是，别以为它们全像画中的松树那么漂亮。有的枝干被飓风吹折，暴露着断枝残干，但另一些枝叶仍很苍郁；有的被酷热与冰寒打败，只剩下赤裸的枯骸，却依旧尊严地挺立在绝壁之上。于是，一个强者应当有的品质——刚强、坚韧、适应、忍耐、奋进与自信，它全都具备。

现在可以说了，在黄山这些名绝天下的奇石奇云奇松中，石是山的体魄，云是山的情感，而松——绝壁之松是黄山的灵魂。

珍珠鸟

真好！朋友送我一对珍珠鸟。放在一个简易的竹条编成的笼子里，笼内还有一卷干草，那是小鸟舒适又温暖的巢。

有人说，这是一种怕人的鸟。

我把它挂在窗前。那儿还有一盆异常茂盛的法国吊兰。我便用吊兰长长的、串生着小绿叶的垂蔓蒙盖在鸟笼上，它们就像躲进深幽的丛林一样安全；从中传出的笛儿般又细又亮的叫声，也就格外轻松自在了。

阳光从窗外射入，透过这里，吊兰那些无数指甲状的小叶，一半成了黑影，一半被照透，如同碧玉；斑斑驳驳，生意葱茏。小鸟的影子就在这中间隐约闪动，看不完整，有时连笼子也看不出，却见它们可爱的鲜红小嘴儿从绿叶中伸出来。

我很少扒开叶蔓瞧它们，它们便渐渐敢伸出小脑袋瞅瞅我。我们就这样一点点熟悉了。

三个月后，那一团愈发繁茂的绿蔓里边，发出一种尖细又娇嫩的鸣叫。我猜到，是它们有了雏儿。我呢？决不掀开叶片往里看，连添食加水时也不睁大好奇的眼去惊动它们。过不多久，忽然有一个小脑袋从叶间探出来。更小哟，雏儿！正是这个小家伙！

它小，就能轻易地由疏格的笼子钻出身。瞧，多么像它的母亲：红嘴红脚，灰蓝色的毛，只是后背还没有生出珍珠似的圆圆的白点；它好肥，整个身子好像一个蓬松的球儿。

起先，这小家伙只在笼子四周活动，随后就在屋里飞来飞去，一会儿落在柜顶上，一会儿神气十足地站在书架上，啄着书背上那些大文豪的名字；一会儿把灯绳撞得来回摇动，跟着跳到画框上去了。只要大鸟在笼里生气地叫一声，它立即飞回笼里去。

我不管它。这样久了，打开窗子，它最多只在窗框上站一会儿，决不飞出去。

渐渐它胆子大了，就落在我书桌上。

它先是离我较远，见我不去伤害它，便一点点挨近，然后蹦到我的杯子上，俯下头来喝茶，再偏过脸瞧瞧我的反应。我只是微微一笑，依旧写东西，它就放开胆子跑到稿纸上，绕着我的笔尖蹦来蹦去；跳动的小红爪子在纸上发出嚓嚓响。

我不动声色地写，默默享受着这小家伙亲近的情意。这样，它完全放心了。索性用那涂了蜡似的、角质的小红嘴，嗒嗒啄着我颤动的笔尖。我用手抚一抚它细腻的绒毛，它也不怕，反而友好地啄两下我的手指。

有一次，它居然跳进我的空茶杯里，隔着透明光亮的玻璃瞅我。它不怕我突然把杯口捂住。是的，我不会。

白天，它这样淘气地陪伴我；天色入暮，它就在父母的再三呼唤声中，飞向笼子，扭动滚圆的身子，挤开那些绿叶钻进去。

有一天，我伏案写作时，它居然落到我的肩上。我手中的笔不觉停了，生怕惊跑它。待一会儿，扭头看，这小家伙竟趴在我的肩头睡着了，银灰色的眼睑盖住眸子，小红脚刚好给胸脯上长长的绒毛盖住。我轻轻抬一抬肩，它没醒，睡得好熟！还咂咂嘴，难道在做梦！

我笔尖一动，流泻下一时的感受：

信赖，往往创造出美好的境界。

逼来的春天

那时，大地依然一派毫无松动的严冬景象，土地梆硬，树枝全抽搐着，害病似的打着冷战；雀儿们晒太阳时，羽毛乍开好像绒球，紧挤一起，彼此借着体温。你呢，面颊和耳朵边儿像要冻裂那样的疼痛……然而，你那冻得通红的鼻尖，迎着凛冽的风，却忽然闻到了春天的气味！

春天最先是闻到的。

这是一种什么气味？它令你一阵惊喜，一阵激动，一下子找到了明天也找到了昨天——那充满诱惑的明天和同样季节、同样感觉却流逝难返的昨天。可是，当你用力再去吸吮这空气时，这气味竟又没了！你放眼这死气沉沉冻结的世界，准会怀疑它不过是瞬间的错觉罢了。春天还被远远隔绝在地平线之外吧。

但最先来到人间的春意，总是被雄踞大地的严冬所拒绝、所稀释、所泯灭。正因为这样，每逢这春之将至的日子，人们会格外地兴奋、敏感和好奇。

如果你有这样的机会多好——天天来到这小湖边，你就能亲眼看到冬天究竟怎样退去，春天怎样到来，大自然究竟怎样完成这一年一度起死回生的最奇妙和最伟大的过渡。

但开始时，每瞧它一眼，都会换来绝望。这小湖干脆就是整整一块巨大无比的冰，牢牢实实，坚不可摧；它一直冻到湖底了吧？鱼儿全死了吧？灰白色的冰面在阳光反射里光芒刺目；小鸟从不敢在这寒气逼人的冰面上站一站。

逢到好天气，一连多天的日晒，冰面某些地方会融化成水，别以为春天就从这里开始。忽然一夜寒飙过去，转日又冻结成冰，恢复了那严酷肃杀的景象。若是风雪交加，冰面再盖上一层厚厚雪被，春天真像天边的情人，愈期待愈迷茫。

然而，一天，湖面一处，一大片冰面竟像沉船那样陷落下去，破碎的冰片斜插水里，好像出了什么事！这除非是用重物砸开的，可什么人、又为什么要这样做呢？但除此之外，并没发现任何异常的细节。那么你从这冰面无缘无故的坍塌中是否隐隐感到了什么……刚刚从裂开的冰洞里露出的湖水，漆黑又明亮，使你想起一双因为爱你而无限深邃又默默的眼睛。

这坍塌的冰洞是个奇迹，尽管寒潮来临，水面重新结冰，但在白日阳光的照耀下又很快地融化和洞开。冬的伤口难以愈合。冬的黑子出现了。

冬天与春天的界限是瓦解。

冰的坍塌不是冬的风景，而是隐形的春所创造的第一幅壮丽的图画。

跟着，另一处湖面，冰层又坍塌下去。一个、两个、三个……随后湖面中间闪现一条长长的裂痕，不等你确认它的原因和走向，居然又发现几条粗壮的裂痕从斜刺里交叉过来。开始这些裂痕发白，渐渐变黑，这表明裂痕里已经浸进湖水。某一天，你来到湖边，会止不住出声地惊叫起来，巨冰已经裂开！黑黑的湖水像打开两扇沉重的大门，把一分为二的巨冰推向两旁，终于袒露出自己阔大、光滑而迷人的胸膛……

这期间，你应该在岸边多待些时候。你会发现，这漆黑而依旧冰冷的湖水泛起的涟漪，柔软又轻灵，与冬日的寒浪全然两样了。那些仍然覆盖湖面的冰层，不再光芒夺目，它们黯淡、晦涩、粗糙和发脏，表面一块块凹下去。有时，忽然咔嚓清脆的一响，跟着某一处断裂的冰块应声漂移而去……尤其动人的是那些在冰层下憋闷了长长一冬的大鱼，它们时而激情难耐，猛地蹦出水面，在阳光下银光闪烁打个“挺儿”，哗啦落入水中。你会深深感到，春天不是由远方来到眼前，不是由天外来到人间；它原是深藏在万物的生命之中的，它是从生命深处爆发出来的，它是生的欲望、生的能源与生的激情。它永远是死亡的背面。唯此，春天才是不可遏制的。它把酷烈的严冬作为自己的序曲，不管这序曲多么漫长。

追逐着凛冽朔风的尾巴的，总是明媚的春光；所有冻凝的冰的核儿，都是一滴春天的露珠；那封闭大地的白雪下边是什么？你挥动大帚，扫去白雪，一准是连天的醉人的绿意……

你眼前终于出现这般景象：宽展的湖面上到处浮动着大大小小的冰块。这些冬的残骸被解脱出来的湖水戏弄着，今儿推到湖这边儿，明日又推到湖那边儿。早来的候鸟常常一群群落在浮冰上，像乘载游船，欣赏着日渐稀薄的冬意。这些浮冰不会马上消失，有时还会给一场春寒冻结在一起，霸道地凌驾湖上，重温昔日威严的梦。然而，春天的湖水既自信又有耐性，有信心才有耐性。它在这浮冰四周，扬起小小的浪头，好似许许多多温和而透明的小舌头，去舔弄着这些渐软渐松渐小的冰块……最后，整个湖中只剩下一块肥皂大小的冰片片了，湖水反而不急于吞没它，而是把它托举在浪波之上，摇摇晃晃，一起一伏，展示着严冬最终的悲哀、无助和无可奈何……终于，它消失了。冬，顿时也消失于天地间。这时你会发现，湖水并不黝黑，而是湛蓝湛蓝，它和天空一样的颜色。

天空是永远宁静的湖水，湖水是永难平静的天空。

春天一旦跨到地平线这边来，大地便换了一番风景，明朗又朦胧。它日日夜夜散发着一种气息，就像青年人身体散发出的气息。清新的、充沛的、诱惑而撩人的，这是生命本身的气息。大地的肌肤——泥土，松软而柔和；树枝再不抽搐，软软地在空中自由舒展，那纤细的枝梢无风时也颤悠悠地摇动，招呼着一个万物萌芽的季节的到来。小鸟们不必再乍开羽毛，个个变得光溜精灵，在高天上扇动阳光飞翔……湖水因为春潮涨满，仿佛与天更近；静静的云，说不清在天上还是在水里……湖边，湿漉漉的泥滩上，那些东倒西歪的去年的枯苇棵里，一些鲜绿夺目、又尖又硬的苇芽破土而出，愈看愈多，有的地方竟已簇密成片了。你真惊奇！在这之前，它们竟逃过你细心的留意，一旦发现即已充满咄咄的生气了！难道这是一夜春风、一阵春雨或一日春晒，便齐刷刷钻出地面？来得又何其神速！这分明预示着，大自然囚禁了整整一冬的生命，要重新开始新的一轮竞争了。而它们，这些碧绿的针尖一般的苇芽，不仅叫你看到了崭新的生命，还叫你深刻地感受到生命的锐气、坚忍、迫切，还有生命和春的必然。

苦　夏

这一日，终于撂下扇子。来自天上干燥清爽的风，忽吹得我衣飞举，并从袖口和裤管钻进来，把周身滑溜溜地抚动。我惊讶地看着阳光下依旧夺目的风景，不明白数日前那个酷烈非常的夏天突然到哪里去了。

是我逃遁似的一步跳出了夏天，还是它就像七六年的“文革”那样——在一夜之间崩溃？

身居北方的人最大的福分，便是能感受到大自然的四季分明。我特别能理解一位新加坡朋友，每年冬天要到中国北方住上十天半个月，否则会一年里周身不适。好像不经过一次冷处理，他的身体就会发酵。他生在新加坡，祖籍中国河北；虽然人在“终年都是夏”的新加坡长大，血液里肯定还执着地流着大自然四季的节奏。

四季是来自宇宙的最大的节拍。在每一个节拍里，大地的景观便全然变换与更新。四季还赋予地球以诗，故而悟性极强的中国人，在四言绝句中确立的法则是：起，承，转，合。这四个字恰恰就是四季的本质。起始如春，承续似夏，转变若秋，合拢为冬。合在一起，不正是地球生命完整的一轮？为此，天地间一切生命全都依从着这一节拍，无论岁岁枯荣与生死的花草百虫，还是长命百岁的漫漫人生。然而在这生命的四季里，最壮美和最热烈的不是这长长的夏么？

女人们孩提时的记忆散布在四季；男人们的童年往事大多是在夏天里。这是由于，我们儿时的伴侣总是各种各样的昆虫，像蜻蜓、天牛、蚂蚱、螳螂、蝴蝶、蝉、蚂蚁、蚯蚓，此外还有青蛙和鱼儿。它们都是夏日生活的主角，每个小动物都给我们带来无穷的快乐。甚至我对家人和朋友们记忆最深刻的细节，也都与昆虫有关。比如妹妹一见到壁虎就发出一种特别恐怖的尖叫，比如邻家那个斜眼的男孩子专门残害蜻蜓，比如同班一个最好看的女生头上花形的发卡，总招来蝴蝶落在上边；再比如，父亲睡在铺了凉席的地板上，夜里翻身居然压死了一只蝎子。这不可思议的事使我感到父亲的无比强大。后来父亲挨斗，挨整，写检查；我劝慰和宽解他，怕他自杀，替他写检查——那是我最初写作的内容之一。这时候父亲那种强大感便不复存在。生活中的一切事物，包括夏天的意味全都发生了变化。

在快乐的童年里，根本不会感到蒸笼般夏天的难耐与难熬。唯有在此后艰难的人生里，才体会到苦夏的滋味。快乐把时光缩短，苦难把岁月拉长，一如这长长的仿佛没有尽头的苦夏。但我至今不喜欢谈自己往日的苦楚与磨砺。相反，我却从中领悟到“苦”字的分量。苦，原是生活中的蜜。人生的一切收获都压在这沉甸甸的“苦”字的下边。然而一半的“苦”字下边又是一无所有。你用尽平生的力气，最终所获与初始时的愿望竟然去之千里。你该怎么想？

于是我懂得了这苦夏——它不是无尽头的暑热的折磨，而是我们顶着毒日头默默又坚忍的苦斗的本身。人生的力量全是对手给的，那就是要把对手的压力吸入自己的骨头里。强者之力最主要的是承受力。只有在匪夷所思的承受中才会感到自己属于强者，也许为此，我的写作一大半是在夏季。很多作家包括普希金不都是在爽朗而惬意的秋天里开花结果？我却每每进入炎热的夏季，反而写作力加倍地旺盛。我想，这一定是那些沉重的人生的苦夏，锻造出我这个反常的性格习惯。我太熟悉那种写作久了，汗湿的胳膊粘在书桌玻璃上的美妙无比的感觉。

在维瓦尔第的《四季》中，我常常只听“夏”的一章。它使我激动，胜过春之蓬发、秋之灿烂、冬之静穆。友人说“夏”的一章，极尽华丽之美。我说我从中感受到的，却是夏的苦涩与艰辛，甚至还有一点儿悲壮。友人说，我在这音乐情境里已经放进去太多自己的故事。我点点头，并告诉他我的音乐体验。音乐的最高境界是超越听觉；不只是它给你，更是你给它。

年年夏日，我都会这样体验一次夏的意义，从而激情迸发，心境昂然。一手撑着滚烫的酷暑，一手写下许多文字来。

今年我还发现，这伏夏不是被秋风吹去的，更不是给我们的扇子轰走的——

夏天是被它自己融化掉的。

因为，夏天的最后一刻，总是它酷热的极致。我明白了，它是耗尽自己的一切，才显示出夏的无边的威力。生命的快乐是能量淋漓尽致地发挥。但谁能像它这样，用一种自焚的形式，创造出这火一样辉煌的顶点？

于是，我充满了夏之崇拜！我要一连跨过眼前的辽阔的秋，悠长的冬和遥远的春，再一次邂逅你，我精神的无上境界——苦夏！

秋天的音乐

你每次上路出远门千万别忘记带上音乐，只要耳朵里有音乐，你一路上对景物的感受就全然变了。它不再是远远待在那里、无动于衷的样子，在音乐撩拨你心灵的同时，也把窗外的景物调弄得易感而动情。你被种种旋律和音响唤起的丰富的内心情绪，这些景物也全部神会地感应到了，它还随着你的情绪奇妙地进行自我再造。你振作它雄浑，你宁静它温存，你伤感它忧患，也许同时还给你加上一点人生甜蜜的慰藉，这是真正知友心神相融的交谈……河湾、山脚、烟光、云影、一草一木，所有细节都浓浓浸透你随同音乐而流动的情感，甚至一切都在为你变形，一幅幅不断变换地呈现出你心灵深处的画面。它使你一下子看到了久藏心底那些不具体、不成形、朦胧模糊或被时间湮没了的感受，于是你更深深坠入被感动的漩涡里，享受这画面、音乐和自己灵魂三者融为一体的特殊感受……

秋天十月，我松松垮垮套上一件粗线毛衣，背个大挎包，去往东北最北部的大兴安岭。赶往火车站的路上，忽然发觉只带了录音机，却把音乐磁带忘记在家，恰巧路过一个朋友的住处，他是音乐迷，便跑进去向他借。他给我一盘说是新翻录的，都是“背景音乐”。我问他这是什么曲子，他怔了怔，看我一眼说：

“秋天的音乐。”

他多半随意一说，搪塞我。这曲名，也许是他看到我被秋风吹得松散飘扬的头发，灵机一动得来的。

火车一出山海关，我便戴上耳机听起这秋天的音乐。开端的旋律似乎熟悉，没等我怀疑它是不是真正地描述秋天，下巴发懒地一蹭粗软的毛衣领口；两只手搓一搓，让干燥的凉手背给湿润的热手心舒服地摩擦摩擦，整个身心就进入秋天才有的一种异样温暖甜醉的感受里了。

我把脸颊贴在窗玻璃上，挺凉，带着享受的渴望往车窗外望去，秋天的大自然展开一片辉煌灿烂的景象。阳光像钢琴明亮的音色洒在这收割过的田野上，整个大地像生过婴儿的母亲，幸福地舒展在开阔的晴空下，躺着，丰满而柔韧的躯体！从麦茬里裸露出的浓厚的红褐色是大地母亲健壮的肤色；所有树林都在炎夏的竞争中把自己的精力膨胀到头，此刻自在自如地伸展它优美的枝条；所有金色的叶子都是它的果实，一任秋风翻动，煌煌夸耀着秋天的富有。真正的富有感，是属于创造者的；真正的创造者，才有这种潇洒而悠然的风度……一只鸟儿随着一个轻扬的小提琴旋律腾空飞起，它把我引向无穷纯净的天空。任何情绪一入天空便化为一片博大的安寂。这愈看愈大的天空有如伟大哲人恢宏的头颅，白云是他的思想。有时风云交会，会闪出一道智慧的灵光，响起一句警示世人的哲理。此时，哲人也累了，沉浸在秋天的松弛里。它高远，平和，神秘无限。大大小小、松松散散的云彩是他思想的片断，而片断才是最美的，无论思想还是情感……这千形万状精美的片断伴同空灵的音响，在我眼前流过，还在阳光里洁白耀眼。那乘着小提琴旋律的鸟儿一直钻向云天，愈高愈小，最后变成一个极小的黑点儿，忽然"噗"地扎入一个巨大、蓬松、发亮的云团……

我陡然想起一句话：

"我一扑向你，就感到无限温柔呵。"

我还想起我的一句话：

"我睡在你的梦里。"

那是一个清明的早晨，在实实在在酣睡一夜醒来时，正好看见枕旁你朦胧的、散发着香气的脸说的。你笑了，就像荷塘里、雨里、雾里悄然张开的一朵淡淡的花。

接下去的温情和弦，带来一片疏淡的田园风景。秋天消解了大地的绿，用它中性的调子，把一切色泽调匀。和谐又高贵，平稳又舒畅，只有收获过了的秋天才能这样静谧安详。几座闪闪发光的麦秸垛，一缕银蓝色半透明的炊烟，这儿一棵那儿一棵怡然自得站在平原上的树，这儿一只那儿一只慢吞吞吃草的杂色的牛。在弦乐的烘托中，我心底渐渐浮起一张又静又美的脸。我曾经用吻，像画家用笔那样勾勒过这张脸：轮廓、眉毛、眼睛、嘴唇……这样的勾画异常奇妙，无形却深刻地记住。你嘴角的小窝、颤动的睫毛、鼓脑门和尖俏下巴上那极小而光洁的平面……近景从眼前疾掠而过，远景跟着我缓缓向前，大地像唱片慢慢旋转，耳朵里不绝地响着这曲人间牧歌。

一株垂死的老树一点点走进这巨大唱片的中间来。它的根像唱针，在大自然深处划出一支忧伤的曲调。心中的光线和风景的光线一同转暗，即使一湾河水强烈的反光，也清冷，也刺目，也凄凉。一切阴影都化为行将垂暮秋天的愁绪；萧疏的万物失去往日共荣的激情，各自挽着生命的孤单；篱笆后一朵迟开的小葵花，像你告别时在人群中伸出的最后一次招手，跟着被轰隆隆前奔的列车甩到后边……春的萌动、战栗、骚乱，夏的喧闹、蓬勃、繁华，全都销匿而去，无可挽回。不管它曾经怎样辉煌，怎样骄傲，怎样光芒四射，怎样自豪地挥霍自己的精力与才华，毕竟过往不复。人生是一次性的；生命以时间为载体，这就决定人类以死亡为结局的必然悲剧。谁能把昨天和前天追回来，哪怕再经受一次痛苦的诀别也是幸福，还有那做过许多傻事的童年，年轻的母亲和初恋的梦，都与这老了的秋天去之遥远了。一种浓重的忧伤混同音乐漫无边际地散开，渲染着满目风光。我忽然想喊，想叫这列车停住，倒回去！

突然，一条大道纵向冲出去，黄昏中它闪闪发光，如同一支号角嘹亮吹响。声音唤来一大片拔地而起的森林，像一支金灿灿的铜管乐队，奏着庄严的乐曲走进视野。来不及分清这是音乐还是画面变换的缘故，心境陡然一变，刚刚的忧愁一扫而光。当浓林深处一棵棵依然葱绿的幼树晃过，我忽然醒悟，秋天的凋谢全是假象！

它不过在寒飙来临之前把生命掩藏起来，把绿意埋在地下，在冬日的雪被下积蓄与浓缩，等待下一个春天里，再一次加倍地挥洒与铺张！远远山坡上，坟茔，在夕照里像一堆火，神奇又神秘，它哪里是埋葬的一具尸体或一个孤魂？既然每个生命都在创造了另一个生命后离去，什么叫做死亡？死亡，不仅仅是一种生命的转换、旋律的变化、画面的更迭吗？那么世间还有什么比死亡更庄严、更神圣、更迷人！为了再生而奉献自己的伟大的死亡啊……

秋天的音乐已如圣殿的声音；这壮美崇高的轰响，把我全部身心都裹住、都净化了。我惊奇地感觉自己像玻璃一样透明。

这时，忽见对面坐着两位老人，正在亲密交谈。残阳把他俩的脸晒得好红，条条皱纹都像画上去的那么清楚。人生的秋天！他们把自己的青春年华、所有精力为这世界付出，连同头发里的色素也将耗尽，那满头银丝不是人间最值得珍惜的么？我瞧着他俩相互凑近、轻轻谈话的样子，不觉生出满心的爱来，真想对他俩说些美好的话。我摘下耳机，未及开口，却听他们正议论关于单位里上级和下级的事，哪个连着哪个，哪个与哪个明争暗斗，哪个可靠和哪个更不可靠，哪个是后患而必须……我惊呆了，以致再不能听下去，赶快重新戴上耳机，打开音乐，再听，再放眼窗外的景物。奇怪！这一次，秋天的音乐，那些感觉，全没了。

“艺术原本是欺骗人生的。”

在我返回家，把这盘录音带送还给我那朋友时，把这话告诉他。

他不知道我为何得到这样的结论，我也不知道他为何对我说：

“艺术其实是安慰人生的。”

冬日絮语

每每到了冬日，才能实实在在触摸到岁月。年是冬日中间的分界。有了这分界，便在年前感到岁月一天天变短，直到残剩无多！过了年忽然又有大把的日子，成了时光的富翁，一下子真的大有可为了。

岁月是用时光来计算的。那么时光又在哪里？在钟表上，日历上，还是行走在窗前的阳光里？

窗子是房屋最迷人的镜框。节候变换着镜框里的风景。冬意最浓的那些天，屋里的热气和窗外的阳光一起努力，将冻结在玻璃上的冰雪融化；它总是先从中间化开，向四边蔓延。透过这美妙的冰洞，我发现原来严冬的世界才是最明亮的。那一如人的青春的盛夏，总有阴影遮翳，葱茏却幽暗。小树林又何曾有这般光明？我忽然对老人这个概念生了敬意。只有阅尽人生，脱净了生命年华的叶子，才会有眼前这小树林一般的明澈。只有这彻底的通达，才能有此无边的安宁。安宁不是安寐，而是一种博大而丰实的自享。世中唯有创造者所拥有的自享才是人生真正的幸福。

朋友送来一盆“香棒”，放在我的窗台上说：“看吧，多漂亮的大叶子！”

这叶子像一只只绿色光亮的大手，伸出来，叫人欣赏。逆光中，它的叶筋舒展着舒畅又潇洒的线条。一种奇特的感觉出现了！严寒占据窗外，丰腴的春天却在我的房中怡然自得。

自从有了这盆“香棒”，我才发现我的书房竟有如此灿烂的阳光。它照进并充满每一片叶子和每一根叶梗，把它们变得像碧玉一样纯净、通亮、圣洁。我还看见绿色的汁液在通明的叶子里流动。这汁液就是血液。人的血液是鲜红的，植物的血液是碧绿的，心灵的血液是透明的，因为世界的纯洁来自心灵的透明。但是为什么我们每个人都说自己纯洁，而整个世界却仍旧一片混沌呢？

我还发现，这光亮的叶子并不是为了表示自己的存在，而是为了证实阳光的明媚、阳光的魅力、阳光的神奇。任何事物都同时证实着另一个事物的存在。伟大的出现说明庸人的无所不在；分离愈远的情人，愈显示了他们的心丝毫没有分离；小人的恶言恶语不恰好表达你的高不可攀和无法企及吗？而骗子无法从你身上骗走的，正是你那无比珍贵的单纯。老人的生命愈来愈短，还是他生命的道路愈来愈长？生命的计量，在于它的长度，还是宽度与深度？

冬日里，太阳环绕地球的轨道变得又斜又低。夏天里，阳光的双足最多只是站在我的窗台上，现在却长驱直入，直射在我北面的墙壁上。一尊唐代的木佛一直伫立在阴影里沉思，此刻迎着一束光芒无声地微笑了。

阳光还要充满我的世界，它化为闪闪烁烁的光雾，朝着四周的阴暗的地方浸染。阴影又执着又调皮，阳光照到哪里，它就立刻躲到光的背后。而愈是幽暗的地方，愈能看见被阳光照得晶晶发光的游动的尘埃。这令我十分迷惑：黑暗与光明的界限究竟在哪里？黑夜与晨曦的界限呢？来自早醒的鸟第一声的啼叫吗……这叫声由于被晨露滋润而异样地清亮。

但是，有一种光可以透入幽闭的暗处，那便是从音箱里散发出来的闪光的琴音。鲁宾斯坦的手不是在弹琴，而是在摸索你的心灵；他还用手思索，用手感应，用手触动色彩，用手试探生命世界最敏感的悟性……琴音是不同的亮色，它们像明明灭灭、强强弱弱的光束，散布在空间！那些旋律片段好似一些金色的鸟，扇着翅膀，飞进布满阴影的地方。有时，它会在一阵轰响里，关闭了整个地球上的灯或者创造出一个辉煌夺目的太阳。我便在一张寄给远方的失意朋友的新年贺卡上，写了一句话：

你想得到的一切安慰都在音乐里。

冬日里最令人莫解的还是天空。

盛夏里，有时乌云四合，那即将被峥嵘的云吞没的最后一块蓝天，好似天空的一个洞，无穷地深远。而现在整个天空全成了这样，在你头顶上无边无际地展开！空阔、高远、清澈、庄严！除去少有的飘雪的日子，大多数时间连一点点云丝也没有，鸟儿也不敢飞上去，这不仅由于它冷冽寥廓，更是因为它大得……大得叫你一仰起头就感到自己的渺小。只有在夜间，寒空中才有星星闪烁。这星星是宇宙间点灯的驿站。万古以来，是谁不停歇地从一个驿站奔向下一个驿站？为谁送信？为了宇宙间那一桩永恒的爱吗？

我注视着冬天在大地上的脚步，看看它究竟怎样一步步沿着哪个方向一直走到春天。

灵魂的巢

对于一些作家，故乡只属于自己的童年；它是自己生命的巢，生命在那里诞生；一旦长大后羽毛丰满，它就远走高飞。但我却不然，我从来没有离开过自己的家乡。我太熟悉一次次从天南海北、甚至远涉重洋旅行归来而返回故土的那种感觉了。只要在高速路上看到“天津”的路牌，或者听到航空小姐说出它的名字，心中便充溢着一种踏实，一种温情，一种彻底的放松。

我喜欢在夜间回家，远远看到家中亮着灯的窗子，一点点愈来愈近。一次一位生活杂志的记者要我为“家庭”下一个定义。我马上想到这个亮灯的窗子，柔和的光从纱帘中透出，静谧而安详。我不禁说：“家庭是世界上唯一可以不设防的地方。”

我的故乡给了我的一切。

父母、家庭、孩子、知己和人间不能忘怀的种种情谊。我的一切都是从这里开始。无论是咿咿呀呀地学话，还是一部部十数万字或数十万字的作品的写作；无论是梦幻般的初恋，还是步入茫茫如大海的社会。当然，它也给我人生的另一面，那便是挫折、穷困、冷遇与折磨，以及意外的灾难，比如抄家和大地震，都像利斧一样，至今在我心底留下了永难平复的伤痕。我在这个城市里搬过至少十次家。有时真的像老鼠那样被人一边喊打一边轰赶。我还有过一次非常短暂的神经错乱，但若有神助一般地被不可思议地纠正回来。在很多年的生活中，我都把多一角钱肉馅的晚饭当做美餐，把那些帮我说几句好话的人认作贵人。然而，就是在这样的困境中，我触到了人生的真谛，从中掂出种种情义的分量，也看透了某些脸后边的另一张脸。我们总说生活不会亏待人。那是说当生活把无边的严寒铺盖在你身上时，一定还会给你一根火柴。就看你识不识货，是否能够把它擦着，烘暖和照亮自己的心。

写到这里，很担心我把命运和生活强加给自己的那些不幸，错怪是故乡给我的。我明白，在那个灾难没有死角的时代，即使我生活在任何城市，都同样会经受这一切。因为我相信阿·托尔斯泰那句话，在我们拿起笔之前，一定要在火里烧三次，血水里泡三次，碱水里煮三次。只有到了人间的底层才会懂得，唯生活解释的概念才是最可信的。

然而，不管生活是怎样的滋味，当它消逝之后，全部都悄无声息地留在这城市中了。因为我的许多温情的故事是裹在海河的风里的；我挨批挨斗就在五大道上。一处街角，一个桥头，一株弯曲的老树，都会唤醒我的记忆，使我陡然“看见”昨日的影像，它常常叫我骄傲地感觉到自己拥有那么丰富又深厚的人生。而我的人生全装在这个巨大的城市里。

更何况，这城市的数百万人，还有我们无数的先辈的人，也都把他们的人生故事书写在这座城市中了。一座城市怎么会有如此庞博的承载与记忆？别忘了——城市还有它自身非凡的经历与遭遇呢！

最使我痴迷的还是它的性格。这性格一半外化在它的形态上，一半潜在它地域的气质里。这后一半好像不容易看见，它深刻地存在于此地人的共性中。城市的个性是当地的人一代代无意中塑造出来的。可是，城市的性格一旦形成，就会反过来同化这个城市的每一个人。我身上有哪些东西来自这个城市的文化，孰好孰坏？优根劣根？我说不好。我却感到我和这个城市的人们浑然一体，我和他们气息相投，相互心领神会，有时甚至不需要语言交流。我相信，对于自己的家乡就像对你真爱的人，一定不只是爱它的优点。或者说，当你连它的缺点都觉得可爱时——它才是你真爱的人，才是你的故乡。

一次，在法国，我和妻子南下去到马赛。中国驻马赛的领事对我说，这儿有位姓屈的先生，是天津人，听说我来了，非要开车带我到处跑一跑。待与屈先生一见，情不自禁说出两三句天津话，顿时一股子唯津门才有的热烈与义气劲儿扑入心头。屈先生一踩油门，便从普罗旺斯一直跑到西班牙的巴塞罗那。一路上，说的尽是家乡的新闻与旧闻，奇人趣事，直说得浑身热辣辣，五体流畅，上千公里的漫长的路竟全然不觉。到底是什么东西使我们如此亲热与忘情？

家乡把它怀抱里的每个人都养育成自己的儿女。它哺育我的不仅是海河蔚蓝色的水和亮晶晶的小站稻米，更是它斑斓又独异的文化。它把我们改造为同一的文化血型，它精神的因子已经注入我的血液中。这也是我特别在乎它的历史遗存、城市形态乃至每一座具有纪念意义的建筑的缘故。我把它们看做是它精神与性格之所在，而绝不仅仅是使用价值。

我知道，人的命运一半在自己手里，一半还得听天由命。今后我是否还一直生活在这里尚不得知。但无论到哪里，我都是天津人。不仅因为天津是我的出生地——它绝不只是我生命的巢，而且是灵魂的巢。

我心中的文学

真正的文学和真正的恋爱一样，是在痛苦中追求幸福。

一

有人说我是文学的幸运儿，有人说我是福将，有人说我时运极佳，说话的朋友们，自然还另有深意的潜台词。

我却相信，谁曾是生活的不幸者，谁就有条件成为文学的幸运儿；谁让生活的祸水一遍遍地洗过，谁就有可能成为看上去亮光光的福将。当生活把你肆意掠夺一番之后，才会把文学馈赠给你。文学是生活的苦果，哪怕这果子带着甜滋滋的味儿。

我是在“十年动乱”中成长起来的。生活是严肃的，它没戏弄我。因为没有坎坷的生活的路，没有磨难，没有牺牲，也就没有真正有力、有发现、有价值的文学。相反，我时常怨怪生活对我过于厚爱和宽恕，如果它把我推向更深的底层，我可能会找到更深刻的生活真谛。在享乐与受苦中间，真正有志于文学的人，必定是心甘情愿地选定后者。

因此，我又承认自己是幸运的。

这场“大动乱”和大变革，使社会由平面变成立体，由单一变成纷纭，在龟裂的表层中透出底色。底色往往是本色。江河湖海只有在波掀浪涌时才显出潜在的一切。凡经历这巨变又大彻大悟的人，必定能得到无比珍贵的精神财富。因为教训的价值并不低于成功的经验。我从这中间，学到了太平盛世一百年也未必能学到的东西。所以当我们拿起笔来，无须自作多情，装腔作势，为赋新诗强说愁。内心充实而饱满，要的只是简洁又准确的语言。我们似乎只消把耳闻目见如实说出，就比最富有想象力的古代作家虚构出来的还要动人心魄。而首先，我获得的是庄严的社会责任感，并发现我所能用以尽责的是纸和笔。我把这责任注入笔管和胶囊里，笔的分量就重了；如果我再把这笔管里的一切倾泻在纸上——那就是我希望的、我追求的、我心中的文学。

生活一刻不停地变化，文学追踪着它。

思想与生活，犹如托尔斯泰所说的从山坡上疾驰而下的马车，说不清是马拉着车，还是车推着马。作家需要伸出所有探索的触角和感受的触须，永远探入生活深处，与同时代的人一同苦苦思求通往理想中幸福的明天之路。如果不这样做，高尚的文学就不复存在了。

文学是一种使命，也是一种又苦又甜的终身劳役。无怪乎常有人骂我傻瓜。不错，是傻瓜！这世上多半的事情，就是各种各样的傻子和呆子来做的。

二

文学的追求，是作家对于人生的追求。

寥廓的人生有如茫茫的大漠，没有道路，更无向导，只在心里装着一个美好、遥远却看不见的目标。怎么走？不知道。在这漫长又艰辛的跋涉中，有时会由于不辨方位而困惑；有时会由于孤单而犹豫不前；有时自信心填满胸膛，气壮如牛；有时用拳头狠凿自己空空的脑袋。无论兴奋、自足、骄傲，还是灰心、自卑、后悔，一概都曾占据心头。情绪仿佛气候，时暖时寒；心境好像天空，时明时暗。这是信念与意志中薄弱的部分搏斗。人生的每一步都是在克服外界困难的同时，又在克服自我的障碍，才能向前跨出去。社会的前途大家共同奋斗，个人的道路还得自己一点点开拓。一边开拓，一边行走，至死也不知道自己走了多远。真正的人都是用自己的事业来追求人生价值的。作家还要直接去探索这价值的含义。

文学的追求，也是作家对于艺术的追求。

在艺术的荒原上，同样要经历找寻路途的辛苦。所有前人走过的道路，都是身后之路。只有在玩玩乐乐的旅游胜地，才有早已准备停当的轻车熟路。严肃的作家要给自己的生活发现、创造适用的表达方式。严格地说，每一种方式，只适合它特定的表达内容；另一种内容，还需要再去探索另一种新的方式。

文学不允许雷同，无论与别人，还是与自己。作家连一句用过的精彩的格言都不能再在笔下重现，否则就有抄袭自己之嫌。

然而，超过别人不易，超过自己更难。一个作家凭仗个人独特的生活经历、感受、发现以及美学见解，可以超过别人，这超过实际上也是一种区别。但他一旦亮出自己的面貌，若要再来区别自己，换上一副嘴脸，就难上加难。因此，大多数作家的成名作，便是他创作的巅峰，如果要超越这巅峰，就像使自己站在自己肩膀上一样。有人设法变幻艺术形式，有人忙于充填生活内容。但是单靠艺术翻新，最后只能使作品变成轻飘飘又炫目的躯壳；急于从生活中捧取产儿，又非今夕明朝就能获得。艺术是个斜坡，中间站不住，不是爬上去就是滑下来。每个作家都要经历创作的苦闷期。有的从苦闷中走出来，有的在苦闷中垮下去。任何事物都有局限，局限之外是极限，人力只能达到极限。反正迟早有一天，我必定会黔驴技穷，蚕老烛尽，只好自己模仿自己，读者就会对我大叫一声："老冯，你到此为止啦！"就像俄罗斯那句谚语："老狗玩不了新花样！"文坛的更迭就像大自然的淘汰一样无情，于是我整个身躯便画出一条不大美妙的抛物线，给文坛抛出来。这并没关系，只要我曾在那里边留下一点点什么，就知足了。

活着，却没白白地活着，这便是人生最大的幸福和安慰。同时，如果我以一生的努力都未给文学添上什么新东西，那将是我毕生最大的憾事！

我会说我：一个笨蛋！

三

一个作家应当具备哪些素质？

想象力、发现力、感受力、洞察力、捕捉力、判断力，活跃的形象思维和严谨的逻辑思维；尽可能庞杂的生活知识和尽可能全面的艺术素养；要巧、要拙、要灵、要韧，要对大千世界充满好奇心，要对千形万态事物所独具的细节异常敏感，要对形形色色人的音容笑貌、举止动念，抓得又牢又准；还要对这一切，最磅礴和最细微的，有形和无形的，运动和静止的，清晰繁杂和朦胧一团的，都能准确地表达出来。笔头犹如湘绣艺人的针尖，布局犹如拿破仑摆阵；手中仿佛真有魔法，把所有无生命的东西勾勒得活灵活现。还要感觉灵敏、情感饱满、境界丰富。作家内心是个小舞台，社会舞台的小模型，生活的一切经过艺术的浓缩，都在这里重演，而且它还要不断变幻人物、场景、气氛和情趣。作家的能力最高表现为，在这之上，创造出崭新的、富有典型意义和审美价值的人物。

我具备这其中多少素质？缺多少不知道，知道也没用。先天匮乏，后天无补。然而在文学艺术中，短处可以变化为长处，缺陷是造成某种风格的必备条件。左手书家的字，患眼疾画家的画，哑嗓子的歌手所唱的沙哑而迷人的歌，就像残月如弓的美色不能为满月所替代。不少缺乏鸿篇巨制结构能力的作家，成了机巧精致的短篇大师。没有一个条件齐全的作家，却有各具优长的艺术。作家还要有种能耐，即认识自己，扬长避短，发挥优势，使自己的气质成为艺术的特色，在成就了艺术的同时，也成就了自己。

认识自己并不比认识世界容易。作家可以把世人看得一清二楚，对自己往往糊糊涂涂，并不清醒。我写了各种各样的作品，至今不知哪一种是属于我自己的。有的偏于哲理，有的侧重抒情，有的伤感，有的戏谑，我竟觉得都是自己——伤感才是我的气质？快乐才是我的化身？我是深思还是即兴的？我怎么忽而古代忽而现代？忽而异国情调忽而乡土风味？我好比瞎子摸象，这一下摸到坚实粗壮的腿，另一下摸到又大又软的耳朵，再一下摸到无比锋利的牙。哪个都像我，哪个又都不是。有人问我风格，我笑着说，这不是我关心的事。我全力要做的，是把自己的一切奉献给读者。风格不仅仅是作品的外貌，它是复杂又和谐的一个整体。它像一个人，清清楚楚、实实在在地存在，又难以明明白白说出来。作家在作品中除去描写的许许多多生命，还有一个生命，就是作家自己。风格是作家的气质，是活脱脱的生命的气息，是可以感觉到的一个独个的灵魂及其特有的美。

于是，作家就把他的生命化为一本本书。到了他生命完结那天，他所写的这些跳动着心、流动着情感、燃烧着爱情和散发着他独特气质的书，仍像作家本人一样留在世上。如果作家留下的不是自己，不是他真切感受到的生活，不是创造而是仿造，那自然要为后世甚至现世所废弃了。

作家要肯把自己交给读者。写的就是想的，不怕自己的将来可能反对自己的现在。拿起笔来的心情犹如虔诚的圣徒，圣洁又坦率。思想的法则是纯正，内容的法则是真实，艺术的法则是美。不以文章完善自己，宁愿否定和推翻自己而完善艺术。作家批判世界需要勇气，批判自己需要更大的勇气。读者希望在作品中看到真实却不一定完美的人物，也愿意看到真切却可能是自相矛盾的作家。在舍弃自己的一切之后，文学便油然诞生，就像太阳燃烧自己时才放出光明。

如果作家把自己化为作品，作品上的署名，便像身上的肚脐儿那样，可有可无，完全没用，只不过在习惯中，没有这姓名不算一个齐全的整体罢了——这是句笑话。我是说，作家不需要在文学之外再享有什么了。这便是我心中的文学！

文学的生命

——《冯骥才·中国当代作家选集丛书》序

一个作家选择结集或选集的方式重印自己的作品，无非是想使它保留得长久，这是种再生的方式，但再生不一定长命。如果作品发表时受到冷遇，这一次依然没有唤起注视，反而落得真正的淘汰。于是我想到作品的生命力问题。这对于任何作家，都像对待本人生命那样，不能避免也不能超脱。

作品问世后，社会的反应真是不可预料。我忽然想起在科罗拉多大峡谷往那深不可测的谷底丢石块的情景——有时挺大一块石头扔下去，期待着悦耳的回响，往往却听不到半点动静，仿佛扔进弥漫在深谷的浓雾里；有时小小一块石片丢下去，不知碰到或惹到什么，砰砰哐哐，连锁地引发，愈来愈大，终于扩展为一派激越的轰鸣。读者的世界要比大峡谷浩繁深广，而且它看不见，它变幻无穷，它充满激情又冷酷无情。

你有时确实抓住了他们的心。你一呼喊，就得到一片震耳欲聋的应答。你自以为赢得了文学的一切，过后……却不知不觉、无缘无故地被淡漠了。那些曾经无数直对你的烁烁发亮的眼睛，掉转过去，化成千篇一律碑石般冷冰冰的后背。你的书像被封禁了，没人再肯打开它瞧上一眼。然而，有时你只不过从内心深处生发出一种不吐不快的渴望，借助抖颤的笔尖诉说出来，一时并没有雪片般飞来的灼热的信，可是日久天长，不知从什么地方，或近在身旁或远在天边，一个陌生的人忽然把他深深的感动写给你，他把你当做这世上唯一可以倾吐衷肠的朋友。哦，你的书还在活着！

也许向你倾诉衷肠的只是这一个、两个，到此为止。也许就这样断断续续延绵下去，你作品的生命也就如此不可知地蔓延。更多被感动的读者未必为你所知，在这茫茫的读者世界里，你知道你作品的生命是在何时何地结束的？

一部当时没引起注意的作品，过后大多不会再惹起炽烈的兴趣；

一部轰动一时的作品，过后可能只作为某种文学现象留在文学史上。今天的少男少女不会再为《少年维特之烦恼》而殉情，也不会唱答“窈窕淑女，君子好逑”来表达爱恋。历史上有几部文学作品能像秦始皇墓前的兵马俑那样两千年后才闪耀光华？有人说，愈有社会性的作品生命愈短暂，因为读者总是关心自己所处时代的社会现实。但倘若文学没有社会性，也就失去当代读者。不必为此苦恼吧！对于文学，无论喧闹一时还是长久经响的，都是富于生命的。生命就是包括正在活着的、依然活着的和曾经活着的。

生命是一种真实。只要真实，不被发现、不被注目、不被宠爱，都不必自怨自悔和自暴自弃。只要真实地爱了、恨了、写了、追求了，就是人生和艺术最大的收获。我不相信有所谓永恒的文学，这可能是对那些投机、劣质、浮浅和虚伪作品的一种警告，或是对执着地忠实于文学的人一种“伟大的鼓励”。长命的作品也有限度，迟早会被衍变不已的人类所淡忘，成为一种史迹。作品的寂寞是包括在文学这个巨大的寂寞事业之中的。

本书收集的中短篇小说与散文，都是我在所谓“新时期十年”中的作品。有的发表后成了热门货，有的至今被冷淡着。哪种更好？我说不好，只敢说它们全是我内心深刻的冲动时真切的记录。

写到这里，才知道自己写了一篇非常规的序言，赶紧停笔，以免一误再误。

传统文化的惰力和魅力

——我为什么写《三寸金莲》

泰昌：

你出这个倒霉题目还加劲催我写，真有点逼供味道。我迟迟不写的原因是——轮到作者自己出来说话，是评论的悲哀。若不是你逼我，我真不愿加重这悲哀。

我承认，这是我作小说以来争议最多的作品。在西德讲演，总有汉学家提出它和我讨论。在香港见到一些评论，褒贬皆有，反对者到了冒火动肝气吹胡子瞪眼的地步，说我就差写被阉过了的太监了，不知人家怎么琢磨出来的，愈想愈好玩儿。在国内，我似乎还得了“莲癖”的雅号。幸亏我是八十年代写的，若倒退到世纪初，真会被当做嗜弄小脚的狎邪男人。当然我还听到一种严肃的规劝，仿佛我由“现实主义”堕落下来，从紧皱眉头的忧国忧民忧吃忧穿忧分房忧不正之风，沉沦到为有闲者解闷解乏找乐写一种赚钱盈利沽名哗众的玩意儿。

其实这么闹闹并不错。过去我总巴望作品出来，赢得齐声叫好。现在改了，一些人激烈反对，一些人激烈赞成，反使我得劲上劲来劲。因为我终于把这东西撂在不同人不同认识层次不同审美标准的交叉点上，终于拿作品发起挑战。我事先看准了，没避开，而是迎上去。尽管有人并不自觉，我却十分自觉。所以我不怕误解曲解臭骂隔靴搔痒，却怕讨论只停在“他是不是展览大便”这种“见与儿童邻”的表层上。我等着强有力的反挑战，高明或至少不糊涂的对手，一直等了半年，不幸不巧不走运不知为什么没遇上。

说这小说要说它产生的背景。

这两年文化热闹得快开锅。在大文化含义上看，文化是无所不在的，思想信仰道德风俗环境建筑服饰饮食语言乃至心理等等。无文化也是一种文化。我们无时无刻无处不受自己创造的文化所影响所限定所制约，然而老祖宗给我们留下的不完全是美德美食美服美文。这文化长期处在封闭状态中，好像一个裹得紧紧又死沉死沉的包袱从来不曾打开。历史上我们有过几次同化入侵民族因而盲目深信自己文化的强大。同化主要是文化的力量，其实这是我们的本土文化强于入侵民族文化的缘故。可是1840年后就不同了。西方入侵者的文化带着猛烈的冲击力，古老中华帝国的稳定感受到从未有过的震撼与威胁，从万古不移万古不变万古长存的酣梦中惊醒。具有系统性完整性顽固性的传统文化的第一反应是排外。自成体系的都具有排他性。排外心理就自然纳入我们民族心理结构中，就成了“五四”以来社会变革的巨大障碍。一百年来先进的知识分子，一方面致力于介绍西方文化，一方面致力于对民族文化进行反省反思批判。在文学上，鲁迅先生最早把敏锐的思维触角深入到文化深层。他主要通过对民族文化心态（当时称做国民性）的剖析与揭示，作出对当时中国社会痼疾的本质性解释。这就使中国文学达到前所未有的深刻的现实性，同时使“五四”以来新文学的内涵，远远超出维新运动时期文学直露地反传统地呼叫变革的浅显的思想层次。

新时期文学发展到近两年，作家们文化意识的自觉，正由于我们再次经历重创与巨变，再次吞食传统文化的恶果，再次感受传统文化压抑下密不透气的悲剧氛围，再次面临社会生活的需要大变革，所以，必然要对社会的深层结构（特别是文化结构）进行比鲁迅先生更进一步的反省和反思。这是文学趋向成熟的表现，是文学与改革事业同步在更高层次的表现，也是作家对这场广泛深刻的社会变革的一种积极配合意识的表现。文化反思是带有强烈社会性和现实性的，是对社会问题开掘的再深入，绝不是回避疏离逃跑。

现实问题不是皮肤病。

同时，我不同意把“寻根文学”归入文化反思。尽管寻根文学常常去表现某一历史时期某一地域的文化状态，但它只是迷醉于再现这一文化状态辄止，应属于复古思潮。当然，复古与守旧不同。守旧是担心恐惧拒绝现代文明，复古则是现代人充分享受现代文明之后，回过身向历史寻求精神弥补；是在现实眼花缭乱的疾进中，回过身向历史文化寻找重心。因此在“寻根”热潮中，传统文化重新显示它无穷的魅力。可是这个含有文化复归意味的思潮，是现代人心理的一种走向，是时代的一种必然。所以我把“寻根”归为现代思潮。寻根文学和新潮小说是一张脸上左右两个耳朵。

文化反思与寻根不同，它是另一种眉眼容颜骨架魂灵脉搏脾气。自打鲁迅开端以来，它有三个特点。第一点是注重宏观地把握民族文化特征。比如写鲁镇，不为鲁镇的地域文化状态所囿，不止于把这种状态升华为一种审美内容。地域文化特点只是作为他艺术个性的要素。民族文化特征才是要牢牢抓住的。作品的思想是超地域的。第二点是注重紧紧对准现实。用刨祖坟的法子给予彻底的批判，对传统文化有强烈的批判性，无情撕掉“子不嫌母丑”“家丑不可外扬”的遮羞布。从民族文化心态中寻找阻碍前进的心理因素，这一切都尖锐针对世态世人，以唤醒民族的自我反省，推动民族的自我拯救。第三点是注重写“文化人”，即塑造特有文化铸成的特有性格。“文化人”强调性格中的文化因素，以使人物的灵魂投射，对历史对民族对文化有深广的思想覆盖。应该说这是鲁迅先生对中国乃至世界文学的特殊贡献。在我国古典小说中，贾政、薛宝钗、贾宝玉、宋江、范进等形象都含有文化因素。鲁迅先生对“文化人”形象的创造却更明确更自觉更具有目的性，更推向性格极端，更注重对现实的参照价值，比如阿Q等。新时期文学中，我以为陈奂生、那五、朱自治、周姜氏等都是作家有意塑造并获成功的“文化人”形象。可惜还没见到哪位高人打这角度给予评价，大概都忙着朦胧虚幻荒古怪诞晦涩现代意识和神经错乱去了。

在上述这个状态中，我为自己设计一套大致用六部至八部中篇构成的一组文化反思小说。总名叫做《怪世奇谈》，《神鞭》是打头的一部，关于这部小说的思想把握，我曾写过一篇长文发表在《光明日报》上，这文章你肯定读过了。《神鞭》仍是沿着鲁迅先生对民族劣根性批评的路子走。我称之为文化的堕力，辫子是个象征。三十年代以来文化反思小说大多着眼着意着力于这点。可是打这儿再往前探一步，问题就出来了：既然民族文化深层有这样的劣根这样的堕力，为什么如此持久顽固，“五四”新文化的洪流非但不能将之涤荡，反而使之在六十年代恶性大爆发，并成为今天开放的坚固难摧的屏障？我看这不是单纯一种堕力，传统文化有种更厉害的东西，是魅力。它能把畸形的变态的病态的，全变为一种美，一种有魅力的美，一种神奇神秘令人神往的美。你用今天的眼光不可理解不可思议，你看它丑陋龌龊恶心绝难接受甚至忍受，但当初确确实实是人们由衷遵从，奉为至高无上的审美标准的。就像将来人对“文革”的荒诞愚昧疯狂难以理解，当时千千万万人却感到辉煌崇高伟大壮美激动万分。一个美国女人在西湖看盆景，面对一株盘根错节扭曲万状的古柏，忽然大哭，叫着：“痛苦死了。”可是经我们的园艺家头头是道地一讲，讲神讲气讲热讲高低讲繁简讲刚柔讲枯荣讲苍润讲动静讲争让讲虚实讲抑扬讲吞吐讲险夷讲阴阳，照样见傻。中国文化高就高在它能把清规戒律变成金科玉律，把人为的强制的硬扭的酿成化成炼成一种公认的神圣的美的法则。当人们浸入这美中，还会自觉不自觉丰富和完善它，也就成为自觉自愿发自内心而不再是外来强加的东西了。由外加的限定变为自我限定，由意念进入潜意识，文化的力量才到极限。在一所大学讨论这部小说时，有位学生问我，你写众莲癖谈小脚时，有没有卖弄学问的意思？我说，你知道“评头论足”一词的由来吗？那时小脚是要“论”的。“论”就是小脚的文化。它包含着小脚赖以在中国大地长存千年的文化依据。没有土，哪来的土豆？审美价值一旦被确立，便是一种价值观念的形成。换一种价值观念，一种审美，一种文化，谈何容易？人们很难咬破紧套在自己生命之躯的这结实的厚茧，挣脱出去。从清末到北伐，缠足和放足经过怎样痛苦激烈反复殊死的斗争，直到拒不缠足的一代天足者长大，这斗争的程度才渐渐消淡。单告缠足者放足，无法战胜缠足。传统文化堕力之强，正因为它融进去魅力。这堕力与魅力好像一张纸的两面，中间无法揭开；它们是一对孪生子。今天社会变革遇到的困难，更关键更难突破的实际在我们自身，在我们内心。纵横的锁链都是彩带，花墙柳岸全是栅栏。真正可怕的是我们对这种文化制约并无自省。真正的文化积淀是在我们心中。我称之为：中国文化的自我束缚力。我必须打开文化的这一层。

你知道，当我找到“三寸金莲”时多得意！上面那些长久积存心中的思索突然找到一个奔泻口。大脑里的雾一下子凝聚起来，就变成这一对对怪异寻常丑陋绚丽腐臭喷香奇诡的形象，它的繁缛拖沓压抑皎洁华美神秘，它神圣的自戕，它木乃伊式僵死的永恒，它含泪含血含脓的微笑，它如山压顶般的悲剧感，正是我对传统文化和中国社会的全部感觉。即使感觉最深最细最微妙而难以形诸文字的部分，也被它轻快鲜活一带而出。在老祖宗留下的遗产里，我再找不到别的更适合我借以打开文化内涵的这一层面。即上述的那种自我束缚力。当我写起来，进入状态氛围情景形象创造时，不断发现还有那么多东西可供挖掘象征比喻影射。创造的快乐是过程中的冲动。这你深知，还记得你写短篇《月亮会照亮路的》时半夜叽哇喊叫给我打电话来吗？

有位记者问我，你是不是有赞美和鼓吹小脚的意图？我说，如果哪位女人看了拙作开始裹脚，算我鼓吹；至于赞美，我想反问一句，如果我不写小脚的“美”，只写丑写苦，年轻人会问我，这么苦这么丑，中国妇女为什么裹了一千年？我正是要写这个问题。反对裹脚，这已经不是我们这代作家的职责。《黄绣球》那时代早写过了，中国人不再是放脚，而是放脑子。因此我只是借用小脚而已，正像《神鞭》中借了辫子。这书开宗明义，我就说“小脚里头，藏着一部历史”，你拿这路子悟悟去。还有人问我，你为什么写“国耻”？我笑着说，你再来一部写“国荣”不就平衡过来了？再说小脚算什么“国耻”？它是种文化现象。一个民族特征的文化发展到某一地步，就会有某种特产出来。三寸金莲正是中国文化某一特性发展到极端的表现。要说“国耻”应当说是“文化大革命”。

算你看透了——这是一部外表写实，实则荒诞的小说，与《神鞭》刚好相反，《神鞭》是外表荒诞，内里写实。小脚内含的荒谬正是中国文化的荒谬。我故意含而不露地用了荒谬象征隐喻变形，把冷酷的批判挖苦嘲弄影射，透入一片乱花迷眼的外观。这么写，因为内涵复杂，说明了，就全没了。还因为中国小说审美有个经验，就是靠读书人去悟。这就看读者的能耐了。这次看来，有趣的是对这个小说深层内涵有所悟者更多则是大学生和肯思考的青年。也许他们与小脚的生活距离远，反而会无牵无挂站在另一思考角度看作品。你是评论家，我也给你出个题目——《三寸金莲》出笼后，那么多不同乃至相反的意见。不少“家”照老习惯只盯作品，不盯读者。读者一乱起来，是研究社会心理结构变化的大好机会。我们研究问题为什么总是一个角度，为了一致的结论？

关于这小说的手段招数文字津味等，这里全不想说，也不是你出这个题目和逼供的内容。唯一想说的，是我极自觉清醒地想创造一个新的样式。既写实荒诞浪漫寓言通俗黑色幽默，又非写实非荒诞非浪漫非寓言非通俗非黑色幽默。来个四不像模样。接受传统又抗拒传统，拿来欧美又蔑视欧美。我既不想转手舶来品也不想卖古董卖遗产卖箱子底儿，只想自己种自己吃。我又并非硬造出这东西，依据是出于对历史对现实对文化对人也对小脚外在和内在的一种总体的异样的感觉。我致力做的是把这感觉变成艺术。不知何故，总觉得评论家们对我这玩意儿"无处下嘴"。一部作品的产生带着它专有特有独有的审美尺度。大概寻这尺度需要点眼力功夫能耐学问时间，不如拿朦胧谈朦胧、拿云山雾罩谈云山雾罩、拿梦谈梦更省劲。现在评论界的现代派的水平真高过了创作界的现代派，就不知谁比谁更清楚，或者更糊涂了。可是如拿我这玩意儿当做一般历史小说，当做中国妇女苦难史来读，再生气愤怒冒火就不干我事了。

我把《怪世奇谈》头两部——《神鞭》所写的文化的堕力和《三寸金莲》所写的文化的自束缚力，合起来叫做可知文化。下一部正在着手，叫《阴阳八卦》，写中国文化不可知的部分，即民族文化黑箱，或即神秘性。我已经谋到一招法，想把这玩意儿玩绝。待这部脱手，就该写东西方文化碰撞问题了。其实这些问题还都是当今的现实问题。表皮看不出的放到大背景上透视而已。作为朋友，我对你泄露这盘计划只能止于此。当然这只是我创作规划中的一条路，我说我至少有三条路。一边还在写什么高女人矮男人，写《一百个人的十年》。我从来不打算在一棵树上吊死，或吊得够劲儿了再换一根绳子一棵树一个地界儿。作家一方面要敞开自己的世界，一方面别叫人摸到底，随随便便被划分到哪一派去。总得引着读者走进一个又一个独自打开的新的艺术空间。当然这挺费事儿，可是没这空间先憋死自己。艺术这东西好比十字架，扛起来就得一直走到死，累死完事，别想安生。

今儿算跟你把《三寸金莲》的底儿泄了。好在这东西是已经完成的，撂在人们眼皮子底下，无秘密可言。相信不少东西你也早看破。你是能人，我也不笨就是了。

我写信，向来不白写，或是得换来感情或是得换来意见。这封信只要换你些有见地的话就心满意足，你可别亏了我。

此祝

笔健！

大冯

行间笔墨

在终日四处的奔波中，常常不能拒绝的事便是应人家请求，提起毛笔写几句话。想想看，人家盛情陪同，尽其所能地招待和照顾，而这些景物本来又都是自己切切关心的，待到告别之时，人家备好纸笔墨砚，请你留下“墨宝”，怎好把脸一板推掉？故而这些行间的笔墨大多在来去匆匆之间，凭的是一时的情意与兴致，很是即兴。比方，在四川绵竹考察年画，被那里独有的“填水脚”所震惊。所谓“填水脚”，乃是每逢年根儿，画工们干完活要回去过年，顺手将颜料渣子混上水色，涂抹在印了线版的纸上。画工们人人都是才艺精绝，故而这些看似率意为之的几笔，很像中国画的大写意，立笔挥扫，神气飞扬。绵竹年画本来就像川剧，高亢辛辣，这“填水脚”更是将川地年画独有的地域气质发挥到极致。特别是绵竹年画博物馆中一对清代中期“填水脚”的门神，不过七八笔，人物跃然而生。我看得如醉如痴，不停地说：“这简直是民间的八大！”

从博物馆出来，便被主人引入一间小室。桌上已摆上文房四宝。不用去想，心中已有两句话冒出来，挥笔先写道：“土中大艺术”。这上一句写过，忽觉心中的下一句不甚好，下边一句应当更妙才是。此刻扭头看到窗台上有个剑南春的酒瓶。绵竹也是名酒剑南春的故乡。这一瞬，老天爷亲吻了我的脑门，妙语倏忽而至，接下去便写出来：“纸上剑南春”。这一句叫主人高兴非常。

再一次更有趣的是在乐山。仰观大佛之后，在席间主人说：“你总得留点纪念给我们。”我想，乐山大佛是天下佛窟中至美至上之宝。我已经是千里迢迢第二次来看大佛了，应当在这里留一幅字。有了这想法，我却像得到神助那样，心中首先出现的两个字“大佛”，倒过来便是“佛大”，由是而下，一佳句油然而生——“佛大大于大佛”。下边还应有一句，自然想到“乐山”和“山乐”等，于是两句绝妙好词装入胸中。待展纸书写之时，我对主人说，这幅字很难写。主人说为什么。我说其中两个字要重复两次，还有两个字要重复三次，便是：

佛大大于大佛

山乐乐似乐山

待写过这幅，放下笔一看，居然竖着读奇妙，横着读也通也奇妙，更觉得这两句不是自己脑袋想出来的，而像谁告诉我的。此种乐趣，还有谁知？

这行间的笔墨并非总是灵感迭出、若有神助。有时人马劳顿、情思壅滞，而文人书法偏偏要“言必己出”，又不能落笔平庸，往往就被盛情的主人逼入绝境。逢到此时，只好请主人留下姓名地址，回去补写后再寄来，决不勉强自己。

即使是这样，也常常会留下遗憾。比如，前些天在如皋，参观水绘园。此园曾是文人学士会集之所，又是明代名姬董小宛栖隐之处。园中景物相映，玲珑曲折，气息幽雅，世称文人图。游园时，因景生情，因情生句，待主人相邀题字时，捉笔便写了“园如书卷可捲，景似画轴当垂”两句。主人颔首称好，可是自己心里总感觉有些不妥。题字，字比词更为重要。但是，词要思量，字须推敲，时间这样仓促，被人又请又拉，怎好从细斟酌？从水绘园出来后，坐在车上，把刚刚的题词放在心中来回一折腾，忽觉应该改两个字，应是：

园如书卷半捲

景似画轴长垂

这样才好，可惜已经晚了。那幅糟糕的字留在人家那里，自己却带着遗憾直至此刻此时。

再说两件得意的事。

一次在西南某地，一位主人为他的上级领导向我索字。这也是在各地常常碰到的事。但我的笔墨从不为人帮闲，遂写了一句：

心中百姓是神仙

我想此句如使他受用，当也使他受益。

再一次是在南通小狼山的广教寺，寺中方丈请我留下笔墨。小狼山为天下最小名山，虽然仅仅一百零八米，却有一座古庙和宋塔伫立峰尖。日日晨钟暮鼓，梵声散布万家。想到此处，因题道：

最小山头

顶大佛界

由于宣纸劲润，笔也凑手，写得水墨淋漓，极是酣畅。

方丈合掌行礼，表示满意与谢意。我却说，这句话也是为我自己写的。此我世间的追求是也。

因之可谓，行间笔墨，其乐无穷。

水墨文字

一

兀自飞行的鸟儿常常会令我感动。

在绵绵细雨中的峨眉山谷，我看见过一只黑色的孤鸟。它用力扇动着又湿又沉的翅膀，拨开浓重的雨雾和叠积的烟霭，艰难却直线地飞行着。我想，它这样飞，一定有着非同寻常的目的。它是一只迟归的鸟儿？迷途的鸟儿？它为了保护巢中的雏鸟还是寻觅丢失的伙伴？它扇动的翅膀，缓慢、有力、富于节奏，好像慢镜头里的飞鸟。它身体疲惫而内心顽强。它像一个昂扬而闪亮的音符在低调的旋律中穿行。

我心里忽然涌出一些片断的感觉，一种类似的感觉，那种身体劳顿不堪而内心的火犹然熊熊不息的感觉。

后来我把这只鸟画在我的一幅画中。

所以我说，绘画是借用最自然的事物来表达最人文的内涵，这也正是文人画的首要的本性。

二

画又是画家作画时的心电图，画中的线全是一种心迹，因为，唯有线条才是直抒胸臆的。

心有柔情，线则缠绵；心有怒气，线也发狂。心境如水时，一条线从笔尖轻轻吐出，如蚕吐丝，又如一串清幽的音色流出短笛。可是你有情勃发，似风骤至，不用你去想怎样运腕操笔，一时间，线条里的情感、力度，乃至速度全发生了变化。

为此，我最爱画树画枝。

在画家眼里，树枝全是线条；在文人眼里，树枝无不带着情感。

树枝千姿万态，皆能依情而变。树枝可仰，可俯，可疏，可繁，可争，可倚；唯此，它或轩昂，或忧郁，或激奋，或适然，或坚忍，或依恋……我画一大片树叶凋零而倾倒于泥泞中的树木时，竟然落下泪来。而每一笔斜拖而下的长长的线，都是这种伤感的一次宣泄与加深，以致我竟不知最初缘何动笔。

至于画中的树，我常常把它们当做一个个人物。它们或是一大片肃然站在那里，庄重而阴沉，气势逼人；或是七零八落，有姿有态，各不相同，带着各自不同的心情。有一次，我从画面的森林中发现一棵婆娑而轻盈的小白桦树。它娇小、宁静、含蓄，那叶子稀少的树冠是薄薄的衣衫。作画时我并没有着意地刻画它，但此时，它仿佛从森林中走出来了。我忽然很想把一直藏在心里的一个少女写出来。

三

绘画如同文学一样，作品完成后往往与最初的想象全然不同。作品只是创作过程的结果，而这个过程却充满快感，其乐无穷。这快感包括抒发、宣泄、发现、深化与升华。

绘画比起文学有更多的变数。因为，吸水性极强的宣纸与含着或浓或淡水墨的毛笔接触时，充满了意外与偶然。它在控制之中显露光彩。在控制之外却会现出神奇。在笔锋扫过之地方，本应该浮现出一片沉睡在晨雾中的远滩，可是感觉上却像阳光下摇曳的亮闪闪的荻花，或是一抹在空中散步的闲云。有时笔中的水墨过多过浓，天上的云向下流散，压向大地山川，慢慢地将山顶峰尖黑压压地吞没。它叫我感受到，这是天空对大地惊人的爱！但在动笔之前，并无如此的想象。到底是什么把我们曾经有过的感受唤起与激发？

是绘画的偶然性。

然而，绘画的偶然必须与我们的心灵碰撞才会转化为一种独特的画面。

绘画过程中总是充满了不断的偶然，忽而出现，忽而消失。就像我们写作中那些想象的明灭，都是一种偶然。感受这种偶然的是我们的心灵。将这种偶然变为必然的，是我们敏感又敏锐的心灵。

因为我们是写作人。我们有着过于敏感的内心。我们的心还积攒着庞杂无穷的人生感受。我们无意中的记忆远远多于有意的记忆，我们深藏心中的人生的积累永远大于写在稿纸上的有限的素材。但这些记忆无形地拥满心中，日积月累，重重叠叠，谁知道哪一片意外形态的水墨，会勾出一串曾经牵肠挂肚的昨天？

然而，一旦我们捕捉到一个千载难逢的偶然，绘画的工作就是抓住它不放，将它定格，然后去确定它、加强它、深化它。一句话：

艺术就是将瞬间化为永恒。

四

纯画家的作画对象是他人，文人（也就是写作人）的作画对象主要是自己。面对自己和满足自己。写作人作画首先是一种自言自语、自我陶醉和自我感动。

因此，写作人的绘画追求精神与情感的感染力，纯画家的绘画崇尚视觉与审美的冲击力。

纯画家追求技术效果和形式感，写作人则把绘画作为一种心灵工具。

五

一阵急雨沙沙有声地落在纸上，那是我洒落在纸上的水墨。江中的小舟很快就被这阵濛濛雨雾所遮翳，只有桅杆似隐似现。不能叫这雨过密过紧，吞没一切。于是，一支蘸足清水的羊毫大笔挥去，如一阵风，掀起雨幕的一角，将另一只扁舟清晰地显露出来，连那个头顶竹笠、伫立船头的艄公也看得分外真切。一种混沌中片刻的清明，昏沉里瞬息的清醒。可是，跟着我又将一阵急雨似淋漓的水墨洒落纸上，将这扁舟的船尾遮蔽起来，只留下这瞬息显现的船头与艄公。

我作画的过程就像我上边文字所叙述的过程。我追求这个过程的一切最终全都保留在画面上，并在画面上能够体验到，这就是可叙述性。

写作的叙述是线性的，过程性的，一字一句，不断加入细节，逐步深化。

这里，我的《树后边是太阳》正是这样：大雪后的山野一片洁白，绝无人迹。如果没有阳光，一定寒冽又寂寥。然而，太阳并没有隐遁，它就在树林的后边。虽然看不见它灿烂夺目的本身，但它无比强烈的光芒却穿过树干与枝丫，照射过来，巨大的树影无际无涯地展开，一下子铺满了辽阔的雪原。

于是，一种文学性质需要说明白，就是我这里所说的叙述性。它不属于诗，而属于散文。那么绘画的可叙述也就是绘画的散文化。

六

最能寄情寓意的是大自然的事物。

比如前边所说树枝的线条可以直接抒发情绪。

再比如，这种种情绪还可以注入流水。无论它激扬、倾泻、奔流，还是流淌、潺缓、波澜不惊，全是一时的心绪。一泻万里如同浩荡的胸襟，骤然的狂波好似突变的心境，细碎的涟漪中夹杂着多少放不下的愁思。

至于光，它能使一切事物变得充满生命感，哪怕是逆光中的炊烟，一切逆光的树叶都胜于艳丽的花。这原因，恐怕还是因为一切生命都受惠于太阳，生命的一切物质含着阳光的因子。比如我们迎着太阳闭上眼，便会发现被太阳照透的眼皮里那种血色，通红透明，其美无比。

还有秋天的事物。一年四季里，唯有秋天是写不尽也画不尽的。春之萌动与锐气，夏之蓬勃与繁华，冬之萧瑟与寂寥，其实也都包括在秋天里。秋天的前一半衔接着夏天，后一半融入冬天。它本身又是大自然最丰饶的成熟期。故此，秋的本质是矛盾又斑斓，无望与超逸，繁华而短促，伤感而自足。

写作人的心境总是百感交集的。比起单纯的情境，他们一定更喜欢唯秋天才有的萧疏的静寂，温柔的激荡，甜蜜的忧伤，以及放达又优美的苦涩。

能够把一切人生的苦楚都化为一种美的只有艺术。

在秋天里，我喜欢芦花。这种在荒滩野水中开放的花，是大自然开得最迟的野花。它银白色的花犹如人老了的白发，它象征着大自然一轮生命的衰老吗？如果没有染发剂，人间一定处处皆芦花。它生在细细的苇秆的上端，在日渐寒冽的风里不停地摇曳。然而，从来没有一根芦苇荻花是被寒风吹倒吹落的！还有，在漫长的夏天里，它从不开花，任凭人们漠视它，把它只当做大自然的芸芸众生，当做水边普普通通的野草。它却不在乎人们怎么看它，一直要等到百木凋零的深秋，才喷放出那穗样的毛茸茸的花来。没有任何花朵与它争艳。不，本来它的天性就是与世无争的。它无限的轻柔，也无限的洒脱。虽然它不停在风中摇动，但每一个姿态都自在，随意，绝不矫情，也不搔首弄姿。尤其在阳光的照耀下，它那么夺目和圣洁！我敢说，没有一种花能比它更飘洒、自由、多情，以及这般极致的美！也没有一种花比它更坚韧与顽强。它从不取悦于人，也从不凋谢摧折。直到河水封冻，它依然挺立在荒野上。它最终是被寒风一点点撕碎的。

在这永无定态的花穗与飘逸自由的茎叶中，我能获得多少人生的启示与人生的共鸣？

七

绘画的语言是可视的。

绘画的语言有两种，一种形式的，一种技术的。古人叫做笔墨；现代人叫做水墨。

我更看重笔墨这种语言。

笔作用于纸，无论轻重缓急；墨作用于纸，无论浓淡湿枯——都是心情使然。

笔的老辣是心灵的枯涩，墨的溶化是情感的舒展；笔的轻淡是一种怀想，墨的浓重是一种撞击。故此，再好的肌理美如果不能碰响心里事物，我也会将它拒之于画外。

文学表达含混的事物，需要准确与清晰的语言；绘画表达含混的事物，却需要同样含混的笔墨。含混是一种视觉美，也是我们常在的一种心境。它暧昧、未明、无尽、嗫嚅、富于想象。如果写作人作画，便一定会醉心般地身陷其中。

八

我习惯写散文时，放一些与文章同种气质的音乐当背景。

那天，我在写一只搁浅于湖边的弃船在苦苦期待着潮汐。忽然，耳边听到潮汐之声骤起，当然这是音乐之声，是拉赫马尼诺夫的音乐吧！我看到一排排长长的深色的潮水迎面而来。它们卷着雪白的浪花，来自天边，其速何疾！一排涌过，又一排上来，向着搁浅的小船愈来愈近。雨点般的水点溅在干枯的船板上，扬起的浪头像伸过来的透明而急切的手。音乐的旋律一层层如潮地拍打在我的心上。我紧张地捏着笔杆，心里激动不已，却不知该怎么写。

突然，我一推书桌，去到画室。我知道现在绘画已经是我最好的方式了。

我把白宣纸像月光一样铺在画案上，满满地刷上清水。然后，用一支水墨大笔来回几笔，墨色神奇地洇开，顿时乌云满纸。跟着大笔落入水盂，笔中的余墨在盂中的清水里像烟一样地散开。我将一笔极淡的花青又窄又长地抹上去，让阴云之间留下一隙天空。随即另操起一支兼毫的长锋，重墨枯笔，捻动笔管，在乌云压迫下画出一排排翻滚而来的潮汐……笔中的水墨不时飞溅到桌上、手背上，笔杆碰在盆子碟子上叮当有声。我已经进入绘画之中了。

待我画完这幅《久待》，面对画面，尚觉满意，但总觉还有什么东西深藏画中。沉默的图画是无法把这东西“说”出来的。我着意地去想，不觉拿起钢笔，顺手把一句话写在稿纸上：

“人生的大部分时间就像垂钓者那样守着一种美丽的空望。”

跟着，我就写了下去：

“期望没有句号。”

“美好的人生是始终坚守着最初的理想。”

“真正的爱情是始终恪守着最初的誓言。”

“爱比被爱幸福。”

于是，我又返回到文学中来。

我经常往返在文学与绘画之间，然而这是一种甜蜜的往返。

文人的书法

文人书法的历史要比文人画的历史长。

文人用毛笔、墨和宣纸写文章，很容易就对书写的审美有了兴趣。书法的艺术便蕴藏其中。

文人以文章抒发心志，其书法天生具有挥洒情感、一任心灵的性质，故此文人书法是以个性为其特征。文人性格彼此迥异，有一千个擅长书法的文人，就有一千个相去千里的书法面貌。故此文人书法风格都不是刻意追求的。

但是，在篆隶时代，字体规范严格，限制了个性的发挥，文人书法未能形成。到了行草时代，字体走向自由，张扬个性的文人书法便应运而生。此后文人书家所写的篆隶，也就融进了个人的意蕴与性情了。

文人的书法，向例是不拘法矩。情之所至，笔墨奋发。文字原本是表达与宣泄心灵的工具。工具缘何反过来要限制心灵？故此文人进入书法，天地突然豁朗，一无牵绊，万境俱开。

同时，文人不屑于书写别人的话语。言必己出，乃是书法之根本。每每心有难捺之语，或有灵性之句，捉笔展纸，书写出来。笔笔自然都是发自性灵的心迹，字字都是情感乃至情绪的形态。这样的书法，才是有魂的艺术。

历史地看，文人涉入书法，乃是文化的注入。于是，瀚墨的世界，不仅奇花异卉争相开放，书法的底蕴更是走向雄厚深邃。但如今，文人著书立说的工具已经改成钢笔和圆珠笔，很多文人撤离书坛，亦文亦书者毕竟不多，文人书法该向何处去？我以为，文人书法已然历史地落到书家身上。

然而今之书家，是否亦有这般所思所想？

民间审美

那些出自田野的花花绿绿的木版画，歪头歪脑、粗拉拉的泥玩具，连喊带叫、土尘蓬蓬的乡间土戏，还有那种一连三天人山人海的庙会，到底美不美？

自古文人大多是不屑一顾的，认为都是粗俗的村人的把戏，难入大雅之堂。故而这些大多为文盲所创造的民间文化一边自生自灭，一边靠着口传心授传承下来。

当然，在古代也有一些文人欣赏纯朴天然的民间文化，大多是些诗人，他们的诗中便会流淌着溪流一般透彻的民歌的光和影。从李白到刘禹锡都是如此。但是，古代画家则不然，他们崇尚文人画，视民间画人为画匠，很少有画家肯瞧一眼民间绘画的。美术界学习民间的潮流还是在近代受到了西方的影响之后。西方的绘画没有“文人画”，所以从米开朗琪罗到毕加索一直与民间艺术是沟通的。在他们的心里，精英的绘画是“流”，而民间艺术却是一种“源”。

在人类的文化中，有两种文化是具有初始性的源。一种是原始文化，一种是民间文化。但在人类离开了原始时代之后，原始文化就消失了。民间文化这个“源”却一直活生生地存在。

精英文化是自觉的，原始文化与民间文化是自发性的。“自觉”来自思维，而“自发”直接来自生命本身，它具有生命的本质。所以，西方画家总是不断地从原始与民间这两个“源”中去吸取生命的原动力与生命的气质。

所以说，生命之美是民间审美的第一要素。

可是，民间文化从来都只是被使用的，被精英文化作为一种审美资源来使用。它的本身并没有被放在与精英文化同等的位置。

在近代，人们对民间文化所接受的一部分，也都是靠近“雅”的一部分。比如戏剧中的京戏，由于趋向文雅而能够受宠，而许多土得掉渣的地方戏仍然被轻视着，因而如今中国一些地方戏种已经到了濒死的边缘。再比如在民间木版年画中，比较城市化而变得精细雅致的杨柳青年画容易被接受，一些纯粹的乡土版画很难被城市人看出美来。

民间文化有自己独特的审美体系，包括审美语言、审美方式与审美习惯。陕北的那些擅长剪纸的老婆婆在用剪子铰那些鸡呀猫呀虎呀娃娃呀的时候，一边铰一边会咧开嘴笑。她们那种无声的“艺术语言”会使自己心花怒放。民间文化与精英文化的另一个不同是，民间文化是非理性的、纯感性的、纯感情的。这种感情是一种鲜活的生命和生活的情感，有生命的冲动，也有生活理想；有精神想象，也有现实渴望。他们这种语言在广大的田野与山间人人能懂，一望而知，心有同感，互为知音。

因此民间审美又是一种民间情感。懂得了民间的审美就可以感受到民间的情感，心怀着民间的情感就一定能悟解到民间的审美。我们为什么只学英语，与外国人交流，偏偏不问民间话语，与自己乡民村人交谈。体验我们大地上这种迷人的情感？何况这是一种优美而可视的语言。这种语言坦白、快活、自由、一任天然。没有任何审美的自我强迫，全是审美的自发。它们不像精英文化那样追求深刻，致力创新，强调自我。它们不表现个性，只追求乡亲们的认同；它们追求的实际上是一种共性。至于某些民间艺人的个性表露也纯粹是一种自然的呈现。他们使用的是代代相传的方式。纵向的历史积淀的意义远远超过个人超群的价值，它们最鲜明的个性是地域性，它们的审美语言全是各种各样的审美方言。所以民间审美的重要特点是地域化，也就是审美语言的方言化，这便使民间审美具有很浓厚的文化含量。

写到这里，我便弄明白了——过去我们判断民间艺术美不美，往往依据的是精英文化的标准。这样，我们不但只接受了民间艺术很小的一部分，而且看不到民间艺术中的文化美，也就是民间审美的文化内涵。

今天，我们正处在农耕文明时代向工业化的现代文明的转型期。农耕时代的一切创造渐渐成为历史形态。我们应该从昔时看待民间文化的偏见性视角与狭义的观念中超越出来，从更广更深的文化角度来认识民间文化，感受民间独特的审美，从而将先人的创造完整地变为后世享用的财富。

挽住我的老城

近些天，常有古董贩子找我，言其手中有宝，叫我“开眼”。问其何物，来自何处，都说是天津老城。我听了怦然心动！自从前年我组织那次“旧城文化采风”，此后于那里的砖石草木，心皆系之。然而，近闻老城的改造突然“增加力度”，先要将几条大道贯穿其间，余下的便是房产开发商们施展才（财也）干。这样，大片大片的古屋老宅，不论其历史人文的价值如何，一概全在横扫之列。据说古董贩子们纷纷闻风而至。古董贩子胜于开发商者，便是知道这些破砖烂瓦也是生财之物。于是，积淀了近六百年的老城被掀个底儿朝天，翻箱倒柜，任凭这些贩子挑肥拣瘦。

大前天，有个家住老城的贩子约我去看看老东西。我半年未进老城，借此也看看，一看真的惊呆了。颓墙断壁，触目皆是；在推土机的轰鸣中，城中多处已被夷为空荡荡的平地。我禁不住问：海张五那大宅子呢？明代的文井呢？益德王家那座拱形的刻砖门楼呢？还有……柳家大院那些豪华又壮观的木雕花罩呢？答话的人倒是省事，只说三个字：全没了！谁弄走了？文管部门？房管部门？房主还是贩子们？难道被民工们的大锤全砸了？答话更是省事，还是三个字：谁知道！在一种强烈的虚无感和失落感中，我还感到历史文化出现了一片迷茫与空白。人类在自己的“进步”面前真是无奈。待我随着这小贩走进一间很大的房间，才知道老城当今真正的状态。

这大屋像个仓库，堆满旧家具，还有许许多多从老房拆下的梁柱门窗，镂花隔扇，砖雕石刻。这些被拆得七零八落的东西，带着旧尘老土的浓烈气味，黑乎乎，破破烂烂，好像一堆堆残肢败体。注目细瞧，却识得这些建筑构件无一不是精致讲究。尤其那些隔扇门，至少一丈高，一色是铺地锦图案，八字榫对接得天衣无缝。一看这古雅而沉静的形制，便能确信一准是清代中前期豪门巨宅的物品。经问方知，果然这里是津门二百多年的金家老宅，而现在这间房子就是金家的书房！这金家始自清初康熙年间的山水画大家金玉岗（芥舟），即以丹青翰墨代代相传。此后嘉道间之金龙节、清末民初之金俊萱，都是一时学者名士。正是他们，濡染了这一方土地的醇厚的文雅。可如今难道就这么干脆利索地一下子连根拔掉了么？我记得前年考察过这里，但无论如何也对不上号。跑出屋看这才明白，原来周围的房院、影壁、高墙已被铲除，满地瓦砾，这书房由于不在规划中新辟的道路范围之内，暂时被孤零零地搁置一旁，等待着开发商们来发落。我怀着一种凄凉心情回到屋中，再看小贩一件件展示出的老城的，特别是金家的遗物，便全部都视若珍宝了。因为这是老城最后的一点文化剩余了。

一幅竹丝拼花衬底的刻竹对联，应是这书房的原物；两块墀头上的砖雕，一为“麒麟送子”，一为“状元及第”，无论从这一题材所流行的时代来判断，还是从雕刻的风格与手法（主要是雕刻的深度）来确认，无疑是马顺清时期（即清代中期）的作品。还有一些版画，书轴，尤其是几册此地文人孟广慧的信札，粗看数纸，就能知道这些信札包含着丰富的本地文化与社会的信息……可是我很糟糕，由于刚刚那种文化的失落感过重，此刻便生怕这些老城的遗物流散掉，完全失去了对付这种小贩应有的聪明，而只是连连对这些东西呼好叫妙，议论出其中的门道，毫不掩饰对这些仅存无多的遗物的珍视与迫切心情。在古董交易中，这是犯大忌的。此时小贩已经把我视做了他的掌中物。待我问价，他脱口一说，便是天价。老城的情结使我又陷尴尬，我只好说回去想想再谈。小贩与我分手时还对我加一点压力，他说：“现在有不少贩子在老城里转来转去寻找老东西呢。我可是第一个给您看的。”看来，我已经没有余地了。如果我不出高价来买，这些老城的遗物岂不从我手里溜掉？此时我真的感到人间万物皆有命运。小到一只杯子，大到一座城池乃至一个国家和民族。该兴则兴，该亡则亡。轮到消失之日，一如风吹尘散，谁也无法子挡住。你费力收回来的，最多也不过是一撮灰白色的、无机的骨灰吧！

渐渐地，我开始运用阿Q式自我安慰法来平衡自己，并获得成功。我暗自庆幸自己曾经干过的那件事富于远见。这便是自1994年12月30日的“旧城文化采风”。本来这一行动计划从租界区的洋房入手，此时，媒体忽然爆出新闻，政府与香港一家房地产开发集团公司合作，要对天津老城进行彻底的现代化改造。我马上意识到抢救老城乃是首要的事，遂组织历史、文化、建筑、民俗各界仁人志士，会同摄影家数十位，风风火火进入天津老城展开一次地毯式考察。经过整整一年半的努力——我们是于1996年7月天津老城改造动工时结束这一行动的——摄得具有历史文化内涵的照片五千余帧。然后精选部分，出版一部大型画集，名为《旧城遗韵》。由于仓促上马，行动急迫，工作得还嫌粗糙，疏漏处也必然不少。但这毕竟是天津老城改造前一次罕见的民间性的文化抢救，也是天津老城有史以来最广泛、最大规模的学术考察。记得1995年除夕之夜，一位摄影家爬到西北角天津大酒店十一层的楼顶，在寒风里拍下天津老城最后一个除夕子午交时、万炮升空的景象。我看到这张照片，几乎落下泪来。因为我感到了这座古城的生命就此辉煌地定格。这一幕很快变成过往不复的历史画面。我们无法拯救它，但我们也无愧于老城——究竟把它的遗容完整地放在一部画册里了。

这部画集我只印了一千册。为了强调它的珍贵性，也为了一种文化的尊严。我就是要造成这样一种文化的崇高感：文化的老城和老城的文化，都必须是虔诚的觅求才能见到的。

可是，在这部画集的油墨香味尚未散尽时，老城已经失去近半。许多名门豪宅已然荡涤一空，在地球表面上抹去；虽然它们全都有姿有态、巨细无遗地保留在我这部画集里。可我不是容易满足的人，我仍不甘心。前几天，在市政协换届的开幕式上，我找到主管城市建设的王德惠副市长，他是能够理解我的想法的一位领导人。我对他说："天津人世世代代总共用了六百年，在老城里凝聚和营造成一种独特的文化，不能叫它散了。现在公家、私家、古董贩子都在趁乱下手，快把老城这点文化分完了。应该建一座博物馆，把这些东西搬进去！"这位副市长说："我也早就想搞个老城博物馆，你说该怎么办？"我听了很高兴，说道："那就得赶紧筹备，但远水解不了近渴，必须马上行动起来，先把老城的文化留住。我可以牵头动手来做，但必须您发话！"

他答应了。以我与这位副市长的交往，他是有文化良心的。当然这十分难得。

果然，今天民俗博物馆的蔡馆长来电话说，王德惠副市长在我与他谈话的转天，就已经叫老城所在南开区的区长，尽快找我研究保护老城文物一事。一时我真有一种起死回生的感觉，好像浑身全是办法了。

我想，首先要把鼓楼东那座环卫局办公的大院保留住，这座至少有四套院的构造精美的大房子是最理想的老城博物馆的馆址。然而比这件事更要紧的是阻止老城文物的流失，这就必须组织人力，穿街入巷，征集文物。文物包含甚广，必须有专家参与。还要由政府拨出几间大屋，将征集到的文物，分类编号，暂时存放保管起来。关于征集这些文物的经费与方法，我忽来灵感，突发奇想——应该搞一个“捐赠博物馆”！动员城中百姓在离开老城时，把老城的文化留在这块热土上。惟有这样才能尽快地把老城文物征集上来。将我们去“找”，变为百姓的“送”。津地百姓急公好义，乡情尤浓，这做法肯定能立见功效，而且这件事本身也是一次乡情的大启动。对于我来说，再也没有启动感情的事会令我倾尽全力的了。

于是我与蔡馆长约好，明天下午三时，南开区的区长、文化局局长、城建局局长等一行人到我的大树画馆商议此事。我已经做好准备，要牢牢抓住这个关乎老城命运的最后一次机会。我知道在当今中国，许多文化上的事最终还得通过官员才能做到；我还清清楚楚知道，历史交给我们这一代文化人的事情是什么。

我从现在起时时都在想着明天下午三时。刚刚心血来潮，提笔写了一个条幅：

我们今天为之努力的，都是为了明天的回忆。

细雨探花瑶

不管雨里的山路多湿滑，不管不断有人说“你别把冯先生扯倒”，老后还是紧抓着我的手往山上拉，恨不得一下子把我拉到山顶，拉进那个花团锦簇的瑶乡。这个瑶乡有个可以入诗的名字：花瑶。

花瑶，得名于这个古老的瑶族分支对衣装美的崇尚。然而，隆回县政府为花瑶正式定名却是20世纪末的事，这和老后不无关系。

老后是人们对他的昵称。他本名叫刘启后。一位从摄影家跨越到民间文化保护领域的殉道者。我之所以用“殉道者”，不用“志愿者”这个词儿，是因为志愿多是一时一事，殉道则要付出终生。为了不让被声光化电包围着的现代社会忘掉这个深藏在大山深处的原生态的部落，二十多年来，他从几百里以外的长沙奔波到这里，来来回回已经二百多次，有八九个春节是在瑶寨里度过的，家里存折上的钱早叫他折腾光了。也许世人并不知道老后何许人，但居住在这虎形山上的六千多花瑶人却都识得这个背着相机、又矮又壮、满头花发的汉族汉子，而且没人把他当做外乡人。花瑶人还知道他们的“呜哇山歌”和“桃花刺绣”列入国家非物质文化遗产名录，老后是有功之臣，他多年收集到的大量的花瑶民歌和桃花图案派上了大用场！记得前年，老后跑到天津来找我，提着沉甸甸一书包照片。当时他从包里掏出照片的感觉极是奇异，好像忽然一团团火热而美丽的精灵往外蹿。原来照片上全是花瑶。那种闪烁在山野与田间的红黄相间火辣辣的圆帽与缤纷而抢眼的衣衫，还有种种奇风异俗，都是在别的地方绝见不到的。我还注意到一种神秘的“女儿箱”的照片。女儿箱是花瑶妇女收藏自己当年陪嫁的花裙的箱子，花裙则是花瑶女子做姑娘时精心绣制的，针针倾注对爱情灿烂的向往，件件华美无比。它通常秘不示人，只会给自己的人瞧。看来，老后早已是花瑶人真正的知己了。

老后问我：“我拉你是不是太用力了？”

我笑道：“其实我比你心还急呢。你来了多少次，我可是头一次来呵。”

这时，音乐声与歌声随着霏霏细雨，忽然从天而降。抬头望去，面前屏障似的山坡上，参天的古树下，站满了头戴火红和金黄相间的圆帽、身穿五彩花裙的花瑶女子。那种异样又神奇的感觉，真像九天仙女忽然在这里下凡了。跟着是山歌、拦门酒，又硬又香的腊肉，混在一大片笑脸中间，热烘烘冲了上来。一时完全忘了洒在头上脸上的细雨。而此刻老后已经不再在前边拉我，而是跑到我身后边推我，他不替我挡酒挡肉，反倒帮着那些花瑶女子拿酒灌我，好像他是瑶家人。

在村口，一个头缠花格布头布的老人倚树而立，这棵树至少得三个人手拉手才能抱过来。树干雄劲挺直，树冠如巨伞，树皮经雨一浇，黑亮似钢。站在树前的老人显然是在迎候我们。他在抽烟，可是雨水已经淋湿了夹在他唇缝间的半支烟卷，烟头熄了火。我忙掏出一支烟敬他。老后对我说：“这老爷子是老村长。大炼钢铁时，上边要到这儿来伐古树。老村长就召集全寨山民，每棵树前站一个人。老村长喊道：‘要砍树就先砍我！’这样，成百上千年的古树便被保了下来。”

古树往往是和古村或古庙一起成长的，它是这些古村寨年龄尊贵的象征。如今这些拔地百尺的大树益发葱茏和雄劲，好似守护着瑶乡，而这位屹立在树前的老村长不正是这些古树和古寨的守护神吗？我忙掏出打火机，给老人点燃。老人用手挡住火，表示不敢接受。我笑着对他说：“您是我和老后的‘师傅’呀！”

他似乎听不大懂我的话。

老后用当地的话说给他听。他笑了，接受我的“点烟”。

待入村中，渐渐天晚，该吃瑶家饭了。花瑶姑娘又来唱着歌劝酒劝吃了。她们的歌真是太好听了。听了这么好听的歌，不叫你喝酒你自己也会喝。千百年来，这些欢乐的歌就是酒的精魂。再看屋里屋外的花瑶姑娘们，全在开心地笑，没人不笑。

所有人都是参与者，没有旁观者，这便是民俗的本质。

老后更是这欢乐的激情的参与者，他又唱歌又喝酒又吃肉，唱歌的声音山响；姑娘们用筷子给他夹的一块块肉都像桃儿那么大，他从不拒绝；一时他酒兴高涨，就差跳到桌上去了。

然而，真正的高潮还是在饭后。天黑下来，小雨住了。在古树下边那块空地——实际是山间一块高高的平台上，燃起篝火，载歌载舞，这便是花瑶对来客表达热情的古老的仪式了。

亲耳听到了他们来自远古的呜哇山歌了，亲眼瞧见他们鸟飞蝶舞般的咚咚舞、“桃花裙”和“米酒甜”了，还有那天籁般的八音锣鼓。只有在这大山空阔的深谷里，在回荡着竹林气息的湿漉漉的山里，在山民有血有肉的生活中，才领略到他们文化真正的“原生态”，其他都是一种商业表演和文化作秀。人们在秋收后跳起庆丰收的舞蹈时，心中按捺不住喜悦的心情和驱邪的愿望是舞蹈的灵魂；如果把这些搬到大都市的舞台上，原发的舞蹈灵魂没了，一切的动作和表情都不过是作“丰收秀”而已，都只是自己在模仿自己。

今天有两拨人也是第一次来到花瑶的寨子里。他们不是客人，而是隆回一带草根的“文化人”。一拨人是几个来演“七江炭花舞”的老人。他们不过把吊在竹竿端头的一个铁篮子里装满火炭，便舞得火龙翻飞，漫天神奇。这种来自渔猎文明的舞蹈，天下罕见，也只有在隆回才能见到。还有一拨人，多穿绛红衣袍，神情各异，气度不凡。他们是梅山教的巫师，都是老后结交的好友。几天前老后用手机发了短信，说我要来。他们平日人在各地，此时一聚，竟有五十余人。诸师公没有施法，演示那种神灵显现而匪夷所思的巫术，只表演一些武术和硬软气功，就已显出个个身手不凡，称得上民间的奇人或异人。

花瑶的篝火晚会在深夜中结束。

在我的兴高采烈中，老后却说：“最遗憾的是您还没看到花瑶的婚俗，见识他们‘打泥巴’，用泥巴把媒公从头到脚打成泥人。那种风俗太刺激了，别的任何地方也没有。”

我笑道：“我没看见什么，你夸什么。”

老后说：“我是想叫你看呀。”

我说：“我当然知道，你还想让天下的人都来见识见识花瑶！”

这话叫周围的人大笑。笑声中自然有对老后的赞美。

如果每一种遗产都有一个“老后”这样的人守着它多好！

手抄竹纸

随着隆回县委书记钟一凡乘车渐渐进入一片山林。湘木都像吃过激素一样，极其茂盛，车外边的树色把车厢照绿；青竹散发的清澈的气息已经充满我的肺叶。再看，四面的车窗全是画儿了。我问钟书记："你要把我带到哪儿去?"他笑了笑，不答。从他脸上的自信与得意可以读出，他一准会叫我惊喜的——就像昨天他把我导入那条名叫荷香桥的古街上。不仅许多老作坊是"活着"的，连出售的布鞋、油灯、首饰、纸笔，都是老样子，说明镇上的人还在使用这些东西。我称那条罕见的老街是"时光隧道"。这位书记怎么能把那条"破烂"的街看成了宝贝？如果在大城市里不早叫那些挂着"博士"头衔的官员们一声令下，给推土机一夜之间夷平?

马上要去的，又是一条时光隧道吗?

车子在一个小小的山口停住。不远的前边，一个新奇的场面把我吸引过去。山脚下一块平地上，几位山民在削竹皮，一棵棵刚砍下的修长而湛绿的"仔竹"被放在三根竹竿捆成的三脚架上，山民们手执月牙般的弯刀，削竹皮的动作老练又畅快。被刮去竹衣的竹竿露出雪白的"身躯"。不等我问，钟书记就引我去看屋外一个个方形的水池，雪白的竹竿一排排躺卧其中。我忽有所悟，便问钟书记："是不是造纸?"

钟书记眉毛一扬："你怎么知道?"

我说："别忘了你们的《中国木版年画集成·滩头卷》是我终审的。那卷书上有一节专门介绍滩头年画使用自造的土纸，而且说你们这里至今还保持着从砍竹、沤料、抄纸到焙纸的全部流程与技艺，我正想看看你们的手工抄纸呢。现在原原本本的手工抄纸已经非常罕见了。"

我这几句话使钟书记更加得意。他引我往山上走，走不多远就钻进一间石头搭建的作坊里，这作坊正是抄纸房。十多平方米的空间里，一边是踩料凼，一边是纸槽和木榨。原始的工具粗糙和简单得不可思议。所谓踩料，无非是把石灰沤过的碎竹倒进凼中，凼中斜放着一块竹笆，山民们靠着赤脚踩住料，用力在竹笆上摩擦，将料踩成泥状。可是光着脚和快如刀刃的竹片硬磨，不是很容易把脚划破吗？

下边的工序便是抄纸。抄纸看似容易——将泥状的料置入石质的水槽里搅匀，然后用一种细竹条编织的盘子在槽里一抄再一荡，提出来，翻过来一扣，便是一张薄如蝉翼的纸坯。一张张湿漉漉的纸坯叠在一起，直至千张，使木榨榨干水分，然后送到焙屋里，揭开烘干。于是，可写可画、金色的竹纸就诞生了。我问道："纸坯这么薄，相互不是很容易粘在一起吗？"

钟书记从身旁拿了一片绿叶给我。经问方知，原是当地野生的胡椒叶，用水煮后放入纸槽中，可使纸浆润滑，抄出来的纸坯彼此绝对不粘，当地人称之为滑叶。

奇怪，这滑叶的功效当初是怎么知道的？这就不能不佩服先人、古人了！

"可是——"我又问，"木榨这么重，又使这么大劲儿，上千张纸紧紧轧在一起后，又怎么一张张揭开呢？从哪里来揭呢？"

我这问题竟然引出一则民间传说。钟书记说当地抄纸的人自古都知道一个神话传说：

一天，抄纸房里人们正忙，忽然一位过路的老人进来讨茶讨烟。一个年轻人嫌这老人碍手碍脚，不给他烟和茶，轰他走，谁料这老人走后，榨好的纸成了一个大坨子。人们感到纳闷儿，怎么会忽然揭不开呢？于是开始疑惑，刚才那老人别是一位过路的神仙吧，待人家不客气，人家不高兴，施个法，纸就揭不开了呗！于是大家跑出去找那老人。找到后，让茶让烟，老人喝足茶抽足烟，站起身只说了一句话："去揭靠身子那个右角吧！"说罢扬长而去。经老人指点，回去一揭靠身子的右角，果然一张张纸轻易地揭开了。由此，滩头的手抄纸都是揭右下角，别的角是揭不开的。为什么呢？科学的道理没人问；这个含着尊老敬老之意的美丽的传说，却一直在坊间随同抄纸的手艺代代相传。

上边这个传说只是众多的版本之一。传说是广泛活着的生命，往往同一个故事，在不同人嘴里说出来会大不一样。可是传说中那个化身为老人的神仙，却有名有姓，叫做李佑。仙人李佑的故事个个生动有趣，并且都与造纸有关。沤料、踩料、抄纸的几个关键性诀窍也全有李仙人的影子。传说正是由于这位仙人的护佑，滩头造纸踩料时从没有划破脚的事情。可这位李佑的名字又是从哪儿来的呢？不得而知。这是滩头造纸的秘密，也是它的文化。

若说滩头的造纸文化，可以追溯到隋代，及至元代，此地已是长江以南的造纸中心。抗日战争期间，舶来纸的运输渠道不畅，国内用纸一时皆仰手工土纸。滩头的纸作坊竟达到两千余家。如今，随着造纸的现代化和全球化。手工土纸衰落下来。中华大地上许多土纸作坊转瞬即逝，已经鲜见原真的手抄土纸了。然而，湘中这块大地的深处却奇迹般地“收藏”了这种原版的古老技艺。从原材料、工艺、程序，乃至相关传说都一丝不苟、郁郁葱葱地存活着。据说明代《天工开物》中记载着南方造纸的流程与方法，竟与今天滩头这里的手工抄纸不差分毫。这不是活化石、活的历史博物馆、活的文化生命吗？

回到镇里，人们铺开这种土纸，叫我题字。金黄的土纸上边刷了一道本地峡山口的一种石粉，其色泽在瓷白中微微泛青，宛如天青，十分优雅。待锋毫触纸，如指尖触到温润的肌肤，微觉弹性，那感觉异常美妙。我开玩笑说：“这纸很性感。”在写字作画时，好笔好纸都会帮忙。写在这土纸上的字，竟分外显得饱满厚重，畅而不燥，笔痕墨迹，自生韵味，使我自己也十分满意。瞧着这纸，我忽想该为这珍罕的遗产做点什么吧。我叫一声“钟书记——”。

钟书记笑嘻嘻地说：“我知道你想什么，我们已经开始对滩头造纸做普查，文化档案和数据库年底可以立起来，而且我们已经有了一个保护方案，一会儿向你请教。”

我笑道：“你已经是专家了。”同时心想，如果每个遗产都有这样一位懂文化、堪称知己的官员，我们还会焦急和发愁吗？

精卫是我的偶像

这一次，当我把两年多来的绘画精品拿出来卖掉，以支持艰难的文化遗产抢救的事业，心中的矛盾加剧地较量着。

并非我不够慷慨，而是这些画都是我的心灵之作。我说过，艺术是艺术家心灵的闪电。它是心中的灵性，只有偶然出现。这也是我的画数量不多和很少重复的缘故。因之，我一向十分珍视自己的画作，不肯拿它去换钱。

此时可以说，这些画不是从我手里拿出去的，是从心里拿出去的。

记得，甲申年在京津举办第一次画展时，我将自藏多年的两幅画《高江急峡》和《树之光》卖掉。虽然价钱很高，一位好友却对我说："你不该把这两幅画卖掉!"

我承认，这句话加重了我心里的矛盾。因为我的画一如文章，无法重复，也不能重复。记得前一幅画作画时激情飞扬，溅得满身水墨；后一幅画光线之强烈竟使我自己愕然。在那次公益画展上我心想，这样大规模卖画的事只做一次吧。

然而，事过两年，我又要义卖画作了，而且是我两年来绝大部分的心爱之作。其原因既简单又直接——我们的文化遗产仍然身处危难，破坏和消亡的速度与力度大大超过抢救的速度与力度；特别是在这个物质化和功利化的时代，人们对这种文明受损的严重性尚不清楚，故而文化遗产全面受困，为其工作的人员极其有限，经费困窘得常常一筹莫展。我一手创立的专事文化抢救和保护的基金会始终处在社会边缘，仅此一家，无人垂顾，境遇尴尬。

当我身在书房和画室，对个人的作品自然会心生爱惜；当我跋涉在广阔的乡土和田野中，必然又会对那些随处可见、一息尚存、转瞬即逝的文化遗产心急如焚。此时，个人一己的艺术得失怎能与大地文化的存亡相比？我说过，我们大地的文化犹如母亲的怀抱，我们都是在她的滋养哺育中成长成人的。当母亲遇到危难，危在旦夕，怎么能不出手相援？卖画又算什么？

应该说，此次公益画展是一次自相矛盾和自我战胜后的行动。在这次行动中我看到了自己依然站在当代文化的前沿上，很高兴自己没有退缩。

记得有人问我：“你靠卖画能救得了中国的文化遗产吗？这莫不是精卫填海？”

我说：“精卫填不了海。精卫是一种精神，一种决不退却、倾尽心力乃至生命的精神。我尊崇这种精神，它是我的偶像。”

谁能万里一身行？

昨天，摄影家郑云峰跑到天津来，见面二话没说，就把一本又厚又沉的画册像一块大石板一样压到我怀里。封面赫然印着沈鹏先生题写的三个苍劲的字："三江源"。

夏天里，我在北洋美术馆为郑云峰先生举办"拥抱母亲河"摄影展时，他说马上就要出版这部凝聚他二十多年心血的大书，跟着又说他还要跑一趟黄河的中下游，把黄河拍完整了。干事的人总是不满足于自己干过的事，总是叫你的目光盯在他正在全神贯注的明天的事情上。

在他的摄影展上，郑云峰感动了天津大学年轻的学子们。谁肯一个人拿出全部家财买一条船，抱着一台相机在长江里漂流整整二十年，并爬遍长江两岸大大小小所有的山，拍摄下这伟大的自然和人文生命每一个动人的细节？不单其艰辛匪夷所思，最难熬的是独自一人终岁行走在山川之间的孤寂。他为了什么——为了在长江截流蓄水前留下这条养育了中华民族的母亲河真正的容颜，为了留下李白杜甫等历代诗人曾经讴歌过的这条大江的死面相，为了给长江留下一份完整的视觉"备忘录"。多疯狂的想法，但郑云峰实实在在地完成了。他以几十万张照片挽留住长江亘古以来的生命形象。为此，我在他的摄影展开幕式讲道："这原本不是个人的事，却叫他一个人默默却心甘情愿地承担了。我们天天叫嚷着要张扬自我，那么谁来张扬我们的山河、我们民族的文化？"

提起郑云峰，自然还会联想到最早发现"老房子"之美的李玉祥。他也是一位摄影家，是三联书店的特聘编辑。二十世纪九十年代初他推出一大套摄影图书《老房子》时，全国正在进行翻天覆地的"旧城改造"。李玉祥却执拗地叫人们向那些正在被扫荡的城市遗产投以依恋的目光。二十一世纪初凤凰电视台要拍一部电视片《追寻远去的家园》，计划从南到北穿过数百个各个地域最具经典意义的古村落。凤凰电视台想请我做“向导”，可是我当时正忙着启动多项民间文化遗产的普查，便推荐李玉祥。我说：“跑过中国古村落最多的人是李玉祥。”

记得那阵子我的手机上常常出现一些陌生地区的电话号码，都是李玉祥在给电视剧组做向导时一路打来的。这些古村落都曾令李玉祥如醉如痴，这一次却不断听到他在话筒里惊呼：“怎么那个村子没了，十年前明明一个特棒的古村落在这里呀！”“怎么变成这样，全毁得七零八落啦！”听得出他的惋惜、痛苦、焦急和空茫。也许为此，多年来李玉祥一直争分夺秒地在和这些难逃厄运、转瞬即逝的古村落争抢时间。他要把这些经过千百年创造的历史遗容留在他相机的暗盒里。他是一介书生，他最多只能做到这样，然而他把摄影的记录价值发挥到极致。这些价值在被野蛮而狂躁的城市改造见证着。许多照片已成为一些城市与乡镇历史个性的最直观的见证。李玉祥至今没有停止他的自我使命，依然端着沉重的相机，在天南海北的村落间踽踽独行。古来的文人崇尚“甘守寂寞”和“不求闻达”，并视为至高的境界。然而在市场经济兼媒体霸权的时代，寂寞似与贫困相伴，闻达则与发达共荣，有几人还肯埋头于被闹市远远撇在一边的冰冷的角落里？不都拼命在市场中争奇斗艳、兴风作浪吗？

前些天在北京见到李玉祥，他说他已经把江浙闽赣晋豫冀鲁一带跑遍，他想再把西北诸省细致地深入一下。我忽然发现站在面前的李玉祥有点变样，十多年前那种血气方刚的青年人的气息不见了，俨然一个带着些疲惫的中年汉子。心中暗暗一算，他已年过四十五。他把生命中最具光彩的青春岁月全支付给那些优美而缄默着的古村落了。

然而，很少有人知道他，因为他并不想叫人知道他本人，只想让人们留心和留住那些珍贵的历史精华。

由此，又联想起郭雨桥——这位专事调查草原民居的学者，多年来为了盘清游牧时代的文化遗存，也几乎倾尽囊中所有，背着相机、笔记本、雨衣、干粮和各种药瓶药盒，从内蒙到宁夏和新疆，全是孤身一人。他和郑云峰、李玉祥一样，已经与他们所探索的文化生命融为一体。记得他只身穿过贺兰山地区时，早晨钻出蒙古包，在清冽沁人的空气里，他被辽廓大地的边缘升起的太阳感动得流泪。他想用手机把他的感受告诉我，但地远天偏，信号极差。他一连打了多次，那些由手机传来的片断的声音最终才连接成他难以抑制的激情。上个月我到呼和浩特，他正在东蒙考察，听说我到了，连夜坐着硬席列车赶了几百公里来看我，使我感动不已。雨桥不善言辞，说话不多，但有几句话他反复说了几遍，就是他还要用三年时间，争取七十岁前把草原跑完。

他为什么非要把草原跑完？并没人叫他非这么做不可，再说也没有人支持他、搭理他。那些“把文化做大做强”的口号，都是在丰盛的酒席上叫喊出来的。他一心只是把为之献身的事做细做精。

然而，这一次我发现雨桥的身体差多了。他的腿因过力和劳损而变得笨重迟缓。我对他说，再出远门得找一个年轻人做伴，“能不能在大学找一个民俗学的研究生给你做做帮手？”他对我只是苦笑而不言。是呵，谁肯随他付出这样的辛苦？这种辛苦几乎是没有回报和任何实惠的。此次我们分手后的第三天，他又赴东蒙。草原已经凉了，今年出行在外的时间已然不多，他必须抓紧每一天。

随后一日，我的手机短信出现他发来的一首诗：“萧萧秋风起，悠悠数千里，年老感负重，腿僵知路迟。玉人送甘果，蒙语开心扉。古俗动心处，陶然胶片飞。”此时，在感动之中，当即发去一诗：

草原空寥却有情，
伴君万里一身行，
志大男儿不道苦，
天下几人敢争锋？

上边说到三个不凡的人。一个在万里大江中，一个在茫茫草原上，一个在大地的深处。当然还有些同样了不起的人，至今还在那里默默而孤单地工作着。

羌去何处？

羌，一个古老的文字，一个古老民族的族姓，早已渐渐变得很陌生了，最近却频频出现于报端。这是因为它处在惊天动地的汶川大地震的中心。

“羌”字被古文字学家解释为“羊”字与“人”字的组合，因此称他们为“西戎的牧羊人”。在典籍扑朔迷离的记述中，还可找到羌与大禹以及发明了农具的神农氏的血缘关系。

这个有着三千年以上历史、衍生过不少民族的羌，被费孝通先生称为“一个向外输血的民族”，曾经为中华文明史做出过杰出贡献。但如今只有三十万人，散布在北川一带白云迷漫的高山深谷中。他们居住的山寨被称为“云朵上的村寨”。然而这次他们主要聚居的阿坝州汶川、茂县、理县和绵阳的北川，都成了大灾难中悲剧的主角。除去一千余羌民远居在贵州省铜仁地区之外，其他所有羌民几乎全是灾民。

古老的民族总是在文化上显示它的魅力与神秘。羌族的人虽少，但在民俗节日、口头文学、音乐舞蹈、工艺美术、服装饮食以及民居建筑方面有自己完整而独特的一套。他们悠长而幽怨的羌笛声令人想起唐代的古诗；他们神奇的索桥与碉楼，都与久远的传说紧紧相伴；他们的羌绣浓重而华美，他们的羊皮鼓舞雄劲又豪壮；他们的释比戏《羌戈大战》和民俗节日“瓦尔俄足节”带着文化活化石的意味……而这些都与他们长久以来置身其中的美丽的山水树石融合成一个文化的整体了。近些年，两次公布的国家非物质文化遗产名录已经把其中六项极珍贵的民俗与艺术列在其中。中国民协根据这里有关大禹的传说遗迹与祭奠仪式，还将北川命名为“大禹文化之乡”。

在这次探望震毁的北川县城的路上，到处是大大小小的飞石，树木东倒西歪，却居然看到道边神气十足地竖着这样一块“大禹文化之乡”的牌子，可是羌族唯一的自治县的“首府”——北川已然化为一片惨不忍睹的废墟。

二十天前北川县城就已经封城了。城内了无人迹，连鸟儿的影子也不见，全然一座死城。湿润的空气里飘着很浓的杀菌剂的气味。我们凭着一张“特别通行证”，才被准予穿过黑衣特警严密把守的关卡。

站在县城前的山坡高处，那位靠着偶然而侥幸活下来的北川县文化局长，手指着县城中央堆积的近百米滑落的山体说，多年来专心从事羌文化研究的六位文化馆馆员、四十余位正在举行诗歌朗诵的“禹风诗社”的诗人、数百件珍贵的羌文化文物、大量田野考察而尚未整理好的宝贵的资料，全部埋葬其中。

我的心陡然变得很冲动。志愿研究民族民间文化的学者本来就少而又少，但这一次，这些第一线的羌文化专家全部罹难，这是全军覆没呀。

我们专家调查小组的一行人站成一排，朝着那个巨大的百米“坟墓”，肃立默哀。为同行，为同志，为死难的羌民及其消亡的文化。

大地震遇难的羌民共三万，占民族总数的十分之一。

在擂鼓镇、板凳桥以及绵阳内外各地灾民安置点走一走，更是忧虑重重。这里的灾民世代都居住在大山里边，但如今村寨多已震损乃至震毁。著名的羌寨如桃坪寨、布瓦寨、龙溪川、通化寨、木卡寨、黑虎寨、三龙寨等等都受到重创。被称作“羌族第一寨”的萝卜寨已被夷为平地。治水英雄大禹的出生地禹里乡如今竟葬身在堰塞湖冰冷的湖底。这些羌民日后还会重返家园吗？通往他们那些两千米以上山村的路还会是安全的吗？村寨周边那些被大地震摇散了的山体能够让他们放心地居住吗？如果不行，必须迁徙。积淀了上千年的村寨文化不是注定要瓦解么？

在久远的传衍中，这个山地民族的自然崇拜和生活文化都与他们相濡以沫的山川紧密相关。文化构成的元素都是在形成过程中特定的，很难替换。他们如何在全新的环境中找回历史的生态与文化的灵魂？如果找不回来，那些歌舞音乐不就徒具形骸，只剩下旅游化的表演了？

在擂鼓镇采访安置点的羌民时，一些羌民知道我们来了，穿着美丽的羌服，相互拉着手为我们跳起欢快的萨朗舞来。我对他们说：“你们受了那么大的灾难，还为我们跳舞，跳得这么美，我们心里都流泪了。当然你们的乐观与坚强，令我们钦佩。我们一定帮助你们把你们民族的文化传承下去……”

不管怎么说，这次地震对羌族文化都是一次毁灭性的打击，它使羌族的文化大伤元气，这是不能回避的。在人类史上，还有哪个民族受到过这样全面颠覆性的破坏，恐怕没有先例。这对于我们的文化遗产保护工作，无疑是一个巨大的难题。

可是，总不能坐待一个古老的兄弟民族的文化在眼前渐渐消失。于是，这一阵子文化界紧锣密鼓，一拨拨人奔赴灾区进行调研，思谋对策和良方。

马上要做的是对羌族聚居地的文化受灾情况进行全面调查。首先要摸清各类民俗和文学艺术及其传承人的灾后状况，分级编入名录，给予资助，并创造传承条件，使其传宗接代。同时，对于地质和环境安全的村寨，经过重新修建后，应同意原住民回迁，总要保留一些原生态的村落，当然前提是安全！还有一件事是必做不可的，就是将散落各处的羌族文化资料汇编为集成性文献，为这个没有文字的民族建立可以传之后世的文化档案。

接下来是易地重建羌民聚居地时，必须注意注入羌族文化的特性元素；要建立能够举行民俗节日和祭典的文化空间；羌族子弟的学校要加设民族传统文化教育的课程，以利其文化的传承；像北川、茂县、汶川和理县都应修建羌族文化博物馆，将那些容易失散、失不再来的具有深远的历史和文化记忆的民俗文物收藏并展示出来……说到这里，我忽想做了这些就够了吗？想到震前的昨天灿烂又迷人的羌文化，我的心变得悲哀和茫然，恍惚中好像看到一个穿着羌服的老者正在走去的背影，如果朝他大呼一声，他会无限美好地回转过身来吗？